Tod am Fjord

PIPER

Zu diesem Buch

Liebhaber der norwegischen Kriminalliteratur wissen seit langem, dass in den scheinbar idyllischen Landschaften der weitläufigen Fjorde perfide Pläne entstehen können: Da ist ein ungeliebter Ehemann, der aus dem Weg geräumt werden muss. Da ist ein böser Wolf, der nicht nur im dunklen Wald, sondern auch im Zuhause einer jungen Frau lauert. Oder ein verschmähter Liebhaber im norwegischen Gebirge, der bei seiner Rache an der Exfreundin nicht gerade zimperlich ist – und jagdwaffenerfahren obendrein.
Holger Wolandt hat in diesem Band die eindrucksvollsten mörderischen Geschichten aus Norwegen versammelt, von beliebten Autorinnen und Autoren wie Jo Nesbø, Karin Fossum, Kjell Ola Dahl, Ingvar Ambjørnsen, Kjersti Scheen, Unni Lindell und vielen mehr.

Holger Wolandt, geboren 1962 in Würzburg, studierte Nordistik, Anglistik und Germanistik in München. Heute lebt er als Reisejournalist, Übersetzer und Herausgeber in Stockholm. Er ist Autor der Selma-Lagerlöf-Biografie »Värmland und die Welt« und Herausgeber der Lagerlöf-Briefe sowie zahlreicher Anthologien, darunter neben »Tod am Fjord« auch »Mittsommer bei den Elchen«.

TOD AM FJORD

Mörderische Geschichten
aus Norwegen

Herausgegeben von
Holger Wolandt

Aus dem Norwegischen von
Gabriele Haefs,
Kerstin Hartmann-Butt,
Christel Hildebrandt,
Annika Krummacher,
Lotta Rüegger
und Holger Wolandt

PIPER

Mehr über unsere Autoren und Bücher:
www.piper.de

Wenn Ihnen diese Anthologie gefallen hat, schreiben Sie uns unter Nennung des Titels »Tod am Fjord« an *empfehlungen@piper.de,* und wir empfehlen Ihnen gerne vergleichbare Bücher.

Von Holger Wolandt herausgegeben liegen im Piper Verlag vor:
Mittsommer bei den Elchen
Tod am Fjord

FSC
www.fsc.org
MIX
Papier aus verantwortungsvollen Quellen
FSC® C083411

Ungekürzte Taschenbuchausgabe
ISBN 978-3-492-31452-7
Juni 2005 (TB 24420)
Oktober 2019

Umschlaggestaltung: Cornelia Niere
Umschlagabbildung: Cal Post/Shutterstock.com
Satz: Satz für Satz, Wangen im Allgäu
Gesetzt aus der Swift
Druck und Bindung: CPI books GmbH, Leck
Printed in the EU

INHALTSVERZEICHNIS

7 INGVAR AMBJØRNSEN
Der Silberfjord

44 LARS SAABYE CHRISTENSEN
Schlachtung

63 LEVI HENRIKSEN
Julian Johnsen

74 JONNY HALBERG
Persona

92 KIM SMÅGE
Elines Erbe

107 KJELL OLA DAHL
Der Tod geht ans Telefon

134 KJERSTI SCHEEN
Das Bjørkelangen Blut- und
Bluegrass-Festival

160 JAN MEHLUM
Engel – gibt es die?

192 GUNNAR STAALESEN
Der Schatten

221 JO NESBØ
Serum

248 UNNI LINDELL
Der Wolf und die Rotkäppchen

261 JAN KJÆRSTAD
Wie man eine Anhöhe stürmt

279 ROY JACOBSEN
Aller Wahrscheinlichkeit nach

302 MARIANNE FASTVOLD
Es ist angerichtet

316 ANNE B. RAGDE
Do not disturb

329 KARIN FOSSUM
Nancy

346 Autoren- und
Quellenverzeichnis

INGVAR AMBJORNSEN

Der Silberfjord

1

Ich werde sterben. Ziemlich bald sogar, wenn ich Dr. Lunde Glauben schenken will. Und das will ich. Ich werde auf Dr. Lunde und außerdem auf meinen Körper hören. Denn auch der sagt mir, dass ich sterben werde. Zuerst hatte ich diese Schmerzen in der Brust. Und jetzt spüre ich es im Hals. Dr. Lunde sagt, dass sich dieses Teufelswerk gleichmäßig in meinem Körper verteilt hat. Es keimt in mir wie Unkraut im Juni. In letzter Zeit sind meine Hoden angeschwollen. Sie tun nicht weh, haben sich aber vergrößert. Und bisweilen verspüre ich eine Art Brennen in den Nieren.

Dr. Lunde ist im Grunde in Ordnung, aber er hat seine Eigenheiten. Er ist ein bisschen altmodisch. Um mir zu erzählen, dass meine Zeit auf Erden ihrem baldigen Ende entgegengeht, nimmt er gewissermaßen Anlauf und zieht zugleich einen Schleier vor seine Augen. Er blickt hinaus in ein milchweißes Nichts und sagt, dass es leider keine Hoffnung mehr gebe. Eine Operation habe keinen Zweck mehr. Es folgt die ganze beruhigende Tirade über alle Therapien, die er noch mit mir veranstalten will, obwohl der letzte Zug doch schon abgefahren ist. Wir reden jetzt von den praktischen Dingen. Wie der selbst ernannte Vorsitzende eines Festkomitees erläutert er mir bis ins Detail, was passieren wird.

Ich stehe auf, um Dr. Lundes Sprechzimmer zu verlassen, und packe die Zeitung. Er versucht, mich zurückzuhalten, aber ich schlage ihn. Ich schlage Dr. Lunde mit der Wirtschaftszeitung mitten ins Gesicht.

Auf dem Gang pruste ich los, angesichts des etwas komischen Vorfalls. Ich lache, weil ich den Boten des Todes mit einer Wirtschaftszeitung ins Gesicht geschlagen habe. Nur deshalb. Wirklich nur deshalb.

Die Treppe ist seit meinem letzten Besuch steiler geworden. Genauer gesagt, sie hat sich in eine Lawine verwandelt. Ich spüre, dass ich falle, aber als ich dann unten ankomme, stehe ich trotzdem aufrecht. An der weißen Mauer sitzt eine blaue Fliege. Sie putzt sich. Reibt die Vorderbeine aneinander.

Nun gut. Ich werde also sterben. Aber zuerst will ich eine Wurst. Eine Wurst mit Kartoffelfladen, Zwiebeln, Senf und Ketchup. Vor einer halben Stunde hätte ich eine solche Reaktion auf mein eigenes Todesurteil für vollständig absurd gehalten, aber jetzt gibt es für mich nur noch diese Wurst. Ich bin wie besessen vom Gedanken an diese Wurst. Sie darf um nichts in der Welt zu lange im heißen Wasser gelegen haben. An diesem Tag kann ich einfach keine wässrige Schrumpfpelle ertragen. Und die Zwiebeln müssen roh und frisch gehackt sein. Meine Frau und meine Kinder sind mir ganz gleichgültig. Gott und die Ewigkeit ebenfalls. Das Einzige, woran ich denken kann, ist diese Bockwurst. Denn eine Bockwurst muss es sein. Grillwürste kann ich nur verachten.

Die Luft ist dick. Es ist ein warmer Tag Anfang September, und ich gehe wie durch lauwarmes Wasser. Ich muss sterben. Mir bleiben nur noch einige wenige Monate oder gar Wochen. Ich kann nichts daran ändern. Ich bin auf dem Weg zu einer Würstchenbude, und ich muss bald sterben. Wieder und wieder sage ich mir diese vier Wörter vor: Ich. Muss. Bald. Sterben. Es ist vorbei, Lennart Hagstrøm. Dr. Lunde spricht von einigen Monaten. Und die ganze Zeit sehe ich diese Wurst vor mir, schön eingewickelt in einen dünnen, weichen Kartoffelfladen.

Ich habe Geld genug, das ist nicht das Problem. Wenn ich wollte, könnte ich ins Grillrestaurant des Hotels Bristol spazieren und die köstlichsten Menüs ordern. Passend angezogen bin ich auch. Leichter grauer Sommeranzug, weißes Hemd, Schlips. Aber ich will nicht ins Bristol. Ich will weder Fasanenbrust noch gedämpften Seeteufel mit Muscheln und Krabben. Ich will Wurst. Ich will vor einem Kiosk stehen und Wurst essen. Aber ich kann mich nicht daran erinnern, wo es in dieser Stadt Würstchenbuden gibt.

Ich registriere, dass ich nicht das denke, was alle anderen Todkranken denken. Ich frage nicht: Warum ausgerechnet ich? Ganz im Gegenteil, ich denke: Natürlich ich. Das ist doch selbstverständlich. Du bist immerhin vierundvierzig Jahre alt. Und es ist keine schlechte Leistung, mit deinem Zigarettenkonsum ein solches Alter zu erreichen. Die Zehnerpackungen hast du schon mit fünfzehn verworfen. Seit fast dreißig Jahren rauchst du jeden Tag zwischen vierzig und sechzig Zigaretten. Das nimmt den Körper natürlich mit. Etliche Liter Rotwein sind im Laufe dieser Jahre auch zusammengekommen. Ein ganzes rotes Meer, um genau zu sein. Ich muss fast lachen, wenn ich an den vielen Rotwein denke, den ich getrunken habe.

In der Stortingsgate begegnet mir ein Bekannter. Er bleibt stehen und will wissen, wie es mir geht. Ich weiß, dass ihn die ehrliche Antwort auf diese Frage nicht im Geringsten interessiert, und ich bringe einen blöden Spruch, statt ihm auf offener Straße mein Todesurteil zu servieren. Doch. Sehr gut.

Frisch wie ein Fisch. Lebenshungriger denn je. Ich nicke lächelnd in Richtung zweier leicht bekleideter junger Mädchen. Allerdings hätte ich es eilig. Das Büro warte, er müsse schon entschuldigen.

Ich bitte ihn, seine Frau zu grüßen, und im selben Moment fällt mir ein, dass sie im vergangenen Winter zu ihrem Liebhaber gezogen ist. So etwas passiert. Man tritt ins Fettnäpfchen, und nichts lässt sich ungeschehen machen. Es hat gar keinen Zweck, es wieder ausbügeln zu wollen. Ich trete deshalb dichter an ihn heran und bringe die Hoffnung zum Ausdruck, dass er sein neues Singledasein genieße. Danach sage ich, dass er jede einsame Stunde, die Gott ihm auf dieser Erde schenken werde, redlich verdient habe. Sollte in seinem Leben eine neue Frau auftauchen, wäre ich der Erste, der sie warnt. Das kann ich ihm versprechen. Ich ziehe ihn zweimal am Schlips.

Meine Bockwurst finde ich erst unten im Hafen. Unterhalb der Festung liegt eine Bude von der guten alten Sorte. Ein richtig altehrwürdiger Würstchenkarren.

Ich frage, ob die Würste frisch sind. Ein fremder Klang liegt in meiner Stimme, ein vages Echo sozusagen.

Der Pakistani sagt, sicher, er habe sie gerade erst in den Kessel gesteckt.

Aber dann können sie doch unmöglich schon heiß sein?

Ich könne ganz unbesorgt sein, sagt der Mann aus Karachi.

Er weiß, was er tut.

Als ich bezahlen will, habe ich plötzlich Lust, den Fünfziger zu einem kleinen Ball zusammenzuknüllen und ihm ins Gesicht zu werfen. Ich habe keine Ahnung, warum. Er hat mir ja nun wirklich nichts getan. Im Gegenteil. Er hat mir die Bockwurst serviert, nach der ich mich seit fast einer Stunde verzehre. Trotzdem mache ich es. Ich knülle den grünen Geldschein zusammen und werfe damit nach ihm. Ich treffe ihn zwar nicht im Gesicht, aber er ist doch ziemlich überrascht.

Ich nehme die Wurst und gehe an den Rand des Hafenbeckens.

Und sie ist heiß. Sie ist knackig und köstlich. Rosa Fleisch. Saftig. Die Zwiebel ist frisch, wie eben erst aus dem Erdboden gerissen. Ich habe in meinem ganzen Leben noch keine bessere Wurst gegessen.

Vermutlich ist es nur ein Klischee, dass zum Tode Verurteilte viel intensiver leben als andere. Ich ließ mich jedenfalls von rein gar nichts beeindrucken, als ich ein wenig später durch Aker Brygge schlenderte. Das Wetter war gut. Sonne und kühler Wind. Der Fjord war fast spiegelglatt, und die Möwen tanzten am Himmel. Aber ungefähr so war es auch gewesen, als ich vor zwei Tagen hier entlangspaziert war. Gutes Wetter. Frühherbst. Nicht mehr und nicht weniger.

Es war fünf. Jetzt saßen sie zu Hause am Esstisch. Turid. Und Pie, die noch immer kein Zimmer gefunden hatte. Jetzt saßen sie vor der dampfenden Mahlzeit und warteten auf das Geräusch meiner Schritte. Kabeljau? Ich glaubte, mich erinnern zu können, dass Turid am Vorabend, als wir uns ausgezogen hatten, so etwas erwähnt hatte. Ich ging also weiter und stellte mir vor, wie die beiden Frauen bald die Kartoffeln pellten. Dann würden sie den Fisch von Haut und Gräten befreien. Sie würden ihn mit zerlassener Butter übergießen und dann essen. Sie würden sich gegenseitig Salz und Möhren reichen. So, wie ich sie jetzt vor mir sah, würden sie auch in Zukunft dasitzen. Nur diese beiden. Vor ihren Tellern mit Heilbutt, Steak, Makrele, Kochwurst, Spaghetti und Kartoffelsuppe. Und jeden Herbst vor dem traditionellen Elchbraten.

So würden sie dasitzen. Pie würde noch lange nicht ausziehen. Turid und Pie würden jeden Tag um fünf am selben Tisch sitzen. Ab und zu würde Per hereinschauen. Ich sah auch ihn vor mir. Er würde sich auf meinen Stuhl setzen und meine Stimme nachahmen.

Ich ging wieder in Richtung Zentrum. Im Hotel Nobel auf der Karl Johansgate bat ich um die Stortingssuite und bekam sie.

Wie lange?

Ich sagte, das wisse ich noch nicht, würde aber am nächsten Vormittag Bescheid sagen.

Oben im vierten Stock legte ich mich mit einem Bier aufs Bett und zappte ein wenig zwischen den Sendern hin und her. Irak. Bali. New York. Eine Bande von jungen Männern hatte einen Bettler in eine Sackgasse getrieben. Dann brachten sie ihn um. Der neue Opel sieht cool aus. Kellogg's Cornflakes. Geiseldrama, ich weiß nicht, wo.

Wird jetzt mein Leben an mir vorüberziehen? Nichts passiert.

Nur Fertigpizza und Simon Templar, der auf SAT 1 wiederholt wurde. Ansonsten kann ich mich kaum an meine Kindheit erinnern.

Später fuhr ich mit dem Fahrstuhl in die Bar hinunter. Ich trank zwei Gläser Rotwein und belauschte das Gespräch von drei Schweden am Nachbartisch, die nach Norwegen gekommen waren, um Mähdrescher zu verkaufen. Bald würden sie losziehen, um nach leichten Mädchen Ausschau zu halten. Oder sie würden es lassen. Würden zu Abend essen und sich über landwirtschaftliche Neuerungen unterhalten.

Die drei strahlten etwas Grundsolides aus, was mich aus irgendeinem Grund unglücklich machte. Unruhig. Für einen Moment spielte ich mit dem Gedanken, zu Hause anzurufen, dachte, jetzt müsse ich mich wirklich zu Hause melden, und ich ging zum Tresen, um zu bezahlen. Doch als ich dann in mein Zimmer kam, konnte ich die Einsamkeit nicht ertragen, nicht eine Sekunde lang. Ich machte kehrt und fuhr wieder nach unten.

Es war noch früh am Abend. Warm. Ich spazierte zum Schloss hoch, durch den Duft von Sonnenöl und salzigem Schweiß. Es waren die Düfte der Jugend, der jungen Frauen und der jungen Männer. Nackte Arme. Braune Haut. Brüste, die ein wenig unter weißen T-Shirts wogten. Lachen. Unverkennbar das Lachen junger Norwegerinnen, kein anderes Lachen hatte Ähnlichkeit damit. Und ich dachte, dass auch keine andere Straße auf der Welt der Karl Johansgate in Oslo ähnelt, an einem Spätsommerabend mit gutem Wetter. Sie liegt da, beschreibt ihren schwachen Bogen und gehört der Jugend, allem Lebendigen, allem, was selber bald neues Leben erzeugen wird. Sie ist ein Zustand, ein Teil des Balzrituals. Ich glaubte einfach, das Wesen der Karl Johansgate zu verstehen, ihre Funktion gewissermaßen.

Ein Jahr zuvor hatte ich hier durch einen Zufall meine eigene Tochter beobachtet. Mitten in der Menschenmenge, an einem Abend im Mai. Ich hatte an dem kleinen Zeitungskiosk gegenüber vom Hotel Nobel gestanden, wo ich mich jetzt einquartiert hatte. Sie war auf der anderen Straßenseite unterwegs gewesen, zusammen mit einigen Freundinnen, und als ich sie entdeckte, befanden sie sich auf der Höhe des Grandhotels. Ich hatte gerade Zeitungen gekauft und wollte sie durch die Luft schwenken, wollte Pie und den anderen zuwinken, riss mich aber zusammen. Ich blieb einfach stehen und sah sie an. Beobachtete meine Tochter, die zusammen mit drei Freundinnen die Karl Johansgate entlangging.

Ich kannte diese Freundinnen, es waren nette Mädchen, sie waren oft bei uns zu Hause gewesen. Aber jetzt ging mir auf, dass sie allesamt eine Sorglosigkeit ausstrahlten, die sie mir nie zuvor gezeigt hatten. So, wie sie hier über die Karl Johansgate spazierten, befreit von der (allerdings unfreiwilligen) Dominanz, die meine Frau und ich zu Hause ausübten, lebten Pie und die anderen gewissermaßen in ihrem eigenen Reich.

Mir war klar, dass es nicht richtig wäre, mich jetzt zu erkennen zu geben. Ich ertappte mich dabei, wie ich Gott bat, sie möchten nicht in meine Richtung schauen. Und ich sah Pie, meine eigene Tochter, eben neunzehn geworden, in Richtung Universität verschwinden und dachte: Jetzt verlässt du mich. Was ich jetzt sehe, ist etwas, was ich eigentlich nicht sehen dürfte, ein Stück Zukunft. So wirst du gehen, wenn es mich nicht mehr gibt. Ich stand da, *Aftenposten* und *Dagens Næringsliv* in der Hand, und versteckte mich in der Menschenmenge. Ein Gespenst in Anzug und hellem Frühjahrsmantel.

Ich fing an zu frieren. Die Luft war warm, aber ich fror trotzdem. Und ich hatte plötzlich Angst, dass irgendwelche Bekannten vorbeikommen könnten. Irgendwer aus dem Büro. Oder, schlimmer noch, ein enger Freund oder eine Kollegin meiner Frau. Mein eigener Sohn ...

Mir wurde schwindlig. Ich ging durch den Schlosspark und dann den Hegdehaugsvei hoch, schließlich entdeckte ich ein Bistro und bestellte mir ein Steak, ich hatte Hunger. Eine Flasche Rotwein wurde auf den Tisch gestellt, und beim Trinken versuchte ich, mir gut zuzureden. Diese plötzliche Angst vor meiner eigenen Familie, vor allen Bekannten, stürzte mich in Verwirrung. Vielleicht war es eine Dummheit gewesen, Dr. Lundes Praxis so übereilt zu verlassen. Er war ein alter Arzt, er hatte schon vielen Menschen schlechte Nachrichten überbracht, ehe die Reihe an mich gekommen war. Er hätte mir vermutlich allerlei über die psychischen Reaktionen erzählen können, die sich bei einer solchen Meldung einstellen, aber ich hatte ihn mit der Wirtschaftszeitung geschlagen und war gegangen. Nun gut. Ich hatte ihn wohl kaum überrascht.

Der Wein kam aus Spanien und schmeckte nach Erde. Nach sonnenwarmer Erde. Dieser Gedanke kam mir ganz logisch vor, dass der Wein nach sonnenwarmer Erde schmeckte, meine ich, obwohl das doch ganz sinnlos war. Tatsache war, ich hatte noch nie sonnenwarme Erde im Mund gehabt, jedenfalls konnte ich mich nicht daran erinnern. Aber dennoch: Er schmeckte nach sonnenwarmer Erde. Ich hatte mir sogar rote, trockene Erde vorgestellt und die Grillen im nahe gelegenen Olivenhain gehört, als ich den ersten behutsamen Schluck gekostet hatte.

Das Steak wurde serviert. Es war blutig, so, wie ich es mir erbeten hatte. Ich zerschnitt das rote Fleisch und hörte das Gebrüll aus der Stierkampfarena in Pamplona. Turid und ich waren rein zufällig dort gelandet. Wir waren frisch verheiratet gewesen, die Kinder noch nicht auf der Welt. Ich selber hatte damals noch nicht einmal Hemingway gelesen. Wir platzten ins San-Fermín-Fest, ohne so recht zu begreifen, was wir da erlebten. Wir hatten keine Ahnung. Wir sahen nur eine Stadt, die sich jeden Tag volllaufen ließ, und in den frühen Morgenstunden beobachteten wir voller Entsetzen, wie Menschen, junge und alte, sich von verängstigten und wütenden Stieren durch die Stadt jagen ließen. Auch dass wir am Ende in der Arena saßen, beruhte auf einem puren Zufall. Turid, die einige Brocken Spanisch beherrschte, war in einer Bar mit zwei älteren Männern ins Gespräch gekommen. Und die gaben ihr zwei Karten für den nachmittäglichen Stierkampf – eine Geste, deren Gewicht weder sie noch ich erfassen konnten, ehe wir den Schwarzmarkthandel vor der Arena erlebt hatten.

Ich kann mich an den ersten Stier erinnern. Er kam geradezu in die Arena geschossen. Und dann blieb er stehen und stampfte mit den Füßen auf, verwirrt und verängstigt wegen der fremden Geräusche. Die kräftigen Muskeln in seinem Nacken spannten sich an, sie lagen wie Taurollen unter seiner glänzenden Haut. Es war ein prachtvolles Tier, und jetzt sollte es sterben. Dort stand der Stier, strotzend vor Muskeln und Leben. Er roch nach Sex. Nach Energie, Potenz, Sperma. Und er war wütend.

Sie erstachen ihn, ließen ihn ausbluten und schleiften ihn an den Hinterbeinen hinaus.

Ich aß das blutige Fleisch. Es war ein köstliches Steak. Der Wein war ausgezeichnet. Ich hatte keinerlei Schmerzen. Verspürte nur ein leichtes Ziehen in der linken Niere. Als kitzelte mich jemand mit dem Degen.

2

Am nächsten Tag erwachte ich gegen halb acht. Ich hatte den Eindruck, dass im Zimmer ein fremder Geruch hing, aber dann ging mir auf, dass es diesen Geruch nicht gab, dass es nur ein Eindruck war, den ein Traum bei mir hinterlassen hatte. Der Traum war aus meinem Bewusstsein getilgt worden, ich konnte kein einziges Bild festhalten. Trotzdem roch es in der Stortingssuite des Hotels Nobel nach feuchtem Zement.

Ich lief ins Badezimmer und duschte lange und heiß. Unter dem schäumenden Wasser wurde der Geruch des feuchten Zements noch aufdringlicher, und für einen Moment sah ich Lydersens Zementgießerei vor mir. Die roten Holzhäuser unter den Erlen. Den grauen Staub, der sich wie ein Lack über Gebäude und grüne Blätter gelegt hatte. Den Strand, die langen Reihen aus fertiggegossenen Rohren und Trögen. Ich gehe über den Strand, und es hat eben erst geregnet. Es riecht nach feuchtem Zement und Meer.

Nach dem Frühstück erbrach ich mich. Es kam ganz überraschend, nur mit knapper Not konnte ich aus dem Speisesaal und in die im Flur gelegene Toilette stürzen. Keuchend ergossen sich unverdautes Brot, Saft und Kaffee über den Fliesenboden. In einer Zelle blieb ich dann stehen und erbrach mich wieder und wieder.

Danach wusch ich mir das Gesicht unter kaltem Wasser und spülte mir den Mund aus, so gut es ging.

Dann bezahlte ich meine Rechnung an der Rezeption. Bei AVIS mietete ich mir einen Ford Granada.

Es war bewölkt. Und es fing schon an zu regnen, ehe ich Sandvika passiert hatte. Als ich Drammen erreichte, war der Himmel fast schwarz, und es goss wie aus Kübeln. Dieses Wetter hatte etwas Definitives, als sei es das Umschlagen von einer Jahreszeit in die andere. Der September war bis jetzt warm und klar gewesen, doch nun setzte eindeutig der Herbst ein.

Ich saß warm und trocken in meinem Wagen und lauschte auf den Regen, der auf Motorhaube und Dach trommelte. Ab und zu versetzte mein Gewissen mir einen Stich, wenn ich an Turid dachte, aber ich wischte ihr Bild aus meinen Gedanken. Ich befand mich in einem Zustand, der eine gewisse Ähnlichkeit mit einem leichten Rausch hatte. Aufgekratzt. Der

Welt außerhalb meines eigenen Kopfes gegenüber halbwegs gleichgültig.

Eigentlich ist der Tod doch eine persönliche Angelegenheit. Ich muss mich mit meinem höchst privaten Fortgang auseinandersetzen. Wenn die Karten erst auf dem Tisch liegen, kann niemand verhindern, dass die anderen daran Anteil nehmen, an diesem intimen Erleben. Ich will warten. Einige Tage.

Ich suchte mir im Autoradio einen Sender, der nur klassische Musik brachte, drehte ihn aber sofort wieder aus. Horchte auf die Reifen, die auf dem nassen Asphalt sangen. Auf die Scheibenwischer. Bei Larvik aß ich etwas, ich weiß nicht mehr, was. Es wurde schon dunkel, als ich von der Hauptstraße abbog.

Seit meinem letzten Besuch hier war ein neuer Kreisverkehr angelegt worden, der Waldweg jedoch hatte sich nicht verändert. Er war schmal und kurvenreich – und gefährlich bei schlechten Witterungsverhältnissen. Ich versuchte, mich daran zu erinnern, wann ich zuletzt hier gewesen war. Es musste sieben oder acht Jahre her sein. Ein kleiner Abstecher auf einer Urlaubsreise, um Per und Pie zu zeigen, wo ich aufgewachsen war. Per hatte gesagt, er könne sich nicht vorstellen, dass ich als Kind hier gelebt hätte. Er könne sich im Grunde überhaupt nicht vorstellen, dass ich jemals ein Kind gewesen sei, und hier schon gar nicht. Ich hatte zusammen mit meiner Frau gelacht, im tiefsten Herzen aber hatte ich ihm zugestimmt. Ich konnte mir das auch nicht vorstellen.

Ich hielt beim Ormungen und verließ das Auto. Es regnete nicht mehr, aber die Luft war feucht, ich roch das Meer. Und den Wald und die Wiesen. Die Steinbrücke, die in alten Tagen über den Ormungen geführt hatte, war jetzt durch eine neue aus Beton ersetzt worden. Oder sie hatten die alte in die neue eingegossen. Ansonsten war alles noch so wie in meiner Erinnerung. Der schwere Nadelwald. Der Ormungen selbst lag schwarz im Schilf, eher Bach denn Fluss. Die Wiesen. Die Haselnuss- und Ebereschensträucher.

Hier, an dieser Stelle, hatte ich in meiner Jugend ein seltsames Erlebnis gehabt. Ich hatte soeben den Führerschein gemacht. Wenn mein Vater betrunken und deprimiert war, durfte ich manchmal sein Auto leihen. Einen alten Simca. Ich fuhr stundenlang über die öden Waldwege ins Landesinnere oder hielt mich an die befahreneren Straßen am Meer. In der Regel allein, nein, immer allein, gerade darin lag das Geheimnis. Die selbst gewählte Einsamkeit reizte mich. Die Lichter am Armaturenbrett, die Dunkelheit draußen. Die Freiheit oder deren Abbild.

Ich war allein gewesen, an diesem Septemberabend vor vielen, vielen Jahren. Ich hatte einen Klassenkameraden besucht, der auf einem im Landesinneren gelegenen Hof wohnte. Wir hatten Karten gespielt und Tee getrunken, es war spät geworden. Auf dem Rückweg in die Stadt hatte ich bei der Mündung des Ormungen gehalten, um zu pinkeln. Und während ich noch dort stand und den Strahl auf das dunkle Wasser richtete, tauchte auf dem anderen Ufer am Waldrand dieses seltsame Tier auf. Zuerst hielt ich alles für Einbildung. Oder für den Teufel höchstpersönlich. Dann sah ich, dass es ein Elch war. Eine Art Elch, sollte ich vielleicht sagen, denn das Tier war aufs Groteskeste missgestaltet. Sein Kopf war seltsam flach und breit, sein Maul so unförmig wie eine dicke Kartoffel.

Ich hielt das Tier zuerst für eine Kuh, doch als meine Augen sich an die Dunkelheit gewöhnt hatten, ging mir auf, dass es Hörner hatte. Anstelle eines prachtvollen Elchgeweihs trug es jedoch nur einige dünne Stängel, die zu Boden zeigten. Das Tier ließ den Kopf hängen, es rang nach Atem, aber ich konnte sehen, dass seine großen Augen mich ansahen. Auch sein Rumpf war anders als der eines normales Elchs. Schwerer, untersetzter, wie bei einem Stier. Selbst seine Beine waren kürzer.

Ich kann es nicht erklären, aber der Anblick dieser Missgeburt erfüllte mich mit einem Schmerz, wie ich ihn noch nie erlebt hatte. Dieses Tier schien, indem es einfach am Waldrand stand und da war, eine Einsamkeit auszustrahlen, die mir fast den Atem raubte. Eine pechschwarze Variante der Einsamkeit, die ich bisher in meinem Leben kennengelernt hatte und die sich aus derselben Quelle speiste. Ich brach plötzlich in Tränen aus, fühlte mich ganz und gar hilflos. Der Elch bewegte schwerfällig seinen Kopf und verschwand wieder im Wald. Ich stand mit feuchten Händen und einer Art schlechtem Gewissen da, von dem ich rein gar nichts begriff.

Ich hatte niemandem von dieser Begegnung am Ormungen erzählt. Ich hatte wohl Angst, dass niemand mir glauben würde. Oder, schlimmer noch: dass die anderen über meine Geschichte lachen und damit mein Bild zerstören würden. Denn in dieser Nacht war etwas mit mir passiert. Es war wie eine religiöse Offenbarung. Ich hatte etwas gesehen, was ein Teil meiner selbst war und mich auf seltsame Weise über die Grenze des Alltags hinaushob. Und es kam vor, dass ich dachte: Manchen begegnen Engel oder Lichtgestalten. Mir schickt Gott einen missgestalteten Elch, und das, während ich gerade Wasser lasse.

Drei, vier Jahre später, ich war nach Oslo übergesiedelt und hatte dort mein Studium aufgenommen, stieß ich noch einmal auf diesen Elch. Diesmal auf einigen Fotos in der Presse. Eine Jagdgesellschaft war ein Stück tiefer ins Tal gegangen, vielleicht zwanzig Kilometer weiter als bis zu der Stelle, wo ich ihn beobachtet hatte. Es waren alte, erfahrene Jäger gewesen, aber so etwas hatte keiner von ihnen je gesehen. Das Tier hatte Hörner wie ein Bulle und Euter wie eine Kuh. Als sie ihm den Bauch aufschlitzten, fanden sie unter der Haut einen voll entwickelten Penis, der gegen den Enddarm presste.

Und wieder dachte ich an dieses einsamste unter allen einsamen Wesen. In welcher biologischen Landschaft hatte diese seltsame Gestalt sich aufgehalten, wenn die Brunftzeit näher rückte? Welche Sekrete hatte das Tier ausgeschieden, welchen Gerüchen war es gefolgt? Ich sah es vor mir in einem sinnlosen Tanz um seinen eigenen Schatten. Den schweren Körper, verzweifelt und halb verrückt, während die Hormone Amok liefen. Diese Vorstellung tat weh, und ich freute mich darüber, dass sie es erschossen hatten.

3

Unten am Hafen fand ich einen freien Parkplatz. Ich blieb im Auto sitzen und rauchte eine Zigarette. Hinten am Mollstad-Kai war ein neuer großer Zeitungskiosk aus dem Boden geschossen. Die Mole war verlängert worden, vielleicht zu Beginn der Achtzigerjahre, als die Leute dringend nach neuen Freizeitbooten verlangt hatten.

Wenn ich mich über das Lenkrad beugte, konnte ich sehen, dass das alte rote Haus noch immer oben am Hang hinter der Baptistenkirche stand. Irgendwer hatte neue Fenster eingesetzt, ansonsten war alles wie immer. Ich empfand ... nein, ich weiß nicht. Auf jeden Fall waren die Fenster zu meiner Zeit schlecht in Schuss gewesen.

Kurz darauf stieg ich die Treppen zu dem gepflasterten Hof hoch, wo das Strandhotel in den Sommermonaten sein Straßencafé eröffnete. Jetzt war hier kein Mensch, ich sah nur ein leeres Halbliterglas, das auf einem der imprägnierten Tische Regenwasser sammelte. Ein handgemaltes Schild verriet, dass die Rezeption hinten links lag.

Ich bekam ein großes, helles Zimmer im zweiten Stock, mit Blick auf den Fjord. Erst als ich dort stehen blieb und mich in die Aussicht vertiefte, hatte ich eine Art Gefühl, nach Hause gekommen zu sein. Im Westen lag die Landspitze mit der weiß gestrichenen Kirche. Auf der anderen Seite des Wassers sah ich die Zementgießerei. Die alten Landungsbrücken waren unverändert. Am Kai lag ein Stückgutfrachter und lud Holz. Alles so vertraut und doch fremd, weil ich den Fjord noch nie aus diesem Winkel erlebt hatte.

Ich legte mich aufs Bett. »Sølvfjorden«, sang eine Stimme in meinem Kopf. Silberfjord. Ich hatte seit Jahrzehnten nicht mehr an dieses Wort gedacht. Ich war mitten in der Pubertät gewesen und hatte von einer Zukunft als neuer Sänger und Liedermacher geträumt, eine Art neuer Bellman. Und jetzt, wo auch der Name des schwedischen Troubadours Bellman in meinen Gehirnwindungen aufgetaucht war, merkte ich, dass ich Durst hatte. Ich brauchte ein Glas Rotwein oder zwei, um die Unruhe zu bezwingen, die sich plötzlich eingestellt hatte.

Es war eine gute Bar. Damit kenne ich mich aus. Eine Sitzgruppe aus schwarzem Leder. Grünpflanzen vor den großen Fenstern zum Fjord. Es war noch früh am Abend, ich war fast allein. Ich setzte mich an den Tresen und bestellte eine Karaffe Hauswein, der sich als Jacob's Creek entpuppte. Der Barmann, ein großer Mann mit Walrossschnurrbart und nach hinten gekämmten schwarzen Haaren, hatte nicht viel zu tun. Er kaute auf einem Zahnstocher herum und starrte auf den Fjord hinaus.

»Sie suchen jemanden«, sagte er.

Ich drehte mich um. Draußen auf dem Fjord sah ich ein Patrouillenboot der Polizei und zwei normale Boote.

»Was ist denn passiert?«, fragte ich.

»Ein Junge. Diese Burschen rasen die Straßen am Ufer entlang. Sie sind nie ganz nüchtern. Nur seine Hand haben sie gefunden, er war vorher gegen die Felswand geknallt. Aber er war nicht im Auto, das sie an Land geholt haben.«

So war es schon immer gewesen. Es hatte immer zum Alltag der jungen Männer hier unten gehört, nachts am Fjord entlangzurasen. Ich hatte von Naturvölkern gelesen, die ihre Jungmänner allein in den Wald schickten, wo sie eine Art Männlichkeitsprobe zu bestehen hatten. Sie sollten in der Wildnis übernachten, vielleicht mit bloßen Fäusten einen Adler fangen. Hier in der Stadt wurden sie an den Fjord geschickt, allein, mit einem rostigen Ford oder einem heruntergekommenen Simca. Niemand erwartete bei ihrer Rückkehr auch nur eine überfahrene Möwe. Niemand erwartete überhaupt etwas. Man hoffte nur, dass sie diese introvertierte Lebensphase überleben und weder sich noch anderen Schaden zufügen würden. Tief in den nächtlichen Fantasien der Eltern gab es das Bild eines Wagens, der langsam im Fjord versank, des Wassers, das hinter der Windschutzscheibe langsam hochstieg, die C&W-Musik, die plötzlich verstummte.

»Wer ist es denn?«, wollte ich wissen. Er starrte mich mit leerem Blick an.

»Er hatte doch wohl einen Namen?«

»Er hieß Anders«, sagte er. »Anders Nygård. Er hatte erst im Winter den Führerschein gemacht.«

»Astrid?«, fragte ich.

Er nickte. »Ihr Sohn. Sie kennen sie?«

Ich schüttelte den Kopf. »Ist schon lange her.«

»Er war ein Wildfang«, sagte der Barmann. »Das kann man wirklich sagen. Und sie war ja alleinerziehend.« Er zuckte mit den Schultern. Dann hatte er anderes zu tun. Ich saß allein da und sah zu, wie die Boote sich in dem schwindenden Licht langsam bewegten. Sie suchen Astrids Sohn, dachte ich.

Plötzlich war mir schlecht. Ich lief zur Toilette. Und dort blieb ich hyperventilierend stehen. Zum Glück konnte ich Essen und Wein bei mir behalten. Der Anfall ging vorbei. Ich beschloss, meine Hoden zu überprüfen. Jetzt war ihnen nichts Unnormales anzusehen. Ich ließ meine Hand über meine Nieren gleiten. Ein schwaches Ziehen. Wann würden die Schmerzen einsetzen? Und wo?

Als ich mir die Hände wusch, war mir mein Spiegelbild völlig fremd. Ich hatte das Gefühl, mich ganz und gar objektiv zu betrachten, ohne irgendwelche Gefühle. Mein eigenes Ich schien in etwas anderem aufgegangen zu sein, etwas Größerem. Ich beobachtete mithilfe des Spiegels eine zufällige Maske, die die Natur mir geschenkt hatte, ehe ich in dieses Schauspiel hineingeschickt worden war. Das Ganze dauerte nur wenige Sekunden, dann hatte mich der Alltag wieder. Ich hatte schon einmal so etwas erlebt, vielleicht im Traum oder im Halbschlaf.

Ich ging in die Bar und bestellte mehr Wein. Ich dachte an diese Hand. Was in aller Welt würden sie machen, wenn sie den Körper nicht fanden? Die Hand in einen Sarg legen und bestatten? Ich stellte mir die einsame Hand im Sarg vor. Eine rotblaue Hand auf einem weißen Kissen. Und dann sah ich sie zwischen den Steinen am Strand liegen und gewissermaßen zum Abschied winken.

Ich musste weg hier. Und zwar sofort. Wieder war alles umgeschlagen, ich verspürte Angst, ein plötzliches Gefühl von Panik. Ich bekam hier drinnen nicht genug Luft.

Der Kiosk auf dem Marktplatz war verschwunden. Dort, wo er gestanden hatte, ragte jetzt eine Messingskulptur auf, eine Art Puppe, besetzt mit Glöckchen, die im Wind leise bimmelten. Ich stellte mir den alten Kiosk vor, wie er auf dem Grund des Sølvfjords stand. Voller klitschnasser Pornoblättchen aus der Zeit der Unschuld, die unter dem Tresen verstaut wurden. Ich ging durch die Stadt meiner Kindheit. Ich wollte das versunkene Auto sehen; ich konnte mir aber selbst nicht erklären, warum.

Ich ging also durch diese kleine norwegische Stadt, eine Stadt mit knapp zwanzigtausend Einwohnern. Wie auch sonst um diese Tageszeit war nicht viel von ihnen zu sehen. Sie reparierten die Toilette oder die Schaukel für die Kinder, jetzt, nach Feierabend. Es war fast neun Uhr. In der Ferne bellte ein Hund, und vom Fjord her war der Motor eines Bootes zu hören. Der alte Henriksen war auf der Heimfahrt zu seinem weißen Holzhaus, mit sechzehn Makrelen, die er entgegen den ortsüblichen Bräuchen nicht richtig getötet hatte. Sie lagen im Steuerhaus und peitschten mit den Schwänzen.

Ich blickte auf meine italienischen Schuhe, sah, wie sie den Asphalt der Hauptstraße hinter sich brachten. Die war mittlerweile Fußgängerzone. Eine richtig blöde Fußgängerzone mit wehenden Plastikwimpeln und Holzkästen mit windzerzausten Petunien. Die Schaufenster wussten es nicht besser. Da war die Bushaltestelle vor dem Kino. Die neue Bank hatte einen Betonsockel. Eine Sturmmöwe hackte auf ein Stück Pizza ein, das jemand verloren hatte. Vieles hatte sich seit meiner Kindheit geändert, manches war geblieben. Um diese Tageszeit konnte man sich leicht vorstellen, dass eben erst der Schwarze Tod vorübergezogen war, unterwegs zum nächsten Dorf.

Als es bergauf ging, geriet ich arg ins Keuchen. Meine Lunge ist nicht mehr das, was sie damals war, als Craven A noch einzeln verkauft wurde. Während ich unter den Fenstern der Feuerwache vorüberging, hörte ich Lachen und Gesprächsfetzen. Und dann volle Kanne Frank Zappa: »Give me your dirty love. Like you might surrender to some dragon in your dreams.« Ja, warum nicht? Auch bei ihm hat es irgendwo da unten gesessen.

Ich bog um die Ecke und ging auf den Hinterhof. Dort stand das Auto. Sie hatten es in der hinteren Ecke beim Abfallcontainer abgestellt. Es war ein weißer Escort mit platten Reifen und zerfetzter rechter Seite. Die Tür fehlte. Ich beugte mich über den Fahrersitz, der nach Meer und Motoröl roch. Vorsichtig befühlte ich den roten Stoffsitz. Er war noch etwas feucht, aber ich setzte mich trotzdem darauf. Das hätte ich lieber lassen sollen. Mein eigenes Gewicht presste mich in den Sitz, und ich wurde triefnass. Ich dachte an die Hand des Jungen und legte meine eigene auf die Gangschaltung.

Es ist Winter. Der Sølvfjord liegt wie schwarze Tinte unter einer schmutzig grauen Wolkendecke. Von ferne die Lichter der weiter im Landesinneren gelegenen Stadt. Die Schneehaufen am Straßenrand. Die Spikesreifen, die über Eis und verharschten Schnee fetzen. Das Licht der Scheinwerfer gräbt die Straße vor mir aus der winterlichen Dunkelheit. In den Kurven rutschen wir über den Wasserspiegel oder zwischen die Tannen.

Die Tür des Abschleppdienstes auf der anderen Hofseite wird geöffnet. Ich traue meinen Augen kaum, aber es ist Pfeffer. Er ist alt und grau geworden, aber er ist es. Sein blaues

Uniformhemd ist so frisch gebügelt wie eh und je. Und Pfeffer ist noch genauso schwachsinnig, wie Gott es für ihn festgelegt hat. Er erkennt mich nicht, das merke ich, aber er stellt sich zwischen der Treppe und dem Wrack auf und macht mit seinen breiten Lippen Furzgeräusche. Ich winke ihn zu mir und frage, wie es ihm geht.

»A.« Das bedeutet gut.

»Ich brauche einen Kartenleser«, sage ich. Zeige auf einen Pappkarton neben dem Container. »Reiß dir ein Stück ab zum Sitzen. Sonst kriegst du einen feuchten Hintern.«

Er zögert, schaut zum Wrack hinüber.

»Komm schon«, sage ich.

Dafür, dass er so alt ist, bewegt er sich rasch. Und das mit der Pappe schenkt er sich. Er sitzt schon neben mir, ehe ich auch nur aufseufzen kann, und er scheint nicht auf das Wasser zu achten, das in seinen Hosenboden eindringt. Sein Blick ist blau und freundlich. Wir fahren mit gewaltigen Furzgeräuschen los, ich drehe das Lenkrad, und Pfeffer mustert abwechselnd die imaginäre Karte auf seinen Knien und den rostigen Container vor uns.

Zum ersten Mal seit Dr. Lundes Mitteilung bin ich glücklich. Ich lebe jetzt wieder in einer Zeit, die mir zumindest im Nachhinein ziemlich sorglos vorkommt. Als sich an Samstagabenden alle auf dem Marktplatz versammelten. Wo die Autos im Leerlauf liefen. Gekühlte Cola. Wurst mit Brot und Kartoffelfladen. Das helle Lachen der Mädchen. Pfeffer, der von Auto zu Auto geht und allen als Kartenleser dient. Die Jungs vom Abschleppdienst schleppen ihn zu allen Veranstaltungen in der Gegend mit. Er bekommt dieses Spiel niemals über. Und wir anderen auch nicht.

Eine imaginäre Rallye auf dem Marktplatz, mit der Würstchenbude in Reichweite. Vorsicht in der Kurve! Halt dich fest. Rechts oder links, Pfeffer? Pfeffer schwenkt die Arme in beide Richtungen, reißt Tabakpackungen und Limoflaschen vom Armaturenbrett. Danach fährt ihn immer irgendwer nach Hause zu seiner alten Mutter draußen am Strandkai. Aber wer kümmert sich jetzt um ihn?

Wir überqueren die Ziellinie. Ich erkläre Pfeffer, dass wir gewonnen haben. Wir gewinnen immer. Irgendwann einmal hat irgendein Trottel ihm etwas vom zweiten Platz erzählen wollen. Es blieb bei diesem einen Versuch. Pfeffer hat seine Schattenseiten wie jeder andere auch.

»Gehen wir«, sage ich. »Wolltest du zum Kiosk?«

Er zeigt mir den Zettel. Fünf Cola. Eine Wurst mit allen Beilagen und eine Riesentüte Erdnüsse.

Ich heiße Lennart Hagstrøm. Ich bin vierundvierzig Jahre alt. Ich habe Betriebswirtschaft studiert und arbeite bei einer angesehenen Wirtschaftsprüfungsfirma. Ich habe eine Frau, die mich liebt, und zwei Kinder, die anscheinend keine Probleme machen. Ich muss bald sterben. Und jetzt gehe ich zusammen mit einer schwachsinnigen Kindheitserinnerung durch die Straßen, um Wurst mit allen Beilagen und gekühlte Cola zu kaufen. Unsere Hosenböden sind triefnass, vermutlich sehen wir aus, als hätten wir in die Hosen gemacht. In Wirklichkeit ist es nur Salzwasser. Wir haben Furzgeräusche ausgestoßen und sind eine imaginäre Rallye gefahren – mit dem Auto des verstorbenen Sohnes einer Frau, die mir nie Zugang zu ihrem Slip gewährt hat, obwohl ich mir damals große Mühe gab. Das Leben ist seltsam.

4

Als ich am nächsten Morgen erwachte, war es erst kurz nach sechs. Ich fühlte mich ausgeschlafen und hätte problemlos aufstehen können, blieb aber trotzdem unter der wärmenden Decke liegen.

Es war dämmerig im Zimmer. Die Stadt schlief noch, kein Auto war zu hören, nur die Möwen, die über den leeren Straßen und dem Fjord schrien. Mit diesem Klangbild war ich aufgewachsen. Mit dem gedehnten Schreien der weißen und grauen Vögel. Jahraus, jahrein hatte ich in meinem Zimmer gelegen, während die Möwen mich aus meinen Träumen zogen. Ich hatte diesen Zustand zwischen Schlafen und Wachen gemocht, ich mochte ihn noch immer. Er war wie ein guter schwerer Rausch, eine Art mentaler Marktplatz, auf dem sich die Eindrücke aus zwei Welten begegneten. Mein Vater, der im Badezimmer pfiff. Das trübe Winterlicht im Zimmer. Und dann war alles wieder ganz dunkel, und Vaters Pfeiftöne gebaren verwirrende Traumgesichte.

Was ich in dieser Nacht geträumt hatte, im Hotelbett, wusste ich nicht mehr. Aber etwas ging mir auf, und ich fand es seltsam, dass der Gedanke erst jetzt auftauchte: In dieser Stadt, auf der Bühne meiner Kindheit, spielte sich ein großer Teil meines Traumlebens ab. Und so war es schon lange.

Ich glaube nicht, dass meine Heimatstadt in den ersten Jahren, seit ich fortgezogen, seit ich zum Oslo-Bürger geworden war, überhaupt je auf meiner Traumkarte auftauchte. Jetzt, als Mann mittleren Alters, erlebte ich fast jede Nacht Szenen, die innerhalb dieses alten Rahmens angesiedelt waren. Und es war nicht nur der »Rahmen«; der Marktplatz, die Straßen, die Landungsbrücken und die Parks öffneten sich vor mir. Nein, auch meine Mitspieler von damals stellten sich ein. Nicht viele. Nur einige wenige. Und nur die, mit denen ich meine Kindheit verlebt hatte, die ersten Jahre auf der Volksschule. Jetzt tauchten sie in meinen erwachsenen Träumen auf, wo sie auf seltsame Weise Werte und Einstellungen vertraten, die ich ihnen schon als Kind zugeordnet hatte.

Meine täglichen Frustrationen und Eindrücke spielten sich nachts in dieser Stadt ab, spiegelten sich in diesen Kindergesichtern aus meiner Vergangenheit wider. Und ich fragte mich: Spiele ich eine Rolle im Traumleben anderer? Habe ich etwas getan oder gesagt, was noch immer in einem Menschen herumgeistert? In einem Menschen, den ich nicht mehr kenne, der mich nicht mehr kennt?

Nach dem Frühstück trieb ich mich zwei Stunden in den Straßen und am Hafen herum. Ich wusste nicht, wie ich jetzt weiter vorgehen sollte. Eine Weile stellte ich mir vor, wie ich mich als Journalist einer Osloer Zeitung ausgab. Wie ich mir irgendeine Lügengeschichte über das historische Interesse an einem bestimmten Haus aus den Fingern sog.

Idiotisch, natürlich. Es ärgerte mich, dass es mir so schwerfiel, die Wahrheit zu sagen. Ich hatte wohl Angst davor, für einen sentimentalen Narren gehalten zu werden. Was wildfremde Menschen vielleicht über mich dachten, konnte mir doch wirklich egal sein. Wenn es ihnen ungelegen kam, konnten sie doch einfach Nein sagen. Außerdem war ich wirklich sentimental. Ich zankte mich ein wenig mit mir selbst, bis sich mein Stolz beugen musste.

Am Öltank im Garten lehnte ein Damenfahrrad mit Kindersitz. Dieser Öltank war für uns damals ein gewaltiger Fortschritt gewesen. In den frühen Siebzigerjahren. Weg mit den Holzöfen! Schluss mit dem Holzhacken draußen im Schuppen, an den langen Herbstabenden. Das Geräusch meiner Schritte, als ich über den Kiesweg lief ... In meinen Gedanken war wieder Herbst. Ich konnte in der nächtlichen Dunkelheit den säuerlichen Duft von Fallobst wahrnehmen.

Ich klingelte. Es war dasselbe alte Geräusch, das sich innen im Haus fortpflanzte.

Es dauerte eine Weile, bis die Tür geöffnet wurde. Ich hörte Kinder plappern und eine Frau reden. Jetzt bereute ich meinen Einfall. Wenn sie mit den Kindern allein zu Hause war, und das war sie wohl ... Immerhin leben wir in einer Zeit, in der alte Leute in ihren eigenen Wohnungen misshandelt werden. Ich musste mir irgendeine Erklärung überlegen, eine Entschuldigung, mich nach dem Weg erkundigen, nach ... ja, wohin eigentlich? Mir fiel nichts ein.

Auf einmal stand sie vor mir. Sie war jung, Anfang zwanzig. Dunkel, ziemlich hübsch, mit dem leicht dämlichen Gesichtsausdruck, der sich beim Kaugummikauen so oft einstellt. An ihr Hosenbein klammerte sich ein Mädchen von vier oder fünf Jahren. Ein kleineres Kind saß auf ihrem Arm.

Ich stellte mich vor. Und dann sagte ich wahrheitsgemäß, dass ich mir blöd und unverschämt vorkäme, aber ich sei nun einmal in diesem Haus aufgewachsen. Schon lange sei ich nicht mehr in dieser Gegend gewesen, aber nun habe der Zufall mich hierhergeführt.

Sie kaute auf ihrem Kaugummi herum und starrte mich an.

Die Kleine lugte schüchtern durch zwei Finger.

Ich fragte, ob ich mich im Garten ein wenig umschauen könne. Ich wolle nicht lange bleiben. Ich hasste mich, weil ich so herumstammelte. Ich kam mir vor wie ein verliebter Sechzehnjähriger. Die Vorstellung, darum zu bitten, für einen Moment ins Haus kommen zu dürfen, erschien mir jetzt vollständig absurd.

»Im Garten?«

»Es tut mir leid«, sagte ich. »Vergessen Sie es. Das war nur eine blöde Idee.«

»Natürlich können Sie in den Garten gehen«, sagte sie. »Aber verlaufen Sie sich nicht.«

Ich wollte gar nicht in den Garten. Ich wollte lieber ins Hotel zurückgehen und mich volllaufen lassen. Die ganze Situation kam mir einfach blödsinnig vor. Sie war zu jung, um irgendetwas zu begreifen. Deshalb ging ich vor allem in den Garten, um ihrem forschenden Blick zu entkommen. Ich bog unter den Wäscheleinen nach links ab und ging um die Hausecke.

Doch. Ich begriff, wie sie das mit dem Verirren gemeint hatte. Das Unkraut reichte mir bis an die Knie. Die alten Obstbäume waren seit ewigen Zeiten nicht mehr beschnitten worden. Ich glotzte auf Fjord und Stadt hinunter und empfand dabei nicht das Geringste. Doch, ein Unbehagen, weil ich wusste, dass sie hinter mir am Wohnzimmerfenster stand und meinen Rücken beobachtete. Nach zwei Minuten hielt ich es nicht mehr aus. Ich musste machen, dass ich hier wegkam. Doch als ich mich gerade umdrehte, öffnete sie das Wohnzimmerfenster und bot mir eine Tasse Kaffee an.

Ich wusste nicht, was ich dazu sagen sollte. Eigentlich wäre ich lieber gegangen. Doch dann sagte ich, dass ich keine Umstände machen wolle.

»Das sind doch keine Umstände. Ich starre ja ohnehin nur die Wand an. Und heißen Kaffee habe ich immer in der Kanne.«

Sie hatte die Tür angelehnt. Ich ging ins Haus und zog sie hinter mir zu. Im Gang wimmelte es nur so von Dreirädern und Spielzeug, von Schuhen und Zeitungsstapeln.

»Ich bin in der Küche. Sie kennen sich ja aus. Wie war noch gleich Ihr Name?«

»Hagstrøm«, sagte ich.

Es war seltsam, nach den vielen Jahren wieder in der alten Küche zu stehen. Der Herd war noch der alte. Und der Tisch auch. Das grüne Linoleum, in das meine Mutter zwischen Herd und Esstisch einen Pfad getreten hatte. Jetzt war der Weg deutlicher als in meiner Erinnerung, eine neue Frau war sozusagen in die Fußstapfen meiner Mutter getreten. Eine andere Frau zwar, eine moderne Frau, aber dennoch eine Frau, die mit dampfenden Töpfen und Schüsseln über diesen Weg zur wartenden Familie lief.

»Sahne?«

»Nein, danke«, sagte ich. Dann ging ich zur Wohnzimmertür. Hier waren große Veränderungen vorgenommen worden. Neue Tapete. Neuer Teppichboden. Und es war seltsam, dieses Zimmer ganz ohne Bücher zu sehen.

Sie drückte mir einen Becher mit dampfendem Kaffee in die Hand. Glühend heiß. Gut. »Das ist ein gemütliches Haus. Haben Sie es gebaut? Ihr Vater, meine ich?«

»Nein, es ist noch älter.«

»Wir haben es nur gemietet. Wie gesagt, gegen das Haus lässt sich nichts sagen. Aber diese Stadt geht mir einfach auf den Geist. Hier unten wissen die Leute mehr über Sie als Sie über sich selbst.«

»Ja«, sagte ich. »Da sagen Sie mir nichts Neues.«

»Manchmal stehe ich abends hier und glotze aus dem Fenster. Wenn es nichts im Fernsehen gibt. Ich mag diesen Fjord nicht. Er scheint irgendwas von uns zu wollen. Das war immer schon so. Die anderen finden ihn idyllisch und schön und können mich nicht verstehen. Jonny will sich unbedingt ein Holzboot anschaffen. Nur zu, sage ich. Aber ich bleibe an Land.«

Ich sagte, ich könne sie sehr wohl verstehen. Der Fjord

hatte eine Art hypnotische Wirkung. Vor allem nachts, bei Mondschein. Dann konnte man sehen, wie die Strömung verlief. Eine tiefere Färbung der Wasserfläche.

»Ja, nicht wahr? Ist ja eigentlich kein Grund, um Verfolgungswahn zu kriegen, sondern eher ganz natürlich. Aber trotzdem. Setzen Sie sich doch. Es macht mich nervös, wenn Leute im Stehen trinken. Sind Sie Geschäftsmann, oder was?«

»Ich arbeite als Wirtschaftsprüfer«, meinte ich.

»Das klingt ja total spannend«, sagte sie.

Ich lachte. »Es ist gar nicht so schlecht.«

»Und jetzt suchen Sie alte Jagdgründe auf, um zu überprüfen, ob alle Rechnungen aufgehen?« Auch sie lachte jetzt.

An meine Antwort kann ich mich nicht mehr erinnern. Aber ich weiß noch, dass ich sie sympathisch fand. Es gefiel mir, hier in meinem Elternhaus zu sitzen und mir ihre frechen Bemerkungen anzuhören.

Meines Wissens war das Haus um 1900 von einem Steuermann erbaut worden. Hier waren er und seine Familie, die, wie ich mir einbildete, sehr groß gewesen war, umhergelaufen. Lachen und Weinen. Die Auseinandersetzung über die Auflösung der Union mit Schweden, Wetter und Wind. Dann der Tod. Zuerst starb er, dann sie.

Und später – der Einzug meiner Eltern. Erst zur Miete. Jung verheiratet und munter, voller Pläne und Ideen für die Zukunft. Hier, auf genau demselben Boden, wo der Steuermann und seine Familie gelebt hatten, wachse ich auf. Hier lerne ich laufen. Hier lerne ich sprechen. Hier stelle ich zu meinem Erstaunen fest, dass ich einen eigenen Willen besitze. Ich ziehe aus. Ich ziehe in die Hauptstadt, und meine Eltern verbringen schlaflose Nächte und fragen sich, was die Stadt wohl aus mir machen wird.

Als Vater kehre ich zurück. Mein Vater und ich wandern über den alten Holzboden, den Boden, auf dem der Steuermann herumstolziert ist, mein Vater und ich – wir sind Väter, und Frauen und Kinder schlafen schon. Wir versuchen, einen passenden Tonfall zu finden. Das gelingt uns nicht, wir sind uns zu ähnlich, aber das macht nichts. Wir verzeihen einander, weil wir sehen, wie sehr sich der jeweils andere anstrengt. Wir wissen, was es kostet, einander nicht anzuschreien.

Ich sitze in einem vertrauten Zimmer zusammen mit einer Frau, einer jungen Mutter, die den Mund voll Kaugummi und heißem Kaffee hat. Sie kommt aus der Osloer Satellitenstadt Lambertseter, sagt sie. Sie findet den Fjord beängstigend. Ihr Mann ist bei der Arbeit, und auf der linken Seite zeigt ihr Pullover einen Fleck aus Erbrochenem, sicher von dem Baby. Sie ist ziemlich schön. Ich glaube, dass sie viele Träume hat.

Ich erhob mich. Die notwendigen Dankesworte blieben mir im Hals stecken. Unwillkürlich fuhr ich mir mit der Hand über die Haut, und jetzt spürte ich die Geschwulst. Oder eine davon. Beim Ultraschall waren drei zu sehen. Hier stand ich also und bedankte mich für die Gastfreundschaft, mit einer bösartigen Geschwulst unter den Fingerspitzen.

Bald darauf stand ich auf dem Hof. Wieder mit zwei Fingerspitzen auf dieser verdammten Geschwulst. Dr. Lunde hatte gesagt, meine Stimme könne bald schwächer werden oder sogar ganz verschwinden. Na gut. Dann werde ich eben die Klappe halten müssen.

Es fing an zu regnen. Schwere, große Tropfen, die innerhalb weniger Sekunden den Kies dunkel färbten. Und mir stieg ein Duft entgegen. Ein schwerer Duft nach Wald und warmem Asphalt, nach Holz und Erde. Ich weinte. Ich stand mit dem Rücken zum Küchenfenster und schluchzte laut auf, und ich wusste, dass sie mit dem Kind auf dem Arm dastand und mich beobachtete. Ich ging davon. Ich musste fort von diesem Bild, in dem ich stand, es erstickte mich.

Und während ich mich von allem entfernte, was früher einmal ein Teil von mir gewesen war – oder von dem ich ein Teil gewesen war –, musste ich ausgerechnet an Kastanien denken. An blanke, glatte Kastanien. An dieses alljährliche Wunder, wenn die großen Bäume auf dem Marktplatz ihre stacheligen grünen Früchte auf Asphalt und Pflastersteine fallen ließen, wenn das weiße Fleisch platzte und einen glänzenden, mahagonifarbenen Schatz zeigte. Ich kann es nicht erklären, ich will nicht einmal einen Versuch unternehmen, aber die Erinnerung an diese glatten Nüsse, die so kühl und angenehm in meiner Hand lagen, ließ mich noch einmal in Tränen ausbrechen.

Ich ging weiter und dachte an diese Kastanien aus meiner Kindheit. Daran, wie wir auf dem Heimweg von der Schule unsere Ranzen damit gefüllt hatten. Wie wir die Wachsschicht betastet hatten. Ich erinnerte mich, nein, ich erlebte noch einmal meine Verblüffung und meine Enttäuschung, als sich nach nur wenigen Tagen ihr Glanz trübte, wenn sie schrumpften.

5

In dieser Nacht hatte ich einen sehr seltsamen Traum. Ich stand auf dem Grund des Sølvfjords und rauchte eine Zigarette. Und so, wie ich mir das am Vortag ausgemalt hatte, stand dort unten auch der alte Kiosk. Tang umwogte meine Füße, und der graue Rauch meiner Zigarette löste sich im grünlichen Wasser auf. Ich stand vor dem Kiosk und ließ meinen Blick nach oben wandern, zu der Oberfläche, die über mir glitzerte. Es war so still.

Dann glitt ein großer Schatten über den Boden, und ich fuhr zusammen, denn ich dachte: Das muss Astrids Sohn sein. Aber dann war es ein Riesenhai. An diese enormen Fische konnte ich mich aus meiner Kindheit erinnern, ab und zu verfingen sie sich in den Fischernetzen und richteten dabei großen Schaden an. Ich hatte sie oft auf einem Leichter unten bei den Landungsbrücken liegen sehen. Riesig und tot. Sie machten Eindruck auf uns kleine Jungs, nicht nur wegen ihrer Ausmaße, sondern auch, weil sie angeblich lospinkelten, wenn sie gefangen wurden. Weil der Urin in ihr Blut einfloss. Ich hatte Angst vor ihnen. Sie taten Menschen zwar nichts, aber Angst hatte ich trotzdem. Ich traute mich nie, die Hand ins Wasser zu halten, wenn ich mit meinem Vater auf dem Fjord unterwegs war, denn ich wusste von diesen großen, stummen Wesen, die dort unten umherglitten.

Als ich aufwachte, war es schon nach zehn. Sonst schlafe ich nie so lange. Ich war schweißnass, und das Herz hämmerte in meiner Brust. Eine Furcht, die ich nicht erklären konnte, hielt mich gepackt, in meinem Traum dagegen hatte ich mich nicht gefürchtet. Ich hatte unten auf dem Boden gestanden und meine Unterwasserzigarette geraucht, ohne dass mich der Anblick des Riesenhais beeindruckt hätte.

Nach dem Frühstück ging ich am Fjord entlang. Es nieselte, die Feuchtigkeit bedeckte mich mit winzigen Perlen. Ich hatte keinen Mantel an, und sicher ging mein Anzug jetzt zum Teufel, aber das Wetter war angenehm mild. Die Möwen segelten durch den Dunst über dem Wasser, und draußen war kein einziges Boot zu sehen. Ich war fast eine Stunde unterwegs. Dann hatte ich den Strand und die alte Zementgießerei erreicht.

Alles war wie früher, abgesehen davon, dass der Betrieb eingestellt worden war. Es war ganz still, nicht einmal Wellen schlugen gegen die Steine. Die alten roten Häuser standen schief und krumm unter den Erlen, es roch nach feuchtem Zement und nach Meer.

Hier lagen große Teile meiner Kindheit begraben. Die langen, glücklichen Sommer. Ich ging über den Strand und strich mit der Hand über die großen Klippen. Ich hatte auf ihren sonnenwarmen Rücken gelegen und im klaren Wasser Krebse gefangen. Ich war zwischen ihnen umhergewatet, während winzige Flundern wie flüchtige Schatten über den Sandboden gehuscht waren.

Ich blieb stehen und betrachtete einen dieser Steine, einen rotbraunen Koloss, und erkannte die alten Spalten und Senken. Dieser Stein hatte jeden einzelnen Tag in seinem Leben in seiner eigenen Schwere geruht. Die Wellen waren über ihn hinweggespült, während ich mich selbst und später das andere Geschlecht erforscht hatte, er hatte hier in seiner Unveränderlichkeit gelegen, als ich unser erstes Kind in die Arme genommen hatte.

Wir hatten hier draußen in der Bucht ein kleines Ferienhaus gehabt. Soviel ich wusste, lag es noch immer oben am Hang hinter mir. Jetzt kam es mir völlig absurd vor, aber damals war es ganz natürlich gewesen, ein Ferienhaus zu besitzen, das von zu Hause zu Fuß erreichbar war. Ich konnte mich noch daran erinnern, wie mein Vater jeden Morgen zur Arbeit in die Stadt geradelt war, was die Sommerferien hier draußen in der Zeit, als ich noch nicht zur Schule musste, unendlich wirken ließ.

Sie stand im Schatten der schweren Erlen an der Badestelle. Sie trug einen altmodischen großen Ledermantel, und ich stellte mir vor, dass sie vielleicht die ganze Nacht hier draußen unterwegs gewesen war. Auch auf die Entfernung kam sie mir verhärmt vor, und als sie sich vorbeugte, wirkte sie auf mich wie eine Statue mit Schlagseite. Ich hatte sie mit achtzehn zuletzt gesehen. Als ich auf sie zukam, entdeckte ich, dass sie, wie ich, inzwischen grau wurde. Silberfäden zogen sich durch ihre schwarzen Haare.

Sie wirkte nicht sonderlich überrascht von meinem Anblick. Ich war schließlich in eine Kleinstadt gekommen. Ich hatte mich in vollem Tageslicht gezeigt. Der Klatsch hier blühte wie eh und je. Als ich dicht vor ihr stand, lehnte sie ihren Kopf an mich und blieb zitternd stehen. Sie weinte nicht, das Stadium lag wohl schon hinter ihr, aber ihr ganzer Körper zitterte unter meinen Händen.

Wir standen lange so da. Als junger Mann hatte ich oft davon geträumt, so mit Astrid dazustehen, aber ich hatte nicht genug Fantasie gehabt, um mir vorzustellen, dass ich es so erleben könnte.

»Ich muss weg hier«, sagte sie. »Ich hätte niemals hierbleiben dürfen.«

»Auch anderswo kann alles schiefgehen«, meinte ich.

»Du bist triefnass!« Sie öffnete ihren Mantel und zog mich energisch an sich. Sie roch nach Schweiß und Tabak.

»Wie lange läufst du schon hier herum?«, fragte ich.

»Er kommt hierher, wenn er kommt.«

Da hatte sie recht. Ich konnte mich noch an die Stimmen der Erwachsenen erinnern, aus einer Nacht vor langer Zeit. An ihren angespannten Tonfall. An das Getuschel in der Dunkelheit, wenn sie glaubten, die Kinder schliefen. Ich lag hellwach da und lauschte den Mitteilungen aus einer anderen Welt, in der meine Eltern lebten, wenn sie glaubten, ich träume. Es war eine erschreckende Welt, voller Rätsel und nur halb ausgesprochener Sätze. Ich lag da und hörte alles, was ich nicht hören sollte, während der Regen auf die Teerpappe des Ferienhausdachs prasselte.

Es ging um eine Frau, die es nicht mehr ausgehalten hatte. Der Nachbar aus dem Erdgeschoss hatte gehört, wie sie Nacht für Nacht ruhelos umhergewandert war. Und dann, eines Nachts, war alles still gewesen. Sie hatten ihre Pantoffeln auf dem Betonkai bei den Silos gefunden. Und darüber hatten die Erwachsenen in jener Nacht im Ferienhaus getuschelt. Dass die Strömung sie in die Bucht bei der Zementgießerei getragen habe. Dass sie an diesem Abend dort unten gefunden worden sei. Mein Vater und ein Nachbar hatten über die Strömungsverläufe im Fjord gesprochen.

Ich fror. »Komm«, sagte ich.

Das Ferienhaus lag dort, wo mein Vater es gebaut hatte, am Steilhang unter der Felsnase. Es war ein schlechtes Grundstück, sicher hatte er es sich deshalb leisten können. Der Berg sorgte dafür, dass es fast den ganzen Tag im Schatten lag, später übernahm dann der hohe Wald die Aufgabe, das Licht auszusperren. Von der Felsnase über dem Klohäuschen tropfte es. Es war ein Ferienhaus von der Sorte, für die ich immer schon ein Faible gehabt hatte. Es war gleich nach dem Krieg gebaut worden. Winzig klein. Zwei Zimmer und eine Kochnische. Mein Vater hatte sich alle Mühe gegeben, und in all den Jahren hatte ich gefunden, dass es gut genug war. Er hatte mir klargemacht, dass das Paradies aus vierzig Grad im Schatten bestehen kann.

Die neuen Besitzer waren offenbar auch nicht gerade gut bei Kasse, denn seit meiner Kindheit hatte sich nicht viel verändert. Das alte Schloss war mir vertraut, ich hatte es auch in stockfinsterer Nacht und mit etlichen Promille im Blut aufbekommen.

Ich legte Holz in den Kamin und machte Feuer. Astrid saß

auf der Bank vor dem Fenster und sah mich an, vielleicht sah sie auch durch mich hindurch.

»Ich wusste nicht einmal, dass du ein Kind hattest«, sagte ich.

»Es war nichts als eine Paarung«, sagte sie. »Ich wollte ein Kind und keinen Mann. Jetzt habe ich nichts.«

In einem Eckschrank fand ich eine Flasche Calvados, die zu Dreivierteln gefüllt war. Ich füllte zwei Küchengläser zur Hälfte und reichte ihr das eine. Sie sah es an wie einen Fremdkörper, der aus ihrer Hand herausgewachsen war. Dann trank sie gierig. Ich wusste nicht, was ich sagen sollte. Oder ob ich überhaupt etwas sagen sollte.

»Du warst ein einsamer Prinz«, sagte sie. »Das weiß ich noch.«

»In dem Alter sind alle einsam«, sagte ich. »So ist das Leben im Frühling.«

Sie kippte den restlichen Schnaps hinunter. »So ist das Leben immer. Für einige jedenfalls.«

Ich schwieg.

»Ich sehe ihn die ganze Zeit vor mir«, sagte sie und hielt mir das Glas hin. »Ich werde erst Frieden finden, wenn sie ihn gefunden haben. Er schwebt da unten in den schweren Strömungen.«

»Sie finden ihn«, sagte ich. »Oder er treibt von selber hier an.« Ich schenkte ihr nach. Ich fand den Ausdruck »da unten in den schweren Strömungen« ein wenig melodramatisch.

»Das ist schon seltsam«, sagte ich. »Dass ich hier draußen auf dich stoße.«

Ich erklärte ihr, dass auch ich wisse, wo die Strömung verläuft. Und dann erzählte ich ihr das, was ich noch keinem Menschen erzählt hatte.

»Ich friere«, sagte sie. »Ich bin total erschöpft.«

Sie hatten die alten Etagenbetten ausgewechselt. Wir ließen uns in das feuchte Bettzeug eines Einzelbetts unter dem Fenster fallen, sie riss und zerrte an meinen Kleidern. Als ich ihre schweren Brüste in die Hände nahm, sah ich für einen Moment den Jungen, der ich einst gewesen war, doch dieses Bild glitt davon und war verschwunden. Das Bett roch nach Moder, wir beide verströmten einen herben Geruch, und das, was wir miteinander oder vielleicht zusammen machten, hatte etwas Wildes und Gefühlloses. Die ganze Zeit lag sie mit zusammengekniffenen Augen und einem harten Zug um den Mund unter mir, das Gesicht zur Wand gekehrt. Danach schliefen wir.

Als ich aufwachte, war es dunkel. Mein Gesicht lag in ihren Haaren, mein Arm auf ihrem weichen Bauch. Draußen tropfte es aus einer lecken Dachrinne. Ich dachte, dass ich seit meiner Heirat eigentlich nicht mit anderen Frauen geschlafen hatte. Dass ich kein Bedürfnis danach verspürt hatte. Trotzdem hatte Astrids warmer Leib etwas Vertrautes. Ich hatte ihn noch nie berührt, jedenfalls nicht auf diese Weise, hatte sie kaum je ohne Kleider gesehen. Jetzt lag ich hier in dieser duftenden Dunkelheit, wie ich mir das als junger Mann oft ausgemalt hatte. Aber trotzdem war alles ganz anders, als ein junger Mann es sich vorstellen konnte. Ich würde sie verlassen müssen, ehe sie aufwachte.

Es regnete noch immer, als ich zurück zur Stadt ging. Mein Anzug war nass und unbehaglich. Mir war ein bisschen schlecht, ich hatte seit dem Frühstück nichts mehr gegessen, und jetzt war schon Abend. Mir fiel etwas ein, was mein Vater kurz vor seinem Tod gesagt hatte. Da es kein Geheimnis war, dass er bald den Jordan überqueren würde, fragte ich ihn, ob er an ein Leben nach dem Tod glaube.

»Daran denke ich nur wenig«, sagte er. »Ich denke vor allem an alles, was ich bald los sein werde.«

Ich hatte das damals nicht verstanden, denn er hatte keine Schmerzen. Jetzt verstand ich ihn besser.

Als ich das Hotel erreicht hatte, blieb ich auf der Straße stehen. In meinem Zimmer brannte Licht, und ich wusste, dass ich doch nicht zu Hause anrufen würde.

Ich setzte mich ins Auto und kurbelte das Fenster herunter. Ich dachte an Pfeffers unsichtbare Karte und an die lange, imaginäre Rallye.

LARS SAABYE CHRISTENSEN

Schlachtung

Die Zahnpastatube. Die Zahnpastatube war das Entscheidende. Ich hatte geplant, an diesem Abend früh schlafen zu gehen, noch ein wenig in der »Reise ans Ende der Nacht« zu lesen, drei Haferkekse mit Honig zu essen, ein Glas alkoholfreies Bier mit einem rohen Eigelb darin zu trinken und zu schlafen, bevor sie es an der Zeit fand, ins Bett zu gehen. Und dann kam mir, wie gesagt, die Zahnpastatube dazwischen. Ich nahm sie mit ins Wohnzimmer.

Sie saß dort im Dunkeln und sah »Blood Simple« auf Video. Sie musste sich den Film schon mindestens neunmal angesehen haben.

»Wie oft muss ich das noch sagen?«, fragte ich.

Sie hörte nicht zu. Der unruhige blaue Schein vom Bildschirm ließ ihr Gesicht schmal und undeutlich aussehen, sie wirkte fast ausgehungert, wie sie so dasaß.

»Wie oft muss ich das noch sagen!«, rief ich und hielt die Zahnpastatube hoch.

Sie hielt den Film an genau der Stelle an, als der ermordete Ehemann, der doch in der vorherigen Szene tief in der Erde vergraben worden war, plötzlich wieder auftaucht und ins ganze Schlafzimmer der Frau Blut spuckt. Ich habe den Film einmal mit ihr gesehen, an einem verregneten Sonntag, und ich habe schon damals behauptet, dass es ein ziemlich billiger Trick des Drehbuchschreibers sei, nicht zuletzt, weil sich dann herausstellt, dass es nur ein Traum war und der Mann immer noch in der Erde begraben liegt. Ich habe es nie geschafft, mir den Schluss anzusehen.

»Was sagst du?«, fragte sie und drehte sich langsam zu mir um.

»Ich frage dich, wie oft ich schon gesagt habe, dass du die Tube unten ausdrücken sollst und nicht oben.«

»Ja?«

Sie verstand nicht, was ich meinte. Ich hielt ihr die Tube hin, die unten dick und hart war, ganz oben aber flach, und aus der Öffnung quoll vertrocknete Zahnpasta, die aussah wie eine verdorbene hellblaue Kruste.

»Und wie oft habe ich gesagt, dass du den Deckel wieder draufschrauben sollst, wenn du fertig bist?«

»Den Deckel? Was meinst du damit?«

»Den Korken! Den Verschluss! Nenn es, wie du willst. Jetzt ist es zu spät. Die Zahnpasta hat sich festgesetzt. Man kriegt nichts mehr raus.«

Mich störte das Bild auf dem Fernsehschirm, der ermordete Ehemann, der vorgebeugt dastand, während ihm eine Blutsäule aus dem Gesicht schoss und die Kleider voller feuchter Erde waren. Ich hätte mich deutlicher ausdrücken sollen, aber ich schaffte es nicht besser.

Sie lehnte sich zurück und musterte mich. Dann lächelte sie.

»Mein Lieber, kannst du dir nicht einfach eine eigene Zahnpastatube kaufen?«

»Wir waren uns darin einig«, begann ich. »Wir waren uns darin einig, wie wir die Zahnpastatube ausdrücken. Wir wollten unten anfangen, nicht wahr? Das ist logisch. Und dann können wir sie jedes Mal umknicken, wenn es weniger wird.«

»Und dann?«

»Und dann? Was meinst du mit ›und dann‹?«

»Du hast zugenommen.«

»Was?«

»Jetzt kann ich es sehen. Du bist wirklich fett geworden.« Ich schaute an mir selbst herunter, ich hatte nur eine Unterhose an, und sie hatte recht. Ein bleicher Ring umgab meinen Bauch, der sich plötzlich sehr schwer und unbequem anfühlte. Das machte die Sache nicht gerade besser.

»Lenk nicht vom Thema ab«, sagte ich, so ruhig ich nur konnte. »Den Trick kenne ich.«

»Ich sage nur, was ich sehe. Du bist fett geworden. Du bewegst dich zu wenig. Du liest zu viel.«

»Na gut. Dann bin ich eben fett geworden. Möchtest du, dass ich auch noch Mundgeruch bekomme?«

»Jetzt bist du lächerlich. Die Tankstelle hat geöffnet. Da gibt es Zahnpasta. Und du kriegst gleichzeitig ein bisschen Bewegung.«

»Ich fahre weg«, sagte ich.

»Und ich möchte gern diesen Film zu Ende sehen, wenn du nichts dagegen hast.«

»Ich fahre weg«, sagte ich und ließ die Zahnpastatube auf den Boden fallen.

Sie beugte sich vor und stellte den Videorekorder wieder an. Der Ehemann taumelte blutig auf die erschrockene Ehefrau zu, die ihren eigenen Augen nicht traute und dazu auch allen Grund hatte.

Ich ging ins Schlafzimmer und zog meinen doppelreihigen Anzug mit den acht Taschen an. Ich wollte diesen Ort mit einem gewissen Stil verlassen. Dann holte ich den Koffer hervor, den ich früher immer benutzt hatte, und packte ein Paar Socken ein, »Reise ans Ende der Nacht« in dänischer Übersetzung, meine Taschenkalender der letzten vier Jahre, zwei Nylonhemden, einen Schlips, den Pass und die Zahnbürste.

Als ich an der Wohnungstür stand, hörte ich sie rufen: »Hast du an deine Tauben gedacht?«

Ich ließ sie stehen.

Ich trug den Koffer hinunter zur Reichsstraße neunzehn. Dort stellte ich ihn ab und wartete. Es war Oktober. Es war ein Samstag. Es war dunkel. Die einzigen Lichter, die ich sah, waren die flimmernden grünen Buchstaben der Schlachterei: NORDNORGES SALGSLAG. Ich fror. Es begann zu regnen. Der Anzug wurde immer schwerer. Ich bereute schon, keinen Regenschirm mitgenommen zu haben, aber andererseits ist es schwer, einen Mann mit Regenschirm ernst zu nehmen. Ich wartete im Regen.

Plötzlich hörte ich Autogeräusche in der Ferne, Reifen auf nassem Asphalt, es erinnerte mich an Flusspferde, die sich küssen. Ein Buchstabe der Neonreklame brannte durch, jetzt stand dort: ORDNORGES SALGSLAG. Ich war deprimiert.

Dann kam endlich ein Fahrzeug, und zwar aus der Schlachtereieinfahrt, ein hoher Lastwagen mit acht Lichtern an der Front. Ich streckte den Arm aus, er hielt an. Ich kletterte in die Kabine, und der Fahrer half mir, einen Platz für den Koffer zu finden. Dann fuhren wir los.

»Die Norweger sind das Volk auf der Welt, das am meisten Geld für Möbel ausgibt«, sagte der Fahrer. »Während die Italiener das meiste für Kleidung ausgeben. Wussten Sie das?«

»Nein, das ist mir neu«, sagte ich. »Aber eigentlich nicht überraschend.«

»Eine Frau im Radio hat das erzählt. Übrigens, schöner Anzug.«

»Den habe ich mir gekauft, als ich geheiratet habe.«

»Verstehe. Das ist einige Kilo her.«

»Wussten Sie, dass die Norweger jedes Jahr zehn Millionen Kronen für Abführtabletten ausgeben?«

»Ich sag's ja, wir leben in einem merkwürdigen Land.«

»Das ist wohl wahr«, stimmte ich zu.

»Wohin wollen Sie?«, fragte der Fahrer.

»Olsens Pension. Bodø.«

»Die haben gutes Frühstück. Spiegelei, Spucke und Spinat. Sie können bis Svolvær mitfahren. Wenn wir in Melbu die letzte Fähre kriegen.«

Die Scheinwerfer stießen in die Dunkelheit. Der Regen stand schräg in den Lichtkegeln, die Scheibenwischer zeichneten Halbkreise auf die Scheibe. Ich hörte Schreie hinter uns, aus dem Container, hohe, grelle Schreie, unangenehm.

»Schweine«, sagte der Fahrer. »Der elektrische Stuhl hat versagt. Stromausfall in der Schlachterei. Jetzt muss ich mit ihnen nach Kabelvåg fahren, da wird dann kurzer Prozess gemacht.«

»Schmerzfrei?«, fragte ich.

»Schmerzfrei? Fragen Sie nächstes Mal Ihr Kotelett.«

Ein Auto überholte uns, ein breiter Schlitten mit hohen Flossen, der sich durch den Regen pflügte, bis die roten Rücklichter mit hoher Geschwindigkeit wieder in der Dunkelheit verschwanden.

»Die wollen auch noch die Fähre kriegen«, bemerkte der Fahrer müde. »Alles ist besser als nichts. Die kommen bestimmt aus Myre. Heute ist Samstag.«

»Vor Kurzem ist die Fischfabrik dort stillgelegt worden«, sagte ich. »Vieles, weshalb man weggeht. Wenig, wofür man hinfahren würde.«

»Schwarzes Meer. Schwarzer Himmel.«

»Und schwarzes Lachen.«

»Wissen Sie, woran man einen aus Myre erkennt? Die rubbeln ihre Rubbellose mit einem Zehn-Öre-Stück.«

Der Fahrer lachte. Ich lachte auch.

»Der war gut«, sagte ich. »Haben Sie ›Reise ans Ende der Nacht‹ gelesen?«

»Nee. Wer hat das geschrieben. Hamsun?«

»Céline. Er ist nie in Myre gewesen.«

»Nein, es gibt viele, die nicht so weit gekommen sind. Was treiben Sie denn?«

»Freiberufler, Handelsvertreter.«

»Mit anderen Worten: Sie sind Ihr eigener Herr.«

»Solange es gut lief.«

»Ich will nicht weiter fragen. Ein Mann muss Sachen für sich behalten können. Es sind harte Zeiten.«

»Ja, das stimmt. Es sind harte Zeiten für alle.«

»Ist Ihre Frau berufstätig?«

»Sie ist Archäologin.«

»Wow, nicht schlecht. Für Archäologen sind jetzt bestimmt gute Zeiten, oder?«

»Sie hat in Bø eine Stabkirche gefunden.«

»Eine Stabkirche? Eine ganze Stabkirche?«

»Teile von einer. Das erregt auf jeden Fall viel Aufsehen. Der Fund wird die gesamte norwegische Geschichte auf den Kopf stellen. Die Karten müssen neu gezeichnet werden. Bücher müssen umgeschrieben werden. Sie wird noch den Nobelpreis kriegen.«

»Solange es gut lief, haben Sie gesagt. Was ist passiert?«

»Ich habe alles auf eine Karte gesetzt. Und ich habe mich geirrt. Steintauben, die je nach Wetter ihre Farbe wechseln. Sie werden im Regen blau und in der Sonne grau. Aber sie sind nicht gut angekommen. Niemand wollte sie haben.«

»Ich sag's ja«, meinte der Fahrer. »Es sind schwere Zeiten.« Wir näherten uns der Hadselbrücke. Sie war ein schöner Anblick. In einem majestätischen Bogen verlief sie über den Sund. Und in der Dunkelheit, mit den vielen erleuchteten Straßenlaternen, sah sie aus wie ein gewaltiges Glühwürmchen, das sich einfach hingelegt hatte, mitten im Oktober. Aber an der Bushaltestelle, wo der Bogen begann, standen einige Autos mit eingeschalteten Blinklichtern, und es waren Warnschilder aufgestellt. Leute liefen aufgeregt hin und her. Wir hielten an, kurbelten die Fenster hinunter. Der Schlitten, der uns überholt hatte, war gegen einen Laternenmast geprallt und von diesem beinahe in zwei Stücke zerteilt worden. Der Körper des Fahrers ragte aus der Windschutzscheibe, der Kopf hing in einem merkwürdigen schiefen Winkel. Auf der Rückbank konnte ich zwei Gestalten erkennen, Mädchen, die sich aneinanderlehnten, die Haare in einem blutigen Büschel ineinander verfilzt. Einer der Beifahrer lag auf der Fahrbahn, jemand deckte eine Jacke über ihn.

»Fahrt ruhig weiter«, erklärte einer. »Hier gibt es nichts mehr zu tun.«

Wir hörten den Unfallwagen von Stokmarknes kommen und warteten, bis er da war, dann fuhren wir weiter über die Brücke. Auf ihrem Scheitelpunkt konnten wir spüren, wie der Wind die Wagenladung packte. Der Fahrer mühte sich ab, um nicht an das Seitengeländer gedrückt zu werden, die ganze Brücke vibrierte, die Schweine schrien im Laderaum. Es hörte erst auf, als wir auf die Børøya abbogen, und im gleichen Moment teilten sich die Wolken im Osten, fast wie eine Offenbarung, und wir konnten den Mond über dem Møysalen sehen wie ein weißes, glühendes Loch im Himmel.

Wir erreichten die letzte Fähre von Melbu nicht mehr,

sie hatte bereits die Mole passiert. Die Schweine schrien weiter, und ich fragte mich, ob sie wohl wussten, wohin sie sollten.

»Wenn die Schweine warten können, dann können wir es auch«, sagte der Fahrer. »Die nächste Fähre geht morgen früh um Viertel nach sieben.«

Da war nichts zu machen. Wir gingen ins Hotel. Sie hatten ein Doppelzimmer frei.

»Machen wir das Beste draus«, sagte ich.

»Besser hätte ich es nicht ausdrücken können«, antwortete der Fahrer.

Er hatte eine halbe Flasche Concorde dabei. Die teilten wir uns. Wir saßen jeder auf seiner Bettkante und tranken abwechselnd daraus. Mein Anzug war fast trocken. Ich war gut in Form.

»Wie heißt du?«, fragte ich.

»Robin.«

»Und ich Oskar. Nett, dich kennengelernt zu haben.«

»Ich war im Winter mit Kenneth auf seinem Kutter unterwegs«, erzählte Robin. »Mit meinem Schwager, weißt du? Wir sind von Straumsjø losgefahren. Und es ist kein kleiner Kutter, das sage ich dir. Kojen für acht Mann, Radar, Sonar und Echolot, fast wie ein russischer Hochseekutter. Wir waren zehn Stunden lang draußen und kamen mit vier Schellfischen zurück. Ich habe eine Bemerkung gemacht, dass sich die Tour wohl nicht so recht gelohnt habe, und weißt du, was Kenneth geantwortet hat? Die Katze will auch Fisch haben, hat er gesagt. Er hat nämlich eine Katze.«

»Teure Katze«, sagte ich.

»Aber jetzt lass uns trinken, anstatt die Zeit mit Gerede zu vergeuden«, sagte Robin.

Wir leerten die Flasche und gingen hinunter in die Bar. Ein

osteuropäisches Trio spielte langsame Schlager: zwei bleiche Herren in weißen Smokings und eine Sängerin, die trübsinnig am Mikrofon lehnte, während sich die trägen Paare die ganze Zeit um sich selbst drehten und sich aneinanderklammerten, als stünde das Ende der Welt bevor. Robin wollte tanzen, aber ich bestellte mir einen Singapore Sling und bekam eine Bloody Mary, ohne Blut. Ich beließ es dabei.

Eigentlich war ich gut in Form. Ich stützte die Ellbogen auf den Bartresen und sah mein Gesicht im Spiegel hinter all den Flaschen. Seltsamerweise erkannte ich mich kaum. Die Sängerin sang den Song eines Grand-Prix-Gewinners von vor einigen Jahren. Das Lied handelte von Liebe. Perlen vor die Säue, dachte ich, ohne näher darüber nachzudenken.

Da kam Frank. Er setzte sich neben mich und winkte dem Barkeeper mit beiden Händen, dann ließ er eine Faust auf meine Schulterpolster fallen.

»Verdammt noch mal! Was machst du denn hier?«

»Bin auf dem Weg in den Süden«, sagte ich.

»Und ich auf dem Weg in den Norden«, meinte Frank. »Eine Messe in Harstad.«

Frank gehörte zur Vergangenheit. Mir gefiel die Vergangenheit nicht. Unsere Wege pflegten sich zu kreuzen, so wie jetzt, in regelmäßigem Abstand: im Spørkheim-Hotel in Rognan, in Olsens Pension, im Grandhotel von Myre, im Fiskarheim in Tromsø. Die Getränke kamen, und Frank verteilte die Gläser. Er war in Begleitung einiger Kollegen, die ich nicht kannte. Ich war zu lange aus dem Geschäft, neue waren hinzugekommen, junge Männer mit Psychologiestudium. Das war mir scheißegal, ich war gut in Form. Frank gab eine Runde aus. Wir mussten anstoßen.

»Und du machst Tauben?«, fragte er.

»Habe gemacht.«

Die Kerle hinter mir grinsten. »Habt ihr das gehört? Er macht Tauben.«

»Das ist vorbei«, wiederholte ich. »Ich habe Tauben gemacht.«

Frank war besorgt und aufdringlich. »Dann war das also falscher Alarm?«

»Der falscheste Alarm, den ich je gehört habe«, sagte ich.

»Bin auf 3832 Einheiten sitzen geblieben.«

»Sag nicht, dass du den ganzen Schwarm genommen hast?«

»Ich werde sie zu Weihnachten verschenken«, sagte ich.

»Hast du wirklich so viele Freunde?«

»Feinde.«

Frank bestellte neue Drinks. Er war in Fahrt und hatte diese leicht hektische Selbstsicherheit an sich, die so typisch ist, wenn man den Sieg in Reichweite hat. Ich tippte auf eine Partie von Stücken aus der Berliner Mauer oder selbstleuchtende Bibeln in Großdruck.

»Was war eigentlich so verkehrt an den Tauben?«, wollte Frank wissen.

»Sie funktionierten nicht, wogen acht Kilo und waren hässlich.«

»Du kennst doch Leif. Bei dem ist es auch den Bach runtergegangen. Würstchenautomaten. Du hast richtig gehört. So riesig wie Kirchenorgeln. Die Würstchen kommen in einer Hülle raus, ungefähr wie eine Zigarre. Hat nicht funktioniert.«

Wir tranken. Robin stand hinten an der Bühne und klatschte im Takt, während er die traurige Sängerin nicht aus den Augen ließ. Es war schon nach zwölf, und die Drinks wurden doppelt so teuer. Frank trat einen Schritt zurück, musterte mich von Kopf bis Fuß und verfiel in eine schmierige Vertraulichkeit, wie ich sie nur allzu gut aus meiner Zeit unterwegs kannte. Aber ich komme damit klar.

»Easy-off«, sagte er. »Du brauchst einen Easy-off-Gürtel.«

»Du verstößt gegen die Regeln«, sagte ich. »Wir verkaufen nichts untereinander.«

»Du bist die Ausnahme«, erklärte Frank. »Außerdem bist du aus dem Geschäft raus. Denk an meine Worte. Der Easy-off-Gürtel, hergestellt aus einem Material der Raumfahrttechnologie. Kann unsichtbar um die Taille getragen werden, besteht aus Wärmefasern. Die Kilos purzeln nur so. Speziell entwickelt für Leute, die zehn Kilo oder mehr loswerden wollen.«

»Ist das alles, was du zu bieten hast, Frank?«

»Fake International«, fuhr er fort. »Gucci, Rolex, Cartier, Dior. Echte Kopien. Ein Muss.«

Plötzlich war ich sehr erschöpft. Vielleicht lag es an den Drinks, vielleicht an all dem, was in den letzten Stunden geschehen war, oder vielleicht auch einfach nur an Frank.

»Das ist Betrug«, sagte ich. »Echte Kopien. Das ist Betrug.« Es wurde augenblicklich still um uns herum. Franks Kollegen stellten ihre Gläser auf den Tresen und rückten näher.

»Betrug«, sagte Frank ganz leise. »Du verstößt gegen die Regeln. In unserer Branche gibt es keinen Betrug.«

Ich schaute die neuen Händler an, sie waren auf einen Schlag nüchtern geworden, ich glaube, sie hassten mich. Ich schaute Frank an, ich glaube, er hasste mich auch. Ich war so, wie keiner von ihnen werden wollte.

»Du hast das sicher nicht so gemeint, was du gerade gesagt hast?«, bemerkte Frank in einem sonderbaren Tonfall.

»Nein«, antwortete ich. »Ich habe es nicht so gemeint.«

»In unserer Branche gibt es das Wort Betrug nicht, ja?«

»Natürlich nicht.«

Eine ganze Weile lang blieb Frank still. Die neuen Händler

standen hinter ihm, mit verschränkten Armen. Dann lächelte er, nicht gerade herzlich, und drehte sich zu ihnen um. »Erzähl ihm, was Betrug ist, Kåre.«

Der Mann namens Kåre packte sein Glas und trat einen Schritt vor. »Holmen Hygiene«, sagte er. »Toilettenpapier aus ungebleichtem Krepp. Produziert für Norwegens kooperative Landwirtschaftsgenossenschaft.«

Die Burschen begannen schon leise zu kichern. Kåre schaute sich um. Er schwitzte, er war der Mittelpunkt, jetzt drehte sich alles um ihn.

Frank wurde langsam ungeduldig. »Komm zur Sache, Kåre.«

»Und auf der Packung steht: Wenn Sie mit dem Produkt nicht zufrieden sind, dann schicken Sie uns eine Probe, wir ersetzen sie durch neue Ware.«

Das Lachen brach los. Abgesehen von mir war Frank der Einzige, der nicht lachte. Er bestellte Kåre als Dank für seine Mühe einen neuen Drink.

»*Das* nennen wir Betrug«, sagte Frank.

Er gab das Zeichen für eine neue Runde, wollte plötzlich den Wirt spielen.

»Das ist die Leseratte«, sagte er und hob meinen Arm. »Von der ihr schon so viel gehört habt.«

Die Jungs wollten mir die Hand schütteln. Das gefiel mir nicht.

»Nenn mich nicht Leseratte«, sagte ich. »Entweder man ist ein Leser, oder man ist eine Ratte. Aber nie beides zugleich.«

»Witzig ist er auch«, erklärte Frank und ging aufs Klo.

Zum Glück kam in dem Moment Robin zu mir zurück. Er wollte ein Bier, und ich fand es selbstverständlich, dass ich es ausgab.

»Hast du sie gesehen?«, fragte er leise.

»Wen? Wen soll ich gesehen haben?«

»Die Sängerin. Ihre Augenlider. Die Hüften. Mehr sage ich nicht. Sie ist Polin.«

Er bekam eine Halbe und leerte sie mit einem beeindruckenden Schluck.

»Nimm dich vor dem Bassisten in Acht«, sagte ich nur.

Robin wischte sich mit dem Handrücken über den Mund und lehnte sich schwer gegen den Bartresen. Er dachte nach. Sein Hemd war schweißnass, und die langen Kragenenden bogen sich wie Eselsohren nach oben.

»Habe ich dir schon von Albin erzählt? Albin aus Sigerfjord? Nein? Na gut, Albin hatte im Herbst jede Menge Äpfel an seinen Bäumen. Mehr, als er selbst jemals würde essen können. Also stellte er eine Schubkarre mit Äpfeln vor seine Pforte und schrieb ein Schild: ›Bitte bedient euch. Gruß, Albin.‹ Am nächsten Morgen lagen alle Äpfel im Graben, und die Schubkarre war weg.«

»Und dann?«, fragte Frank, der zurückgekommen war und sich zwischen uns zwängte.

»Und dann?«, wiederholte Robin. »Verdammt, was meinst du damit?«

»Ich meine damit, dass dieser Albin überhaupt keinen Geschäftssinn besitzt. Er hat das gekriegt, was er verdient hat.«

»Hör mal, niemand, ich wiederhole, *niemand* redet schlecht über Albin!«

»Ich rede doch nicht schlecht über ihn«, erwiderte Frank. »Ich sage doch nur, wie es ist.«

»Du sagst, wie es ist, o ja. Was zum Teufel weißt du denn schon davon!«

»Ich weiß so viel über Menschen, dass ich jeden Abend meine Tür abschließe und keiner Seele traue.«

Schließlich musste ich einschreiten. Mir war es ziemlich

unangenehm, insbesondere da Frank zwar nicht mein Freund war, das würde ich nie behaupten, aber immerhin ein Bekannter von mir. In gewisser Weise hatte ich die beiden Männer zusammengebracht. Ich war ein wenig überdreht und nervös, legte den Arm um beide und spendierte Bier und Drinks. Sie beruhigten sich, ohne gleich die dicksten Freunde zu werden.

Da trat ein Mann ins Lokal, der sofort alle Aufmerksamkeit auf sich zog. Er ähnelte einem Vater, er ähnelte einem Fremden, der Regen lief ihm übers Gesicht, vielleicht waren es auch einfach Tränen, die Tränen eines erwachsenen Mannes. Er wirkte aufgewühlt und apathisch zugleich. Der Mann ging zu ein paar Jugendlichen, die auf einem Ecksofa saßen, wahrscheinlich waren sie noch keine achtzehn, das konnte der Grund sein, dass der Mann, der aussah wie ein Vater, sich so aufregte.

Plötzlich war es merkwürdig still geworden, die Musik machte eine Pause, die Paare waren vom Tanzboden verschwunden, alle Blicke waren auf diesen Mann gerichtet, man erwartete eine Abrechnung. Aber die kam nicht. Der Mann beugte sich nur über den Tisch und sagte etwas. Und ich sah die plötzliche Verwandlung. Die trägen Gesichter wurden auf einmal ungläubig, zeigten fast ein Grinsen. Und wenn man genau diesen Moment, als die Nachricht übermittelt wurde, eingefroren hätte, dann hätte man sicher meinen können, dass sie soeben eine gute Neuigkeit erfahren hatten, eine nette Überraschung.

Doch in der nächsten Sekunde fielen die Gesichter in sich zusammen, und der Mann, der aussah wie ein Vater, führte sie aus dem Lokal hinaus, und ich sah das Wrack an der Hadselbrücke vor mir, die zerschmetterten Menschen, die es so eilig gehabt hatten. Und bittere Unruhe blieb über der Szenerie hängen, als wüssten alle Anwesenden, worum es sich handelte, und eigentlich war der Abend gelaufen.

Das polnische Trio packte seine Sachen zusammen, der Barkeeper schob das Gitter vor die Flaschen, und die letzten Drinks wurden schweigend geleert. Eine gewisse Panik erfasste alle Bewegungen, selbst das Abstreifen der Zigarettenasche, das Abwischen des Mundes, das Schieben eines Scheins über den Tresen. Es war der Zeitpunkt von Schlaf oder Zusammenbruch.

Ich zog mich als Erster zurück. Das fand ich richtig so. Ich ging hinauf ins Zimmer und legte mich schlafen. Ich dachte an die toten Jugendlichen, die irgendwo hinwollten, sie waren unterwegs gewesen, ungeduldig, immer die Reichsstraße neunzehn entlang. Und ich dachte, dass der Tod ein Stein ist, ein Stein, der im stillen Wasser geschliffen wird, und die Kreise im Wasser, die immer größer werden, das muss die Trauer sein, die Kreise, die dich einfangen.

Ich musste eingeschlafen sein. Auf jeden Fall wachte ich auf, als Robin hereinkam, zusammen mit der polnischen Sängerin. Ich setzte mich im Bett auf, das Licht brannte noch, glücklicherweise war ich vollständig angezogen.

»Verdammt noch mal«, sagte ich.

Robin hatte Brote dabei und ein paar Flaschen Bier. Er schien mich nicht zu bemerken, eilte ins Bad und holte Papierservietten. Die Sängerin setzte sich auf den Stuhl am Fenster. Sie sah wehmütig aus, die Augenlider waren blau geschminkt und aufgequollen, und während sie dasaß, vor der dunklen Aussicht und den glänzenden Regenstreifen, begann sie zu singen. Vielleicht war es ein altes polnisches Volkslied, vielleicht war es auch etwas Selbsterfundenes, keine Ahnung, ich weiß nur, dass es schön klang, und deshalb machte es mich so traurig. Der Gesang ebbte in einem langsamen, leisen Summen aus, am Ende war alles nur noch Stille, und ich war derjenige, der sie brechen musste.

»Ich suche mir einen anderen Platz zum Schlafen«, sagte ich.

»Du bist schwer in Ordnung«, meinte Robin.

Ich legte mich auf den Flur neben die Eismaschine. Mir gefielen das leise Summen des Motors, das kühle Flackern und das Klirren, wenn jemand sich Eiswürfel für glitzernde Drinks im Zahnputzglas holte. Ich träumte nichts, und das war eigentlich von Vorteil.

Umso unangenehmer war das Erwachen. Etwas war nass, und ich war plötzlich hellwach. Ich saß in einer Pfütze. Einen Moment lang glaubte ich, von allen guten Geistern verlassen zu sein, bis ich den wahren Zusammenhang begriff. Das Geräusch war nämlich nicht mehr da. Die Eismaschine war abgestellt, Wasser tropfte aus der Unterseite. Die Erleichterung, die ich zunächst verspürt hatte, wurde bald von Zweifel und Unruhe abgelöst. War die Maschine ganz einfach kaputtgegangen, oder hatte mir jemand einen gemeinen Streich spielen wollen?

Ich schlich mich langsam den Flur entlang. Vor den Türen standen die Schuhe und warteten darauf, geputzt zu werden, traurige Herrenschuhe. Dieser Anblick rührte mich fast ein wenig, diese schiefen, ausgetretenen Schuhe frühmorgens in Norwegen. Ich sah sogar ein ungleiches Paar, einen braunen und einen schwarzen Schuh, einen mit Schnürsenkel und einen mit Schnalle. Im Laufe der Nacht waren hier wohl Spaßvögel unterwegs gewesen. Aber vor Robins Zimmer standen keine Schuhe. Ich lehnte mich vorsichtig gegen die Tür, lauschte, hörte nichts anderes als das große Sausen des Schlafes durch das Schlüsselloch.

Die Tür war nicht verschlossen. Ich schob sie leise auf und

schaute hinein. Robin lag allein im Doppelbett. Es war niemand sonst da. Ein paar Möbelstücke waren umgekippt. Robin hatte ein blaues Auge. So viel konnte ich sehen. Da hörte ich draußen vor dem Hotel merkwürdige Geräusche. Ich schob die Gardinen zur Seite und schaute hinaus. Es war Sonntag. Wir waren in Melbu. Ich musste Robin wecken. Vorsichtig schüttelte ich ihn.

»Wach auf«, sagte ich zu ihm.

Robin war ziemlich verwirrt, als er das eine Auge öffnete.

»Was ist passiert?«, murmelte er.

»Das weiß ich nicht. Ich habe geschlafen. Aber ich habe einen Verdacht.«

»Ist sie gegangen?«

»Ich glaube fast, ich muss dich bitten, mit ans Fenster zu kommen«, sagte ich.

Ich half Robin aus dem Bett. Wir schauten hinaus. Die Schweine liefen draußen umher. Ich muss sagen, das war ein merkwürdiges Bild: dieser ruhige Ort an einem völlig ruhigen Morgen – und mindestens dreißig verwirrte Schweine, die kreuz und quer durcheinanderliefen und herumschrien.

Robin war bereits aus der Tür, ich lief hinterher. Das war vielleicht ein Anblick: ich in meinem doppelreihigen Hochzeitsanzug und Robin auf Strumpfsocken, das gelbe Hotelhandtuch um die Hüfte geschlungen. Es dauerte eine Stunde, dann hatten wir die Tiere eingefangen und sie wieder in den Container geschoben. Jetzt schrien sie noch lauter, als wüssten sie, dass sie soeben ihre letzte Chance gehabt hätten, was weiß ich. Wir rochen beide nicht besonders gut. Robin fluchte und zählte die Schweine nochmals durch, was nicht ganz einfach war, denn sie blieben nie still stehen.

»Eins fehlt«, sagte er.

»Dann müssen wir weitersuchen.«

»Ach, scheiß drauf. Ist mir egal. Ich will weg von hier. So schnell wie möglich.«

»Kann ich verstehen«, sagte ich.

»Die Fähre liegt da unten. Kommst du mit?«

»Ich glaube, ich kehre lieber um«, meinte ich.

»Wie du willst.«

Robin schlug die Türen zu, lief nach vorn und kletterte in die Fahrerkabine. Er streckte einen Arm aus dem Fenster.

»Schön, dich kennengelernt zu haben, Oskar«, sagte er.

»Ganz meinerseits, Robin«, erwiderte ich. »Schön, dich kennengelernt zu haben.«

»Wir sehen uns auf der Reichsstraße neunzehn!«

Ich ging zurück ins Hotel und holte meinen Koffer. Auf dem Weg durch die Rezeption sah ich die Sängerin im Speiseraum sitzen. Frank ging mit Kaffee, Ei und Leichtbier zu ihr. Er trug eine Sonnenbrille. Keiner der beiden sah mich, und ich gab mich auch nicht zu erkennen. Aber ich dachte mir meinen Teil. Frank musste wohl etwas zu verbergen haben, wenn er um diese Uhrzeit eine Sonnenbrille trug.

Die Tankstelle am Markt hatte geöffnet. Ich kaufte mir eine Tube Zahnpasta. Neben dem Tresen gab es ein Regal mit Videokassetten. »Blood Simple« stand direkt neben »Die Olsenbande und Dynamit-Harry«. Wenn ich hätte wählen müssen, ich hätte keinen Moment gezweifelt. Ich kaufte gleich noch eine Zahnpastatube mehr.

Inzwischen war es hell geworden. Der Himmel sah aus wie eine Schlittschuhbahn. Im Laufe der Nacht war in den Bergen Schnee gefallen. Die Reste eines Mondes hingen über dem Møysalen. Die Fähre hatte schon den halben Weg nach Fiskebøl zurückgelegt. Eine leere braune Flasche rollte langsam zwischen den Benzinpumpen umher. Der Asphalt glänzte so merkwürdig, als wäre er von Öl bedeckt.

Ich begann die Reichsstraße neunzehn entlangzugehen. Ich hörte die Kirchenglocken läuten, der Klang war in der klaren Luft ganz deutlich zu hören. Ich sah, dass alle Wege zwei Richtungen haben. Das machte mich froh, und ich fühlte mich plötzlich frei. Ich blieb an einer Kreuzung stehen und hielt den Daumen hoch.

Da sah ich es. Ein Schwein kam hinter mir hergelaufen, ein großes rosafarbenes Schwein. Es folgte mir. Ich begann zu laufen. Das Schwein auch. Ich habe nie gewusst, dass Schweine so rennen können. Ich lief, so schnell ich konnte, die Reichsstraße neunzehn entlang, mit einem Schwein an den Hacken.

Schließlich gab ich auf, ich konnte nicht mehr. Ich setzte mich auf meinen Koffer und wartete, mit dem Schwein neben mir. Wir haben nur einmal eine Chance, dachte ich. So ist es nun einmal. Wir haben nur einmal eine Chance. Es war ein schöner Morgen. Eigentlich war ich gut in Form.

LEVI HENRIKSEN

Julian Johnsen

Alle waren der Meinung, Julian Johnsen sei übergeschnappt. Das lag nicht so sehr an dem, was er sagte, ganz im Gegenteil.

Als sein Stall brannte, stand er einfach da. Als ginge ihn das Feuer nichts an, als sähe er eine Reportage im Fernsehen. Erst als ein Nachbar nach Hause rannte, seine Flinte holte und begann, in die Flammen zu schießen, um die Kühe von ihren Qualen zu erlösen, kam etwas Leben in die Miene von Julian Johnsen. Er holte die zwei Krager-Gewehre, die er von seinem Vater geerbt hatte, und feuerte die Magazine in das brennende Gebäude. Julian Johnsen schoss auch dann noch, als das verzweifelte Muhen verstummt war, und erst als sich der Nachbar wegen des durchdringenden Gestanks nach verbrannten Haaren und verbrannter Haut übergeben musste, ließ er die Gewehre fallen und ging ins Haus, um die Feuerwehr zu rufen.

Julian war nicht immer so gewesen. Er besuchte die Sonntagsschule, bis er vierzehn war, und auf seinen Anwesenheitskärtchen war der Baum immer voller Äpfel, das Netz quoll über vor Fischen, und der Himmel war mit Sternen übersät. Seine Noten lagen immer gut über dem Durchschnitt, und alles hatte darauf schließen lassen, dass er sich zurechtfinden, eine Stiefelspitze vor die andere setzen und seinen Weg hinaus in die Welt machen würde. Aber da er ein Einzelkind war, erwarteten seine Eltern, dass er den Hof übernahm.

Julian sprach nie laut von irgendwelchen Träumen. Deshalb wusste auch niemand, ob er wirklich hatte Bauer werden wollen oder ob er insgeheim enttäuscht war. Eine Enttäuschung, die er auf ein Stück Papier oder vielleicht mit ein paar Tuschestrichen auf eine zusammengefaltete Karte gekritzelt hatte.

Julian absolvierte seinen Militärdienst auf die gleiche Art, wie er auch sonst sein Leben meisterte. Er lief, wenn sie »Hopp!« sagten, und kroch, wenn sie »Kriechen!« sagten. So einfach war das. Er hängte sich nie das Porträt von Che Guevara übers Bett und schmierte nie irgendwelche Graffiti an die Mauern des Konsumladens. Julian hatte nichts dagegen, sich alles vorschreiben zu lassen. Er machte, worum man ihn bat, und er machte es ordentlich. Bis er Heidi begegnete.

Julians Vater war kein Großbauer, hatte sich aber zusätzlichen Boden dazugekauft, sodass jetzt auch Wald zu seinem Besitz gehörte. Genug also, damit auch Julian Johnsen davon leben konnte. Seine Arbeitstage waren lang, aber das galt auch für seine alten Klassenkameraden, die sich jeden Morgen in den Pendlerbus nach Oslo setzten. Julian Johnsen tat also, was von ihm erwartet wurde. Er arbeitete hart, hielt den Feiertag in Ehren und wohnte den meisten Zusammenkünften im Gebetshaus Eben-Ezer bei.

»Gebetshaus-Reue, darum geht es. Davon bist du erfüllt und von einer Loyalität zu deinen Eltern, die schon an Selbstaufgabe grenzt«, sagte Heidi bei ihrem ersten Streit. Julian Johnsen drehte nur die Daumen, als befände er sich mitten in einem Gebetsritual.

Später in diesem Herbst starb sein Vater. Der Mann, der unverletzt zweiundvierzig Holzfällerwinter überlebt hatte, wollte nur die alte Eberesche hinter dem Vorratshaus fällen. Für solche Kleinigkeiten legte er keine Schutzkleidung an. Die Säge prallte an einem Ast ab und fuhr in seinen Oberschenkel. Noch ehe Julian Johnsen ihn ins Krankenhaus schaffen konnte, war er tot.

Im nächsten Frühjahr zog seine Mutter zu einer Schwester nach Kongsvinger. Es hieß, es liege daran, dass sie Heidi nicht möge; sie selbst behauptete, sie habe genug vom Kuhstall und Julian Johnsen sei jetzt sein eigener Herr.

»Seine Augen«, sagte Heidi, als ihre Kollegin Bente fragte, was ihr als Erstes an Julian Johnsen aufgefallen sei. »Sie sind wie kleine Himmel ohne Wolken. Ich habe ihn noch nie blinzeln sehen.«

»Brr«, meinte Bente. »Ich finde, das hört sich unheimlich an.«

»Ja«, erwiderte Heidi. »Ich verstehe, was du meinst.«

In diesem Sommer reiste Heidi durch die Welt, um Stempel in ihrem Pass zu sammeln. Julian Johnsen las ihre Ansichtskarten laut vor sich hin, wenn er über den Hofplatz zum Stall ging. Auf den Karten waren Springbrunnen, schiefe Türme und Kirchturmspitzen zu sehen, die in den Himmel ragten. Heidi schrieb, dass sie sich bei so viel Geschichte klein vorkomme.

Als sie nach Hause kam, hatte Julian Johnsen alle sieben Karten an die Kühlschranktür gehängt. In chronologischer Reihenfolge von links nach rechts.

Heidi zeigte ihm mehrere Fotos und schenkte ihm einen kleinen Jesus, den sie von einem Schwarzen in Madrid gekauft hatte. Er sah aus, als sei er aus einem Stück Brennholz geschnitzt. Die Figur war eckig, hatte grobe Züge und trug einen blutroten, mit einem Kreuz dekorierten Umhang. Julian Johnsen stellte den Jesus in das Küchenfenster, hinter dem die Sonne aufging.

Julian Johnsen hatte die besten Eier in der ganzen Gegend. Große braune mit gelborangefarbenen Dottern, die wie kleine Inseln in der Bratpfanne schwammen. Manchmal kamen Leute aus Kongsvinger, um sie ihm abzukaufen. Es gefiel ihnen, dass die Hühner frei herumliefen und dass die Kinder beim Einsammeln der Eier helfen durften. Die Kinder mochten Julian Johnsens Perlhahn am liebsten. Den hatte er umsonst bekommen, als er die Hühner und anderen Hähne gekauft hatte. Der Hühnerlieferant hatte geplant, eine weiße italienische Landrasse mit Perlhuhn zu kreuzen und eine Art Superhuhn zu züchten. Doch der Perlhahn war von den anderen Hühnern verstoßen worden, und der Lieferant wollte ihm schon den Kopf abhacken, als Julian Johnsen fragte, ob er ihn haben dürfe. Der Perlhahn war kleiner als ein normaler Hahn. Sein Hals war lang und dünn, die Brustfedern waren schwarz-weiß gesprenkelt, und auf dem Kopf saß eine Art Besen wie bei einem römischen Legionär. Um die Augen herum hatte er große blaue, federlose Flecken, die ihm einen traurigen Ausdruck verliehen.

Der Perlhahn hatte eine eigene Ecke im Hühnerhof, die mithilfe einiger alter Kühlerhauben vom Rest abgeteilt war. Julian Johnsen hatte es erst mit normalem Maschendraht versucht, aber mehrere Hühner hatten sich bei dem Versuch, sich zum Perlhahn durchzuzwängen, erdrosselt. Außerdem musste Julian Johnsen täglich mindestens einen der anderen Hähne heraustragen, der über den Zaun geflattert war. Nachdem Julian Johnsen die Kühlerhauben aufgestellt hatte, schien es jedoch, als existiere der Perlhahn für den restlichen Hühnerhof gar nicht mehr.

Es war Sonntag, und er fiel vor ihr auf die Knie. Er nahm ihre Hände in seine und bat sie um ihr Jawort. Heidi antwortete, sie müsse es sich überlegen. Am achten Tag gab sie ihm die Antwort, die er sich gewünscht hatte.

»Wenn wir zusammen sind, habe ich immer das Gefühl, als sei er gerade erst auf die Welt gekommen«, sagte Heidi zu ihrer Kollegin Bente. »Er redet nie von morgen, geschweige denn vom nächsten Monat oder nächsten Jahr. Und es hat fast den Anschein, als würde er sich an das Gestern nicht erinnern.«

»Ein Mann, der im Jetzt lebt, das muss doch gut sein?«, erwiderte Bente.

»Vielleicht, aber kann man wirklich mit einem solchen Mann eine gemeinsame Zukunft aufbauen?«, meinte Heidi.

Sie entschieden sich für den Mittsommerabend. Julian Johnsen wollte es schlicht halten, Heidi wollte etwas fürs Fotoalbum. Julian Johnsen fand, sie könnten auf dem Hof feiern, Heidi plädierte für das Gemeindehaus. Julian Johnsen wollte nur die nächste Verwandtschaft dabeihaben, Heidi legte ihm eine dreiseitige Gästeliste hin. Und Julian Johnsen schrieb, denn ihm war die Aufgabe zugefallen, die Einladungen zu schreiben. Für einen Mann, der Buchstaben selten für etwas anderes als für seinen eigenen Namen benutzte, hatte Julian Johnsen eine schöne Handschrift. Die Buchstaben bewegten sich in eleganten Schwüngen über das Papier – wie Schwäne, die auf einen fernen Horizont zufliegen. Einen Augenblick lang hatte Heidi das Gefühl, in seine Seele blicken zu können, sehen zu können, wer er wirklich war. Das beruhigte sie.

Drei Wochen vor der Hochzeit wurde Heidi von ihren Freundinnen entführt. Julian Johnsen erhielt die Anweisung, sie zum Konsum zu schicken. Dort warteten sie. Heidi musste ein fast durchsichtiges schwarzes Nachthemd anziehen, eine goldfarbene Krone und Schuhe mit hohen Absätzen. Noch ehe es vier Uhr war, hatte sie sich zum ersten Mal übergeben.

Heidi musste einen Rundflug machen und bei einem Maler für einen Akt Modell sitzen, den die Freundinnen Julian Johnsen am Hochzeitstag schenken wollten. Den Abend verbrachten sie in einem der Lokale der Stadt, das von den Leuten Holger Danske genannt wurde. Die Wände waren mit dunklem Mahagoni vertäfelt, passend zum roten Teppichboden. Das eine Mal, als Julian Johnsen mit Heidi dort gewesen war, hatte er gesagt, er fühle sich wie Jonas im Bauch des Walfischs.

Er sagte, sein Name sei Jan, und während Julian Johnsen seine Stallkleider in die Waschmaschine legte und der Katze etwas Milch in ihren Napf goss, begegnete Heidi dem Mann ihres Lebens. Jedenfalls erzählte sie das Bente noch am selben Abend.

»Spinnst du total? Du heiratest in drei Wochen«, sagte Bente.

»Meinst du, ich weiß das nicht? Meinst du, ich hätte nicht daran gedacht? Aber es geht nicht. In einer halben Stunde hat mich Jan öfter zum Lachen gebracht als Julian Johnsen in zwei Jahren. Jan erzählt von Orten, an denen er gewesen ist, und von Städten, die er noch sehen will. Verstehst du? Ich werde nie erfahren, ob ich das Richtige tue, wenn ich Julian Johnsen das Jawort gebe. Selbst wenn wir vierzig Jahre verheiratet wären, könnte ich mich über seinen Sarg beugen und den Pfarrer die letzten Segensworte murmeln hören und wäre mir genauso unsicher wie heute.«

Bente bat sie, noch einmal darüber nachzudenken, und Heidi dachte nach. Die ganze Nacht. Als Jan sie am nächsten Tag zu Julian Johnsen fuhr, hatte sie sich entschieden.

»Es tut mir leid. Es geht nicht. Wir müssen die Hochzeit absagen. Ich dachte, meine Unsicherheit würde sich noch legen. Aber jetzt weiß ich, dass ich dich nicht genug liebe, um dich heiraten zu können. Es wäre nicht richtig, weder dir noch mir gegenüber. Es tut mir leid, aber so ist es nun mal«, sagte Heidi. Julian Johnsen erwiderte nichts. Er starrte nur aus dem Fenster. Seine Augen wirkten plötzlich so verblichen wie ein Kleidungsstück, das jemand in der Sonne vergessen hat. Als Heidi versuchte, ihn zu umarmen, wich er nur zur Seite und blinzelte einige Male. Dann blieb er mit geschlossenen Augen sitzen.

Als Julian Johnsens Nachbarn am nächsten Tag erwachten, hingen an den meisten Türen je vier gerupfte Hühner. »Für die Suppe«, hatte Julian Johnsen mit seiner geschwungenen Schrift geschrieben. Die ganze Nacht hindurch hatte er im Licht der Autoscheinwerfer Hühner geschlachtet. Nur den Perlhahn hatte er verschont. Er begann, ihn im Auto mitzunehmen. Wie ein Hund lag er auf einem alten Pullover neben ihm auf dem Beifahrersitz.

Zu Weihnachten führte Julian Johnsen alle seine Schweine zum Lastwagen des genossenschaftlichen Schlachthofs. Er hatte sich einen Bart wachsen lassen, und sein Haar, das sonst immer nass gekämmt gewesen war, hing ihm ungebändigt bis über die Schultern. Der Fahrer des Lastwagens erkannte ihn anfänglich nicht, obwohl sie in dieselbe Klasse gegangen waren. Julian Johnsen war nicht nur stärker behaart, sein Gesicht hatte auch ganz andere Proportionen angenommen. Früher war Julian Johnsen selbst bei Regen von einer Art

Lichtschein umgeben gewesen, als hätte Gott allein für ihn die Wolkendecke einen Spaltbreit aufgerissen. Jetzt war sein Gesicht dunkel und eckig wie bei einem Mann, der in einen schweren Unfall geraten war und den die Chirurgen erst wieder Stück für Stück zusammenflicken mussten.

»Er braucht Zeit«, sagte seine Mutter. »Von der Braut sitzen gelassen, und zwar fast auf der Kirchentreppe. Klar, dass er Zeit braucht.«

Julian Johnsen lehnte jedoch ab, als sie sich erbot, wieder nach Hause zu ziehen. Nachdem er die Schweine verkauft hatte, war nicht mehr so viel zu tun. Trotzdem stand Julian Johnsen weiterhin bei Tagesanbruch auf. Dann sahen seine Nachbarn, wie sein Schornstein zu rauchen begann, Licht sahen sie jedoch nie. Einige behaupteten, dass er die Morgenstunden im Gebet verbrachte, denn Julian Johnsen hatte aufgehört, ins Gebetshaus Eben-Ezer zu gehen, obwohl seine Mutter sagte, dass es nicht etwa daran läge, dass er seinen Gottesglauben verloren hätte.

»Er glaubt auf seine Art. Besser kann das keiner«, sagte sie. Andere waren davon überzeugt, dass er überhaupt nicht bete. Er sitze einfach nur da, starre aus dem Fenster und warte darauf, dass Heidi den Weg entlangkomme. Deswegen zünde er auch kein Licht an, damit sich seine Augen an die Dunkelheit gewöhnten.

»Der Fehler ist, dass er zu viel im Kopf hat. Das war immer schon so«, meinten die Leute und vergaßen vollkommen, dass Julian Johnsen nie einen Tropfen anrührte. Die anderen, die in Skogli zu viel im Kopf hatten, brauchten was Starkes, Klares, um ihr Gleichgewicht zu wahren, Männer, die befürchteten, dass die Wirkung der Schwerkraft aufgehoben würde, falls sie die Flasche verschlossen.

Nachdem die Tiere weg waren, wurde Julian Johnsen von niemandem mehr gebraucht. Das einzige Tier auf dem Hof war der Perlhahn. Der schlief nachts in der Küche und war tagsüber dabei, wenn Julian Johnsen mit dem Auto herumfuhr. Häufig traf der Zeitungsbote ihn morgens an. Manchmal kam er mit dem Auto gerade von Schweden her, dann wieder aus Kongsvinger. Manchmal saß er auch einfach nur in seinem Auto auf einem Forstweg. Gelegentlich fuhr er morgens vor dem Bahnhof seine Runden. Der Perlhahn saß auf der Lehne des Beifahrersitzes, und auf das Armaturenbrett hatte Julian Johnsen den Holz-Jesus aus Madrid geklebt.

Als der Frühling kam, lagen die Ruinen des Stalls immer noch so da wie nach dem Einsturz. Die Nachbarn hatten sich erboten, beim Wiederaufbau mitzuhelfen. Aber Julian Johnsen wollte das selbst erledigen – sobald er Zeit habe. Die Nachbarn fanden sich allmählich damit ab, dass sie nie wieder Vieh auf dem Ødegård sehen würden. Aber es war schade um den Hof, einen der ältesten in Skogli, dessen Geschichte sich in der Dorfchronik bis in die Zeiten des Schwarzen Todes zurückverfolgen ließ.

Als das Eis der Seen aufbrach, streifte Julian Johnsen mit seiner Angel die Ufer entlang. Jeden Tag, sogar sonntags, stand sein Wagen an irgendeinem Gewässer. Ob Seen, Weiher, Flüsse oder winzige Bäche, spielte keine Rolle. Julian Johnsen kurbelte das Fenster so weit herunter, dass der Perlhahn Luft bekam, goss ihm etwas Wasser in eine alte Butterbrotdose und zog los. So ging es den ganzen Sommer.

»Er kehrt zurück ins Leben«, sagten die Leute und freuten sich, dass er eine Beschäftigung gefunden hatte. Wer fischt, versündigt sich nicht, und solange ein paar Barsche, der eine oder andere Hecht und gelegentlich eine Äsche an den Türen der Nachbarn hingen, waren diese sich sicher, dass er wieder Halt gefunden hatte.

Eines Freitags, als er in seiner Küche Fische ausnahm, sah er die Anzeige. Er hatte die Tageszeitung als Unterlage benutzt, denn sie hatte die Saugkraft von Löschpapier. Als Julian den Fischabfall wegwerfen wollte, klebte die letzte Seite der Zeitung auf der Arbeitsplatte fest. Noch bevor er sie wegreißen konnte, blieb sein Blick an einem bekannten Namen hängen. Heidi Hansen. Jan Larsen sagte ihm ebenfalls etwas. Ort der Feier: das Haus des Bauern.

Am Samstag brannte die Sonne über den Höhenrücken. Die Hochzeitsgäste und die Schaulustigen parkten im Schatten der Birken an der Friedhofsmauer.

Julian Johnsen erschien eine halbe Stunde nach Beginn der Trauung. Er stellte seinen Pick-up ab und ließ den Motor laufen.

Die Fenster an der Talseite der Kirche standen offen. Es war der bislang wärmste Tag des Jahres.

Julian Johnsen brauchte nicht viel Vorbereitungszeit. Als die Glocken läuteten, hatte er sein Krager-Gewehr auf der Friedhofsmauer perfekt ausbalanciert. Es würde noch ein paar Minuten dauern, ehe sich die Türen öffneten.

Heidi strich sich ihr Hochzeitskleid glatt. Das zweite ihres Lebens. Das erste hatte sie beim letzten Polterabend getragen. Ihre Freundinnen hatten sie davon überzeugt, dass es Unglück brächte, das Kleid einer abgesagten Hochzeit ein zweites Mal zu benutzen.

Jans Hand lag warm in ihrer. Heidi wusste, dass sie Glück gehabt hatte. Aber irgendetwas kam ihr seltsam vor. Wie wenn man überraschend erwacht und nicht weiß, ob man noch träumt oder ob sich wirklich noch jemand anders im Haus oder im Zimmer aufhält.

Julian Johnsen hatte Heidi im Fadenkreuz, so deutlich wie eine Figur in einem Aquarium.

»Willst du ihn lieben und ehren?«

»Ja.«

»In guten wie in schlechten Zeiten?«

»Ja.«

»Bis dass der Tod euch scheidet?«

»Ja, ja, ja.«

Julian Johnsen war ein guter Schütze. Ein Versuch genügte. Der Schuss trennte den Kopf des Perlhahns ab. Durch das Zielfernrohr sah er, wie sich das Vogelblut auf ihr Kleid ergoss. Ihr Gesicht verzog sich, als hätte sie der Blitz getroffen, und sie schlug die Hände vors Gesicht. Neben ihr warf sich der Bräutigam zu Boden, und um sie herum begannen die Leute zu schreien. Die ganze Zeit pendelte der Perlhahn über ihren Köpfen hin und her, und sein Blut pulsierte in einem dünnen Strahl aus seinem Hals.

Julian Johnsen setzte eine Stiefelspitze vor die andere und ging zurück zu seinem Pick-up. Ohne sich umzuschauen, stieg er ein.

JONNY HALBERG

Persona

Ich drehe mich um und schaue über das Tal. Roggen und Hafer sind reif, und die Felder leuchten unter den hohen blauschwarzen Wolken. Im Fluss stehen zwei fliegenfischende Männer und versuchen, Äschen in das steinige Flachwasser zu locken. Sie werfen die Leinen in weiten Bögen, und obwohl ich es nicht sehen kann, weiß ich, dass die Wasserfläche nur minimal vibriert, wenn sie ihre Fliegen aufsetzen. Auf der Straße, die durch den Ortskern von Vandal führt, radelt ein Mädchen mit einem Jungen auf dem Gepäckträger, etwas weiter oben hämmert der Steinbrecher im Kalkwerk, und eine weiße Staubwolke steigt von den Gebäuden auf. Sonst ist alles still. »Sieh mal«, sage ich und strecke die Hand aus.

»Och, nee«, erwidert mein sechsjähriger Sohn Tomas.

»Warum nicht?«

»Weil ich müde bin.«

»Aber ich wollte es dir doch zeigen. Dort unten bin ich aufgewachsen.«

»Dann bist du wirklich an einem langweiligen Ort aufgewachsen.«

Ich stehe noch eine Weile da und schaue auf Vandal hinunter. Dort bin ich in die Volksschule gegangen, die noch immer an eine große rote Scheune erinnert, ich, ein altkluger Bauernlümmel mit möhrenfarbenem Haar und den Händen in den Taschen der wattierten Winterhose. Wahrscheinlich mit einer recht selbstzufriedenen Miene. Ich war ziemlich unausstehlich, genau wie meine Freunde. Das dauerte bis zur Mittelschule, da wurde alles anders. Wir mussten mit dem Bus in die nächste Stadt fahren, wo uns die anderen Schüler anstarrten, wenn wir vor der Schule ausstiegen. Irgendwas Unergründliches hatten wir Siebtklässler aus Vandal an uns, was die Mädchen veranlasste, sich die Nase zuzuhalten, und die Jungen, uns finster anzusehen und zu beschimpfen.

»Für mich ist dieser Ort unverwechselbar«, sage ich. »Der Anblick der Häuser und Felder, der Gestank nach Kuhmist im Frühling oder der Wind, der mitten im Winter vom Fluss in Marvika weht, wenn die Schwäne in der Sonne, die nicht wärmt, durch den Frostnebel schwimmen. Oder die Dorftrottel, die mich heute noch grüßen, als sei seit dem vorigen Mal gar keine Zeit vergangen.«

Er steht da und schaut übers Land. Es interessiert ihn nicht, aber er tut es trotzdem. Er sieht nichts als reglose und fremde Dinge.

»Was ist ein Dorftrottel?«, fragt er. Ich denke ein wenig nach.

»Ein Dorftrottel ist einer, der sich dadurch unterscheidet, dass er ein bisschen seltsam ist, etwas einfacher als die meisten Leute. Gleichzeitig gehört er zur Dorfgemeinschaft. Die Leute reden mit ihm und helfen ihm vielleicht auch, wenn er in der Klemme steckt. Im Großen und Ganzen lassen die Leute solche Sonderlinge in Ruhe.«

»Dann habe ich heute einen Dorftrottel im Laden gesehen.«

»Wen?«

»Der Mann, der mit nacktem Oberkörper auf der Holzkiste gesessen hat.«

»Nein, das war der Ladenbesitzer.«

»Aber er hat ausgesehen wie ein Dorftrottel. Er hatte komische Augen.«

»Nein, das war Nilsen. Komm, jetzt gehen wir«, sage ich.

Wir stehen vor dem weißen Haus und warten darauf, dass die Tür geöffnet wird. Auf dem Hofplatz mit den ausgetrockneten Pfützen befindet sich ein schwarzer Schuppen. Daneben, im Hühnergehege, gackern fünf weiße Hühner und ein buntgesprenkelter, gelbroter Hahn. Die Hühner sind schmutzig und haben am Hals etliche Federn verloren. Vor dem Haus steht ein viereckiger Zementblock, in dem die Überreste einer Fahnenstange stecken.

Die Tür geht auf. Ich fasse Tomas an der Hand. Als er sich losreißen will, halte ich ihn fester und zwinge ihn, dicht neben mir stehen zu bleiben.

»Hallo, Mariann«, sage ich.

Sie erkennt mich erst nach einem längeren Schweigen und sagt dann leise: »Bist du es? Bist du in Vandal?«

»Nur zu Besuch. Das hier ist Tomas.«

Sie ist dünner geworden und etwas blasser und hat ein paar Fältchen um die Augen, aber im Übrigen ist sie immer noch das Mädchen, mit dem ich vor sechs Jahren zusammen war. Der Mund mit den schmalen Lippen ist unverändert, ebenso die langen Hände und die braunen Augen.

»Hallo, Tomas«, sagt sie.

»Hallo«, murmelt Tomas und schaut zum Hühnerhof hinüber.

Mir ist klar, dass sie sich nicht mögen. Warum, weiß ich nicht. So etwas kommt ganz überraschend, man weiß intuitiv, dass man einen anderen Menschen nicht sympathisch finden will.

»Wie geht's? Wohnt ihr hier zu zweit, nur du und ...«

Ich beende den Satz nicht. Mariann hat vor drei Jahren bei einem Unfall zu Hause einen Sohn verloren, einen Zweijährigen. Ich habe nie erfahren, was genau passiert ist.

»Ja, nur Tollef und ich«, entgegnet sie ruhig.

»Ich will rüber zu den Pferden«, sagt Tomas.

»Ist er zu Hause?«, frage ich.

»Er liest.«

»Komm jetzt, ich will zu den Pferden«, mault Tomas.

Er deutet auf eine Weide oberhalb des Hofplatzes, wo drei struppige braune Ponys stehen. Mariann sagt, dass sie zum Nachbarhof gehörten, aber dass Tomas ihnen sicher Guten Tag sagen könne. »Sie sind nicht gefährlich«, meint sie. Tomas nickt eifrig.

»Gut. Aber geh nicht zu ihnen rein«, ermahne ich ihn. Mariann hatte nach ihrem zwanzigsten Geburtstag einige Zeit im Ausland gelebt. Sie hatte in Deutschland geheiratet, einen Sohn bekommen und sich scheiden lassen. Dann war sie mit ihrem Sohn nach Norwegen zurückgekehrt und hatte sich wieder mit Tollef zusammengetan. Nach dem Tod des Sohnes waren sie vor etwa einem Jahr wieder in unseren Ort gezogen.

Mariann betrachtet den etwas unbeholfenen Laufstil von Tomas, der mehr an ein Watscheln erinnert.

»Es ist schön, einen Sohn zu haben«, meint sie.

»Das Beste, was mir je widerfahren ist.«

»Er scheint recht wild zu sein.«

»Klar. So soll es aber auch sein, finde ich.« Sie bedeutet mir einzutreten.

Ich stehe noch einen Augenblick da und betrachte Tomas,

der sich an einem Zaunpfosten abstützt, den Kopf vorsichtig unter dem elektrischen Draht hindurchschiebt und die Hand nach einem Pony ausstreckt, das auf ihn zukommt.

Mariann war drei Jahre älter als ich und stammte aus der einzigen feinen Familie in Vandal; es waren Zugezogene, die ihre Freunde in der Stadt hatten und nicht hier draußen auf dem Land. Sie spielte Klavier, sogar recht gut, übte aber kaum, denn sie mochte anderen nicht vorspielen und wollte auf gar keinen Fall Pianistin werden. Sie mied Orte, an denen viele Menschen zusammenkamen, nicht etwa, weil sie Angst gehabt hätte, sondern weil es ihr nicht behagte, wie sich die Leute bei Gesellschaften und Festen verhielten. Ich bewunderte ihre Abneigung gegen Schmeichelei, Klatsch und Angeberei und dass sie niemandem nach dem Mund redete. Ein Grund dafür war, dass ich solche Seiten auch an mir selbst entdeckt hatte: Während der letzten Schuljahre hatte ich begonnen, sehr auf mein Auftreten zu achten, meine Stimme, meine Gesten, meinen Gesichtsausdruck. Manchmal konnte ich mir nicht einmal mit der Hand ins Gesicht fassen, während mir andere zusahen, ohne mir vollkommen affektiert vorzukommen.

Mittlerweile ist es anders. Ich denke, dass ich Mariann wahrscheinlich nie besonders gut verstanden habe.

Allein durchquere ich zwei Zimmer im Erdgeschoss. Die Wände sind weiß, in dem einen hängt ein Ventilator an der Decke, im anderen steht ein Arbeitstisch unter einem Plakat für eine deutsche Aufführung von »König Ubu«, außerdem hängt dort ein vergrößertes Bild von Antonin Artaud als Mönch in Dreyers Jeanne-d'Arc-Verfilmung. Ich gehe weiter ins Wohnzimmer.

Mariann sitzt an einem kleinen runden Tisch auf einem

Sessel aus moosgrünem Plüsch. Es stehen noch zwei weitere solche Sessel im Zimmer.

»Setz dich«, sagt sie.

»Danke«, erwidere ich.

Sie gießt Tee in zwei Tassen, grünen Tee. Er ist dunkel und klar, aber schmeckt nach Stroh. Ich proste ihr gewissermaßen mit der Tasse zu, trinke und sage: »Mmmm.«

»Sencha«, sagt sie.

»Bitte?«

»Japanisch. Sencha«, meint sie und nickt in Richtung meiner Tasse.

»Oh, der Tee«, erwidere ich.

»Ja. Tollef kommt gleich.«

»Schön.«

Mir graut ein wenig vor der Begegnung mit Tollef.

An der Wand hinter ihr hängen ein gelbes und ein schwarzes Batiktuch mit langen Fransen und daneben ein kleiner Pfeilköcher mit einer Art Blasrohrpfeilen. Sie erinnern mich an die Pfeile, die gewisse südamerikanische Indianerstämme vor dem Gebrauch in Kurare eintauchen, ein tödliches Gift.

»Es ist schwül. Vielleicht gibt es ein Gewitter«, sage ich.

Sie antwortet nicht. Dann fragt sie: »Hast du vor zurückzukommen?«

»Ich glaube, nicht.«

»Ich hatte mir das auch nie vorstellen können. Ich hätte nie gedacht, dass ich einen Platz finden würde, wo ich mich zurechtfinden könnte. Wo ich Ruhe finden könnte.«

»Aber das ist dir hier oben gelungen?«

Sie antwortet nicht, sondern trinkt schweigend ihren grünen Tee.

Hinter einem Bücherregal neben dem Fenster ist ein Geräusch zu hören. Etwas bewegt sich. Ich sehe zum Regal hinüber. Es ist wieder still.

»Habt ihr eine Katze?«, frage ich.

»Nein, das ist ein Rehkitz.«

Ich lehne mich vor, um etwas sehen zu können. »Habt ihr ein Rehkitz hier im Haus?«

»Komm mit«, sagt Mariann. »Am besten sprichst du leise und bewegst dich behutsam.«

Auf dem Fußboden hinter dem Regal befinden sich ein paar Decken, auf denen ein dünnes Rehkitz liegt. Es hat die Vorderläufe unter der Brust angezogen und starrt uns an, als wir um das Regal herumkommen. Dann versucht es, sich aufzurichten. Mariann geht auf das Rehkitz zu und streckt die Hand aus, und es beginnt an ihren Fingern zu saugen.

»Wir haben es auf der Weide jenseits des Baches gefunden. Es hatte sich im Gras versteckt und war ziemlich ausgehungert. Wir haben bis zum nächsten Tag gewartet, aber es lag immer noch da, genau an derselben Stelle.«

»Die Mutter war also tot oder hatte es verlassen?«

»Ja. Wir haben es mitgenommen und gefüttert. Nach einiger Zeit hat es sich an uns gewöhnt.«

»Hat es keine Angst vor Menschen?«

»Jedenfalls nicht vor uns. Wir bekommen auch nicht viel Besuch.«

Ich betrachte die dünnen Beine, die großen Augen und den schmächtigen Körper, der mich an dünnes Glas erinnert. Ich habe noch nie ein Rehkitz aus solcher Nähe gesehen und schon gar nicht in einem Haus.

»Was habt ihr mit ihm vor?«

»Ich weiß nicht. Mir gefällt es nicht, dass es hier ist«, sagt sie. »Tollef will, dass wir den Sommer über auf das Tier aufpassen.«

»Das Beste wäre vermutlich, einen Wildhüter zu verständigen? Die kümmern sich doch um solche Tiere.«

»Tollef glaubt, dass sie es umbringen würden, weil es zu schwach ist.«

Das Rehkitz saugt und sieht mich dabei an. Auf der Decke liegt ein Fläschchen mit etwas Milch. Mariann zieht ihre Finger weg und lehnt sich vorsichtig über das Tier. »Pst«, sagt sie, lächelt mich an und flüstert: »Es schläft gleich ein.« Wir treten ans Fenster.

Von hier aus sind weder die Eisenbahn noch die Landstraße oder die riesige Kaserne zu sehen, und das Dorf gleicht einer folkloristischen Idylle, einem Ort, an dem man gute Volksmusiker und Männer in Volkstracht erwartet.

»Vorgestern habe ich deine Mutter getroffen«, sage ich.

»Ach«, entgegnet sie.

»Ja, ich habe sie zu Hause besucht.«

»Wieso das?«, fragt Mariann.

»Ich habe einfach kurz vorbeigeschaut. Ich soll Grüße ausrichten.«

»Danke.«

»Mariann«, frage ich, »bist du eigentlich auch mal unten im Dorf? Mit welchen Leuten triffst du dich?«

Sie nimmt das Batiktuch von der Wand und legt es sich um die Schultern. Sie sagt: »Weißt du, dass du dich verändert hast? Du siehst anders aus, irgendwie entschlossener, jedenfalls im Gesicht. Deine Augen sind auch nicht mehr dieselben.«

»Wie sind sie denn?«

»Kritisch. Du hast dich verändert.«

»Findest du?« Ich suche nach etwas Neuem, was ich über sie sagen könnte. Mir fällt nichts ein, nur dass sie leiser spricht als früher.

Sie betrachtet ihre Hände, die Handrücken, die Finger.

»Meine Hände haben dich immer so beschäftigt. Es war eigentlich recht lustig, neben dir zu sitzen, während du sie ernst betrachtet und hin und her gewendet hast, ohne etwas zu sagen. Gefallen sie dir immer noch?«

»Ja«, entgegne ich gelassen und betrachte sie eingehend.

»Mehr als früher, weil ich ihnen ihr Alter ansehen kann. Sie scheinen älter geworden zu sein als du ansonsten.«

Sie lächelt erneut, überrascht. »Ist das dein Ernst? Wenn ich sie anschaue, muss ich an Spinnweben denken.«

»Spinnweben?«

»Ja«, sagt sie.

Hinter uns sind Schritte zu hören. »Hallo?«, sagt eine tiefe Männerstimme. Ich erkenne sie.

Er trägt einen schwarzen Wollpullover und kommt auf uns zu. Es ist immer noch schwül, aber er schwitzt nicht, obwohl der Pullover dick ist. Tollef ist klein und hat kleine, wache Augen und eine Hakennase. Er hat sich ein paar Tage lang nicht rasiert und wirkt ungepflegt.

Er legt mir eine Hand auf die Schulter.

»In alten Gefilden unterwegs, Robert?«

»Ja. Hallo.«

Tollef hat zugenommen, sein Gesicht wirkt ein wenig aufgeschwemmt. Er sieht mich an, als wisse er etwas, was er aber nicht auszusprechen braucht.

»Du bist also nach Vandal gezogen«, stelle ich fest.

»Ich musste weg aus der Stadt. Zu viele Menschen.«

»Hast du im Dorf ein Theater gegründet?«

»Eine Truppe. Das Tollef Stien Project.«

»Tollef Stien Project klingt gut.«

Endlich nimmt er seine Hand von meiner Schulter.

»Wir führen im Herbst eine Collage des ›Andalusischen

Hundes‹ auf. Wir sind schon recht weit. Ein paar kleine Probleme gibt es aber noch.«

»Was für welche?«

»Die Truppe besteht nur aus Tollef und mir und noch einem, der vielleicht doch nicht mitmacht«, sagt Mariann.

Tollef sieht mich an.

»Nur ihr beiden? Ich dachte, ihr seid eine Truppe?«

»Wir sind eine Truppe. Eine Truppe, das können auch zwei Leute sein, oder etwa nicht? Ist es nicht beschränkt, zu behaupten, dass eine Truppe fünf oder sieben oder zehn Mitglieder haben muss?«

»Doch, sicher«, entgegne ich.

»In der Theorie zumindest«, meint Mariann.

»Was willst du damit sagen?«, erwidert Tollef, ohne den Blick von mir abzuwenden. »In der Theorie, was meinst du damit?«

»Nun«, antwortet sie. »Ich bin nicht gerade Isadora Duncan, und dir fehlt auch noch einiges zu Laurence Olivier.«

»Wir sind keine Schauspieler. Und wir betreiben auch kein Non-Acting. Das ist mir alles egal.« Er sieht mich immer noch an. »Wenn ich von Problemen spreche, meine ich die Zuschüsse. Dass da irgendwelche Idioten sitzen und uns die öffentlichen Mittel vorenthalten, die wir gut gebrauchen könnten.«

Er hält seine bandagierte linke Hand hoch und drückt vorsichtig auf ihr herum. »Wenn du eine Weile hierbleibst, könnten wir dich als Freelancer gebrauchen.«

»Ich werde nicht sonderlich lange bleiben«, erwidere ich. Ich war es, der ihn mit Mariann zusammengebracht hat.

Das war, als Mariann und ich noch ein Paar waren und in Bergen zusammenwohnten. Es ging aber schon dem Ende zu. Das wusste ich, hatte jedoch keine Ahnung, was ich unternehmen sollte, um zu verhindern, dass sie mit mir Schluss machte. Eines Abends, als ich mich in irgendeinem Lokal betrunken hatte, ging ich zu dem Tisch, an dem Tollef saß, und sagte: »Ich kenne da eine Frau, die ganz scharf auf dich ist.« Er wieherte: »Scharf?« »Ja, vollkommen, durch und durch.« Er lachte erneut, routiniert, und sagte: »Noch eine?« »Da kannst du Gift drauf nehmen«, antwortete ich grinsend, und ich erinnere mich, dass er mich in diesem Moment genauer anschaute, regelrecht studierte, und dabei lächelte.

Er löst den Verband und bewegt seine steifen Finger. Er hat sich den Handrücken und die Unterseite des Daumens verletzt. Dann wickelt er den Verband wieder fest um die Hand, steckt ihn mit einer Sicherheitsnadel fest und setzt sich auf Marianns Stuhllehne, einen Arm um ihre Schultern gelegt. Sein erhobenes Kinn wirkt weich. Sein Gesicht ist herzförmig, und er sieht jung und unfertig aus. Ich denke, dass er nie alt und verbraucht aussehen wird, er wird zunehmen, und seine Züge werden sich langsam verwischen. Er sagt: »Ich konnte nicht in Bergen leben. Ich kannte zu viele Menschen. Unangenehm viele.«

»Was habt ihr für Pläne?«

»Landwirtschaft. Wir wollen diesen Hof wieder aufbauen, einen kleinen Stall zusammenzimmern, Schafe, Kühe und Kälber halten. Nicht viele Tiere. Gerade so viele, dass es nicht lästig wird. Nicht wahr?«

»So sieht der Plan jedenfalls aus«, meint sie.

Er lächelt mich an und dann Mariann und küsst sie, und sie lässt es zu. Genau das denke ich: Sie lässt es zu. Er küsst sie lange. Anschließend zündet er sich eine Zigarette an.

»Was hast du so getrieben?«

»Ich war ein Jahr lang auf einem Fischerboot«, antworte ich.

»Wie war das?«, will Mariann wissen.

»Langweilig. Ich wurde rastlos und nervös.«

Tollef beginnt laut zu lachen, hört abrupt auf und lacht dann noch einmal auf dieselbe Art. »Langweilig, nichts ist langweilig«, murmelt er und sieht mich dann mit seinen munteren hellblauen Augen an, die einen verletzlichen Schimmer haben. Das ist der Ausdruck, der mir dazu einfällt: verletzlicher Schimmer.

»Wird es hier oben nicht ganz schön einsam?«, frage ich.

»Einsam?« Er klopft sich mit einem Finger gegen die Stirn. »Einsam ist man hier oben.«

»Das habe ich irgendwo schon mal gehört«, meint Mariann.

»Ach?« Er dreht sich zu ihr um. »Stört dich das? Stört es dich, dasselbe innerhalb eines Jahres zweimal zu hören?«

Sie antwortet nicht. Dann sagt sie: »Natürlich nicht.«

»Übrigens habe ich euer Rehkitz gesehen«, meine ich.

Sie starren sich eine Weile an, ehe sie sich zu mir umdrehen.

»Was habt ihr mit dem Kitz vor?«, frage ich. Mariann zuckt mit den Achseln.

»Es ist inzwischen zahm. Das bedeutet, dass wir es bis auf Weiteres behalten müssen«, sagt Tollef.

»Wir geben ihm Milch mit einem Fläschchen«, fährt Mariann fort.

»Vielleicht baue ich ein Gehege. Im alten Ägypten besaß der Adel große Parks mit Hirschen, Fasanen, Füchsen oder Wildschweinen. Sie haben diese Tiere gezüchtet.«

»Ich dachte, du seiest mehr dafür ... die Urkräfte loszulassen?«, meine ich. »Mehr so ›back to basics‹?«

»Die Kultur steht an erster Stelle.«

Ich stehe auf und gehe zum Bücherregal. Ich betrachte das

Rehkitz, das immer noch genauso daliegt, die Vorderläufe unter der Brust, den Kopf erhoben. Es ist sehr dünn und hat eine Wunde unter dem Auge. Als ich einen Schritt näher trete, öffnet es das Maul. Es hustet kurz und leise, was wie das Kläffen eines Hundes klingt. Es atmet schwer, dann kläfft es nochmals. Auf dem Bauch, hinter den Vorderläufen, hat es ein paar rote, haarlose Flecken, die so groß sind wie alte Fünf-Öre-Münzen.

»Hast du außer deinem Vater noch jemanden besucht?«, fragt Tollef.

»Nein, nur ihn und die Mutter von Mariann.«

»Ach«, sagt Tollef. »Dorte, natürlich.«

»Sie schien etwas vereinsamt und fragte sich, ob ihr wohl bald mal vorbeischaut.«

»Es gefällt uns hier oben am besten«, murmelt er.

»Mariann fehlt ihr. Sie sagt, dass du seit eurer Rückkehr nur einmal dort gewesen bist, und das ist fast ein Jahr her.«

»Was soll das?«, fragt Mariann.

Ich drehe mich um. Ihre Augen sind schmal und gerötet.

»Na ja, das stimmt schon«, meint Tollef.

»Sie wirkte ziemlich elend.«

»Aber andererseits ist Dorte auch eine Heuchlerin«, meint Tollef. »Ich habe einmal vor einem Einkaufszentrum mit dem Auto auf Mariann und sie gewartet. Als sie kamen, tauchte eine alte Freundin von Mariann auf. Sie begannen sich zu unterhalten. Nach kurzer Zeit fasste sich Dorte an den Hals und keuchte: ›Asthma, Mariann, mein Asthma!‹ Und hat so weitergemacht, bis die Freundin gegangen ist. Eine Minute später hat sie weitergeplaudert, als ob nichts passiert wäre. Sie zieht wirklich üble Nummern ab.«

»Aber worin besteht das Problem?«, frage ich.

»Gibt es eigentlich eins?«, will Tollef wissen.

Mariann sieht uns an und betrachtet dann ihre Handflächen. »Nein, eigentlich nicht ...«

»Jetzt gehe ich mal mit dem Kitz an die frische Luft.« Tollef geht an mir vorbei zum Bücherregal, wo ein Hundehalsband und eine Leine hängen.

Ich stehe auf und sehe ihm zu, wie er die Leine am Halsband befestigt. Dann verschwindet er hinter dem Regal und kommt mit dem Kitz auf dem Arm wieder zum Vorschein. Er hat ihm das Halsband umgelegt und hält die Leine zwischen den Zähnen. »Am Donnerstag kaufe ich ihm eine Decke. Es wird bald kälter.«

Er trägt das Kitz hinaus.

Ich gehe zum Fenster, und ein Blitz, den ich nicht orten kann, leuchtet kurz am schwarzblauen Himmel auf. Ich zähle bis fünf, dann donnert es. Tomas kommt den Hang hochgelaufen und rennt am Fenster vorbei. Er stolpert und läuft linkisch weiter. Ich habe kein einziges Mal an ihn gedacht, seit ich das Haus betreten habe. Wo ist er gewesen? Wollte er nicht hoch zu den Ponys? Er hält einen Stock in der Hand, dreht sich um, schlägt mit dem Stock auf die Erde, ruft etwas, läuft weiter. Ich sehe nicht, worauf er schlägt und wem er etwas zuruft. Es kommt auch niemand. Aber dann höre ich Tollefs Stimme und anschließend Tomas erstaunt: »Wo ist Papa? Was ist das?« Es donnert erneut, nördlich im Tal.

Ich trete an ein kleineres Fenster in der Längswand.

Tomas steht mit seinem Stock neben einem Sägebock. Als Tollef ihm die Leine reicht, nimmt er sie zögernd und wirft den Stock ins Gras. Das Rehkitz zieht an der Leine. Tollef geht in die Hocke, unterhält sich mit Tomas, erklärt ihm etwas.

»Er hat einen Draht zu Kindern«, sage ich.

Sie ist aufgestanden und stellt sich hinter mich. »Wie sah meine Mutter aus?«, fragt sie.

»Schlecht.«

»Nein, sag mir genau, wie sie aussah.«

Ich denke nach. »Sie sah kleiner aus, als sei sie geschrumpft.«

»Und?«

»Ihr Gesicht war so verschrumpelt wie eine Rosine.«

»Was hat sie eigentlich gesagt? Erzähl mir, was sie gesagt hat.«

»Sie glaubt, dass du sie nicht magst. Dass du sie wahrscheinlich sogar hasst. Du hast gesagt, dass du ihr Geld nicht haben willst, wenn sie das Zeitliche segnet. Und außerdem hast du eine Vitrine zertrümmert.« Es entsteht eine Pause. »Stimmt das?«

Sie wartet etwas, ehe sie antwortet. »Ja.«

»Aber warum?«

»Es gibt Dinge, die du nicht zu wissen brauchst.«

Sie lächelt und gibt mir einen freundschaftlichen Knuff ins Kreuz.

Draußen auf dem Hofplatz zieht Tomas das Rehkitz hinter sich her. Er lacht. Das Kitz folgt ihm ein paar Schritte, dann gleiten die Beine plötzlich in alle Richtungen weg, und es fällt. Tollef stupst es vorsichtig in den Rücken, aber es steht nicht auf, sondern dreht sich auf die Seite und bleibt liegen. Als ich über die Schulter schaue, steht sie da und sieht mich an und nicht die da draußen.

»Wie geht es dir eigentlich?«, fragt sie.

»Gut. Ich wohne in Oslo. Bin jetzt schon seit vier Jahren mit einer Frau zusammen.«

»Liebst du sie?«

Ohne zu zögern, sage ich: »Ja.« Und dann noch einmal: »Ja.«

»Wirklich?«

»Ja. Wir wohnen in einer schönen Wohnung und haben beide Arbeit.«

Sie nickt. »Gut.«

Plötzlich regnet es in Strömen. Der Regen wird die Luft reinigen und eine Frische, einen kühlen, säuerlichen Duft von Gras und Bäumen hinterlassen. Tollef und Tomas stehen mit dem Rehkitz am Bach. Tollef legt den Kopf in den Nacken und öffnet den Mund. Er verharrt ein Weilchen, ehe er den Verband an seiner Hand öffnet und ihn abwickelt. Dann geht er zu Tomas, setzt sich vor ihn hin und wickelt ihm den Verband um die Stirn, sodass Tomas aussieht wie ein japanischer Samurai.

Er betrachtet meinen schmächtigen Sohn und sagt etwas, worauf Tomas verlegen lächelt. Tollef deutet auf den Bach, führt den Jungen zum Rehkitz, hebt es hoch und legt es Tomas in die Arme. Er kann es nur mit Mühe tragen. Sie klettern über den Bach, und einen Augenblick lang sieht es so aus, als würde Tomas hineinfallen, aber Tollef stützt ihn. Anschließend tragen sie das Kitz auf die Weide, und an einer bestimmten Stelle bleibt Tollef stehen. Sie hocken sich hin, reißen Gras aus und halten es dem Kitz hin, das den Kopf abwendet. Tollef nähert sich ihm auf den Knien und versucht, die grünen Grashalme vorsichtig in die kleine Schnauze zu stopfen.

Ich erinnere mich an einen Vorfall aus meiner eigenen Kindheit. Ein Gleichaltriger hob ein Krähenjunges aus seinem Nest und nahm es mit nach Hause. Als ich einmal bei ihm zu Besuch war, sollte es in einem Plastikbottich gebadet werden, eine Aufgabe, die ich übernehmen durfte. Ich hielt das Junge in den Händen. Als es nicht ins Wasser wollte, begann ich es nach unten zu drücken, und obwohl mich mein Freund bat, damit aufzuhören, machte ich weiter, bis das Krähenjunge unter meinen Händen nachgab. Ein leises Knacken war zu hören. Ich hatte ihm die Beinchen gebrochen. Ich erinnere mich an einen kurzen Augenblick der Wut, aber auch an eine Art Genuss. Anschließend wagte ich mich mehrere Wochen lang nicht mehr zu diesem Freund.

»Schau, jetzt gehen sie«, sagt Mariann hinter mir.

Tollef und Tomas gehen die Wiese hinauf. Tollef trägt das Rehkitz in den Armen, und sie gehen an der Weide entlang, wo die Ponys ausgelassen auf einem bereits ausgetretenen Weg umhertraben. Dann verschwinden die beiden zwischen schweren, nassen Ästen.

Ich höre ihren Atem hinter mir. »Lass sie gehen«, sagt sie.

Ich drehe mich nicht um. Ich spüre ihren Atem auf meinen kurzen Haaren im Nacken und erschauere, genau wie früher, wenn sie ihre schmalen Finger leicht auf meinen Arm legte, auf eine Art, die ich nie bei ihr auszulösen vermochte, das weiß ich. Ihr Atem streift wie ein Finger meinen Nacken, und ich warte jeden Augenblick darauf, dass ihre Lippen meine Haut berühren, dass sich der leicht süßliche Atem auf einem Punkt unter den kühlen Lippen sammelt.

»Er wollte es so«, sagt sie.

Ich antworte nicht. Ich wünsche mir nur, dass sie ein paar Zentimeter näher kommt.

Ich drehe mich um.

Sie lächelt mich an mit einem Begehren, das es nie gab, als wir noch zusammen waren. »Was wollte er?«

»Du bist ein guter Mann. Er weiß das.«

Ihr Lächeln wird breiter, ihre Augen werden schmaler, und ich kann es einfach nicht lassen, ihre Zähne anzuschauen, die einen grauen Belag und an ein paar Stellen gelbe Flecken haben. Ich wünsche mir, ich hätte die Flecken und den Belag nicht entdeckt, aber starre trotzdem hin, fasse sie am Handgelenk und frage nochmals: »Was wollte er?«, und als sie nicht antwortet, reiße ich die Hand an mich und merke, wie kraftlos sie dieser abrupten Bewegung folgt. »Was wollte er?«, frage ich und tue so, als wüsste ich es nicht.

KIM SMAGE

Elines Erbe

Eline Gjerpeland wollte sich scheiden lassen. Emil Gjerpeland war dagegen. Nach stundenlangen Diskussionen, in denen Aktiva und Passiva und ihr totaler finanzieller Ruin zur Sprache kamen, wollte sie auch nicht mehr. Sie hatte keine Lust, als bettelarme Dreißigjährige in ein Dasein in einem möblierten Zimmer geschleudert zu werden, in dem ihr all das fehlen würde, was die letzten Jahre ihr geboten hatten: eine Villa mit gefliestem Bad, mit Sauna und Fitnessraum, Wohnzimmer und Stereoanlage der Spitzenklasse und eine Küche voller elektronischer Haushaltshilfen.

Das Ehepaar Gjerpeland setzte sein Zusammenleben fort. Oder besser gesagt, den Mangel an einem solchen. Auf jeden Fall teilten sie weiter die Adresse und die Lohntüte. Und Letztere war dick. Als Chef einer Bohrinsel mit den damit verbundenen Gehaltszulagen sorgte er dafür, dass jedes Jahr über eine halbe Million hereinströmte. Viele Nullen, mit deren Hilfe seine Frau leben konnte, wie sie wollte, wochenlang. Die aber auch zu Treue und zu ihrer Rolle der perfekten Gastgeberin verpflichteten, wenn er zu Hause war.

Emil Gjerpeland war clever gewesen. Sein steiniger Erbhof war hervorragend als Abschreibungsobjekt geeignet. Ein armes Anwesen in der Heide, wo er sich mit seinen steuertechnischen Fähigkeiten austoben konnte. Sie war dabei nicht viel mehr als eine Art Magd. Alles gehörte dem Mann, dem Anerben – sie besaß die Hälfte des festen Eigentums und der Schulden. Eines festen Eigentums, das sich niemals in Form von kleinen, teuren Grundstücken verkaufen lassen würde. Die Gemeinde hielt den Hof nämlich für betriebsfähig und verweigerte deshalb die Erlaubnis, den Grund und Boden zu parzellieren. Und schließlich bot das Anwesen doch einen Arbeitsplatz: Der jüngere Bruder mit seiner Frau umgab sich mit Schafen und Düngergestank. Sie betrieben den Hof mit Mitteln, die aus dem Öl stammten. Mit realen und fiktiven Mitteln – insbesondere Letzteren.

Emil Gjerpeland war in dieser Hinsicht ein Genie. Er sah auch dann, wenn die Steuerfachleute die Gesetze für eindeutig hielten, noch Möglichkeiten. Kein Gesetz war eindeutig, das musste Eline erfahren. Im Grunde wären ihr nur eine Nähmaschine, zwölf geerbte Kristallgläser und eine schön bestickte Volkstracht aus Voss geblieben. Ihre Großmutter stammte daher, und die Tracht mit dem Perlengürtel war wirklich prachtvoll. Sie betonte Elines noch immer schlanke Taille und ihre schmalen Lenden. Lenden, die sie bei anderen einsetzen wollte als bei Emil, einem immer trägeren und älteren Emil mit einer sichtbaren Ölzulage am Bauch und zunehmendem Haarausfall. Er behauptete, das liege am Schutzhelm, mit dem er umherstapfen musste und der ihm die wilde Lockenmähne wegnagte, die sein übergroßer Stolz gewesen war.

Eline Gjerpeland war gefangen in ihrem Körper und den Möglichkeiten des Fitnessstudios, diesen straff und schön zu erhalten. Jeden Tag trainierte sie in einem glänzenden, eng anliegenden Trikot und war sauer, wenn etwas dazwischenkam.

Ihr Training wurde zu ihrer täglichen Dosis Therapie. Die Spiegel bestätigten ihr, was sie schon wusste – sie war attraktiv, hatte einen ersten Bauchansatz in den Griff bekommen und sorgte dafür, dass der sich nicht wieder einstellte. Unter keinen Umständen durfte die sanfte Rundung als Bauch enden. Deshalb sagte sie Nein. Nein, ich will kein Kind. Dafür machte sie ihre Halbtagsstelle verantwortlich und die Zeit, die nicht ausreiche, die ganze Verantwortung, die sie allein tragen müsse, und alles, was sie nicht schaffen könne. Sie wollte nicht. Jetzt nicht. Das schlichte Heidemädel mit den bodenständigen Träumen von Haus, Kindern und Mann war im Öl ertrunken.

Die hektische Verwandlung des Bezirks Rogaland und das dortige »swinging life« hatten ihr die Augen für andere Möglichkeiten geöffnet. Oder sie ihr verschlossen, je nachdem. Die Umgebung glitzerte, und Eline Gjerpeland wollte mitglitzern. Leben und Jugend währten nicht ewig, sie wollte genießen, solange es möglich war. Das ewige Kindergequengel ihres Mannes fand sie deprimierend. Ebenso seine immer fester verwurzelten Gewohnheiten. Schlafen, essen, fernsehen und von ihr einen gedeckten Tisch und Geishadienste erwarten – aber nie konnte sie ihn aus dem Haus locken. Seine einzige Ausschweifung bestand darin, dass er ab und zu von seiner Luxusvilla zum Hof hinüberstapfte und seinem Bruder im Weg herumstand. Er stocherte ein wenig im Boden herum und nannte das Landwirtschaft – und fühlte sich in Übereinstimmung mit der Natur.

Die Liebe war verschwunden, und die Gewissheit, dass sie noch immer so arm war wie damals, als sie vor Gottes Angesicht ein atemloses Ja gehaucht hatte, setzte ihr immer ärger zu. Es war ungerecht. Ungerecht. Hatte sie nicht immer hinter Emil gestanden und ihn vorangeschubst? Ihn aufgemuntert und sich abgemüht, um ihn dahin zu bringen, wo er jetzt war? Und was war der Lohn? Ein langweiliger Lebensgefährte und der totale Ruin, wenn sie aus diesem gemeinsamen Unternehmen aussteigen wollte.

Eline tat sich inzwischen selbst leid. Nach einer Weile begann sie ihn zu hassen. Mit einem roten, prickelnden Hass. Immer wenn der Mann etwas über ihre Ausflüge ins Fitnessstudio sagte, immer wenn sie sich schön machte, um mit Freundinnen auszugehen, immer wenn er nicht sagte, dass sie eine tolle Frau sei, hasste sie ihn. Doch er sagte es nie, da musste sie schon andere Gefilde aufsuchen, um solche Dinge zu hören. Die Belohnung für die schweißtreibende Arbeit mit den Gewichten und Geräten kam nie in Gestalt von süßen Worten über die Lippen des Gatten. Er runzelte nur die Stirn und fand sie egozentrisch. Ihm hätte ein wenig Egozentrik nicht geschadet, fand sie, denn sie hatte das Gefühl, dem Verfall von Tag zu Tag zusehen zu können. Sie ekelte sich vor ihm. Und es endete immer damit, dass er mit den Türen knallte und hinüber zum Schafstall und zum Jauchegestank lief.

In teuren Kleidern tanzte Eline Gjerpeland Wange an Wange und ließ die Komplimente auf sich herunterprasseln. Nach dem letzten Tanz setzte sie einen Punkt und kam nach Hause. Jedenfalls dann, wenn Emil dort war. Sonst meistens auch. Sie interessierte sich nicht sonderlich für Liebhaber. Sie empfand einen tiefen Widerwillen dagegen, irgendjemandem Macht über sich zu geben. Nicht für einen Moment wollte sie die Kontrolle hergeben. Und sie wusste, dass das die Männer aufreizte, wusste, dass es sie erregte, ihre Jagd nicht vollenden zu können. Männer waren einfach gestrickte große Jungen und leicht zu durchschauen. Ihr Selbstbewusstsein hing von ihrem Waidmannsheil ab.

Sie nannte sich gern eine emanzipierte Frau, das verlieh dem Ganzen eine gewisse Würze. Ihre Emanzipation bestand darin, die Beute zu spielen, während sie die ganze Zeit den Überblick hatte und sich ein Hintertürchen offen hielt. Die BH-losen Geschlechtsgenossinnen, die sie ab und zu sah, an Infotischen und auf Demonstrationen, konnte sie nur verachten. Die hatten doch keine Ahnung, was Sache war. Alles war eine Frage der Macht. Und Macht kam durch Geld. Nicht durch jahrelange Ausbildung und kluge Theorien – Macht war denen vorbehalten, die Geld hatten. Schluss, aus.

Das war eine schmerzhaft einfache Lehre aus dem Ölbezirk Rogaland. Lehrerinnen, die sieben Jahre studiert hatten, schleppten unbezahlte Studiendarlehen mit sich herum, fuhren ramponierte Renaults und verdienten einen Hungerlohn. Sie waren der lebende Beweis dafür, wie idiotisch solche Investitionen doch waren.

Eline hatte den Durchblick. Und erkannte, dass niemand anders als Emil ihr und ihrem Leben im Weg stand. Sie überlegte. Die Grübeleien eines halben Jahres führten zu einem Ergebnis. Einem Ergebnis, das ihrem Gemüt und ihrer Seele neue Lebenslust schenkte und zu einer liebevollen Annäherung an ihren Mann führte. Eline fing an, die Witwennummer des Jahrhunderts zu planen.

Das Meer, das widerliche, nasse Meer wogte vor der Tür herum – wie wäre es eigentlich, wenn sie sich ein Boot zulegten? Ein standesgemäßes Boot, das ihnen ein wenig Abwechslung in der Alltagsroutine verschaffen könnte? Sie würden umherschippern und die Küste und einander ganz neu erfahren, könnten einfach an den Stränden entlanggondeln und Tage zu zweit erleben.

Emil hob natürlich die eine Augenbraue, habe sie bisher denn nicht Bootsleben und Meereswellen verabscheut? Doch, das schon, früher wohl, aber inzwischen habe sie sich eben eines Besseren besonnen. Überall im Haus lagen nun knallbunte Bootsprospekte herum und ließen seine Sehnsucht aufflackern.

Der Chef der Bohrinsel, der nicht einen einzigen Schwimmzug schaffte, wurde jeden Tag ein wenig reifer für den Bootskauf. Schipper auf dem eigenen Kahn, mit Sonne und Salzwasser in den Haaren und mit einem Bart, den er sich stehen lassen würde – das war ein Knabentraum, der nie seine Wirkung verloren hatte. Die Sehnsucht konkretisierte sich, und sie kauften ein Boot. Genauer gesagt, er kaufte ein Boot. Denn damit kannten Frauen sich nicht aus. Eline schon gar nicht, die wusste kaum den Unterschied zwischen Backbord und Steuerbord. Ihr Kontakt zum Meer bestand darin, dass sie bis zu den Knien hinauswatete, dann ganz schnell einmal untertauchte, johlend und kreischend an Land zurückrannte und ihren zarten Körper von dem salzigen Meerwasser bräunen ließ. Sie schwamm ebenso erbärmlich wie er. Tragfähige Schwimmwesten wurden gekauft und an Bord untergebracht – ihre einzige Rettungsmöglichkeit bei einem eventuellen Schiffbruch.

Doch Eline ließ drei Tage in der Woche ihr Training im Fitnessstudio ausfallen. Drei Tage in der Woche war sie im Anfängerkurs des Schwimmvereins zu finden. Danach belegte sie den Aufbaukurs. Und dann den dritten. Anschließend trainierte sie an den Damenbadetagen. Schwamm hin und her, her und hin. Trotzte ihrem ganzen Widerwillen gegen ein

Element, das sie nicht leiden konnte. Sie tauchte hinab zu den türkisfarbenen Bodenfliesen, schluckte ihre Panik hinunter und machte weiter.

Allmählich ließen Angst und kalter Schweiß sie in Ruhe, und sie tummelte sich im Wasser wie ein Delfin. Der Bademeister nickte anerkennend und brachte ihr Springen bei. Nie hätte Eline geglaubt, dass sie jemals freiwillig mit den Händen einen Wasserspiegel zerteilen würde. Aber so kam es. Brav trat sie dreimal in der Woche an und wurde immer perfekter. Sie empfand große Befriedigung, als sie dieses vorher so abstoßende Element nun beherrschte. Doch wenn jemand sie lobte, erzählte sie, sie sei noch längst nicht so gut wie ihr Mann – der Chef der Bohrinsel sei ein echter Meisterschwimmer. Emils Geheimnis war nie an die Öffentlichkeit gedrungen. Niemand ahnte, dass er auf den Meeresgrund sinken würde wie eine schwere Kommode. Alle, die in der Nordsee arbeiteten, beherrschten natürlich die Schwimmkunst – schließlich waren sie auf allen Seiten von Wasser umgeben. Nur Eline kannte die Wahrheit.

Der Sommer ging zur Neige, und Emil blieb noch eine Woche Aufenthalt im »Trockendock«. Eline schlug einen Bootstörn à la Robinson Crusoe vor. Er ließ sich gern überreden. An Bord war er in seinem Element – er manövrierte das Boot und schüttelte über seine schöne, unfähige Frau den Kopf.

Es war ein schöner Tag, und sie fanden eine einsame Bucht mit warmen Felsen und lauem Spätsommerwasser. Der Bohrinselchef warf Anker und genoss das mitgebrachte Bier. Dies war das wahre Leben. Nach etlichen Bieren drang ein altes Signal durch seine Hirnrinde – die üppigen Düfte seiner Frau. Er hatte sich schon lange nicht mehr davon berauschen lassen. Ein wenig unsicher nahm er Kurs auf sie, die in Bikini und mit Goldkettchen um den Knöchel dalag und mit dem Sommerabend um die Wette glitzerte. Er fühlte sich wie frischverliebt, packte ihren schmalen Knöchel und küsste ihre gepflegten rosa lackierten Zehen.

Sie ließ ihn gewähren, machte einen Schmollmund und umspielte ihre Lippen mit der Zunge. In ihm stieg der Saft – er umfasste die festen Oberschenkel, bohrte den Kopf dazwischen und wollte. Aber die rosa Lackierte wollte nicht – noch nicht. Sie wollte spielen. Entzückt nahm er die Jagd auf, jagte seine eigene Frau über das Sonnendeck, ließ seinen Blick auf dem üppigen Hinterteil ruhen, das in einer minimalen Bikinihose versteckt war, lachte kehlig und fand das Leben lebenswert.

Er spürte prickelnde Erobererfreude, griff in die Luft, um sie zu fangen, und hörte ein lautes Platschen. Und dann einen Schrei. Verdutzt sah er, wie die schöne Meeresoberfläche ihm die Beute rauben wollte, beobachtete in seinem leichten Bierrausch einige Blasen, die den Wasserspiegel durchbrachen und sich dann ausbreiteten. Er begriff, dass er jetzt vor der großen Männlichkeitsprobe seines Lebens stand, denn seine Frau brauchte Hilfe, und er, der Krieger, würde diesem zarten, wehrlosen Wesen zu Hilfe eilen. Denn war es nicht im Grunde er gewesen, der sie in seinem unbändigen Verlangen ins Wasser gejagt hatte?

Entschlossen sprang der Bohrinselchef ins Meer, ohne Schwimmweste, im Kopf die Erinnerung an fünf vor langer Zeit in tiefem Wasser absolvierte Schwimmzüge. Ja, verdammt, natürlich konnte er schwimmen! Jedenfalls konnte er sich über Wasser halten und seine schöne nasse Fee zur Leiter bugsieren, er sollte hier ja schließlich nicht seinen Fahrtenschwimmer machen. Seine Muskeln würden sie über die Reling heben. Er selbst würde hinterherklettern, mit Salz in Haar und Bart, und vor ihm würde dann die Belohnung liegen.

Er sprang. Kämpfte sich an die Oberfläche, streckte die Hände ins Wasser und wühlte herum. Er wollte eine blonde Mähne finden und sie nach oben ziehen. Das Meer war kalt. Es war zwar noch Sommer, aber eine angenehme Temperatur hatte das Wasser nicht gerade. Es war kalt und voller Blasen. Er hustete und schlug um sich. Wo war sie? Wo zum Teufel konnte sie stecken?

Da tauchte sie auf, außer Reichweite, rang verzweifelt um Atem, sah ihn aus großen, verängstigten Augen an, rief seinen Namen und verschwand ein weiteres Mal. Er spürte, wie in ihm die Panik aufstieg. Er paddelte zu der Stelle, wo sie verschwunden war, und bohrte seine Hände ins Wasser. Doch er fand nur salzige, nasse, widerliche See. Fand keinen Halt, keine Frau, rein gar nichts. Er strampelte und schlug um sich.

Plötzlich spürte er etwas, das an seinen Beinen zerrte, eine Kraft, die ihn unter Wasser zog, etwas, das nicht losließ, etwas, das ihn einfach festhielt, sosehr er auch strampelte. Er kämpfte verzweifelt, reckte sich zur Wasseroberfläche, wollte hoch. Er schluckte Meerwasser und Luft, merkte plötzlich, wie sich der Griff um ihn löste, und sah im selben Moment Eline auftauchen – seine schöne Nixe! Ihr Gesicht war vor Angst verzerrt, voller Panik rief sie seinen Namen. »Emil!« rief sie.

»Emil!« Jeder Gedanke an die eigene Rettung verflog – noch einmal versuchte er, sie zu erreichen. Und abermals packte die seltsame Unterströmung seine Beine und zog ihn nach unten. Das Wasser umbrauste ihn, die Sekunden tickten dahin – er brauchte Luft. Er atmete tief durch, doch seine Lunge mochte nicht, was sie da bekam, sondern stieß es wieder aus und erzeugte einen Hustenanfall. Neues Wasser drang ein, er würgte und kämpfte und hustete und sah nicht das Gesicht, das blitzschnell auftauchte und Luft schnappte, ehe es wieder verschwand. Er nahm nur das wahr, was seine Beine hinabzog. Er empfand tausend Dinge auf einmal, drehte sich verzweifelt um – und sah für einen kurzen Moment zwei schlanke braune Arme, die seine Knöchel wie ein Schraubstock umklammerten. Mit einem Todesgriff.

Er versuchte zu wenden und unterzutauchen, um sich von diesen gefährlichen Fesseln zu befreien, doch er beherrschte die Technik nicht. Beherrschte gar nichts. Auch nicht den Atemreflex, der nach Luft schrie. Er atmete Salzwasser voller Blasen und Meeresglitzern ein, saugte alles in einem tiefen Lungenzug auf. In dem verzweifelten Versuch zu überleben blockierte er seine Luftzufuhr mit Wasser, schlug um sich, erwischte eine vorübertreibende Tangdolde, schloss die Faust um dieses feuchte, schwammige Etwas und hielt es einen kurzen Moment für seine Rettung, glaubte, es wachse auf einem Felsen, und trat sich kräftig ab. Doch der Tritt traf ins Leere. Nur einige Wassermoleküle verspürten eine schwache Kraft, die sie kurz zur Seite schob. Der Tritt traf keinen festen Boden, keinen Fisch, kein Plankton, keine Frau mit starken Armen.

Die Frau ließ sich neben ihm treiben und sah zu. Dann schwamm sie zu dem Körper, zog ihn zur Leiter, packte die Reste einer üppigen Mähne und zog an einem Seil, das sie einige Minuten zuvor über die Reling gehängt hatte. Ruhig und zielbewusst band sie es ihm um den Leib, machte einen festen Knoten und stieg graziös die Leiter hoch. Schüttelte sich ein wenig, überzeugte sich davon, dass der Knoten hielt, ging zum Funkgerät und schaltete es ein. Dann ließ sie eine hysterische Stimme durch den Äther schrillen. Wenig später bekam sie Kontakt, schluchzte und heulte und erfuhr, dass die Rettungsmannschaft schon unterwegs sei.

Der Rest kam ganz von selbst – Zähneklappern, Zittern und die Ohnmacht vor aller Augen. Es kam ihr ganz natürlich vor. Sie wurde getröstet und ins Krankenhaus gebracht, bekam eine Beruhigungsspritze und schlief unter ärztlicher Aufsicht zwischen weißen Laken ein. Im Keller, fünf Stock tiefer, lag ein anderer Körper, der ebenfalls in weiße Laken gehüllt war. Der jedoch brauchte keine ärztliche Aufsicht.

Ihre Trauer war tief. Eline erklärte sich für gesund und wollte unbedingt nach Hause. Sie machte ihre Aussage – die arme Frau, sie hatte Schlimmes erlebt. Man wollte ihr eine Krankenschwester mitgeben – sie lehnte leise ab. Schwägerin und Schwager seien doch zur Hand, und sie brauche Ruhe. Sie fuhr nach Hause. Nachdem die Schatten ihrer Verwandten einige Stunden zwischen Schlafzimmer und Küche hin- und hergehuscht waren, schlief sie ein. Als die Schatten nach Hause gegangen waren, stand sie heimlich auf und schloss die Tür ab.

Die Spätsommernacht war dunkel. Der Herbst schickte seine Vorboten über das Land. Helle Schäfchenwolken verwandelten sich in graue Nebelschwaden, die träge vom Meer her aufzogen. Schwer vor Nässe trafen sie auf das Ufer, barsten und entließen den Regen über Stadt und Land. Alles wurde in eine klamme, feuchte Liebkosung gehüllt.

In einer Millionenvilla auf dem Hof Gjerpeland saß die Witwe Eline Gjerpeland. An einem massiven Eichenschreibtisch saß sie und hatte vor sich ein auseinandergefaltetes Blatt liegen. Helle Locken fielen in ihr konzentriertes Gesicht, sie las genau, was auf dem Papier stand. Jeden Buchstaben las sie, sorgfältig und langsam. Dies war das Ziel, der unfreiwillige Letzte Wille des Anerben, des Alleinerben. Dies war das Papier, dessen Existenz er angedeutet hatte, seine Liebeserklärung an die geliebte Gattin in guten wie in bösen Zeiten, bis dass der Tod uns scheide, die Abbitte des Bohrinselchefs Emil Gjerpeland an seine Frau Eline, eine Art Pflaster auf die von mangelndem Temperament und fehlendem Interesse geschlagene Wunde.

Eline las es begehrlich, buchstabierte sich durch ein Wort nach dem anderen, ließ sich Zeit. Denn die hatte sie. Diese frühe Herbstnacht mit den treibenden Nebelschwaden über den Dächern und dem Regen über den Steinmauern der Ahnen gab ihr ein Meer von Zeit. Sie las. Hörte, weit entfernt, wie in einem Traum, den Himmel bersten. Wasser stürzte herab, die Wolken stülpten sich um, es brodelte und schäumte, und ein wütendes Platschen drang zu dem Eichenschreibtisch mit der einsamen Lampe vor. Plötzlich bemerkte sie einen kalten Luftzug an den Füßen, sah, dass die große Balkontür offen stand. Sie schaute einen Moment zu den schweren Portieren hinüber, sah, dass sie sich bewegten.

Es war ein schwüler Abend gewesen und die Luft drückend. Sicher hatten die anderen vergessen, die Tür zu schließen. Sie hob den Kopf, blieb sitzen und horchte in die Stille hinaus. Eine Stille, die ihr seltsam vorkam. Der Regen schien von überall her zu kommen, er trieb am Fenster vorbei, er trommelte auf merkwürdige Weise gegen die Scheibe, das vertraute Plätschern aus der Dachrinne war nicht zu hören, sie hörte nur das stetige Rauschen von Wellen. Wellen? Sie horchte. Hob den Kopf vom Papier und horchte. Ihre Augen blickten in die Herbstnacht hinaus, und es kam ihr vor, als habe der Himmel seine Schleusentore sperrangelweit aufgerissen. Wasser trieb am Fenster vorbei, Wasser – keine Tropfen, kein Regen. Es war ein massiver Teppich aus wogendem

Wasser, der gegen das Fenster presste. Himmel, was für ein Wetter – das sah ja richtig widernatürlich aus! Sie hatte das Gefühl, auf dem Meeresgrund zu sitzen, während sich die Wassermassen über ihr zusammendrängten. Es klang auch nicht wie Regen. Es war unheimlich.

Eline Gjerpeland fröstelte in ihrer dünnen Bluse und spürte, wie sie eine Gänsehaut bekam. Sie kam sich vor wie ein Fisch in einem Aquarium, wie ein Goldfisch, der in einem Goldfischglas umherschwimmt, nur ohne Kiemen. »Reiß dich zusammen«, zischte sie, ließ ihre Blicke wieder über das Papier gleiten, konzentrierte sich auf die wunderbare Gewissheit, die es ihr gab. Später würde sie die Glastür schließen, Wasser und Feuchtigkeit aussperren – später. Jetzt wollte sie die Worte lesen, die ihr mitteilten, dass sie frei war. Frei und reich. Sehr reich. Von nun an bis in alle Ewigkeit. Sie glühte. Und das lag nicht an den Wechseljahren. Es würde noch sehr lange dauern, bis die sich bei ihr breitmachen könnten, dafür würden ihre Willenskraft und das Fitnessstudio schon sorgen. Eline las. Sie achtete nicht auf die Feuchtigkeit, die an die Fensterscheibe pochte, und an das Wasser, das draußen vorübertrieb. Sie las sogar das Kleingedruckte der Versicherungspolice, ganz und gar vertieft.

Trotzdem waren sie da, die Gewissheit und das Gefühl dieses hartnäckigen Luftzugs, der um ihre Beine strich. Die Luft, die durch die wogenden Portieren hereinströmte, klamm und unangenehm, drückend und stickig. Sie atmete tief durch und hatte das Gefühl, dabei zu gurgeln. Typisches Westküstenwetter – verdammt nass. Jetzt musste sie aber diese Tür schließen, ehe sie sich eine Lungenentzündung holte. Eline Gjerpeland schob geräuschvoll den Stuhl zurück und sprang auf, so rasch, dass ihr schwindlig wurde. Das Zimmer war wie in Dunst gehüllt, die vertrauten Möbel kamen ihr verzerrt und verschwommen vor. Sie rieb sich die Augen, griff sich an die Kehle, hustete. Die weißen Blätter auf dem Schreibtisch wogten ihr entgegen, sie wogten wie die meergrünen Portieren, die Vorhänge schwappten hin und her wie Ebbe und Flut, wie eine Dünung. Und aus dieser Dünung trat etwas hervor, etwas nahm Form an, die Form eines Menschen, eines dunklen, massiven Schattens, einer triefnassen Gestalt, die vor ihr aufragte. Mit Fäusten, die sich ballten und wieder öffneten, Fingern, die krampfhaft eine abgerissene gelbe Tangdolde umklammerten, als sei sie die letzte Rettung.

Sie stieß einen Schrei aus. Einen lauten, schrillen, wahnsinnigen Schrei. Ein Geheul, das vom grauen Nebel und vom über Land treibenden Wasser gedämpft wurde.

Sie fanden sie am folgenden Morgen. Ein hysterischer Schwager, der alles aus nächster Nähe mit angesehen hatte, stammelte ins Telefon. Der Dorfpolizist kam. Der Krankenwagen samt Arzt kam. Männer, die den Tod in verschiedenster Gestalt gesehen hatten, kamen. Aber dieser Anblick traf sie wie ein Fausthieb, sie wandten sich ab und taten ihre Pflicht. Drückten die offenen, wahnwitzig starrenden Augen zu. Schlossen einen Mund, der sich in irrsinniger Angst verzogen hatte. Versuchten es zumindest. Aber die Augen wollten sich nicht schließen, und sie konnten auch den Schrei nicht mit ihren Lippen verstecken. Sie legten ein Laken über den Leichnam und trugen ihn hinaus. Noch nächtelang hatten sie schwarze Albträume, in denen ein Frauengesicht sich in eiskalter, grausamer Furcht verzerrte, während ein Schrei auf seinen Lippen ertrank. Sie schlossen die Verandatür, zogen die schweren, feuchten, meergrünen Samtportieren zu und schalteten die Schreibtischlampe aus. Sie versiegelten Türen und Fenster und bereiteten alles für die Ermittlung vor.

Emil Gjerpelands Bruder verlässt gesenkten Hauptes das Wohnzimmer, dreht sich kurz um und lässt seinen Blick durch das Zimmer schweifen. Stutzt, geht durch den Raum und hebt etwas auf, das unter dem Vorhang hervorlugt. Eine zerdrückte gelbe Tangdolde. Er betrachtet sie, riecht daran und wirft sie dann kopfschüttelnd in den Papierkorb.

KJELL OLA DAHL

Der Tod geht ans Telefon

Er senkte den Kopf, riss die Tür auf und huschte hinein. Dann ging er mit schnellen Schritten auf die Garderobe und die Toiletten zu. Jemand kam heraus. Sie stießen fast zusammen. Er blickte kurz auf, vermied aber jeglichen Augenkontakt. Es war eine blonde Frau. Als er hörte, wie sie die Ausgangstür aufschob, war er schon um die Ecke und für die Gäste in der Bar nicht mehr zu sehen.

Er ging an der Herrentoilette vorbei und dann direkt auf den Garderobenständer zu, wo er Fredriks Dufflecoat hängen sah. Er schaute sich schnell um und steckte dann, ohne zu zögern, die Hand in die rechte Manteltasche. Nichts als Papier und Kleinkram. Schnell steckte er die Hand in die linke Tasche. Er schluckte, als sich seine Finger um ein Handy schlossen. Er zog es heraus und verbarg es in der Hand. Dann drehte er sich um und ging in die Toilette.

Die Kabine war besetzt. Drei Männer standen nebeneinander vor dem Pissoir, einer von ihnen rief einem anderen etwas zu – über Fußball. Die Musik von draußen dröhnte wie ein schwerer Dieselmotor durch die Wand. Ihm wurde schwindlig, doch er gewann das Gleichgewicht zurück und fasste sich an den Kopf.

Er bemerkte, dass ihn einer der Männer anstarrte. Sein

Mund bewegte sich. Doch er hörte nicht, was er sagte. Deshalb schüttelte er nur leicht den Kopf und versuchte, betrunken auszusehen. Das Schwindelgefühl kam wieder. Endlich ertönte das Geräusch der Wasserspülung. Die Tür der Kabine ging auf. Ein Mann kam heraus und ließ die Tür offen stehen.

Er huschte hinein, schloss ab und sank auf die Klobrille. Eine Weile saß er mit geschlossenen Augen da. Er bekam die Bilder nicht aus dem Kopf. Noch immer hörte er die Tritte gegen die Bettdecke, die Finger, die an der Wand entlangkratzten, und den gurgelnden Laut aus ihrer Kehle.

Er zuckte zusammen, als jemand versuchte, die Tür zu öffnen, und ärgerlich dagegen klopfte. Langsam zog er Fredriks Handy aus der Tasche. Es war eingeschaltet. Das Display meldete einen unbeantworteten Anruf. Das Briefumschlagsymbol zeigte, dass Fredrik auch eine SMS bekommen hatte. Wie erwartet kam sie vom Mailboxservice. Er rief die Nummer an und hob das Handy mit zitternder Hand.

Alles, was er hörte, war eine lange Stille, die abrupt endete, als jemand die Verbindung unterbrach. Er saß lange da und rang nach Atem. Wieder versuchte jemand, die Tür zu öffnen. Der Riegel zitterte, als der Betreffende dagegen hämmerte.

»Mach hin!« Es folgte eine witzige Bemerkung, die in Gelächter unterging.

Langsam hob er den Kopf und starrte auf die Tür. Jemand hatte mit Kugelschreiber in Kopfhöhe darauf herumgekritzelt: ejakulierende Penisse und Behauptungen, wer zu was bereit sei. Er schwitzte und sagte sich, dass er es geschafft habe. Alles hatte geklappt. Fredrik hatte sein Handy im Mantel gelassen. Und er hatte es geschafft, ihre Worte zu stoppen, bevor der Anrufbeantworter ansprang.

Abwesend starrte er auf das Handy und atmete mit offenem Mund. Er murmelte: »Ganz ruhig. Du hast es geschafft. Ganz ruhig.«

Er atmete schwerer und bewegte seinen Oberkörper im Takt mit dem Atem vor und zurück. Mit zitterndem Zeigefinger gab er die Nummer noch einmal ein. Dasselbe wiederholte sich. Die automatische Stimme meldete eine einzige Nachricht. Doch anstelle der Nachricht war nur knisternde Stille zu hören. Er spürte, wie sich seine Lippen zu einem breiten Grinsen verzogen. Yes! Er hatte es geschafft!

Seine Gedanken wanderten wieder zu ihr. Und sobald er ihr Bild wieder vor sich sah – ihr Haar auf dem nackten Rücken und das Telefon, das sie an ihre Wange presste –, spürte er, wie sich der Knoten in seinem Magen zusammenzog. Er löschte die Meldung von der Mailbox und die SMS. Wenige Sekunden später hatte er gespült und die Toilette verlassen.

Doch jetzt war er nicht mehr allein an der Garderobe. Eine korpulente Frau mit wirrem Haar und runden Brillengläsern stand mit verschränkten Armen da, als warte sie auf jemanden. Er stellte sich mit dem Rücken zu ihr und spürte, wie ihm unter dem Pullover der Schweiß herunterlief. Plötzlich ging die Tür zur Bar auf, und er dachte: Lass es nicht Fredrik sein! Lass es nicht ... Gott sei Dank, der Mann ging weiter zur Toilette. Die Frau hinter ihm redete mit jemandem. Dann verschwand sie. Er war wieder allein. Mit drei schnellen Schritten war er beim Garderobenständer und legte das Handy an seinen Platz zurück.

Die Wohnung lag im Erdgeschoss und bestand aus einem Wohnzimmer, zwei Schlafzimmern, einer Küche und einem Flur. Der Boden war Laminat, ein Eichenimitat. Außer in den Schlafzimmern gab es keine Gardinen vor den Fenstern. Die fehlenden Gardinen in Verbindung mit der weißen Nacktheit der Wände ließen das Wohnzimmer kalt wirken. Der Raum schien auch etwas zu groß für die Möbel zu sein: zwei Designerstühle aus Schichtholz mit blauen Sitz- und Rückenpolstern standen rechts und links von einem rechtwinkligen weißen Sofa. Der Couchtisch bestand aus einer niedrigen Kiste mit einer Glasplatte.

Eines der Schlafzimmer war als Kinderzimmer eingerichtet. Darin standen ein Etagenbett aus Leichtmetall und in einer Ecke eine riesige Spielzeugkiste voller Plastiksachen, davor ein Traktor mit Anhänger.

Hauptkommissar Gunnarstranda drehte dem Fenster den Rücken zu und ging in das andere Schlafzimmer. Hier waren die Gardinen vorgezogen, abgesehen von einem kleinen Spalt vor der Verandatür. Die Freundin der Ermordeten war auf die Veranda gekommen, hatte durch diesen Spalt geschaut und sofort Alarm geschlagen.

Sie hatte gesehen, was auch der Hauptkommissar feststellen konnte: Die Tote lag auf dem breiten Doppelbett, das unbenutzt war, aber dennoch Spuren eines Kampfes zeigte.

Yttergjerde war als Erster am Tatort gewesen. Er erzählte gerade von einer Bootsfahrt, die er am letzten Wochenende an der Südküste unternommen hatte. »Du hättest die Schweinswale sehen sollen«, sagte er.

Gunnarstranda betrachtete die Leiche und legte eine Hand auf ihre Stirn. Sie war noch nicht sehr kalt.

»Das hättest du sehen sollen«, fuhr Yttergjerde eifrig fort. »Als der Geiger zu spielen anfing ...«

»Welcher Geiger?« Gunnarstranda starrte an die Deckenlampe. Sie war klein und rund und spiegelte sich im Bildschirm des Computers, der auf dem Schreibtisch stand.

»Der Geiger auf dem Boot«, erklärte Yttergjerde geduldig. »Stell dir vor: Ragnar fing an zu spielen. Er saß ganz hinten und fing an, Geige zu spielen, und es war Vollmond und ganz still auf dem Meer. Stell dir vor – das Meer und die Felsen, alles ganz still, nur ein junges Pärchen, das knutschend auf einem Stein saß. Wir sahen ihre Silhouetten vor dem Horizont und den riesigen Mond, weißt du? Und dann kamen die Schweinswale. Sie kamen an die Oberfläche, als Ragnar anfing zu spielen. Sie schwammen immer wieder um das Boot herum, bei Geigenmusik im Abenddunkel. Es war ganz einfach ...«

Yttergjerde verstummte, als Gunnarstranda in die Hocke ging und seinen Kopf dicht an die Wange der toten Frau hielt. Sie war Ende zwanzig gewesen. Möglicherweise auch Anfang dreißig. Ihre Gesichtszüge, jetzt zu einer Grimasse erstarrt, waren scharf. Ihr Nasenrücken war etwas gebogen. Ihr Körper musste als üppig bezeichnet werden: große Brüste, schmale Taille und kräftige Beine. Sie trug ein enges Hemdchen mit Rüschen und eine Unterhose aus einem Stoff, der an Seide erinnerte. Sie war unter den Armen rasiert, und ganz oben auf dem linken Schenkel hatte sie eine kleine Tätowierung: einen Skorpion mit aufgerichtetem Stachel. Ihre Zehennägel waren dunkelrot lackiert.

Die Tote lag auf dem Rücken. Offensichtlich war sie mit der Telefonschnur erdrosselt worden. Ihre rechte Wange ruhte noch immer am Hörer, als würde sie lauschen. Die Schnur hatte sich an ihrem Hals tief ins Fleisch geschnitten.

Höchstwahrscheinlich hatte sie auf der Bettkante gesessen. Der Täter musste durch die Tür hereingekommen sein und hinter ihr gestanden haben. Es musste ein Mensch gewesen sein, den sie so gut kannte, dass sie nicht versucht hatte, durch die Verandatür zu flüchten, und der möglicherweise ihr Gespräch mit angehört hatte. Ihre eine Hand umklammerte noch immer die Telefonschnur, als hätte sie versucht, sie loszureißen. Die andere Hand, deren Nägel in derselben Farbe lackiert waren wie die Fußnägel, hing schlaff über den Bettrand. Einige Nägel waren abgebrochen, und in der Tapete waren Streifen, die sie im Todeskampf hineingekratzt hatte. Sie lag auf einer selbst genähten Tagesdecke mit Kindermotiv: Kühe, Ziegen und ein kleiner Bauernhof mit grünen Graswegen.

Gunnarstranda betrachtete ihre Finger. An zwei Fingern der rechten Hand waren die Nägel lackiert. Der Nagel des Mittelfingers zeigte nur ganz rechts einen Pinselstrich. Die Nagellackflasche stand zugeschraubt neben dem Computer. Die Frau war also unterbrochen, aber nicht unmittelbar an der Handlung gehindert worden.

Ein Kriminaltechniker bürstete vorsichtig eine weiße Wolke über den blauen Himmel der Tagesdecke. Dann griff er nach einer Pinzette, um damit kleinste Partikel in eine Plastiktüte zu schieben.

»Ganz einfach wie?«, erkundigte sich Gunnarstranda und schielte zu Yttergjerde, der den Blick starr auf die Leiche gerichtet hatte.

»Hä?«

»Die schwimmenden Schweinswale«, sagte Gunnarstranda irritiert. »Das war ganz einfach ... wie denn?«

»Wunderschön«, sagte Yttergjerde tonlos. »Der Mondschein, weißt du, und die Geigenmusik und die schimmernden Schweinswale im Meer. Einfach ganz ...«

»Das klingt ja alles sehr nett, aber was weiter?«

»Wir haben auf sie geschossen.«

Gunnarstranda stand auf und runzelte die Stirn. »Ihr habt auf die Schweinswale geschossen?«

Yttergjerde nickte. »Mit der Schrotflinte. Man muss nur auf einen bestimmten Gurgellaut warten, dann weiß man, dass sie geatmet haben, und dann kann man schießen. Wenn man nicht auf das Einatmen wartet, sinken sie sofort auf den Grund. Und dann sind sie lost forever. Wenn man trifft, natürlich.«

Gunnarstranda wandte sich zur Tür. Frank Frølich kam herein und blieb vor dem riesigen Bett stehen. »Sie heißt Rebekka Mohr«, sagte er. »Das behauptet die Frau, die die Leiche gefunden hat, und es stimmt mit dem Führerschein überein.« Er hielt eine braune Umhängetasche hoch. »Hier haben wir einen Lippenstift der Marke L'Oréal, eine Zehnerpackung Prince Mild, eine ganz neue Strumpfhose mit Preisschild und Warentestergebnis, ein Nokia-Handy und ein gelbes Einwegfeuerzeug vom Supermarkt Rema 1000.«

Die beiden anderen nickten.

»Sie wohnt hier. Die Wohnung gehört einem gewissen Arne Wettergren, ihrem Lebensgefährten, mit dem sie hier wohnte. Ihrer Freundin zufolge hat sich Rebekka Mohr von einem anderen Typen scheiden lassen, mit dem sie zwei Kinder hat. Sein Name ist Sverre Mohr.«

Gunnarstranda sah auf. »Und wo ist der Lebensgefährte?«

Frøhlich zuckte mit den Schultern. »Die Frau, die die Leiche gefunden hat, meint, dass Wettergren vielleicht auf seiner Hütte oder bei seiner Mutter ist. Sie wohnt angeblich in einem Altersheim in Oppsal – die Mutter, meine ich. Die Beziehung zwischen Wettergren und der Dame hier ...«, Frølich nickte zum Bett, »... soll sehr turbulent gewesen sein ...«

»Und der Exmann?«

»Wohnt wohl hier in der Nähe.«

»Mit dem müssen wir reden«, sagte Gunnarstranda, »und ihn nach ihrer Beziehung fragen, welche Absprachen sie wegen der Kinder hatten und so weiter.«

Arne Wettergren kam ungefähr eine Stunde später nach Hause. Gunnarstranda wartete auf der Straße, während der Mann seinen blauen Ford Scorpio parkte.

Er war Ende vierzig. Sein Gesicht hatte klare Züge, seine Lippen waren fein gezeichnet, sein Kinn wies eine Kerbe auf, und seine blauen Augen waren von Brillengläsern in einer extrem dünnen Fassung umrahmt. Wettergren war genau der Typ, den wohlerzogene Mädchen mögen und von dem Schwiegermütter träumen. Er wirkte so glatt, dass Gunnarstranda wusste, dass er ihn bei ihrer nächsten Begegnung kaum wiedererkennen würde.

Der Kommissar sah auf die Uhr, während Wettergren beide Hände in die Taschen seines Anoraks steckte. Die Augen hinter den Brillengläsern wirkten aufgeregt. Es war halb zwei Uhr nachts, und der Mann schien nicht geschlafen zu haben.

Der Kommissar erklärte ihm, dass die Wohnung versiegelt werden müsse, und fragte, ob Wettergren in der Zwischenzeit irgendwo unterkommen könne.

Wettergren nickte. »Ich bin so schnell gekommen, wie ich konnte ...«

»Wo kommen Sie her?«

»Aus Nesodden, das heißt aus der Nähe von Drøbak. Ich habe da eine Hütte und wollte am Wochenende die Fenster streichen. Eigentlich kann ich noch ein paar Tage dableiben ...«

»Darf ich Ihnen mein Beileid ausdrücken?«

»Danke.« Wettergren schluckte.

»Und wann sind Sie hingefahren?«

»Wohin?«

»Auf Ihre Hütte.«

»Freitag nachmittag.«

»Haben Sie gestrichen?«

»Ein bisschen.«

Gunnarstranda räusperte sich. »Ich muss Sie leider fragen, was Sie gemacht haben – in dieser ganzen Zeit.«

Wettergren zuckte mit den Schultern. »Freitag abend habe ich nur den Kamin angemacht und mir einen Whisky genehmigt. Heute früh habe ich angefangen zu streichen und dann den ganzen Tag gestrichen, aber viele Pausen gemacht.«

»Wie lange?«

»Bis sieben, halb acht. Dann habe ich mich vor den Fernseher gesetzt.«

»Was haben Sie gesehen?«

»Der Fernseher funktionierte nicht. Ich habe ein bisschen dran rumgebastelt, aber dann habe ich stattdessen gelesen.«

»Und was?«

»Verkaufsunterlagen.«

»Sie sind Vertreter?«

»Ja, für Büroausstattung. Das heißt: alles für den Computer, aber auch Schreibtische, Kopiergeräte, Faxe, Scanner ...« Er verstummte, als Gunnarstranda abwehrend den Arm hob.

»Und Sie waren die ganze Zeit auf der Hütte, ohne Unterbrechung?«

Wettergren nickte.

»Kann jemand bestätigen, dass Sie heute den ganzen Tag dort waren?«

»Wie?«

Gunnarstranda seufzte. »Ihre Beziehung zu Rebekka, war die gut?«

»Was meinen Sie denn damit?«

Gunnarstranda räusperte sich irritiert. »Hören Sie auf zu fragen, antworten Sie mir lieber. Eine gute Freundin Ihrer toten Lebensgefährtin behauptet, Sie hätten nicht akzeptieren wollen, dass sie Sie verlassen wollte.«

»Und woher will diese Freundin das wissen?«

Gunnarstranda holte gefährlich langsam Atem, beschloss dann aber, die Frage des Mannes zu überhören. »Dieselbe Zeugin behauptet auch, dass Rebekka Angst vor Ihnen hatte und dass Sie sie bedroht hätten.«

»Das ist eine völlig falsche Darstellung.«

Gunnarstranda wartete auf Wettergrens Richtigstellung.

»Wenn Rebekka und ich uns gestritten haben, dann darüber, was es zum Abendessen geben sollte. Wir hatten keine Probleme.«

»Überhaupt keine?«

»Jedenfalls nicht mehr als andere Paare.«

»Aber sie hatte immerhin eine Beziehung zu einem anderen Mann, oder?«

»Davon weiß ich nichts.«

Gunnarstranda spürte seinen Ärger wachsen. »Wettergren. Es ist nur lächerlich, wenn Sie jetzt lügen.«

Der andere seufzte. »Okay, ich wusste davon, aber das hat keine Bedeutung. Sie wollte die Sache wieder beenden ...«

»Und wer ist dieser Mann?«

»Ein Kollege von mir, Fredrik Vevelstad, er wohnt weiter in Richtung Zentrum, in Øvre Grünerløkka.«

»Ich habe gehört, Vevelstad sei Ihr Chef?«

»Das stimmt.«

»Es war bestimmt nicht besonders angenehm, dass Ihr Chef ein Verhältnis mit Ihrer Lebensgefährtin hatte, oder?«

Wettergren schwieg.

»Aber Sie hatten den Eindruck, dass die Geschichte nicht ernst war – zumindest nicht von ihrer Seite?«

»Überhaupt nicht. Er war nur ein Abenteuer für sie. Außerdem war die Situation völlig unmöglich für uns alle. Weil

Fredrik und ich eben zusammenarbeiten. Ich glaube, sie hatte vor, das heißt, ich weiß, dass sie mit ihm Schluss machen wollte.«

Der Kommissar zog beide Augenbrauen hoch. »Woher wissen Sie das?«

»Sie hat es mir gesagt.«

»Wann?«

»Gestern Nachmittag.«

Gunnarstranda starrte den Mann im Anorak konzentriert an.

Wettergren räusperte sich. »Sie hat mich am Samstag angerufen und es mir gesagt. Sie hat mich gebeten, nach Hause zu kommen. Aber ...« Er schluckte und schloss die Augen.

»Aber?«, fragte der Kommissar ungeduldig.

»Ich habe gesagt, ich müsse darüber nachdenken. Das war eigentlich der Grund, warum ich auf die Hütte gefahren bin. Um Abstand zu kriegen. Und jetzt ...« Er schluckte wieder. »Wenn ich nach Hause gefahren wäre, dann wäre sie vielleicht ...«

Gunnarstranda streckte seine Hand aus. Wettergren starrte sie an. »Ihr Handy«, sagte Gunnarstranda milde. »Damit kommen Sie einem Alibi am nächsten. Sie sollten es mir also besser geben.«

Oda Mehren war zwischen dreißig und vierzig Jahre alt, trug einen blauen Rock mit dazu passender Jacke – eine Frau mit dem typischen blonden und kühl distanzierten Aussehen einer nordischen Stewardess. Sie wohnte in einer Reihenhauswohnung im Maridalsveien, in einem der farbenfrohen Holzhäuser, die direkt am Bürgersteig liegen und um die viele Menschen ihre Besitzer beneiden, wenn sie sonntags dort spazieren gehen und stehen bleiben, um in ein Schlafzimmer oder ein Wohnzimmer zu schauen – ohne darüber nachzudenken, dass die Bewohner gerade aus diesem Grund vielleicht lieber woanders wohnen würden.

Gunnarstranda presste seinen Körper an die Wand und quetschte sich hinter den Esstisch in der winzigen Küche mit der niedrigen Decke. Oda Mehren servierte den Kaffee nach Stewardessenart: Sie stand mit der Kanne in der Hand da und lächelte abwartend, bis Gunnarstranda sich besann und seine Tasse hob. Dann schenkte sie ihm ein und formte ihre Lippen zu einem weiteren professionellen Lächeln. »Nehmen Sie Milch oder Zucker?«

Ganz richtig, sie arbeite bei der SAS, und Rebekka sei ihre Freundin. Und es stimme auch, dass sie in dieser Kneipe in der Nähe vom Kulturzentrum Soria Moria am Abend zuvor auf sie gewartet habe, aber gegen halb zehn weggegangen sei, um nach ihrer Freundin zu sehen. Zuerst habe sie unten an der Tür geklingelt, aber es habe niemand aufgemacht. Und da habe sie Unheil gewittert, weil hinter den großen Wohnzimmerfenstern im Erdgeschoss, wo Rebekka wohnte, Licht brannte. Sie sei über die Straße gegangen, habe sich an einen Baumstamm gelehnt und gewartet, es sich dann aber anders überlegt. Und dafür müsse ihr die Polizei eigentlich dankbar sein. Sie habe allen Mut zusammengenommen, sei auf Rebekkas kleine Veranda gestiegen und habe direkt ins Auge des Bösen geblickt: Durch den Spalt in der Gardine habe sie Rebekkas leblosen Körper auf dem Bett liegen sehen.

»Kannten Sie jemanden in dieser Kneipe?«, fragte Gunnarstranda.

»Fredrik Vevelstad, aber er war schon dort. Als ich kam, bin ich Sverre begegnet, Rebekkas Exmann, der gerade gehen wollte. Er sah völlig verstört aus, deshalb glaubte ich natürlich, dass Rebekka auch da sei.«

»Sverre Mohr?«

»Zu neunundneunzig Prozent. Ich bin fast sicher, dass er es war, der in die Garderobe ging, als ich kam.«

Gunnarstranda wartete.

»Das war auch der Grund, warum ich nachsehen wollte«, sagte sie. »Ich wollte nach Rebekka sehen. Fredrik war, wie gesagt, auch da, und ich weiß, dass Sverre sehr ungemütlich werden kann, wenn er betrunken ist.«

Gunnarstranda schwieg noch immer.

»Rebekka hatte ganz einfach kein gutes Händchen mit Männern«, fuhr sie fort. »Einer schlimmer als der andere. Fredrik Vevelstad hält sicher große Stücke auf sich selbst, aber eigentlich ist er ein lächerlicher Rotzjunge, der sich eine zweite Mama wünscht. Sverre Mohr ist ein verantwortungsloser Säufer. Arne Wettergren ist ein Psychopath.«

»Sie können die Menschen gut in Schubladen stecken«, erwiderte Gunnarstranda.

»Sie fragen und ich antworte. Auch wenn Sverre Mohr brutal ist, glaube ich nicht, dass er Frauen schlägt. Aber ich weiß, dass Arne Wettergren gewalttätig werden kann. Bitte entschuldigen Sie, aber ich muss das mal eben wegräumen«, sagte Oda Mehren, kehrte dem Kommissar den Rücken zu und begann, Gläser und Tassen aus der Spülmaschine zu nehmen und in die Wandschränke zu stellen.

Gunnarstranda meinte, sie schniefen zu hören.

»Wem gegenüber ist Wettergren denn gewalttätig geworden?«

»Einer früheren Geliebten, das hat Rebekka mir erzählt.«

»Wettergren sagt, er sei das ganze Wochenende draußen in Frogn auf seiner Hütte gewesen.«

»Mit dem Auto dauert es nicht einmal eine Stunde von der Hütte bis zur Haustür in Torshov«, sagte Oda, fuhr sich mit dem Handrücken leicht über die Wangen und schniefte wieder.

»Es deutet vieles darauf hin, dass Wettergren tatsächlich ein Alibi hat.«

Oda Mehren erstarrte für einen kurzen Moment, setzte aber ihre Arbeit fort und holte Besteck und Teller aus der Maschine – immer noch mit dem Rücken zu Gunnarstranda, der sich erneut räusperte: »Wettergrens Handy befand sich jedenfalls zwischen Drøbak und Nesodden, als der Mord geschah. Es gibt Verortungssysteme, die so was registrieren können.«

Gunnarstranda betrachtete die blonde Frau eine Weile, bevor er leise fortfuhr: »So gesehen ist sein Alibi besser als Ihres. Wenn Rebekka den Täter hereingelassen hat, kann das darauf hindeuten, dass sie den Betreffenden sehr gut kannte.« Gunnarstranda schob den Tisch ein Stück vor, um mehr Platz für seine Beine zu haben. »Wenn sie eine Frau hereingelassen hat, würde das auch erklären, warum sie so knapp bekleidet war.«

Oda Mehren drehte sich langsam herum, betrachtete den Kommissar abwesend und kaute an ihrem Daumennagel.

»Dann muss es Sverre gewesen sein«, stellte sie fest.

»Warum sollte er die Mutter seiner Kinder umbringen?«

»Aus reinem Hass«, sagte sie. »Es war die klassische Scheidungskiste, die mit finanziellen Problemen anfängt und mit Mord endet.«

»Ich meine, Sie hätten eben gesagt, dass Sverre Mohr nie Frauen schlägt.«

»Bis jetzt hat er es nicht getan. Aber man soll nie nie sagen.«

»Sverre Mohr hat die Kinder Freitagnachmittag übernommen. Ihre Behauptung, er habe wenige Stunden später betrunken in einer Kneipe gesessen, klingt merkwürdig.«

»Wenn man Sverre Mohr kennt, dann wundert einen gar nichts mehr«, sagte Oda Mehren beherrscht. »Auch nicht die Tatsache, dass Rebekka tot ist.« Sie drehte sich herum, hob die Kaffeekanne und sah in Gunnarstrandas Tasse hinunter.

»Noch Kaffee?«

Sverre Mohr wohnte nur ein paar Straßen von der Ermordeten entfernt, aber seine Wohnung lag im dritten Stock in einem der Blocks direkt am Torshovtal. Vom Fenster aus konnte man die Rasenflächen im Tal sehen, einen kleinen Teil von Ekebergåsen und den Fjord dahinter.

Sverre Mohr lenkte von seiner zunehmenden Glatze ab, indem er seinen dunklen Kranz lockigen Haars zu einem kurzen und struppigen Pferdeschwanz zusammenband. Sein Gesicht trug die Spuren eines hohen Alkoholkonsums, und seine faltige Haut erinnerte an Pergament. Er trug eine Lederweste über einem karierten Flanellhemd, Jeans und spitze schwarze Lederschuhe.

»Es ist so grässlich«, sagte er und schüttelte schwerfällig den Kopf. »Einfach nur grässlich ...«

Gunnarstranda stand am Fenster und sah hinaus. Auf der anderen Seite des Trondheimsvei thronte die goldene Krone einer imposanten Ulme. Die tief stehende Herbstsonne schien auf den Baum und ließ das Laub orangefarben leuchten, fast als befände sich in seinen Wurzeln eine starke Stromquelle, die ihn leuchten ließ wie eine Glühbirne.

Auf dem Fußweg unten im Tal ging eine Frau mit üppigem Haar in einem roten Mantel, der ihr bis zu den Knöcheln reichte. Die Arme vor der Brust verschränkt, erinnerte sie an eine märchenhafte Tänzerin. Ein paar Schritte hinter ihr lief ein Dalmatiner ohne Leine.

Gunnarstranda hatte Lust auf eine Zigarette. »Und die

Kinder?«, fragte er nachdenklich, mit dem Gesicht an der Scheibe.

»Die sind bei meiner Mutter, ich bin einfach ... Verstehen Sie? Rebekka ist mausetot, verdammte Scheiße!«

Gunnarstranda unterdrückte ein Gähnen und drehte sich herum. Sverre Mohr saß mit einem zur Fratze verzerrten Mund da. Neben seinem Sessel stand eine halb leere Flasche Pils.

»Ich ... kapier's einfach nicht!«

»Wann haben Sie Ihre Exfrau zuletzt lebend gesehen?«

»Das muss ... Freitagnachmittag gewesen sein. Ich war da und hab die Kinder abgeholt – so gegen fünf, sechs Uhr.«

»Haben Sie eine Ahnung, was sie vorhatte oder wo sie noch hinwollte?«

Mohr zuckte mit den Schultern. »Sie und ihr Typ haben eine Hütte, wo sie öfter hinfahren.«

»Sie und Ihre Exfrau hatten Konflikte wegen der Finanzen und wegen des Sorgerechts für die Kinder, oder?«

Mohr atmete schwer ein. »Wir haben zwei Kinder zusammen. Da ist man nie fertig miteinander.«

»Aber Sie haben ihr vorgeworfen, maßlos zu sein, Sie haben behauptet, sie würde Sie mit dem Unterhalt ausnehmen wie eine Weihnachtsgans, und Sie haben ihr gedroht, im Beisein eines Jugendamtmitarbeiters.«

»Sie hat mich beim Jugendamt angeschwärzt«, sagte Mohr mit düsterem Blick. »Und das war einfach Scheiße von ihr; Wenn man nämlich erst mal auf den Listen steht, kommt man da nicht mehr runter.«

»Warum hat sie das Jugendamt eingeschaltet?«

»Sie hat es nicht vertragen, dass ich ein Privatleben hab. Wenn ich die Kinder hatte, konnte ich zum Beispiel nie weggehen.«

»Was haben Sie gestern Abend gemacht?«

»Ich war zu Hause und ein bisschen unterwegs.«

»Sie waren unterwegs?« Sverre Mohr sah zur Seite.

Gunnarstranda wartete, während der Mann nachdachte. Endlich räusperte er sich. »Muttern kam vorbei und hat ein bisschen mit den Kindern gespielt, und dann hat sie gesagt, ich sollte zusehen, dass ich mal rauskomme. Ich hab ein paar Bier getrunken und war ein paar Stunden weg.«

»Wo?«

»In einer Kneipe beim Soria Moria. Das ist ein guter Laden, gute Musik. Rebekka war auch oft da.« Der Mann holte tief Luft. »Aber dann hab ich diese Freundin von Rebekka getroffen, und sie hat gesagt, Rebekka würde auch kommen. Und ich hab so viel Ärger mit Rebekka gehabt wegen der Kinder und der Verantwortung und der Aufsichtspflicht, dass ich einfach abgehauen bin, weil ich keinen neuen Streit wollte. Und ich hatte ja an dem Wochenende die Kinder geholt, verstehen Sie?«

»Sie sind also nicht zu ihr nach Hause gefahren?«

»Wieso hätte ich?«

»Zum Beispiel, um mit ihr über Unterhalt und Sorgerecht zu sprechen. Ein solches Gespräch könnte einen Streit ausgelöst haben.«

»Ich bin nicht hingefahren, ich ...«

»Ja? Wohin sind Sie gegangen?«

»Ich bin bloß in der Gegend rumgelaufen.«

»Haben Sie in dieser Kneipe sonst noch jemanden gesehen?«

»Na klar, es war ziemlich voll.«

»Ich meine andere, die Rebekka nahestanden?« Sverre Mohr schüttelte nachdenklich den Kopf.

»Kennen Sie den Namen Fredrik Vevelstad?« Mohr räusperte sich und schluckte.

»Kennen Sie ihn?«

»Hab den Namen nie gehört.«

Gunnarstranda beobachtete sein Gesicht, um zu sehen, ob der Mann ihm eine Lüge aufgetischt hatte. »Wann haben Sie die Kneipe verlassen?«, fragte er schließlich.

»Irgendwann zwischen sieben und neun.«

»Und wohin sind Sie dann gegangen?«

»Bin rumgelaufen und dann nach Hause.«

»Wann sind Sie nach Hause gekommen?«

»Keine Ahnung, so gegen neun. Vielleicht kann sich Muttern erinnern.«

»Aber Sie sind nur zwischen sechs und neun gestern Abend herumgelaufen? Haben Sie in der Zeit mit jemandem gesprochen?«

»Nein.«

»Sverre Mohr, Sie haben ein Problem.«

»Ach ja?«

»Rebekka wurde zwischen sechs und neun Uhr gestern Abend ermordet.«

Es wurde Nachmittag. Die tief stehende Herbstsonne hatte einem leichten Schauer weichen müssen, der so lange andauerte, dass Gunnarstranda die Scheibenwischer auf Intervall stellte.

Als er seinen Škoda Octavia geparkt hatte und zum Hauseingang ging, um zu klingeln, lösten sich die Wolken, die den Schauer verursacht hatten, schon langsam wieder auf. Die Sonne bereitete sich auf den Abend vor. Der Nieselregen hatte die Landschaft mit einer transparenten Glasur versehen. Die Dachziegel waren röter, der Asphalt schwärzer, die Blätter am Straßenrand brauner, die Baumstämme dunkler, das Gras war grüner, und die zarten, fadenähnlichen Zweige einer hängenden Birke am Fahrradweg trugen Tränen an den Spitzen.

Gunnarstranda zuckte zusammen, als das Türschloss endlich summte. Er ging mit kleinen, schnellen Schritten die Treppe hinauf. Der Mann, der ihn in der Türöffnung erwartete, wirkte erschöpft. Obwohl er ein elegantes hellblaues Hemd und eine schwarze Anzughose trug, strahlte seine Gestalt etwas Verfrorenes aus, als sei er gerade aufgewacht. Die Haut um seine Augen hatte einen bläulichen Schimmer.

»Fredrik Vevelstad?«, fragte Gunnarstranda.

Der Mann unterdrückte ein Gähnen und nickte desinteressiert.

»Kennen Sie eine Frau namens Rebekka Mohr?«

Vevelstad schnitt eine Grimasse. »Wieso, sind Sie ihr Vater?«

Gunnarstranda wies sich aus.

»Was wollen Sie?«, fragte Vevelstad, und eine unruhige Energie trat in seine Augen.

»Vielleicht sollten wir reingehen?«, schlug Gunnarstranda vor.

Der andere antwortete nicht, sondern öffnete die Tür sperrangelweit. Die Luft in der Wohnung war dick und roch nach Schlaf. Staub tanzte in den Strahlen einer Leselampe über dem Sofa. Gunnarstranda kam an einem Bücherregal mit CDs, alten Schallplatten, einer Stereoanlage und einer Reihe ausländischer Bierflaschen mit eigenartigen Etiketten vorbei. Eine davon trug chinesische Schriftzeichen.

»Sie sammeln Bier?«, fragte Gunnarstranda und sah sich in der Wohnung um. Sie bestand aus einem ziemlich großen Raum mit Schlafecke und Küchenzeile. Zwei Aschenbecher auf dem Couchtisch unter dem Fenster waren halb voll. Der Mann schien die Frage nicht gehört zu haben. Er war auf das braune Ledersofa gesunken und drehte sich eine Zigarette.

»Rebekka Mohr ist tot.«

Der Mann hielt für ein paar Sekunden inne. Als er weitermachen wollte, riss das Papier. Der Tabak rieselte auf den Tisch. Er saß da und starrte auf seine Finger.

Der Ledersessel hatte dasselbe Design wie das Sofa. Gunnarstranda schob ihn sich zurecht, bis er dem Mann auf dem Sofa direkt gegenübersaß. Das Knarren des Sessels, als er sich setzte, durchschnitt die Stille. Als Gunnarstrandas Feuerzeug trocken klickte, hob Vevelstad den Kopf. Sein Blick war nicht mehr abwesend, sondern rotumrändert und glühend. Der Kommissar blies einen Rauchring in die Luft, der zitternd in das scharfe Licht der Leselampe aufstieg. In der nächsten Sekunde war der Mann auf dem Sofa mit einem gelbgrauen Heiligenschein ausgestattet, der sich langsam auflöste.

»Sie war gestern hier«, sagte Vevelstad.

»Wann?«

»Vielleicht sollten Sie mir sagen, was ihr passiert ist?«

»Später. Wann ist sie hergekommen, und wann ist sie wieder gegangen?«

»Sie kam Freitagabend, hat hier übernachtet und blieb bis Samstagmittag. Dann ist sie nach Hause gefahren, um sich umzuziehen. Wir wollten uns abends um neun treffen, in einer Kneipe gleich hier unten.«

»Sind Sie hingegangen?«

»Ja.«

»Wie lange waren Sie da?«

»Ich?«

Der Kommissar nickte und schickte einen neuen Rauchring zur Leselampe, aber er flog daran vorbei.

»Wann bin ich nach Hause gegangen ...? Bin mir nicht sicher ...«

»Vor oder nach Mitternacht?«

»Vor, glaube ich ...«

»Sind Sie allein gegangen oder mit jemandem zusammen?«

»Allein.«

»Und wo sind Sie hingegangen?«

»Nach Hause, hierher. Hören Sie ...«

»Sind Sie jemandem begegnet?«

Fredrik Vevelstad zuckte mit den Schultern.

»Sie sind also niemandem begegnet?«

»Und wenn?«

»Hat jemand gesehen, wie Sie die Kneipe verlassen haben?« Vevelstad starrte auf die Tischplatte.

»Es ist wichtig für uns, Ihre Aussage von anderen bestätigt zu bekommen.«

Vevelstad hob wieder den Kopf.

»Rebekka Mohr ist keines natürlichen Todes gestorben«, sagte Gunnarstranda geduldig und betrachtete sein Gegenüber. Vevelstads Gesicht, das wenige Minuten zuvor von leerer Müdigkeit geprägt gewesen war, spiegelte jetzt eine deutliche Erregung wider. »Haben Sie in der Kneipe jemanden getroffen, der bestätigen kann, wann Sie kamen und wie lange Sie geblieben sind?«

»Ist Rebekka umgebracht worden?«

Gunnarstranda machte eine resignierte Armbewegung.

»Bitte beantworten Sie meine Frage.«

»Sie wollte eigentlich auch dorthin kommen, wir waren um neun Uhr verabredet. Aber sie ist nicht aufgetaucht. Ich hab an der Bar gesessen und ein Pils nach dem anderen getrunken. Dem einen oder anderen zugenickt, den ich schon mal gesehen hatte. Eine Freundin von Rebekka, an deren Namen ich mich nicht erinnern kann, war ziemlich früh da, ist aber wieder gegangen ... Aber sie stand an der Bar und muss mich gesehen haben. Ein dunkelhaariges junges Mädchen, hübsch ...«

»Was haben Sie getan, als Rebekka nicht auftauchte?«

»Ich hab ziemlich lange gewartet. Später hab ich sie angerufen, aber nicht erreicht.«

»Warum nicht?«

»Sie hat ihr Telefon hier liegen lassen. Ihr Handy. Sie hat aus Versehen meins eingesteckt. Später am Abend hab ich sie angerufen, und es war immer besetzt. Den Irrtum hab ich erst bemerkt, als ich nach Hause kam.«

Gunnarstranda schnippte die Asche von seiner Zigarette.

»Aber sie hatte doch sicher einen Festnetzanschluss, wo Sie sie hätten erreichen können, oder?«

Vevelstad schüttelte den Kopf. »Klar, aber ich hab mich nicht getraut, da anzurufen. Ich dachte, sie hat sicher einen Grund, nicht zu kommen. Ich kenne ihren Lebensgefährten ein bisschen. Er arbeitet bei uns, und ich hab damit gerechnet, dass etwas dazwischengekommen war und sie keine Möglichkeit hatte, mir Bescheid zu geben.«

Es war Sonntag, spätnachmittags. Hauptkommissar Gunnarstranda saß am Steuer, als sie die Brücke über Grønland überquerten. Der Himmel über Nesodden war jetzt fast wolkenlos und so rot, dass sogar die nackten Zweige in den Hecken von Ekebergåsen violett schimmerten.

Er bremste vor dem Stau. Der Widerschein roter Rücklichter erleuchtete das Wageninnere und Frølichs Gesicht.

»Der Kellner, der am Samstagabend an der Bar stand, hat Fredrik Vevelstads Aussage bestätigt«, sagte Frølich. »Ein Mann, auf den die Beschreibung von Vevelstad passt, hat den ganzen Abend an der Bar gesessen. Außerdem hat er wohl auch kein Motiv. Sollen wir ihn von der Liste streichen?«

»Vorläufig noch nicht.«

»Und was ist mit dem Exmann, Sverre Mohr?« Gunnarstranda schnitt eine Grimasse. »Ein Motiv hat er, und er hätte die Möglichkeit gehabt, er besitzt kein Alibi, und die Tote kannte ihn. Das könnte erklären, warum sie nicht versucht hat zu flüchten, als er ins Zimmer kam, während sie dasaß und telefonierte.«

»Und der Lebensgefährte, Wettergren? Hat er ein Motiv?«, fragte Frølich.

»Er hätte auf jeden Fall die Gelegenheit gehabt. Die Fahrzeit von der Hütte und zurück beträgt ungefähr eine Stunde. Außerdem heißt es, er sei gewalttätig.«

Frølich sah auf seine Papiere. »Vorläufig gibt es einen Zeugen, der in der Hütte Licht gesehen hat, und der Wagen ist auf einem Parkplatz vor einem Laden in Fagerstrand beobachtet worden. Und das Verortungssystem bestätigt, dass sich sein Handy das ganze Wochenende in der Nähe der Hütte befunden hat.«

»Vorläufig sieht es gut aus für ihn«, sagte Gunnarstranda.

»Wir müssen irgendjemanden auftreiben, der ihn angerufen hat, ohne dass er rangegangen ist.«

Es war Abend. Er stand am Fenster vor der Terrasse und betrachtete die dunkle Wand aus Bäumen. Dort, wo die Straße eine Biegung machte, geschah etwas. Was zunächst wie eine undurchdringliche schwarze Wand ausgesehen hatte, änderte langsam seinen Charakter. Nach und nach kamen Zweige, Äste und Baumkronen zum Vorschein. Wenig später änderte sich die Farbe der Bäume von blassem Grau in Orange und Gelb. Er wusste, dass es die Scheinwerfer eines Autos waren. Die Polizei, dachte er und fühlte gar nichts. Er bemerkte nur, dass die Terrassenbeleuchtung nicht an war. Langsam hob er die Hand, um das Licht einzuschalten. Er betrachtete seine eigene Hand. Sie zitterte nicht. Und er fühlte nichts.

Als der Wagen vor der Hütte hielt, stand er auf der Terrasse und erwartete sie. Es war ein dunkler Kombi. Die Wagentüren wurden geöffnet. Der glatzköpfige kleine Kommissar war in Begleitung eines größeren bärtigen Mannes. Sie blieben schweigend stehen. Es war unmöglich, in der Dunkelheit ihre Gesichter zu erkennen.

Der kleine Kommissar erklärte, dass in dem Fall inzwischen mehrere Zeugen verhört worden seien.

Wettergren nickte.

»Die Geschichte beginnt Freitagnachmittag«, sagte Gunnarstranda leise. »Sverre Mohr holt die Kinder bei Rebekka ab. Kurz darauf winkt sie Ihnen zum Abschied. Sie fahren zur Hütte, hierher, eine knappe Stunde Fahrzeit von Oslo entfernt. Das haben wir selbst heute festgestellt, stimmt's, Frølich?«

Der große Polizist nickte.

»Kurz darauf geht Rebekka ein paar Straßen weiter zu Ihrem Vorgesetzten, Fredrik Vevelstad. Sie bleibt den ganzen Abend und die Nacht. Samstagmittag geht sie dann zurück in ihre Wohnung, um sich umzuziehen und andere Dinge zu tun. Fredrik Vevelstad zufolge war sie abends in einer Kneipe bei Soria Moria mit ihm verabredet. Der Zeugin Oda Mehren zufolge wollte Rebekka sich auch mit ihr dort treffen. Nach Ihrer Aussage ruft sie hier an und sagt, dass sie vorhat, mit Fredrik Vevelstad Schluss zu machen.«

Der Kommissar hielt inne und wühlte in seinen Taschen.

»Bei Ihnen klingt das wie eine Unwahrheit.«

Der Kommissar zündete sich im Dunkeln eine Zigarette an. Das Feuerzeug beleuchtete sein Gesicht und ließ es einen kurzen Moment wie einen nackten Schädel erscheinen. Das Licht erlosch, und das Gesicht wurde von grauem Zigarettenrauch umhüllt. »Ich zweifle nicht daran, dass Rebekka hier angerufen hat«, fuhr der Kommissar fort. »Aber ich glaube, dass sie angerufen hat, um mit Ihnen Schluss zu machen – nicht mit Vevelstad.«

Der kleine Polizist kam ein paar Schritte näher.

»Rebekka Mohr wurde zwischen achtzehn und einundzwanzig Uhr am Samstagabend ermordet. Sie trug nur Unterwäsche, saß im Schlafzimmer und lackierte sich die Nägel. Aber sie war noch nicht fertig damit, als sie Besuch bekam. Für mich gibt es zwei Möglichkeiten: Es kann an der Tür geklingelt haben. Rebekka schraubte die Flasche zu, stand auf und ließ jemanden herein – ohne sich anzuziehen –, ging ins Schlafzimmer zurück mit dem unbekannten Gast auf den Fersen, rief irgendwo an und wurde erdrosselt. Aber bei diesem Handlungsverlauf gibt es einige Unklarheiten. Denn warum hat sie sich nicht angezogen, wenn sie die Wohnungstür aufgemacht hat, um einen fremden Menschen hereinzulassen? Die zweite Möglichkeit, die uns wahrscheinlicher erscheint, ist folgende: Sie hat sich im Schlafzimmer die Nägel lackiert, als jemand, der einen Schlüssel hatte, in die Wohnung kam. Rebekka hörte es und war sofort alarmiert. Sie schraubte augenblicklich die Flasche zu und blieb ängstlich auf dem Bett sitzen. Sie wusste, wer gekommen war, und hatte solche Angst, dass sie nach dem Telefon auf dem Nachttisch griff und jemanden anrief. Während sie das tat, kam der Betreffende ins Schlafzimmer und erdrosselte sie mit der Telefonschnur.«

Wettergren spürte, wie sein Mund trocken wurde. »Warum sollte der Betreffende das tun?«, fragte er mit metallischer Stimme.

Der Kommissar trat noch einen Schritt näher, in den Schein der Lampe an der Ecke der Hütte. Das Licht ließ seine Brillengläser undurchdringlich glänzen. »Wie schon gesagt: Sie haben die irritierende Angewohnheit, ständig Fragen zu stellen, Wettergren. Dabei bin ich es, der hier die Fragen stellt: Warum haben Sie es getan?«

»Ich habe nichts getan. Ich war den ganzen Samstag hier.«

»Ihr Handy war hier, Sie nicht. Ich weiß, was passiert ist«, antwortete der Kommissar ebenso kühl. »Ich weiß, dass Sie in die Wohnung gegangen sind und einen Streit fortgesetzt haben, der anfing, als sie Sie anrief. Ich weiß, dass sie nach dem Telefon griff und um Hilfe rufen wollte.«

»Warum? Und wen hätte sie anrufen sollen?«

»Einen Anrufbeantworter«, erwiderte der Kommissar. »Sie wollte Fredrik Vevelstad um Hilfe bitten, erreichte aber nur seine Mailbox.«

»Hat Fredrik das behauptet?«

»Nein.«

»Aber weshalb beschuldigen Sie mich dann so – wenn er nichts dergleichen gesagt hat?«

»Weil er nicht weiß, dass Sie angerufen haben.« Gunnarstranda griff in seine Jackentasche und holte eine kleine Metallschachtel hervor, die er Wettergren hinhielt. »Dies ist ein DAT-Player. Ich habe das Ganze hier, auf Band. Als Rebekka Samstagmittag Vevelstad verließ, steckte sie in der Eile das falsche Handy ein: nämlich seins anstelle von ihrem. Als sie Fredrik Vevelstad um Hilfe bitten wollte, rief sie in Wirklichkeit in ihrer eigenen Handtasche an, wo Vevelstads Handy ausgeschaltet lag. Sie sprach auf Vevelstads Mailbox und bat ihn, schnell zu kommen, weil sie Angst hatte, Sie könnten ihr etwas antun.«

Wettergren schüttelte den Kopf.

Gunnarstranda winkte mit dem DAT-Player. »Wir haben den ganzen Mord auf Band, WETTERGREN. Mord live – mit Ihrem vollen Geständnis.«

Der kleine Kommissar wandte sich an seinen Kompagnon, streckte den linken Arm aus und sah auf die Uhr. »Neue persönliche Bestzeit«, sagte er trocken. »Der Fall ist gelöst, noch ehe die Woche beginnt.«

KJERSTI SCHEEN

Das Bjørkelangen Blut- und Bluegrass-Festival

Es war Hochsommer in Norwegen, und es schüttete.

Margaret Moss saß im Bus, auf dem Weg in die inneren Østlandgebiete. Die Scheibenwischer fegten über die Windschutzscheibe, der Busfahrer war klein und dünn, hatte schwarze Haare in den Ohren und sprach Vestlanddialekt, und sie fragte sich, was er wohl hier machte. Vielleicht war er der Liebe wegen hergekommen, jedenfalls hatte er ihr versprochen, an der Haltestelle Rudenga Bescheid zu geben, angeblich eine Wegkreuzung, einige Kurven östlich von Bjørkelangen.

Moss fröstelte.

Es hatte geregnet, als sie den Zug nach Lillestrøm genommen hatte, es hatte geregnet, während sie auf den Bus gewartet hatte, und es regnete noch immer: ein dichter und rauschender Sommerregen, der die Straßengräben und Kuhlen füllte, das Gras flachlegte und die Pferde Schutz unter großen Eschen suchen ließ.

Zumindest war Moss der Meinung, es seien Eschen.

Pferde waren es ganz sicher, Trabrennpferde vielleicht. Befand sie sich nicht sogar in einem der Kerngebiete für die Zucht von Tieren mit fantasievollen Namen wie Schampus oder Blacky?

Hier wuchs überall Gras, und es kam ihr vor, als fahre sie unter Wasser. Es flimmerte grünlich vor den Augen, und Moss zog die Knie an. Ihre Sandalen waren nass, so etwas passierte eben, wenn das Telefon morgens zu früh klingelte und man noch nicht geistesgegenwärtig genug war, klar zu denken und Nein zu sagen.

Er hatte schon vor acht angerufen, Roland Rud, der Ritter der Landstraße und Held aus den großen Wäldern. Er hatte schnell und undeutlich gesprochen, und sie hatte mit offenem Mund zugehört – zum einen, weil die Verbindung so schlecht war, zum anderen, weil das, was er sagte, in jeder Hinsicht aufsehenerregend war.

»Und *du* willst spielen?«, hatte Moss gefragt. »Bass?«

»Und *du* bittest mich um Hilfe?«, hatte sie gefragt. »Ernsthaft? In *Bjørkelangen*?«

Und jetzt war sie auf dem Weg zu einer Veranstaltung, die offenbar einen weiteren Beitrag zur enormen Flut von norwegischen Musikfestivals darstellte, wo ihr flüchtiger Liebhaber, Helfer und Freund vermutlich gerade unter Dünnpfiff litt, weil er auftreten musste.

»Noch nie was vom Titano-Festival gehört?«, hatte er mürrisch gefragt. »Oder von Down On the Farm? So was in der Art ist es. Bluegrass, hast du noch nie was von Bluegrass gehört, verdammt noch mal?«

Sie wusste nicht, dass Rud ein Instrument spielen konnte, vermutlich konnte er es auch nicht. Es stellte sich heraus, dass ihre Anwesenheit nicht in erster Linie als Zuhörerin erwünscht war.

»Irgendjemand hat es auf Edvin abgesehen«, hatte er gesagt, und sie hörte, wie er einen Blick über seine Schulter warf, während er sprach. »Er selbst glaubt es zumindest. Das Festival wird heute Abend eröffnet, und wer auch immer im

Unterholz herumlungert, soll keine Gelegenheit haben, etwas anzustellen, bevor das Festival im Kasten und das Geld verdient ist.«

»Aha, aber was soll ich …«, hatte sie angesetzt, war aber gleich unterbrochen worden.

»Du bist doch Privatdetektivin, oder was?«

Moss seufzte. Jetzt saß sie da, mit nassen Sandalen und zu allem Überfluss drei abgebrochenen Nägeln an der rechten Hand. So geht es, wenn man es nicht gewohnt ist, einen Rucksack zu packen. Sie musste sich doch wenigstens Kleidung zum Wechseln mitnehmen.

Und eine kleine Flasche Wodka, falls das Ganze ein kühles Vergnügen werden sollte.

Allmählich klarte es auf, graue Wolkenschleier zogen über den Himmel Richtung Schweden. Im Bus saßen nur noch wenige Leute. Sie sah aus dem Fenster, wo die großen Bäume vor Nässe nur so tropften. Draußen war in erster Linie Nadelwald, schwarze Tannenzweige fegten über das Dach, dann fuhr der Bus wieder dröhnend ins Licht. Nach einer Weile bremste der Busfahrer ab und hielt an.

Er drehte sich um und nickte ihr zu.

Moss kletterte mit Rucksack und Schlafsack auf die Straße, der Bus prustete wie eine Kuh im Stall, dann schwenkte er wieder auf die Straße hinaus und fuhr weiter. Moss sah sich um. Die Luft war feucht und stickig, und Gras gab es hier auch, die Gräben waren voll von hohem, grünem Gras mit weißen Wolken von Wiesenkerbel. Hochsommer in Norwegen.

Aber wo war Roland Rud?

Sie war ein ganzes Stück gegangen, als sich der Wald rechter Hand zu Feldern öffnete. Weit entfernt auf einer Moorwiese sah sie geparkte Autos und Leute, die damit beschäftigt waren, Zelte aufzubauen. Sie hüpfte über den Straßengraben und sank sofort bis zu den Knöcheln ein. Der Boden war durchweicht, und das Gehen fiel ihr schwer. Ihre Laune war eher mäßig, als sie schließlich an einem dreckigen, alten Chevy ankam und sich die Leute ansah.

»Bjørkelangen Bluegrass-Festival« stand auf einem zerknitterten Bettlaken, das zwischen die Ebereschen gespannt war. Zwei Männer im besten Alter mit Schirmmützen, Bierbauch und Cowboystiefeln, deren Spitzen optimistisch nach oben zeigten, saßen auf Campingstühlen und tranken Dosenbier.

Sie räusperte sich.

»Ich suche Roland Rud«, sagte sie.

Da öffnete sich die Fondtür des Chevys, und eine stark blondierte Dame schaute heraus. »Er ist in der Hütte«, sagte sie.

»Von Edvin Langen.«

»Aha«, meinte Moss. »Und wo ist die Hütte?«

»Hinter den Bäumen dort«, sagte die Frau. »Sie können ihm und Edvin ausrichten, dass sie bis heute Abend etwas gegen den Schweinegestank unternehmen müssen.«

»Mach ich«, sagte Moss.

Dann trottete sie auf die Bäume zu.

Es roch tatsächlich extrem nach Schweinen.

»Entspann dich«, meinte Roland Rud. Er hatte schwarze Ringe unter den Augen und war blass um die Nase, was bedeutete, dass er ziemlich gestresst war.

»Entspann dich selber«, sagte sie. »Was zum Teufel ist das hier eigentlich?«

»Hast du noch nie im Leben ein Musikfestival gesehen?«, fragte er dumpf.

Sie waren hinausgegangen, weil in der Hütte ständig die Handys klingelten und weil die Luft blau von Zigarettenrauch war.

Es stellte sich heraus, dass es echte Freundschaft war, die den scheuen und ehrpusseligen Roland Rud ins Rampenlicht gebracht hatte. Edvin Langen, der Besitzer des Hofs, den Moss bislang noch nicht gesehen, sondern nur gerochen hatte, war Roland Ruds ältester Freund – und in Geldnot. Zusammen mit seinem Nachbarn Kåre, einem Automechaniker und fähigen Gitarristen, und einem gewissen Martin, der angeblich ganz gut Geige spielte, hatte er sich folgenden Geniestreich überlegt: Er wollte auf seinem Grund und Boden ein Musikfestival veranstalten.

»Und dann haben sie einen Bass gebraucht«, sagte Rud und sah zur Seite. »Und dann haben sie mich gefragt.«

»Aber kannst du denn Bass spielen?«, fragte Moss.

»Doch, schon«, meinte Rud ausweichend.

Es stellte sich heraus, dass er sich tatsächlich mal auf der Bassgitarre versucht hatte, als in den Siebzigerjahren das Tanzbandfieber in seiner Heimatgegend am schlimmsten gewütet hatte.

Moss, die noch nie etwas davon gehört hatte, erkundigte sich ein bisschen ungehalten: »Und was habe ich dann hier zu suchen?«

Roland Rud zuckte mit der einen Schulter. »Edvin glaubt, dass ein paar Schlägertypen hinter ihm her sind«, sagte er.

»Schlägertypen?«

»Er schuldet vielen Leuten eine verdammte Menge Geld. Der Hof ist bis über den Schornstein verschuldet. Er hatte sich nämlich Schweine gekauft, zwanzig Stück, aber dann hat der Idiot sein Geld auf der Trabrennbahn verspielt, und das war's dann. Er hat riesige private Kredite aufgenommen, um die Spielschulden zu decken. Und jetzt haben es seine Gläubiger auf ihn abgesehen.«

»Inwiefern?«

Rud sah sich um. »Es gibt so Typen, die hier abends herumlungern, meint Edvin. Er sieht sie nicht, aber er hat sie gehört. Und das Büro in seiner Hütte wurde in der Nacht auf gestern auf den Kopf gestellt. Und heute früh hat er einen Drohbrief bekommen. Er lag auf der Treppe, als er herauskam. Hier ist er.«

Rud steckte die Hand in die Innentasche seiner Lederjacke und zog einen geöffneten Umschlag heraus. Moss faltete den Brief auf, der darin steckte.

Jetzt haben wir genug. Du bist gewarnt worden, aber du hast den Ernst der Lage nicht begriffen. Wir wissen, wie man mit solchen wie dir umgeht.

Die Unterschrift fehlte.

Sie gab ihm den Brief zurück. »Was soll ich denn tun?«, fragte sie.

»Ich dachte mir, du könntest die Augen offen halten, nur heute Abend«, sagte Rud und warf ihr einen raschen Blick zu.

»Ich kann nicht, ich muss doch spielen, verdammt.«

Um sechs Uhr waren ganze fünfzehn Autos auf dem Grundstück. Margaret Moss hatte inzwischen Hose und Schuhe gewechselt und fror nicht mehr, und sie hatte Edvin Langen begrüßt, den Schweinebesitzer höchstpersönlich. Klein und schüchtern war er, mit einem großen Adamsapfel und hellblauen Stielaugen. Er saß auf einem Schemel in seiner Hütte und spielte zerstreut mit den Bassknöpfen eines großen Akkordeons.

»Wir hätten mehr üben sollen«, murmelte er und warf einen raschen Blick über die Schulter. »Wir haben ja nur zwei Stücke richtig drauf, aber irgendwie war so viel ...«

Kåre Engset hatte einen bläulichen Bartschatten und ein kariertes Hemd. Er stand mit der E-Gitarre in der Hand herum und sah ungeduldig aus.

»Jetzt komm endlich, verdammt noch mal«, sagte er. »Wir gehen jetzt auf die Bühne, wir müssen den letzten Soundcheck machen. Es ist schon sechs, Eddie, jetzt musst du dich wirklich zusammenreißen.«

Martin mit der Geige hieß mit Nachnamen Hansen. Es stellte sich heraus, dass er Zimmermann war, aber er hatte so grobe Hände, dass Moss im Stillen stark bezweifelte, dass er überhaupt irgendetwas spielen konnte.

»Kåre hat recht, Edvin«, sagte er mit rostiger Bassstimme.

»Jetzt musst du diese Sache einfach mal vergessen.«

»Bestimmt wollen sie mich heute Abend fertigmachen«, jammerte Edvin Langen. Vermutlich geisterten zertrümmerte Knie und gebrochene Finger vor seinem inneren Auge herum.

»Die trauen sich bestimmt nicht, direkt vor dem Publikum in Aktion zu treten, verstehst du?«, sagte sie. »Solange du dich sozusagen im Rampenlicht hältst, solltest du sicher sein.«

Aber sie glaubte selbst nicht daran.

Plötzlich klopfte es an der Tür, und alle fünf zuckten zusammen.

Ein Mann steckte den Kopf herein. »Könnte ich ein paar Worte mit Ihnen wechseln?«, fragte er.

Moss starrte ihn an.

Er sah aufsehenerregend aus – zumindest in dieser Gegend. Ein urbaner, untersetzter jüngerer Herr mit kurzem strähnigem Haar und schwarzem Dreiteiler. Eine modische kleine Brille verlieh ihm ein unbestimmtes insektenartiges Aussehen.

»Hau ab, Mann«, sagte Kåre Engset schroff. »Wir haben nichts miteinander zu besprechen, haben wir gesagt!«

»Immer mit der Ruhe. Vielleicht lieber nach dem Auftritt?«, schlug der junge Mann lächelnd vor und zog sich zurück.

»Wer in Gottes Namen war das denn?«, fragte Moss.

»Er behauptet, er sei ein Journalist von der *Morgenavisen*«, sagte Roland Rud. »Er ist nur auf Streit aus. Schon seit zwei Tagen hängt er hier herum. Er tut so, als wolle er einen ganz normalen Bericht über das Festival schreiben, aber ich wette, er will uns nur fertigmachen.«

»Aha«, sagte Moss. »Ein ironischer Artikel eines Großstadtjournalisten über Amateurmusiker und Sauferei auf dem platten Land?«

»So was in der Art«, meinte Rud. »Jetzt müssen wir den Soundcheck machen. Ist die Band aus Kongsvinger schon gekommen?«

»Die spielen sich gerade ein«, sagte Kåre Engset, der zwischendurch draußen auf der Bühne gewesen war. Im selben Moment zerriss das lang gezogene Heulen einer E-Gitarre die feuchte Luft. »Genau«, bestätigte er nickend. »Das ist Manne am Stratocaster.«

Dann war es so weit. Ein Junge, offenbar Edvins Sohn, sollte auf die Hütte aufpassen. »Du lässt niemanden rein außer uns!«, sagte Kåre Engset, und der Junge nickte.

Sie stapften durch feuchtes Gras.

Moss sagte leise zu Rud: »Sag Bescheid, wenn du jemanden siehst, der nicht ins Publikum passt, ich kenne doch kein Schwein hier.«

Rud sah gestresst aus, dann nickte er.

»Und noch was«, sagte Moss. »Eine Frau da drüben hat sich über den Schweinegestank beschwert.«

»Dagegen kann man nichts machen«, sagte Rud über die

Schulter hinweg, denn vor ihnen war die Bühne aufgetaucht. Gerade erst zusammengezimmert und mit Birkenlaub und bunten Glühbirnen dekoriert, ragte sie mitten zwischen Butterblumen und Sauerampfer auf.

Genau in diesem Moment fiel Margaret Moss' Blick auf den Schlägertypen.

Er hatte so viele Muskeln, dass sein Jackett spannte, obwohl es offen war. Die verwaschene Jeans sah aus, als sei sie auf die enormen Schenkel aufgemalt. Er hatte einen Stiernacken, kurz geschnittenes Haar und eine Nase, die er sich offenbar schon einmal gebrochen hatte. Und er trug schwarze Militärstiefel und ein schwarzes T-Shirt unter dem Jackett. Er stand an einen Birkenstamm gelehnt da und hatte einen Grashalm zwischen den Zähnen, den Blick auf die Bühne geheftet und eine Hand in der Jacketttasche.

Der Soundcheck war in vollem Gange, sie probierten am Verstärker herum und fluchten, während Mikros ausfielen und der Stratocaster den Sommerabend zerriss. Moss ging langsam und wie zufällig ein Stück hinter dem Schläger in Position. Er bemerkte sie gar nicht, und sie beobachtete, wie er seine Zigarettenschachtel hervorwühlte, eine Zigarette herausklopfte und sie mit einem schwerfälligen Feuerzeug anzündete, das er mehrmals anknipsen musste. Währenddessen ließ er Edvin Langen keinen Moment aus den Augen. Moss fragte sich, ob sie zu mehreren waren, und sah sich diskret um. Schwer zu sagen, inzwischen waren nämlich ziemlich viele Leute gekommen. Allmählich begann es nach Einweggrills und Spiritus zu riechen, der Schweinegestank war ein wenig in den Hintergrund getreten, Bierflaschen klirrten, und die Mücken kamen aus dem Gebüsch.

Der Himmel war hell und grau, die Luft feucht.

Und da war ja auch der Journalist. Mit den Hosenbeinen

voller Dreckspritzer, einer riesigen Kamera über der Schulter und einem Zigarillo im Mundwinkel ging er umher und sah so zufrieden aus, als habe er den gesamten Grund und Boden, wo das Festival stattfand, zum Geburtstag bekommen. Auf der Bühne stand Edvin Langen am Mikrofon und sagte »eins – zwei – drei«, »eins – zwei«, während sein Blick durchs Publikum wanderte, und Moss merkte, wie er plötzlich das Muskelpaket unter der Birke entdeckte. Er ließ sein Akkordeon mit der einen Hand los, woraufhin es sich ausstreckte wie ein Faltenrock und mit einem dumpfen Dröhnen auf den Bühnenboden fiel. Vereinzelte Pfiffe waren zu hören, aber die meisten Leute hatten vorläufig anderes zu tun, denn sie wussten, dass es noch eine Weile dauern würde. Sie hantierten mit kleinen Mundharmonikas in ihren klammen Vorzelten herum, tranken Jägermeister, Koskenkorva-Wodka, Jameson-Whisky und Bier. Manche Frauen hatten lauwarmen Weißwein in Dreilitertetrapacks dabei, und Moss schauderte es beim bloßen Gedanken. Rud war noch immer nicht auf der Bühne.

Sie warf einen verstohlenen Blick auf den Schlägertypen unter der Birke, doch der schien sich vorerst nicht von der Stelle bewegen zu wollen. Dann ging sie hinter die Bühne.

Roland Rud rauchte.

»Roland, hast du den Typen unter der Birke gesehen?«

Er nickte und nahm einen Zug von seiner selbstgedrehten Zigarette. Moss bemerkte, dass seine Finger mit blutigen Pflastern bedeckt waren, der Preis dafür, Bass spielen zu wollen, wenn man es jahrelang nicht getan hatte.

»Soll ich ihn einfach im Auge behalten?«

»Ja, zumindest, bis wir die Bühne verlassen haben. Wir sind die Ersten. Hältst du es so lange aus? Du darfst ihn nicht aus den Augen lassen.«

Moss zuckte mit den Schultern.

Es würde ein langer Abend werden.

Und wie alle Privatdetektive wissen, muss man die Toilette besuchen, wenn sich die Gelegenheit bietet. Edvin hatte offenbar nicht an solche Bequemlichkeiten gedacht, aber es waren ja auch nicht so viele Leute, sodass sie im Wäldchen ausschwärmen konnten, wenn es nötig war. Moss ging ins Unterholz, sah sich schnell um, zog sich die Hose herunter und hockte sich hin. Sie war gerade fertig, als sie ganz in der Nähe Zweige knacken hörte. Sie zuckte zusammen und wollte aufstehen, doch da sah sie den Journalisten, der zwischen den Bäumen entlanggetrottet kam, und blieb dort sitzen, wo sie war.

Es war mucksmäuschenstill, um sie herum stand hohes Farnkraut, und sie hoffte, dass er sie nicht sah, dass er an ihr vorübergehen würde, damit sie sich in Ruhe erheben konnte. Man kann sich seine Jeans bekanntlich nicht in Hockstellung hochziehen. Aber er ging überhaupt nicht vorbei, sondern blieb mit gebeugtem Kopf stehen und hantierte an irgendetwas herum.

Moss seufzte. In diesem Moment aufstehen, sich mit der Hose auf halbmast aus dem Farnkraut erheben wie Aphrodite aus dem Meer – auf gar keinen Fall. Da blieb sie lieber sitzen.

Er musste doch bald gehen, oder?

Sie machte sich noch ein bisschen kleiner. Der Geruch von Farn und nasser Erde schlug ihr entgegen, und am äußeren Ende eines Farnblatts kroch eine winzig kleine Spinne entlang. Wenn sie gründlich nachdachte, kam es ihr beinahe katastrophal vor, hier mit nacktem Hintern zwischen lauter krabbelndem Getier herumzusitzen, und die Panik stieg gerade in ihr auf, als sie eine leise, aber eindringliche Stimme hörte.

»Hallo, hier ist Alexander Armauer-Berg.«

Sie wäre beinahe umgekippt und glaubte eine fürchterliche Sekunde lang, dass er mit ihr spreche, doch als sie sich wieder gefasst hatte, sah sie das Handy, das er ans Ohr hielt. Er stand mit dem Rücken zu ihr, und das war ihre Chance. Sie stand langsam auf, schob die Hose an ihren Platz, zog den Reißverschluss lautlos hoch, knöpfte den Knopf zu. Währenddessen redete er drauflos, und Moss vermutete, dass am anderen Ende die Zeitungsredaktion war. Er bat offenbar um mehr Spaltenplatz, zwei Seiten statt einer halben, und erzählte etwas von einer »originellen Sichtweise auf ein ansonsten erschöpfend behandeltes und nicht gerade kulturell hochstehendes Thema«.

»Musikfestivals sind total out, nicht wahr?«, meinte er. »Sie haben keinerlei Ironie, keine Distanz, wenn du verstehst, was ich meine. Die Typen hier sind echt der Wahnsinn, die Tiefen der Volksseele, wenn sie denn überhaupt eine Seele haben, hihihi!«

Moss runzelte die Stirn, stand schweigend im Farnkraut und lauschte.

»Natürlich«, sagte der Anzugtyp. »Klar, er heißt Edvin Langen und hat so viel unglaublich dummes Zeug geredet, dass du es dir gar nicht vorstellen kannst. Ja, klar, natürlich. Nein, das ist nicht übertrieben, in Wirklichkeit sind sie noch viel schlimmer, hihi! Er züchtet auch noch Schweine. Ich habe ein paar Fotos gemacht, wenn sie gut werden, brauche ich zwei Seiten, Mann. Nein, wir zerstören niemandes Ruf. Es geht nicht um eine richtige Band, das Ganze ist nur so ein Amateurding. Dieser Edvin Langen spielt heute Abend vermutlich sein letztes Konzert, insbesondere wenn er unseren Artikel zu sehen bekommt, hehe! Ja? Dann machen wir das so? Super! Bis dann!«

Moss stand unbeweglich da und beobachtete, wie er die Antenne ins Handy schob, selbstzufrieden grinste, das Telefon in die Tasche steckte und davonging. Er warf nicht einen Blick in ihre Richtung. Plötzlich fiel ihr der Schlägertyp ein.

Verdammt! Den hatte sie ganz vergessen!

Sie hörte, dass sie auf der Bühne in Gang gekommen waren, und drehte sich um.

Da stand der Typ, nur einige Meter von ihr entfernt, die Arme in die Seiten gestützt, und musterte sie.

Sie fragte sich, wie lange er schon dort stand, schob die Hände in die Hosentaschen und ging ihm so unbeschwert wie möglich entgegen. Ihre Joggingschuhe erzeugten auf dem nassen Waldboden schmatzende Geräusche.

Er stand wie festgewachsen mitten auf dem schmalen Pfad und sah nicht so aus, als wollte er auch nur einen Zentimeter Platz machen. Sie ging langsamer.

»Na, Lust auf einen kleinen Waldspaziergang?«

Sie versuchte ihre Stimme unbeschwert klingen zu lassen, spürte aber, dass sie ihre Knie nicht ganz im Griff hatte. Er sah ziemlich bedrohlich aus. Er hatte schmale Augen und darüber buschige Augenbrauen, und das obere Ende der Ohren stand auffällig ab. Er erinnerte sie an irgendjemanden, Nick Hornby vielleicht?

»Hm«, brummte er, und wenn es auch keine Antwort war, dann doch zumindest eine Feststellung.

»Na gut«, sagte Moss. »Ich meine nur, dürfte ich vielleicht mal vorbei?«

»Von wegen«, sagte er, machte aber Platz, ein ganz kleines bisschen. Sie schlich sich vorbei.

Was in aller Welt sollte das denn?

Schnell steuerte sie auf die Wiese zu. Sie warf einen Blick über die Schulter. Er stand noch immer mitten auf dem Pfad, und als er sah, dass sie sich umdrehte, rief er: »Der soll es nur wagen! Vergiss es! Ich werde ihn schon davon abhalten!«

Moss sah nachdenklich aus, dann ging sie weiter.

Und dann war das Festival in vollem Gange. Edvin And His Believers kamen zwar etwas unstrukturiert auf die Bühne, fingen sich aber und lieferten eine grundsolide Version von »Jambalaya«.

Auch der Schlägertyp war zurückgekommen. Er stand an seinem alten Platz, den Blick auf die Bühne gerichtet und die Hand in der Hosentasche. Ab und an warf er Moss einen Blick zu, und sie dachte: Okay, du behältst mich im Auge, aber ich dich auch, und damit machen wir beide unseren Job.

Es ging ihr eigentlich ziemlich gut. Sie stand im Halbdunkel da, hielt mit eiskalten Fingern ihre Bierflasche umklammert und war voller Mückenstiche, während sie den Takt des nächsten Stücks mitnickte. Es klang wie eine Kombination von schwedischen Tanzbands und Hillbilly aus dem fernen Kentucky. Kåre mit der Gitarre hatte vermutlich mehr Zeit mit dem Hören der schwedischen Top Ten verbracht als mit Grand Ole Opry. Sie überlegte, ob sie eine Runde zu Edvin Langens Hütte machen sollte, um ihren Rucksack zu holen, denn am späten Abend stieg die Feuchtigkeit vom Boden auf, und sie hätte gut einen Pullover gebrauchen können.

Und die kleine Wodkaflasche.

Sie warf einen letzten Blick auf den Schläger, der in die Hocke gegangen und damit beschäftigt war, ein Pils zu öffnen.

Dann ging sie davon. Durchs Wäldchen und zur Hütte. Dort saß Edvins Sohn und hörte Walkman. Als er sie sah, nahm er die Kopfhörer ab.

»Ich wollte nur was holen«, erklärte Moss, hockte sich hin

und zog Pullover und Flasche aus dem Rucksack. »Was hörst du da?«

»Techno«, sagte der Junge und sah sie mit verschlossener Miene an.

»Aha«, meinte Moss und ging wieder hinaus.

Als sie wieder zur Bühne kam, war der Schläger verschwunden.

Edvin And His Believers spielten gerade »Blue Eyes Crying In the Rain«, und Moss sah, dass Edvin zumindest dort stand, wo er sollte, und mit vor Anstrengung schweißnassem Gesicht sein Akkordeon traktierte. Sie stellte fest, dass Roland Ruds Pflaster sich beim Spielen lösten. Sein Gesichtsausdruck musste nicht bedeuten, dass er sich in die Musik einfühlte, sondern konnte ebenso gut daher rühren, dass der Schorf an seinen Fingern aufgeplatzt war.

Spitzentänzer und Bassisten bluten für ihre Kunst, dachte Moss und bereitete sich darauf vor, den Schläger zu suchen.

In genau diesem Moment spürte sie, dass gerade etwas geschah, was nichts mit den Auftritten auf der Bühne zu tun hatte: ein entferntes Geräusch wie von einer nahenden Katastrophe, hohes, dünnes Quieken, Füße, die auf den Boden trampelten, dass die Erde nur so bebte. Die Leute, die ganz hinten standen, begannen ihre Köpfe zu drehen, jemand rief: »Stampede!«, und Moss fühlte sich an die Kinobesuche ihrer Kindheit erinnert, als alle in der Fünf-Uhr-Vorstellung johlten und schrien, während dort oben auf der Leinwand die Pferde durchgingen. Sie schaffte es gerade noch, sich beiseitezuwerfen, denn hier kamen sie.

Zwanzig Schweine auf der Flucht.

Einweggrills zischten und erloschen, Bierflaschen kippten um, Frauen flüchteten sich schreiend zwischen die Bäume, Männer fluchten und brüllten und klatschten in die Hände, was die Schweine eher noch aufmunterte als erschreckte. Direkt neben ihr stand eine Frau in einer lilafarbenen und mintgrünen sogenannten Allwetterjacke. Sie hatte eine graue Dauerwelle und sah so triumphierend aus, dass Moss stutzte. Dann war sie verschwunden, und Moss vergaß sie gleich wieder, denn das Chaos ging weiter: Die Schweine sprangen in alle Richtungen, dass der Speck nur so wackelte, wühlten in Taschen herum und stolperten über Spannleinen, sodass olivgrüne und orangefarbene Zelte ohne Vorwarnung über unschuldigen Festivalbesuchern zusammensanken. Weiter hinten in Richtung Landstraße war wütendes Schweinequieken zu hören, und es war anzunehmen, dass geistesgegenwärtige Menschen versuchten, die Schweine von der Straße fernzuhalten.

Quietschende Bremsen und Autohupen verrieten, dass nicht alle rechtzeitig gestoppt worden waren.

Auf der Bühne dagegen war es still geworden, und als Moss sich umdrehte, sah sie, dass Edvin Langen weg war.

Und der Schlägertyp war noch immer nicht zu sehen. Moss knöpfte die Tasche ihres Anoraks zu, in der die kleine Wodkaflasche steckte, und hielt in alle Richtungen Ausschau. Da tauchte Roland Rud neben ihr auf. Er drehte sich eine Zigarette und blickte über das Chaos im dämmrig blauen Abendlicht hinweg.

»Ich habe gedacht, hier findet eine Massenvergewaltigung statt«, sagte er und leckte das Papier ab. »So ein Geschrei. Wie um alles in der Welt sind die Schweine nur herausgekommen?«

»Ich weiß es nicht«, sagte Moss. »Edvin ist auch weg.«

Sie wechselten einen Blick, hoben gleichzeitig die Augenbrauen, während sie das Gleiche dachten, einen Gedanken, der ihnen schon vor mehreren Minuten hätte kommen können.

»Verdammt!« Moss fluchte hitzig und inbrünstig. »Der Schlägertyp hat die Schweine rausgelassen!«

»Okay«, sagte sie dann. »Ich laufe zu den Häusern hoch, und du darfst so lange hier die Stellung halten. Wenn du Edvin siehst, pfeif auf zwei Fingern!«

Das war eine Fähigkeit, um die sie Rud in ihrem tiefsten Inneren beneidete. Er konnte mit zwei Fingern im Mund einen Höllenlärm machen, während sie selbst zwar durchaus vor sich hin pfeifen konnte, aber nicht laut genug, um unter diesen Umständen gehört zu werden.

Sie bahnte sich einen Weg durch die aufgeregte Menschenmenge, die sich Schlamm von der Kleidung wischte, die Reste von zerstörten Abendmahlzeiten wegräumte und nach verschwundenen Flaschen suchte – die Schweine hatten wirklich reinen Tisch gemacht.

Sie kam nicht weit. Ein riesiger Eber versperrte ihr den Weg. Er stand quer auf dem Waldweg und grunzte wütend, während er im Gebüsch herumwühlte. Dahinter standen Kåre Engset und Edvins Sohn und versuchten, den Eber mit kräftigen Klapsen in die Seite zum Wenden zu bewegen, was der Eber in jeder Hinsicht ignorierte. Er hatte etwas äußerst Interessantes entdeckt und kümmerte sich nicht um die Menschen. Wenn schon mal Musikfestival ist, dann aber richtig, dachte er vielleicht. Und dann musste man mitnehmen, was sich bot.

Moss grinste breit, denn Kåre Engset und der Junge hatten keine Chance.

Plötzlich blieb ihr das Lachen im Hals stecken.

Der Schweinerüssel, voll von Schlamm, tauchte aus dem Gebüsch auf, und ein Schweinsauge plierte sie an. Aus dem Gras ragte ein schwarzer Lederstiefel, und ihr Herz machte einen Satz. Sie hob den Kopf und begegnete Kåre Engsets Blick.

Er hatte gerade wieder auf den Eber losgehen wollen, doch nun hielt er jäh inne, starrte den Stiefel an und schluckte, dass der Adamsapfel hüpfte. Dann räusperte er sich und sagte mit lauter Stimme: »Aus dem Weg!«

Ob er das Schwein meinte oder die Leute, die auf dem Pfad standen, wusste Moss nicht, aber sie sah, dass er das Gleiche dachte wie sie: Der Schlägertyp war zu schlau für sie gewesen, er hatte das Schweinechaos genutzt, um Edvin zusammenzuschlagen.

»Anscheinend ist hier jemand hingefallen«, sagte sie, so ruhig sie konnte, und warf einen Blick über die Schulter.

Drei kichernde Frauen, jede mit einem Plastikbecher Weißwein in der Hand, torkelten unsicher den Weg entlang und an ihnen vorbei, ohne zu bemerken, was geschehen war. »Wir fallen auch bald hin!«, vermeldete die eine aufgekratzt.

Der Schock musste Kåre Engset ungeahnte Kräfte verliehen haben: Er trat in den Hinterschinken vor ihm, dass es nur so klatschte, und der riesige Eber zog sich endlich zurück und verschwand mit einem beleidigten Grunzen im Unterholz. Moss betrachtete Edvins Sohn, dessen Gesicht nur als leuchtend weißes Dreieck unter seiner Baseballmütze zu sehen war, dann schob sie sich ins Gebüsch und ging in die Hocke.

Und sah mit einem Blick, dass man kein medizinisches Staatsexamen brauchte, um festzustellen, dass sie zu spät gekommen waren.

Er lag auf dem Bauch, mit ausgestreckten Armen, und der Hinterkopf war zerschmettert. Außerdem war es nicht Edvin Langen, sondern der Journalist von der *Morgenavisen*.

Einen furchtbaren Moment glaubte sie, das Schwein sei der Übeltäter gewesen, doch als sie im Schein eines Feuerzeugs, das plötzlich da war, genauer hinsah, entdeckte sie das ganze Blut. Es war wohl schon eine ganze Weile ungestört in den Waldboden gesickert.

Der Journalist war vermutlich von hinten angegriffen worden, mit irgendeinem Gegenstand, der schwer genug gewesen war, ihm den halben Schädel einzuschlagen. Dann war er vornübergekippt und liegen geblieben.

Sie hob das Feuerzeug und leuchtete die Umgebung ab. Das Moos war aufgewühlt, und im Schlamm waren jede Menge Spuren, auch ihre eigenen. Mittlerweile umgab sie ein Stimmengewirr, die Festivalbesucher hatten endlich begriffen, dass etwas Ernsthaftes geschehen war. Knie drückten sich in ihren Rücken, und Cowboystiefel traten ihr auf die Finger, als die Menge sich neugierig nach vorn drängte.

»Weg hier!«, rief sie mit rostiger Stimme, räusperte sich und wiederholte: »Aus dem Weg, verdammt noch mal! Und rufen Sie die Polizei!«

Sie saßen in der Hütte und warteten.

Margaret Moss, Roland Rud, Kåre Engset, Martin Hansen, Edvins Sohn – und Edvin Langen selbst, mit versteinertem Gesicht und Schlamm an den Armen. Sie hatten eine Totenwache an der Leiche organisiert, die inzwischen offiziell für tot erklärt war, denn wie sich herausstellte, war einer der Besucher Arzt. Jetzt berieten sich die Festivalveranstalter, während sie auf die Polizei warteten.

»Verdammte Schweine!«, sagte Edvin schließlich und schlug mit der Faust auf den Tisch. »Jetzt erschieße ich sie alle!«

»Die Schweine können aber nichts dafür«, sagte der Sohn gekränkt. »Die Frau hat doch gesagt, dass er zusammengeschlagen worden ist.«

Er saß in seiner weiten Hose und mit seiner Baseballmütze, den Schirm nach hinten, auf einem Hocker und kippelte.

Seine vorhin noch so fahle Gesichtsfarbe war wieder etwas gesünder geworden.

»Aber die Schweine haben dem Täter erst die Gelegenheit gegeben«, sagte Moss. »Sie können doch nicht von allein rausgekommen sein, oder?«

»Nein, jemand muss das Gatter geöffnet haben«, sagte Edvin. »Ich habe noch mal überprüft, ob alles in Ordnung war, bevor ich auf die Bühne gegangen bin.«

»Aber warum der Journalist umgebracht wurde«, sagte Kåre Engset und kratzte sich am Kinn, »das übersteigt meinen Verstand.«

»Er muss ihn für mich gehalten haben«, sagte Edvin Langen düster.

Moss betrachtete ihn ungläubig. Selbst bei schlechter Beleuchtung hätte man nie und nimmer den großen und kräftigen Journalisten mit dem kleinen, dünnen Edvin verwechseln können.

»Wie dem auch sei. Aber wo ist eigentlich der Schlägertyp abgeblieben?«, fragte Roland Rud. Er hatte seine Hände auf die Knie gelegt und auf allen Fingerkuppen neue Pflaster angebracht.

»Der ist sicher über alle Berge«, meinte Edvin verbittert.

»Ich habe zuerst gedacht, du würdest da liegen«, sagte Moss. »Du warst auf einmal verschwunden.«

»Ich bin den Schweinen hinterhergerannt«, sagte Edvin Langen.

Durch die offene Tür zog die feuchte Nachtluft herein. Es roch nach Sommernacht – und nach Schweinen.

»Sind sie alle wieder eingefangen?«, fragte Moss.

Edvin Langen zuckte mit den Schultern. »Die meisten, glaube ich. Aber mir kann es egal sein. Jetzt verkaufe ich den Hof.«

»Aber Papa«, sagte der Junge und hörte auf zu kippeln.

»Nee, jetzt reicht es«, sagte Edvin Langen und nahm einen großen Schluck aus seiner Bierflasche. »Die Nachbarn beschweren sich über den Gestank, seit ich die Schweine habe, dann kommen Drohbriefe von Schlägertypen, und heute ist jemand erschlagen worden. Jetzt habe ich die Schnauze voll.«

Moss saß da und hatte die Hand in der Jackentasche, wo sie zerstreut mit dem Feuerzeug spielte, das sie sich vorhin ausgeliehen hatte, um den Toten zu untersuchen.

Sie dachte nach.

Da kam noch jemand in die Hütte. Er beugte sich etwas vor, um nicht gegen den Türrahmen zu stoßen.

Es war der Schlägertyp.

Seine Knie hatten grüne Flecken, und seine Hosenbeine waren voller Schlamm. Ein dünner Schweißfilm bedeckte sein Gesicht.

Er atmete tief durch und lehnte sich an die Wand.

Edvin Langen hatte sich halb erhoben, als der Neuankömmling sagte: »Wir haben uns schon mal unterhalten, Langen, weißt du nicht mehr?«

Er wischte sich die Nase mit dem Handrücken ab und räusperte sich. Holte wieder tief Luft.

»Du hast gesagt, ich soll bis nach dem Auftritt warten. Mir ist ja klar, dass inzwischen das eine oder andere passiert ist, aber wie sieht es aus: Darf ich mitmachen?«

Es war mucksmäuschenstill in der Hütte.

Moss fasste sich als Erste. »Das eine oder andere passiert?«, sagte sie. »Das ist ja wohl das Understatement des Jahrhunderts!«

»Ich rede von den Schweinen«, sagte der Schläger, der wieder zu Atem gekommen war. »Sie sind doch rausgelaufen und haben den Auftritt vermasselt.«

»Ja, das kann man wohl sagen«, meinte Moss.

In der Ferne waren Polizeisirenen zu hören, aber der Schlägertyp schien es nicht zu bemerken. Er ließ Edvin Langen keinen Moment aus den Augen. »Was meinst du, könnte ich wohl mitmachen?«

Edvin Langen kratzte sich am Nacken und sah völlig desorientiert aus.

»Mitmachen?«

»In eurer Band!«

»Was zum Teufel ist hier eigentlich los?«

Kåre Engset war aufgestanden. »Hast du es denn nicht auf Edvin abgesehen?«

»Abgesehen? Als ich vor einer Woche mit ihm telefoniert habe, hat er gesagt, dass er vor dem Festival keine Zeit hat, mich mal spielen zu hören. Ich bin Schlagzeuger«, fügte er erklärend hinzu. Dann wischte er sich mit dem Unterarm über die Stirn.

»Bluegrass-Musik ist mein Leben, ich stehe total darauf!«

»O Mann«, sagte Langen, der endlich seinen geistigen Stecker in die Steckdose bekommen hatte. »*Du* bist das!«

»Brede Branderud«, sagte der Schlägertyp. Er stand breitbeinig da und sah mit seinen enormen Oberschenkeln und seinen herabhängenden Armen wie ein entfernter Verwandter von Godzilla aus.

»Du wolltest also nur in der Band mitspielen?«, fragte Moss.

Er nickte und wischte sich wieder über die Stirn. »Bluegrass ist das Beste, was ich kenne«, sagte er mit belegter Stimme.

»Aber keiner lässt mich. Deshalb habe ich nicht so viel Übung. Und Edvin soll einem das ja gut beibringen können, heißt es.« Edvin Langen sah einen Moment lang geschmeichelt aus.

Die Polizeisirenen waren jetzt ziemlich deutlich zu hören,

und Moss dachte daran, dass sie mit dem Wagen nicht auf die Wiese fahren konnten und dass die Jungs von der Polizei ziemlich schlammige Stiefel bekommen würden, ehe das Ganze vorüber war.

»Und was ist mit dem Journalisten?«, fragte sie so ruhig sie konnte. »Wir haben ja schließlich auch noch eine Leiche.«

Der Mann, der sich als Brede Branderud vorgestellt hatte, starrte sie an. »Eine Leiche?«, sagte er, und plötzlich entwich das ganze Blut aus seinem Gesicht. »Das habe ich nicht ... Davon weiß ich nichts!«

Moss musterte ihn. »Dann hoffen wir mal, dass es im Gefängnis einen Trommelkurs gibt«, sagte sie, zog die Hand aus der Tasche, hielt das Feuerzeug hoch und drehte an dem kleinen Rädchen. Eine klare blaue Flamme stieg auf, und es roch entfernt nach Motorboot und Sommer am See.

Brede Branderud starrte sie noch immer an, dann klopfte er sich auf die Hosentasche. »Verdammt!«, rief er. »Wo hast du das her?«

Er sah zur Türöffnung. Kåre Engset stellte sich ihm in den Weg.

»Das lag neben dem toten Journalisten«, sagte Moss.

»Womit hast du ihn zusammengeschlagen?«

Brede Branderud atmete tief durch, dann beugte er sich vornüber und stützte sich mit den Händen auf den Knien ab.

»Ich verstehe es einfach nicht«, murmelte er undeutlich.

»Erzähl uns, was passiert ist«, schlug Moss vor.

Er richtete sich wieder auf. Seine Haut glänzte vor Schweiß.

»Er war nur bewusstlos«, sagte er. »Er ist in Ohnmacht gefallen. Und jetzt ist er tot?«

»Immer mit der Ruhe. Was ist passiert?«, fragte Moss.

Er schwankte ein bisschen, dann streckte er eine Hand aus und stützte sich an der Wand ab.

»Ich bin ihm auf dem Waldpfad hinter der Bühne begegnet«, sagte er schließlich. »Er stand da und hantierte an seiner Kamera herum, machte gerade ein Foto von einem riesigen Schwein, das einem zu Tode erschrockenen Mädchen mit einer Menge Bierflaschen im Arm hinterherjagte. Als er mich sah, begann er zu grinsen und fragte, ob ich vielleicht auch zusammen mit dem Schwein posieren wollte. Da ist es mit mir durchgegangen, ich wusste ja, worauf er aus war, und ich dachte, er hätte auch die Schweine rausgelassen. Ich riss die Kamera an mich und hatte eigentlich vor, den Film kaputt zu machen, aber da kam er angestürmt und wollte sie zurückhaben, und da bin ich so wütend geworden, dass ich nicht wusste, was ich tat. Ich habe die Kamera am Riemen gepackt und sie ein paarmal in der Luft herumgeschleudert und gesagt: ›Hier hast du sie, du Arsch‹, und dann muss sie ihn getroffen haben, denn er ist plötzlich umgekippt. Es war ein Unfall. Ganz einfach ein Unfall.«

Er sah auf seine riesigen Hände hinab.

»Dann hoffen wir mal, dass die Polizei dir das glaubt«, sagte Moss und steckte das Feuerzeug wieder in die Tasche. Sie war so überzeugt davon gewesen, dass ihr jemand das Feuerzeug gereicht hatte, während sie vor der Leiche gehockt hatte, aber jetzt erinnerte sie sich, dass es schon im Gras gelegen hatte, wo Branderud es verloren haben musste, als er den Journalisten niederschlug.

»Und ich hatte gedacht, *du* bist mit *ihm* zusammen, ich meine, dem Journalisten«, sagte Branderud plötzlich und sah Moss an. »Ihr wart doch beide am frühen Abend im Wäldchen, oder etwa nicht?«

Moss registrierte einen blitzschnellen Seitenblick von Roland Rud. »Was ich dort getan habe, ist ganz allein meine Sache«, sagte sie würdevoll und ging in Richtung Tür.

Jetzt waren Stimmen zu hören, kräftige, ehrfurchtgebietende Stimmen, die Polizei war gekommen.

»Ich gehe runter auf die Wiese«, sagte Moss.

Brede Branderud sah noch immer so aus, als würde er gleich in Ohnmacht fallen, und Kåre Engset legte eine schwere Hand auf seine Schulter. »Jetzt musst du dich erst mal ein bisschen hinsetzen«, sagte er nicht unfreundlich.

In diesem Moment schaute ein grauhaariger Kopf zur Tür herein. Die Freizeitjacke war dieselbe, mintgrün und lila. »Ja, jetzt hast du bekommen, was du verdienst, Edvin Langen«, sagte sie triumphierend. »Das war's jetzt mit deinen Schweinen, vermute ich! Einen solchen Skandal haben wir noch nie in unserer Gegend gehabt! Sauferei und Radau, entlaufene Schweine und Mord!«

»Jetzt ist mal gut«, sagte Edvin Langen müde und schob sie beiseite. »Gib endlich Ruhe, du protestiert schon jahrelang gegen meine Schweinezucht und den Geruch. Ich weiß, wie du das findest.«

Er stapfte aus der Hütte und ging in Richtung Wiese.

»Stimmt«, sagte sie und trabte ihm durchs hohe Gras hartnäckig hinterher. »Aber du hast den Ernst der Lage nicht begriffen! Du hast nicht verstanden, wie wir mit solchen wie dir umgehen!«

Irgendetwas an diesen Worten kam Moss bekannt vor. Sie runzelte die Stirn. »Aha«, sagte sie plötzlich und ging neben der kleinen Frau her. »Sie haben also den Drohbrief geschrieben? Und Sie haben außerdem im Büro von Edvin herumgewühlt?«

Die Frau antwortete nicht. Sie schnaufte nur und klang dabei den Schweinen gar nicht so unähnlich, fand Moss. »Dann war sie vermutlich auch diejenige, die die Schweine herausgelassen hat«, sagte sie leise zu Roland, während sie auf die

Wiese traten. Die Frau hatte sie offenbar trotzdem gehört, denn sie grinste schamlos. Für sie war der Tag ganz wunschgemäß verlaufen.

Mal abgesehen von dem toten Journalisten, konnte man hoffen.

Auf der Wiese war jemand damit beschäftigt, das Gelände mit Plastikbändern abzusperren, und unten an der Straße blinkte Blaulicht. In dem blauen Halbdunkel sah Margaret Moss ein paar Typen mit Fotoapparat kreuz und quer durch die Gegend laufen.

»Tja, Roland, Presse bekommst du zumindest«, sagte sie seufzend. »Aber dein Comeback ist vermutlich nicht ganz so gelaufen, wie du es dir vorgestellt hast.«

»Nein«, sagte Roland Rud.

Seine Gesichtsfarbe war eigentlich auch nicht besonders gesund, fand Margaret. Mit klammen Fingern öffnete sie die Jackentasche: »Hier, willst du einen Schluck?«

Er sah sie lange an, dann schüttelte er den Kopf.

»Man kann ja kaum glauben, dass du mal bei der Polizei gewesen bist«, sagte er schließlich.

»Ich bin ja auch nicht so lange geblieben«, murmelte sie und genehmigte sich selbst einen Schluck.

JAN MEHLUM

Engel – gibt es die?

Das Mädchen, das in der Tür stand und mich traurig ansah, war bleich, dünn und etwa zehn Jahre alt. Es hatte einen schwarzen Jogginganzug an, der sein weißes, von flachsblonden Zöpfen umrahmtes Gesicht noch hervorhob. Auf dem Rücken trug die Kleine einen Lederranzen.

Ich hoffte, dass das Zittern ihrer dürren Glieder nur auf die Temperatur zurückzuführen sei. Draußen war es kalt, feucht und unausstehlich – so deprimierend, wie dunkle Novembertage an der Goldküste in Vestfold nun einmal sein können.

Offenbar hatte sie unbemerkt an den strengen Sekretärinnen der Anwaltssozietät Fredriksen, Frydenberg & Foyn vorbeischleichen können, weil sie so klein war, dass sie kaum zum Schalter am Eingang hochreichte. Sie zuckte zusammen, als die Uhr an meiner Wand halb drei schlug. Sicher war sie auf dem Heimweg von der Schule.

»Sind Sie der Rechtsanwalt Svend Foyn?« Ihre Stimme war dünn und schwach, dennoch wirkte sie altklug und wohlartikuliert. Das kleine Mädchen war sich bereits seiner Zugehörigkeit zur Oberschicht der Kleinstadt bewusst.

Ich nickte. Mein Name stand im Übrigen in goldenen Lettern an der Tür meines Büros: Rechtsanwalt Svend Foyn,

MNA, Mitglied der norwegischen Anwaltskammer. Fredriksen & Frydenberg nehmen es mit diesen Dingen genau.

»Ich heiße Henriette. Henriette Steiner«, sagte sie höflich. Sie zitterte nicht mehr, schluckte aber nervös. »Darf ich reinkommen?«

»Natürlich.« Ich nahm meine Füße vom Schreibtisch, legte das *Dagbladet* beiseite und deutete auf den Besucherstuhl, der alles andere als abgenutzt war.

Sieh mal an. Vielleicht bekam ich gerade Kundschaft, die ja offenbar immer jünger wurde. Ich hatte mir sagen lassen, dass die Verhältnisse an den Schulen in Tønsberg problematisch waren. Neue Märkte und Möglichkeiten für clevere Anwälte.

»Womit kann ich dir helfen, Henriette?«

»Ich habe in der Zeitung gelesen, dass Sie auch Fälle von Kindern annehmen. Stimmt das?«

Ich unterdrückte ein Lächeln. Vermutlich dachte sie an das Interview auf der Kinderseite des *Tønsbergs Blad*, in dem ich mich über die Rechte der Kinder geäußert hatte.

»Das kommt darauf an. Ich übernehme die unterschiedlichsten Fälle. Von Dieben und Ganoven, die die Polizei einsperren will, von Geschäftsleuten, die keine Steuern bezahlen wollen, von alten Damen, die sich mit der Stadtverwaltung streiten oder denen ihre Katze abhandengekommen ist. Sie alle kommen zu mir. Aber ich kann ihnen nicht immer helfen. Außerdem sind Anwälte wahnsinnig teuer, und du hast vermutlich keine Lust, dein Erspartes zu verschwenden.«

Sie öffnete ihren Ranzen und zog ein rotes Postsparbuch hervor. »Ich habe fast dreitausend Kronen. Reicht das?«

»Vielleicht«, erwiderte ich freundlich, »aber kannst du mir nicht erst erzählen, worin das Problem besteht, dann wollen wir mal sehen, ob ich dir nicht einen Rat geben kann. Das ist gratis.«

»Sie müssen mir aber versprechen, nicht zu lachen!« Sie war todernst.

»Ehrenwort!« Ich hatte nicht vergessen, dass meine Tochter auch einmal zehn Jahre alt gewesen war. Ich vermutete, dem Mädchen sei der Wellensittich entflogen.

Sie holte tief Atem und nahm Anlauf. »Ich will, dass Sie den Engel finden!«

Ich lachte nicht. Engel sind nicht leicht zu finden und schon gar nichts zum Lachen.

Sie sah mich traurig an. »Den Engel, der Mama getötet hat.« Sie saß auf der Stuhlkante und kämpfte mit den Tränen. Ihre schmalen Schultern zitterten, und schließlich liefen ihr die Tränen als schmales Rinnsal die bleichen Wangen hinunter.

Hulda, meine Bernhardinerhündin, erwachte abrupt aus ihrem Nachmittagsnickerchen auf dem Ledersofa. Weder Hulda noch mir gefielen solche Geräusche. Das große Tier sprang auf den Boden und legte Henriette tröstend seine Schnauze in den Schoß. Das brachte die Tränen zum Versiegen. Vorläufig.

»Ich muss mehr wissen, bevor ich dir etwas versprechen kann«, sagte ich vorsichtig. »Ist deine Mutter tot?«

»Ja«, flüsterte sie. »Sie ist heute vor vier Wochen gestorben.« Sie zog eine Plastikmappe aus ihrem Ranzen und legte sie vorsichtig vor mir auf den Schreibtisch. »Sie können das hier lesen.«

Vorsichtig breitete ich die Zeitungsausschnitte aus der Mappe vor mir aus. Plötzlich begriff ich, wovon Henriette gesprochen hatte. Von dem Autounfall auf der E 18 zwischen Sandefjord und Tønsberg, bei dem eine Frau getötet und eine andere schwer verletzt worden war.

Der Citroën 2 CV von Wenche Steiner hatte vor einer Unterführung unerklärlicherweise abrupt abgebremst und war gegen einen Brückenpfeiler aus Beton geknallt. Auf der abschüssigen Straße, die auf die Unterführung zuführte, war die Geschwindigkeit auf neunzig Stundenkilometer beschränkt, und selbst die französische Blechschachtel hatte offenbar dieses Tempo erreicht, als irgendetwas die Fahrerin zu einer verzweifelten Notbremsung veranlasst hatte. Henriettes Mutter war auf der Stelle tot gewesen, während ihre Freundin mit knapper Not überlebt hatte.

Eine hässliche, aber leider alltägliche Geschichte aus dem Straßenverkehr, wäre da nicht die Erklärung gewesen, die die Beifahrerin der Polizei gegenüber abgegeben hatte. Hartnäckig beharrte sie darauf, dass Henriettes Mutter vor einem engelähnlichen Wesen gebremst habe, das direkt vor dem Auto auf die Straße gehüpft sei. Ein kleiner Engel in weißen Kleidern.

Ich erinnerte mich, in den Zeitungen etwas darüber gelesen zu haben, obwohl der Journalist so taktvoll gewesen war, die Aussage so zu verpacken, dass die Freundin nicht vollkommen übergeschnappt wirkte. Die ganze Sache wurde später als Zusammenspiel des Schocks und der schweren Verletzungen abgetan, denn auch die Polizei glaubte nicht an Engel.

Aus den Artikeln, die ich jetzt überflog, ging hervor, dass die beiden an diesem dunklen Mittwoch in Sandefjord im Kino gewesen waren. Sowohl Wenche Steiner als auch ihre Freundin stammten ursprünglich aus Sandefjord und waren weiterhin dort ins Kino gegangen, nachdem sie geheiratet hatten und nach Tønsberg gezogen waren. Mittwoch war ihr Jour fixe, an dem sie alte Bekannte in Sandefjord trafen. In der Regel fuhren sie gemeinsam mit dem Auto dorthin.

Doch diese Geschichte hatte eine weitere Dimension. Es war nämlich nicht das erste Mal, dass sich an dieser Unterführung ein unerklärlicher Unfall ereignete. An derselben Stelle war es im letzten Winter zu einer tödlichen Talfahrt gekommen.

Ortskundige behaupteten, es spuke dort. Es hieß, bei dem Gespenst handele es sich um ein kleines Mädchen, das bei einem Verkehrsunfall auf der alten Straße, die parallel zur neuen E 18 verlief, ums Leben gekommen sei. Der Journalist hatte herausgefunden, dass sich an einem dunklen Herbstabend vor dreißig Jahren tatsächlich dort ein Unfall ereignet hatte; es war ihm jedoch nicht gelungen, jemanden aufzutreiben, der dem Gespenst begegnet war, das angeblich wie ein Engel aussah. Nach Einbruch der Dunkelheit wurde die Unterführung von den Ortsansässigen gemieden.

Ich sah von den Papieren auf. Henriette saß ganz ruhig da und streichelte Hulda, während sie mich mit wachsamen, aber ängstlichen Augen betrachtete. Ich lachte nicht. Dazu gab es keine Veranlassung. Ein Mädchen, das seine Mutter verloren hat. Es gibt kaum etwas Schlimmeres.

Laut Nachruf war Wenche Steiner eine ungewöhnliche Frau gewesen, sehr aktiv und mit unterschiedlichsten Interessen. Sie war so alt wie ich gewesen, Anfang vierzig. Ich war ihr nie begegnet, aber ihr Name war mir ein Begriff. Sie hatte sich in sozialen Fragen engagiert, politisch radikale Ansichten vertreten und war trotz der begüterten Verhältnisse, aus denen sie stammte, kein bisschen überheblich gewesen. Ihr Vater war ein erfolgreicher Unternehmer gewesen, der nach Gründung einer weitverzweigten und hoch spezialisierten Elektronikfirma zu früh aus dem Leben geschieden war, was seiner Tochter ein bedeutendes Vermögen beschert hatte. Dieses hatte sie zusammen mit ihrem Mann, einem Ingenieur, sehr gut verwaltet.

»Wie können Engel so etwas nur tun?« Henriette Steiner

sah mich fragend an, und ich wusste nicht, was ich antworten sollte, ohne das Kind zu verletzen.

»Vielleicht war es ja gar kein Engel«, meinte ich vorsichtig.

»Vielleicht hat deine Mutter nur geglaubt, etwas gesehen zu haben. Vielleicht war es ja ein Reh oder eine Katze, die sie nicht überfahren wollte.« Im selben Moment war mir klar, dass das dumm war. Diese Erklärung hatte sie bereits gehört.

»Sie glauben mir auch nicht!« Sie schob Hulda beiseite und stand auf. Ihr Kopf reichte gerade über die Kante meines Schreibtischs. »In der Zeitung haben Sie gesagt, Erwachsene sollten Kinder ernst nehmen und ihren Berichten Glauben schenken. Sie sind auch nicht besser als die anderen, Sie tun nur so!« Sie schluchzte wieder. »Papa zum Beispiel, der ist auch so wie Sie. Er sagt nur, dass alles vorbeigehen wird und dass ich das Ganze vergessen soll und dass ich mir nur etwas einbilde. Und Papa hat wirklich schnell vergessen. Aber ich kann nicht vergessen, solange ich nicht weiß, warum dieser Engel Mama erschrecken musste!«

»Immer ... immer mit der Ruhe«, sagte ich rasch. »Ich werde v-v-versuchen, dir zu helfen. Ganz sicher. Sei so nett und setz d-d-dich wieder.« Meine Exfrau hatte mir immer vorgeworfen, für den Anwaltsberuf zu weich zu sein.

Henriette sah mich verblüfft an. »Warum stottern Sie? Papa sagt immer, Leute, die stottern, lügen.«

Dein Vater ist ein Dummkopf, dachte ich, hielt aber klugerweise den Mund. Viele Kinder hatten verrückte Eltern. Das war nicht ihre Schuld. Außerdem waren sie ihren Erzeugern gegenüber immer loyal.

»Ich stottere nur, wenn ich mich ereifere«, sagte ich, so ruhig ich konnte. »Wie eben, ich will dir nämlich wirklich gern helfen. Was soll ich denn deiner Meinung nach unternehmen?« Schon längst hatte ich die Kontrolle über dieses Gespräch verloren.

»Also«, meinte sie altklug, »wenn es Ihnen gelingen würde, diesen Engel aufzutreiben, würde er sich bestimmt mit Ihnen unterhalten, weil Sie Rechtsanwalt sind. Der ist sicher so wie alle anderen Erwachsenen, dem sind Kinder sicher egal.« Letzteres hörte sich vernünftig an. Das gute Verhältnis von Engeln zu Rechtsanwälten schien mir jedoch etwas zweifelhafter. Aber vielleicht handelte es sich ja um einen Engel mit teuflischer Veranlagung.

»Ich habe einen Vorschlag«, meinte ich begütigend. »Du gehst jetzt nach Hause zu deinem Vater, machst deine Hausaufgaben und versuchst nicht mehr an diesen Engel zu denken. In der Zwischenzeit gehe ich der Sache nach und rufe dich an, wenn ich mehr weiß. Über mein Honorar können wir sprechen, wenn wir sehen, was ich herausgefunden habe. Und das Ganze bleibt unser Geheimnis. Hört sich das gut an?«

Henriette Steiner sah mich lange an. Ihre Mutter war vermutlich eine scharfsinnige Frau gewesen. »Einverstanden. Aber nur wenn Sie versprechen, zum Unfallort zu gehen. Denn dort ist der Engel.«

Es ließ sich nichts gegen eine so logische Schlussfolgerung einwenden, also kapitulierte ich.

Das Mädchen stand auf und wirkte etwas weniger traurig, als sie Hulda zum Abschied streichelte. Nachdem sie mir ihre Telefonnummer und Adresse gegeben hatte, nahm sie ihren Ranzen und verließ das Büro. Ich hatte eine neue Mandantin.

Rastlos ging ich in meinem Büro auf und ab. Es ging auf vier Uhr zu, und ich musste endlich etwas unternehmen. Ich hatte eine Verpflichtung auf mich genommen, die ich nun auch einlösen musste. Mit einem Seufzer nahm ich die Füße vom Schreibtisch und scheuchte Hulda vom Sofa. Dann griff ich zum Telefon.

Wilhelm Mørk von der Kriminalpolizei würde mich bestimmt noch Jahre später mit dieser Geschichte aufziehen. Aber er war mein einziger Bekannter bei der Polizei, der an Rechtsanwälte wie mich notwendige Informationen weitergab.

Ich versuchte es mit der offensiven Schiene. »Hier ist Foyn. Hoffentlich störe ich nicht. Ich könnte in einer einfachen Angelegenheit deine Hilfe gebrauchen, ein Kinderspiel für dich.« Ich setzte ihm eine vereinfachte Version vor, in der ich die Engeljagd kurzerhand ausließ. »Eine Angehörige, die in Erfahrung bringen möchte, was an jenem Abend auf der E 18 wirklich passiert ist, hat sich mit diesem Anliegen an mich gewandt.« Was nicht einmal gelogen war. »Wir könnten uns doch im Havariet treffen, ich lade dich zum Abendessen ein.«

Er brummte unzufrieden, aber ich verließ mich auf seinen ausgeprägten Sinn für Geheimnisse. Selbst nach zwanzig Jahren in der Branche war er noch neugierig. »Mit Autounfällen habe ich eigentlich nichts zu tun, aber okay, ich kümmere mich drum.«

Ich war noch vor acht Uhr, dem vereinbarten Zeitpunkt, an Ort und Stelle. Wilhelm Mørk gehörte zu den Leuten, die alle Aufmerksamkeit auf sich ziehen, sobald sie einen Raum betreten. Er dominierte seine Umgebung gänzlich und liebte es, mich auf eine eigenartig freundliche Weise zu verspotten. So deutete ich es zumindest.

Geschickt ließ er seinen schweren Körper in den Stuhl fallen. »Ich hätte gern Seewolffilet und dazu einen guten Weißwein. Was nimmst du?«

»Das Gleiche. Was hast du herausgefunden?«

Nachdenklich sah mich Mørk an. »Du hast vermutlich schon einiges in den Zeitungen gelesen. Eine merkwürdige Geschichte. Es ist tatsächlich so, dass sich genau an dieser Stelle mehrere schwere Unfälle ereignet haben. Die Leute sollen am Steuer eingeschlafen oder bei Glatteis ins Schleudern gekommen sein. Bei diesem Unfall gibt es eine Zeugin, die uns von diesem Engel erzählen kann, der der Legende zufolge stets an jener Stelle und vorzugsweise in dunklen Herbstnächten gegen Mitternacht erscheint.«

»Hast du die Akte dabei?«

Er zog eine Mappe aus seiner Tasche. »Hier ist alles, was du brauchst. Ich befürchte, dass da auch nicht mehr drinsteht, als ich dir erzählt habe. Für den Unfall selbst gibt es keine weiteren Zeugen. Aber der Fahrer des Wagens vor ihnen hat den Knall gehört und angehalten. Er gab zu Protokoll, dass weder auf der Straße noch in der näheren Umgebung das Geringste zu sehen gewesen sei. Auf der Fußgängerbrücke habe sich niemand aufgehalten. Er war sich ganz sicher, weil er wegen eines Dachses auf der Fahrbahn abbremsen musste. Wenige Sekunden später habe es geknallt. Wer ist denn dein Mandant?«

»Du wirst es kaum glauben. Meine Mandantin ist zehn Jahre alt und hat mich engagiert, um das Geheimnis zu lüften. Was soll ich denn nur unternehmen?«

Mørk betrachtete mich ernst und nachdenklich. »Also die Tochter. Sie hat es auch bei uns versucht, wurde aber an den Psychologen weitergereicht, was ihr sicherlich gutgetan hat.« Er steckte sich eine Zigarre an, ohne mir eine anzubieten, und hüllte uns in Qualm ein. Ich hatte einmal eine seiner ungeheuer starken belgischen Stinkadores ausgeschlagen, und Wilhelm Mørk besaß ein gutes Gedächtnis. »Jetzt sitzt du ja ganz schön in der Patsche. Was wirst du machen?«

»Habe ich eine Wahl? Ich muss eben herausfinden, was Wenche Steiner zugestoßen ist.« Es hörte sich einfach an.

Wir ließen den Abend mit einer ruhigen Partie Schach ausklingen, und ich musste wieder einmal eine herbe Niederlage einstecken. Mit anderen Worten, es war alles wie immer, als ich mich nach Hause in meine Dachwohnung begab.

Aus der Akte erfuhr ich nichts Neues. Wie Mørk erwähnte, hatte es keine Zeugen gegeben, aber zwei Anwohner hatten den Knall gehört und waren zu Hilfe geeilt. Die Freundin von Henriettes Mutter hatte sich alle Knochen gebrochen und lag nach wie vor im Krankenhaus. Mit ihr musste ich anfangen.

Das Zentralkrankenhaus der Provinz Vestfold lag nur fünf Gehminuten von meinem Büro entfernt. Am nächsten Morgen ignorierte ich die Ermahnung, die Besuchszeiten einzuhalten, und begab mich eigenmächtig zur Station H, wo die Beifahrerin von Wenche Steiner jetzt schon seit vier Wochen lag.

Anne Fjell saß mit eingegipsten Beinen im Rollstuhl im Aufenthaltsraum und schien sich über meinen Besuch zu freuen. Die Freude erhielt jedoch einen beträchtlichen Dämpfer, als ich mich als Vertreter der Familie Steiner vorstellte. »Es gibt noch ein paar offene Fragen vonseiten der Versicherung«, log ich fröhlich, »und deswegen würde ich die Geschichte gerne von Ihnen direkt hören.«

»Es ist ganz einfach«, erwiderte sie tonlos, »direkt vor der Unterführung tauchte plötzlich ein kleines Mädchen in weißen Kleidern mitten auf der Straße auf. Sie sah aus wie ein Engel. Wenche versuchte zu bremsen, und das Auto überschlug sich. Dann erinnere ich mich an nichts mehr, bis ich hier wieder aufgewacht bin.« Sie sah mich bitter an. »Die Journalisten haben sich schon hinlänglich über mich lustig gemacht. Ich habe nichts hinzuzufügen. Ich weiß sehr wohl, was ich gesehen habe. Ich habe nicht geträumt, und ich war weder betrunken noch müde.«

Es klang sehr überzeugend. »Waren Sie sonst nicht immer zu dritt nach Sandefjord unterwegs?«

»Doch, das hatte bei uns schon Tradition. Aber genau an diesem Mittwoch war Else verhindert. Kurz vor der Abfahrt rief sie an und sagte, sie habe plötzlich Migräne bekommen. Manche Leute haben wirklich einen Schutzengel.«

Sie schwieg ein Weilchen. »Else Hagen gehört zu unserer Clique. Auch sie stammt aus Sandefjord, wohnt aber jetzt hier in Tønsberg. Ich habe sie kaum gesehen, seit ich hier eingeliefert wurde. Es hat fast den Anschein, als bereite es ihr ein schlechtes Gewissen, verschont worden zu sein.« Mit tonloser Stimme fuhr sie fort: »Aber ich mache ihr keine Vorwürfe. Vielleicht hätte ich ja genauso reagiert.«

»Frau Steiner fuhr einen alten Citroën 2 CV. Hätte sie sich nicht ein besseres Auto leisten können? Man kann ja wirklich nicht behaupten, dass es sich dabei um ein sicheres Fahrzeug handelt.«

»Wenche mochte das Auto einfach. Sie besaß es seit dem Studium und weigerte sich, es abzustoßen.«

Das war wenig verwunderlich. Auch ich hatte einst eine Ente besessen.

»Außerdem war der Sicherheitsgurt auf ihrer Seite kaputt. Sie hätte ihn längst reparieren lassen sollen, aber es wurde nie was draus. Und jetzt ist es zu spät.« Ihre Stimme versagte.

»Ist Ihnen vor dem Unfall etwas Ungewöhnliches aufgefallen?«

»Nichts. Die Straße war ruhig. Auf dem Weg von Sandefjord sahen wir fast niemanden außer dem Mann vor uns, der nach dem Unfall half.«

»Wie war das Wetter?«

»Es regnete etwas, und die Straße war glatt. Außerdem war es stockdunkel, schließlich war es fast halb zwölf.«

Ich sah sie lange an. »Können Sie sich die Ereignisse erklären?«

Tränen liefen ihr über das hübsche Gesicht. »Wie soll ich das wissen?«, flüsterte sie verzweifelt. »Ich weiß nur, was ich erlebt habe. Und ich verstehe es nicht.«

»Haben Sie Henriette von den Ereignissen erzählt, oder kennt sie sie nur aus den Medien?«

»Sie war hier und hat gefragt. Ich musste ihr einfach die Wahrheit sagen. Ich fand, dass sie darauf einen Anspruch hat. War das etwa falsch?« Ihre Stimme klang ängstlich.

»Ganz und gar nicht«, antwortete ich im Brustton der Überzeugung. »Welchen Film haben Sie an diesem Abend eigentlich gesehen?«

»Einen tschechischen. ›Kolja‹. Kennen Sie ihn?«

Ich nickte. Eine wunderbare Geschichte von einem Musiker mittleren Alters und einem fast elternlosen Jungen.

Unverzüglich kam mir ein Gedanke. Dieser Film handelte von einem kleinen Kind und versetzte den Zuschauer in eine besondere Stimmung. Konnte das die Erklärung sein? Ich wagte nicht, sie mit dieser Theorie zu konfrontieren.

Mehr war nicht zu holen. Sie wirkte überzeugend. Etwas Unerklärliches schien an diesem Abend vorgefallen zu sein. Ich konnte ihr nur noch gute Besserung wünschen.

Verärgert zog ich an Huldas Leine, während ich enttäuscht in mein Büro zurückkehrte. Das Tier wollte mal wieder in eine ganz andere Richtung, und ich war nicht in der Stimmung, mich gerade jetzt mit ihm zu streiten. Dieser Fall gefiel mir nicht.

Den Rest des Tages beschäftigten mich die Leute mit ihren Steuerproblemen und nachbarlichen Streitigkeiten. Aber als es gegen Abend im Büro still wurde, hatte ich wieder Zeit, an meine neue Mandantin zu denken. Ich hatte mein Ehrenwort gegeben und musste mich auf Engeljagd begeben. Also konnte ich genauso gut gleich damit anfangen.

Der Abend wirkte düster, als ich mit Hulda in meinen alten Jaguar stieg. Eigentlich war das Wetter zu schlecht für das Auto, aber als ich langsam die E 18 entlangfuhr, hatte ich den Eindruck, dass mir keine andere Wahl blieb. In Fokserød bog ich auf die alte Landstraße ab und fuhr vorsichtig parallel zur E 18 auf die verhängnisvolle Brücke zu. Ich kam mir vor wie ein Idiot. Ein Kleinstadtrechtsanwalt, der nach Gespenstern, Engeln oder Ähnlichem Ausschau hält. Das war ja schlimmer als in einem »Fünf-Freunde«-Buch. Ich war froh, allein zu sein.

Ich parkte auf der alten Landstraße oberhalb der Brücke, betrachtete die E 18, die ein paar hundert Meter unterhalb lag, und zündete mir eine gute Zigarre an. Es war inzwischen halb zehn, und es herrschte nur geringer Verkehr. Die wenigen Autos, die vorbeifuhren, erleuchteten die Fußgängerbrücke, und es schauderte mich, als ich an die Tragödie dachte, die sich hier an einem Abend vor vier Wochen abgespielt hatte.

Der Engel zeigte sich nicht und auch sonst niemand. Es war gut, dass mich jetzt keiner sehen konnte. Ich dachte darüber nach, welche Erklärung ich meiner jungen Freundin geben sollte. Wie überzeugte man eine Zehnjährige, die auf so brutale Weise ihre Mutter verloren hatte, davon, dass es sich um einen banalen Autounfall gehandelt hatte?

Ich ließ Hulda aus dem Auto, bevor wir zurückfuhren. An der Landstraße standen zwei Häuser, deren Bewohner das Unglück gesehen oder gehört haben konnten. Ich fasste einen raschen Beschluss und klingelte an der ersten Tür. Der Mann, der mir nach einiger Zeit öffnete, schien hundert Jahre alt zu sein, und sein Gehör war dementsprechend schlecht. Ich gab auf und versuchte es beim nächsten Haus.

Das ältere Ehepaar hatte den Knall in der Tat vernommen, und die beiden waren als Erste am Unfallort eingetroffen, nachdem sie klugerweise zuerst die Polizei verständigt hatten. Ihre rasche Reaktion hatte Anne Fjell das Leben gerettet, wie ich dem Polizeibericht hatte entnehmen können.

»Solche Unfälle hat es hier schon öfter gegeben. Wir müssen uns wohl langsam daran gewöhnen. Aber es ist jedes Mal gleich schlimm.« Der Mann führte das Wort.

»Ich habe gehört, dass sich dort unten bei der Brücke seltsame Dinge abspielen«, sagte ich vorsichtig. »Wissen Sie etwas darüber?«

Sie sahen sich an. »Sie sind doch nicht von der Zeitung, oder? Wir haben keine Lust, dass sich wieder alle über uns lustig machen!« Der Mann sah mich skeptisch an, seine Frau schwieg immer noch.

»Keine Sorge«, erwiderte ich gelassen. »Ich will nur hören, was Sie zu erzählen haben. Alles bleibt unter uns.« Ich wandte mich der Frau zu, denn meine Intuition sagte mir, dass sie etwas wusste.

»Dort unten spukt es«, sagte sie tonlos, »da geht dieses Mädchen um. Das Mädchen vom Unfall, der sich ungefähr 1966 zugetragen hat. Es war genau da drüben.« Sie deutete auf die alte Landstraße. »Es geschah, bevor wir hierhergezogen sind, aber ich habe mit den Leuten geredet, die es mit angesehen haben.«

»Was ist damals passiert?«

»Eine Familie war spätabends auf dieser Straße unterwegs. Der Vater hatte wohl getrunken und fuhr viel zu schnell. In der Kurve kam er von der Straße ab und raste gegen die riesige

Eiche. Das Auto begann zu brennen, sie kamen nicht mehr raus, und dann war es zu spät.«

»Und was war mit dem Mädchen?«, fragte ich gespannt. »Was ist mit ihm passiert?«

»Einer der Nachbarn öffnete die hintere Tür und zog das Mädchen heraus. Die Kleine war erst zehn. Sie hatten an einem Familienfest teilgenommen, und sie trug ein langes weißes Kleid. Sie sah aus wie ein Engel, nur dass ihr Kleid in Flammen stand. Schreiend lief sie die Wiese entlang, genau dort, wo die Brücke heute steht, noch ehe ihr jemand helfen konnte. Sie war tot, als der Krankenwagen kam.« Beschämt schaute sie zu Boden und fuhr fort: »Seit diesem Ereignis haben wir oft Schreie gehört. Und manch einer hat das Mädchen zu Gesicht bekommen. Glücklicherweise ist uns das erspart geblieben, denn es ist ein böses Omen. Dann stößt einem nämlich etwas Fürchterliches zu, wie all denen, die sie unten auf der Straße erblickt haben!«

Ich sah mich um. Ihr Ehemann schwieg, widersprach aber auch nicht.

»Ist das hier allgemein bekannt?«, fragte ich vorsichtig.

Sie nickten gleichzeitig. »Alle wissen es, aber wir sprechen kaum darüber.« Der Ehemann führte wieder das Wort.

Eine unheimliche Geschichte. Ich schien tatsächlich in eine Gespensterjagd geraten zu sein. Ich unternahm einen letzten Versuch, Greifbares in Erfahrung zu bringen. »Ist Ihnen an diesem Abend etwas anderes Ungewöhnliches aufgefallen?«

Sie sahen sich an. »Hier oben auf der alten Landstraße stand ein Auto. Direkt nachdem wir den Knall gehört hatten, fuhr es davon. Wir wunderten uns, weil es nicht anhielt. Aber es kann auch sein, dass der Fahrer nichts gehört hatte. Wir wissen nicht, wer es war, jedenfalls niemand, den wir kennen«, sagte die Frau.

»Was für ein Auto war das?«

»Ein großer, dunkler Lieferwagen ohne Seitenfenster. Mehr weiß ich nicht. Er verschwand einfach. Und wir mussten uns um andere Dinge kümmern.«

Das war immerhin etwas. Moderne Gespenster benutzten ja vielleicht Lieferwagen.

Ich beendete meine Nachforschungen für diesen Abend, pfiff die unwillige Hulda herbei, die offenbar den Vorsatz gefasst hatte, den örtlichen Katzenbestand zu dezimieren, und fuhr nach Hause. Ich fuhr vorsichtig, kam mit heiler Haut in Tønsberg an und atmete erleichtert auf, als ich mich wieder in meiner Wohnung befand. Nichts Ungewöhnliches hatte sich ereignet, außer in meiner Fantasie. Dort war allerdings ganz schön was los.

Mitten in der Nacht erwachte ich jäh. Etwas hatte mich in meinem Unterbewusstsein beschäftigt, was ich hätte beachten müssen. Es war etwas, was Henriette zu mir gesagt hatte, was ich aber in wachem Zustand nicht zu fassen bekam.

Es fiel mir schwer, wieder einzuschlafen. Die Rettung war wieder einmal der ausgezeichnete Cognac von Bache Gabrielsen. Dieser Genuss führte dazu, dass ich gründlich verschlief und am nächsten Morgen mit wahnsinnigen Kopfschmerzen im Büro erschien, unfähig, meinen gewohnten Tätigkeiten nachzugehen.

Es war fast eine Erleichterung, als Wilhelm Mørk anrief.

»Wie läuft die Gespensterjagd?«

»Sehr witzig. Vielleicht kannst du ja mit ein paar handfesten Informationen dazu beitragen?«

»Du ahnst gar nicht, wie recht du hast«, erwiderte Mørk lakonisch, »ich habe nämlich Neuigkeiten für dich. Wenche Steiners Mann, du erinnerst dich vielleicht an ihn? Er heißt Per Steiner.«

»Ja, was ist mit ihm?«, fragte ich ungeduldig. Mørk gefiel es, mich auf die Folter zu spannen, und ich ließ mich immer wieder auf dieses Spiel ein.

»Der Bursche hat Probleme. Oder um genauer zu sein: Er hatte Probleme. Es sieht so aus, als hätte Per Steiner mit der Firma seines Schwiegervaters in den letzten Jahren wenig Glück gehabt. Er hat sich selbst ein fettes Direktorengehalt ausgezahlt, während das Unternehmen in Schwierigkeiten steckte. Damit ist er in guter Gesellschaft. Laut den Unterlagen aus Brønnøysund war das Defizit im letzten Jahr beträchtlich. Das Aktienkapital ist fast verbraucht. Ich habe mir erlaubt, beim Wirtschaftsprüfer der Gesellschaft anzurufen, und dieser konnte mir bestätigen, dass die Aktiengesellschaft dringend frisches Kapital benötigt. Aber die Zukunftsaussichten sind ganz gut, sofern sie die momentanen Probleme überwinden.« Er hielt inne.

»Du hast noch mehr auf Lager. Erzähl schon!«

»Sowohl Wenche Steiner als auch ihr Mann verfügten über gute Lebensversicherungen, die sich auf nicht weniger als fünf Millionen pro Person beliefen, die dem jeweils überlebenden Partner zufallen. Wir hatten deswegen Besuch von der Versicherung.«

»Und wie lautete euer Kommentar?«

»Unser zuständiger Beamter meinte, es gebe keinen Anlass zu weiteren Nachforschungen. Er hat mit dem Ehemann gesprochen, was ihn in seiner Auffassung bestärkt hat. Auch das Autowrack wurde untersucht, wobei nur ein einziger, jedoch fataler Fehler entdeckt wurde. Bremsen, Radstand, Reifen, Scheinwerfer, alles wirklich Wichtige war in bester Ordnung.«

»Aber der Sicherheitsgurt war defekt, oder?«, warf ich ein.

»Der Ehemann äußerte starke Schuldgefühle, behauptete

aber, er habe seine Frau wiederholte Male aufgefordert, das Auto in die Werkstatt zu bringen und den Sicherheitsgurt reparieren zu lassen. Er sagte auch, es sei vollkommen unmöglich gewesen, sie dazu zu überreden, die Klapperkiste verschrotten zu lassen. Er selbst fährt einen riesigen Mercedes.«

»Habt ihr überprüft, wo sich Steiner am Unfallabend aufhielt?«

»Dazu lag kein besonderer Grund vor. Er erzählte selbst, er sei an seinem Arbeitsplatz in der Fabrik gewesen. Er habe Experimente im Labor durchgeführt, die sich wegen der begrenzten Kapazität der Computeranlage nur abends und nachts durchführen ließen. Ab neun Uhr sei er ganz allein gewesen, das Krankenhaus hat ihn auch dort benachrichtigt. Die Tochter war unbeaufsichtigt zu Hause.« Er machte eine Pause. »Du hast doch selbst eine Tochter. Ist es normal, dass man Zehnjährige so spät abends allein zu Hause lässt?«

»Tja, ich hätte das nicht getan. Aber schließlich ist es nicht verboten.« Rasch dachte ich weiter. »Die Fabrik liegt doch in Sandefjord, oder?«

»Falsch. Sie liegt irgendwo bei Stokke, mit dem Auto etwa zehn Minuten vom Unfallort entfernt. Und noch etwas. Wenche Steiner und ihr Mann hatten Gütertrennung vereinbart. Laut Ehevertrag besaß sie alles. Ihr Vater hatte das so eingerichtet. Die Aktien der Firma, das Haus, das Sommerhäuschen. Formal gesehen gehörte ihrem Mann überhaupt nichts.«

Lange noch saß ich nachdenklich im Büro und füllte es mit dem Rauch einer guten Havanna. Das waren Mutmaßungen. Gut möglich, dass der Ehemann ein Motiv gehabt hatte, seine Frau zu beseitigen. Fest stand jedoch, dass sie bei einem ganz gewöhnlichen Autounfall ums Leben gekommen war. Sofern der Bursche nicht über ganz besondere Verbindungen zum

Jenseits verfügte, gab die Sache nichts her. Und nach wem hätte man schon fahnden sollen? Dem Engel aus Stokke?

Es blieb mir also nur die Schlussfolgerung, dass die Aufgabe unlösbar war. Eine Auffassung, die die Polizei offensichtlich teilte. Ich musste den schweren Weg zu meiner jungen Klientin auf mich nehmen und ihr die Wahrheit über Engel, Teufel und zufällige Unfälle vorsetzen. Darauf freute ich mich nicht gerade.

Am nächsten Vormittag war ich vor Gericht mit einer anderen hoffnungslosen Angelegenheit beschäftigt. Ich hörte nur mit halbem Ohr zu, während der Staatsanwalt überzeugend für eine lange Haftstrafe für meinen Mandanten plädierte, die dieser zweifellos verdiente. Meine Gedanken waren abgeschweift, als mir plötzlich etwas einfiel. Ich konnte es kaum abwarten, bis die Verhandlung überstanden war und der Justizassessor das Schicksal des Ärmsten besiegelt hatte. Ich warf meine Robe ab, holte den Jaguar und fuhr zu Henriettes Schule. Es schlug gerade zwei, als ich vor dem Eingang parkte.

Unschwer ließ sich meine kleine Freundin inmitten einer Gruppe von Kindern ausmachen. Sie hatte bereits die erste große Herausforderung ihres Lebens hinter sich, und ich hoffte, dass ihr weitere dieser Art erspart bleiben würden.

Ich ließ Hulda aus dem Auto. Hunde bieten eine unübertroffene Gelegenheit zur Kontaktaufnahme, das konnte ich bei zahlreichen Spaziergängen feststellen. Sofort hing Henriette an Huldas breitem Hals.

»Wollen wir einen Spaziergang machen?«, schlug ich vor. »Ich muss dich etwas fragen. Wir können dich nach Hause begleiten. Hulda braucht Bewegung. Sie hat den ganzen Tag im Auto gesessen und auf mich gewartet.«

Wir schlenderten durch das ruhige Viertel mit Einfamilienhäusern, wo Verbrechen unvorstellbar wirkten, und unterhielten uns über alles Mögliche. Henriette sah nicht mehr traurig aus.

»Ich arbeite an deinem Fall«, sagte ich vorsichtig, »aber du weißt, dass es Anwälten nicht immer gelingt, Rätsel zu lösen. Gelegentlich müssen wir uns einfach damit abfinden, dass wir nicht alles begreifen. Das verstehst du doch, oder?«

Ich sah, dass sie darüber nachgedacht hatte. Sie nickte und lächelte mich vertrauensvoll an. »Ich verlasse mich auf Sie. Sie sind schließlich mein Anwalt.«

»Über eine Sache mache ich mir Gedanken. Du sagtest, dein Papa habe alles recht schnell vergessen, erinnerst du dich? Wie hast du das eigentlich gemeint?«

Es war eine heikle Frage. Ich las in ihrem Gesicht wie in einem aufgeschlagenen Buch. Würde sie mir etwas Unvorteilhaftes über ihren Vater erzählen?

»Denk daran, dass ich Anwalt bin«, fuhr ich ruhig fort, »Anwälten kann man fast alles erzählen. Wir unterliegen der Schweigepflicht. Wir sind fast so etwas wie Pfarrer.«

Das half. »Ich glaube, Papa hat eine Geliebte. Das finde ich total gemein von ihm!« Fast wäre sie in Tränen ausgebrochen, und ich versuchte sie, so gut es ging, zu trösten.

Sie beruhigte sich rasch und war wieder die altkluge Zehnjährige. »Ich habe gehört, wie er mit jemandem telefoniert hat, so ein typisches Verliebtengerede.« Sie schnaubte so verächtlich, wie es nur eine Zehnjährige kann. »Und ich glaube, jemand war bei ihm, als ich bei meiner Freundin übernachtet habe.«

»Wie kommst du darauf, dass es eine Geliebte sein könnte?«

Sie sah mich traurig an. »Ich habe einen Kajalstift im Bad gefunden, der auf gar keinen Fall Mama gehört hat!«

Es fiel mir schwer, die richtigen Worte zu finden, versuchte es aber trotzdem. »Es kann ja sein, dass sich dein Vater nach einer Frau sehnt, mit der er zusammen sein kann. Er ist sicher traurig. Und damit, dass er irgendwann eine neue Frau hat, musst du rechnen. Er ist sicher nicht älter als ich, und ich kann ihn gut verstehen.« Ich fühlte mich recht unaufrichtig, aber es blieb mir nichts anderes übrig, als auf der eingeschlagenen Spur fortzusetzen.

Sie seufzte erwachsen. »Ach, ich finde es einfach so doof wegen Mama.« Rasch wechselte sie das Thema. »Aber auf heute Abend freue ich mich. Ich werde bei meiner Freundin übernachten. Wir wollen ein Video gucken. Und wir dürfen Süßigkeiten essen, soviel wir wollen!«

Wir ließen die unangenehmen Dinge links liegen und vereinbarten, dass Henriette einmal einen ganzen Tag auf Hulda aufpassen würde. »Papa mag Hunde wahnsinnig gern«, meinte sie zufrieden, »aber er sagt, dass wir keine Zeit für einen eigenen haben. Vielleicht, wenn ich größer bin.«

An diesem Abend fühlte ich mich rastlos. Ich wusste, was ich tun würde, und es gefiel mir nicht. Ich war in einen Loyalitätskonflikt geraten. Was sollte ich tun, wenn ich Dinge in Erfahrung brachte, die sich gegen Per Steiner verwenden ließen? Einen Mann, den ein tragisches Unglück ereilt hatte? Sein Privatleben ging mich nichts an. Soweit ich es beurteilen konnte, war er die Unschuld in Person. Außerdem war er Henriettes Vater und ihr einziger Erziehungsberechtigter.

Als es dunkel wurde, war ich bereit. Das Haus von Familie Steiner war für eine diskrete Überwachung wie geschaffen. Es lag umgeben von Apfelbäumen in einem alten Villenviertel. Ich parkte den Jaguar so, dass ich den Eingang unbehindert im Auge behalten konnte.

Ich musste nicht lange warten. Punkt halb zehn tauchte eine weibliche Gestalt vor Steiners Haus auf. Sie sah sich um, ehe sie das Tor öffnete, und ging dann rasch auf die Tür zu. Ich hielt den Finger auf den Auslöser meiner Pentax, trotzdem würde es schwierig werden, den weiblichen Gast zu identifizieren. Die Dunkelheit und der Nieselregen verwischten alle Konturen. Die Frau trug einen schwarzen Regenmantel und einen Hut mit breiter Krempe, die ihr Gesicht verbarg. Gestalt und Schritt ließen darauf schließen, dass es sich nicht gerade um eine ältere Dame handelte.

Offenbar wurde sie erwartet. Es vergingen nur wenige Sekunden, bis die Tür geöffnet wurde und sie im Haus verschwand. Verdammt! Ich hatte mich darauf verlassen, dass eventuelle Gäste mit dem Auto eintreffen würden. Dann hätte ich leichtes Spiel gehabt. Jetzt musste ich also den Wagen verlassen.

In den Garten zu gelangen und durch die Fenster im Erdgeschoss zu spähen war kein Problem. Ich kletterte ein Spalier mit Rankpflanzen hinauf und verschaffte mir durch ein offen stehendes kleines Fenster einen guten Überblick über den Eingangsbereich. Ich drückte auf den Auslöser, als ich die beiden Gestalten eng umschlungen auf dem Weg zur Treppe ins Obergeschoss direkt an mir vorbeikommen sah.

Gerade als ich meinte, die Situation ganz unter Kontrolle zu haben, passierte es. Eine Alarmanlage ging heulend los, und vor Entsetzen fiel ich in die Rosenbüsche unter mir. Sie schienen nur aus Dornen zu bestehen. Ich hatte wohl einen Sensor berührt, als ich mich am Fensterbrett festgehalten hatte.

Jetzt aber nichts wie weg. Um das ganze Haus herum war das Licht angegangen. Ich war todsicher, dass die beiden im Haus mich sahen, als ich quer über die Wiese rannte, wenig anmutig über den Zaun sprang und dahinter in den Dreck fiel. Glücklicherweise verlor ich dabei nicht den Fotoapparat.

Erst als ich mich im Schutz meines Jaguars leise aus dem Staub gemacht hatte, beruhigte ich mich ein wenig. Ich bezweifelte, dass mich jemand erkannt hatte, war mir aber alles andere als sicher. Falls sie wirklich etwas zu verbergen hatten, würden sie von nun an auf der Hut sein.

Den Rest des Abends brachte ich damit zu, den Film zu entwickeln. Das Resultat war erstklassig. Eine Serie gestochen scharfer Bilder. Die Frau sah wirklich toll aus, sie war Ende dreißig, hatte langes, dunkles Haar, war elegant und schlank und wirkte sehr selbstbewusst. Begegnet war ich ihr noch nie, aber ihr Gesicht kam mir irgendwie bekannt vor. Per Steiner war stämmig, maskulin und jünger, als ich erwartet hatte. Er sah mitgenommen aus.

Ich betrachtete die Fotos und überlegte, was sie wohl zu erzählen hatten. Dem Anschein nach die alltägliche Geschichte zweier erwachsener Menschen, die sich ineinander verliebt hatten, aber ihre Beziehung aus Rücksicht auf die kleine Henriette geheim halten wollten, bis das Mädchen über den Verlust der Mutter hinweg war. Welch eine Rücksichtnahme! Zwar war Steiner noch nicht einmal seit einem Monat Witwer, aber schließlich leben wir in einem Zeitalter der Veränderungen. Ich war keinen Schritt weitergekommen.

Am nächsten Morgen rief ich Wilhelm Mørk an und lud ihn zum Mittagessen ein. Wir hatten beide eine Vorliebe für das Café am Markt. Dort saß es sich zwischen friedlichen Rentnern, resignierten Arbeitslosen und dem einen oder anderen Schulschwänzer angenehm anonym. Außerdem schmeckten die Backwaren. Da das Lokal keine Schankerlaubnis besaß, sahen wir uns auch keiner unwiderstehlichen Versuchung ausgesetzt.

Ich legte die Bilder meiner abendlichen Expedition auf den Tisch. »Sagt dir das was?«

Mørk betrachtete die Frau interessiert. Dann sah er mich spöttisch an. »Liest du nicht das *Tønsbergs Blad*?«

Ich musste mich zu meiner Unwissenheit bekennen. »Steht denn jemals irgendwas Interessantes darin?«

»Ich verstehe, was du meinst«, erwiderte Mørk, »aber wenn du dich ein wenig mehr für die Ereignisse in diesem Nest interessiert hättest, wäre dir aufgefallen, dass die Frau so etwas wie eine Lokalgröße ist. Ich glaube sogar, dass sie bald in ganz Norwegen bekannt sein wird.«

»Raus mit der Sprache, Wilhelm! Wer ist sie?«

»Im Augenblick ist sie freie Journalistin. Sie hat unter anderem für das staatliche Fernsehen gearbeitet. Letzten Herbst hat sie ihren ersten Kriminalroman vorgelegt. Sie wohnt in Tønsberg. Du solltest unbedingt ihr Buch lesen, vielleicht könntest du das eine oder andere über Ermittlungsmethoden lernen. Außerdem ist sie frisch geschieden und zu haben.«

Natürlich. Else Hagen, die Kulturjournalistin und Autorin. Also hatte ich das Gesicht tatsächlich schon einmal gesehen. Plötzlich fiel mir etwas ein, was die Sache in ein ganz neues Licht rückte. Ich hielt es jedoch für ratsam, vorläufig den Mund zu halten, und tat so, als sei nichts. Ich musste noch jemandem einen Besuch abstatten.

Wie beim vorigen Mal traf ich Wenche Steiners Beifahrerin im Aufenthaltsraum an. Sie war aus dem Rollstuhl aufgestanden und humpelte auf Krücken herum. Es hatte den Anschein, als freue sie sich über den Besuch.

»Hallo!«, sagte sie lächelnd. »Heute habe ich gute Laune. Die Röntgenbilder sehen gut aus, ich komme also bald raus. Sie sagen, ich bin dann wie neu!«

»Das freut mich. Ich will Sie auch gar nicht lange stören. Ich hätte nur eine Frage.«

Ich zog ein Bild hervor, das Per Steiner und seine Freundin

in inniger Umarmung zeigte. Zwar waren sowohl Else als auch Hagen gewöhnliche Namen, aber an einen Zufall glaubte ich doch nicht. »Sagt Ihnen das was?«

Sie wirkte schockiert und sank deutlich erschüttert in den Rollstuhl zurück. »Aber das ist ja Else. Else und Per?«

»Else Hagen. Ihre gemeinsame Freundin. Die mit dem Schutzengel, nicht wahr?« Es gelang mir nicht, die Ironie in meiner Stimme zu unterdrücken. »Wussten Sie von dieser Affäre?«

Sie schüttelte heftig den Kopf. »Das ahnte ich wirklich nicht!« Sie überlegte. »Von wann stammt diese Aufnahme?«

»Sie ist ganz frisch«, entgegnete ich ruhig. »Was sich meines Wissens auch über die Beziehung sagen ließe. Was meinen Sie?«

»Keine Ahnung. Aber so was kommt ja schließlich öfter vor. Trost und Mitgefühl verwandeln sich in Liebe.« Doch es klang nicht so, als glaubte sie an ihre Worte.

»Ich möchte Sie bitten, diese Sache für sich zu behalten«, sagte ich eindringlich. »Die Betroffenen versuchen offenbar, die Angelegenheit geheim zu halten, und diesen Versuch sollten wir nicht unterwandern, finde ich. Rufen Sie mich bitte an, wenn Ihnen noch etwas einfällt, was ich wissen sollte.« Ich reichte ihr meine Karte. »Gute Besserung!«

Sie schien meine Worte kaum zu hören. Offenbar hatte ich ihren Tag ruiniert. Aber mich plagte kein schlechtes Gewissen, dagegen verfügte ich über etwas, was viele als schmutzige Fantasie bezeichnen würden.

Den ganzen Abend saß ich in meinem Büro. Die Tatsache, dass sich Per Steiner mit der Freundin seiner verstorbenen Ehefrau zusammengetan hatte, bewies nichts. Man konnte sie kaum als Indiz bezeichnen, insbesondere dann, wenn sich herausstellte, dass die Beziehung noch frisch war. Was mir hingegen wirklich nicht gefiel, war, dass ebenjene Else Hagen so passend abgesagt hatte. Im letzten Augenblick hatte sie eine verhängnisvolle Autofahrt vermieden. Da konnte man wirklich von einem Schutzengel sprechen. Vielleicht hatte sie ja einen direkten Draht zu den höheren Mächten.

Aber grundsätzlich hatte sich nichts geändert. Der Autounfall war und blieb ein Unglück, wenn man von Engeln und Gespenstern einmal absah.

Ich saß fest und kam nicht weiter. Diese Geschichte war nicht nur suspekt, sie stank regelrecht zum Himmel. Und ich konnte nichts tun. Vielleicht wollte ich es nicht einmal.

Diesen Herbst führte ich mehrere ernste Unterhaltungen mit Wilhelm Mørk. Den Einfluss, über den er bei der Polizei verfügte, nutzte er. Aber es gab keinen ausreichenden Grund, weitere Nachforschungen einzuleiten, vom Erheben einer Anklage ganz zu schweigen.

Meine kleine Freundin schien sich mit der Situation abgefunden zu haben. Sie besuchte mich ein paarmal im Büro, fragte aber nie mehr nach dem Engel, und auch ich ließ das Thema auf sich beruhen.

Weihnachten rückte näher. Ich musste diese Geschichte ein für alle Mal zu einem Ende bringen. Eines Nachmittags rief ich Henriette Steiner an. Ich ging davon aus, dass ihr Vater bei der Arbeit war. »Henriette, hier ist dein Anwalt. Kannst du morgen nach der Schule bei mir vorbeikommen? Wir müssen über etwas sprechen.«

»Ich muss Ihnen auch was erzählen«, erwiderte sie, »ein Geheimnis. Aber da Sie mein Anwalt sind, kann ich es Ihnen wohl sagen.«

»Klar, mir kannst du alles erzählen.« Das sind die Sachen, die sich so leicht dahinsagen, deren Konsequenzen aber nicht absehbar sind.

Ich hatte Limo und Kekse gekauft. Feierlich setzten wir uns an den Konferenztisch. Henriette Steiner mit ihren langen blonden Zöpfen und einem schwarzen Jogginganzug und Rechtsanwalt Svend Foyn mit seinem langweiligen Büroanzug.

»Jetzt ist es fast ein Jahr her, dass du das erste Mal bei mir warst«, begann ich vorsichtig. »Erinnerst du dich?«

Sie nickte ernst. »Klar erinnere ich mich. Schließlich hatte ich etwas Angst.«

»Das hat man aber nicht gemerkt«, meinte ich. »Du warst recht überzeugend, das muss ich schon sagen. Aber jetzt habe ich also alles Erdenkliche unternommen, um herauszufinden, was deiner Mutter zugestoßen sein könnte, und es ist an der Zeit, diesen Fall abzuschließen. Das verstehst du doch, oder?«

Das tat sie.

»Es kann gut sein, dass dort draußen auf der Straße an diesem Abend wirklich ein Engel stand«, meinte ich vorsichtig, »aber ich glaube nicht, dass er deiner Mutter etwas Böses wollte. Wie auch immer, jetzt ist er dorthin zurückgekehrt, wo er hergekommen ist. Ich glaube auch nicht, dass er noch einmal wiederkommt.« Ich goss ihr Limo ein. »Du musst lernen, damit zu leben, dass es eine Menge Dinge zwischen Himmel und Erde gibt, die du nicht verstehst und die du nicht verstehen kannst. Einige wirken fürchterlich ungerecht, und trotzdem musst du sie akzeptieren. Wie das, was deiner Mutter zugestoßen ist.« Ich drückte ihr die Hand. »Das nennt man auch Erwachsenwerden.«

»Ich glaube, ich habe das begriffen«, sagte sie leise und zog ein rotes Mädchenportemonnaie aus dem Ranzen. »Was schulde ich Ihnen?«

Ich sah sie lange an. »Neunundachtzig Kronen.«

Sie gab mir einen Hunderter und bekam elf Kronen zurück.

»Warum ausgerechnet neunundachtzig?«, fragte sie neugierig.

»Das ist mein Geheimnis«, erwiderte ich, »aber da du es bist, werde ich es dir verraten.« Ich senkte die Stimme. »So viel kostet meine Lieblingszigarre.«

»Sie sollten nicht rauchen«, sagte sie streng. »Papa hat aufgehört.«

Rasch wechselte ich das Thema. »Was ist jetzt mit deinem Geheimnis? Du wolltest mir doch was erzählen?«

»Papa hat mir versprochen, dass ich zu Weihnachten einen Hund bekomme«, sagte sie freudestrahlend. »Wir haben uns den Welpen schon ausgesucht. Es ist ein Golden Retriever, und er ist wahnsinnig süß.«

»Wie schön«, meinte ich. »Das einzige Problem wird sein, dass Hulda eifersüchtig wird, aber das geht rasch vorbei.«

Ich begleitete sie zur Tür. Sie musste nach Hause, um ihre Hausaufgaben zu erledigen, zum Turnen zu gehen und ihre Freundinnen zu treffen. Sie würde schon zurechtkommen. Nach der Freundin ihres Vaters fragte ich nicht. Eigentlich wollte ich auch gar nichts mehr wissen. Es war quälend genug, Bescheid zu wissen und nichts unternehmen zu können. Wilhelm Mørk hatte recht. Alles geht vorbei, wenn man nur lang genug wartet.

Als der Sommer kam, hatte ich den Gespensterengel praktisch vergessen. Seit Weihnachten hatte ich Henriette Steiner nur ein paarmal gesehen. Sie war hauptsächlich mit ihrem Welpen beschäftigt und wirkte im Übrigen zufrieden. Ihr Vater und Else Hagen waren jetzt offiziell ein Paar. Gerüchteweise hatte ich gehört, dass sie heiraten wollten. Ihr Kriminalroman verkaufte sich gut. Sie war auf dem besten Weg, ein Star zu werden, genau wie Wilhelm Mørk vorausgesagt hatte.

Auch Per Steiners Elektronikunternehmen hatte sämtliche Krisen und Probleme überwunden. All dies hatte ich insgeheim in Erfahrung gebracht. Denn tief in meinem Unterbewusstsein regte sich immer noch der Verdacht, jemand könnte das perfekte Verbrechen begangen haben.

Die Lösung kam, wie Lösungen von schwierigen Problemen immer kommen. Nicht als Ergebnis planmäßiger und systematischer Nachforschungen, sondern unter dem Einfluss großer Mengen Nikotin, Alkohol und Musik.

Ich hatte der Einladung eines alten Studienfreunds nicht widerstehen können. Er war einer jener Achtundsechziger-Hippies gewesen, die sich auch später nie im bürgerlichen Leben zurechtfanden. Die Dinosaurier der Rockmusik, Pink Floyd, zogen eine Megashow im Neuen Ullevi-Stadion ab, und wir waren dabei. Während die gigantische Lightshow von »Wish You Were Here« durch die Sommernacht leuchtete, begriff ich plötzlich, wie alles zusammenhing. Genau so musste es an dem dunklen Novemberabend auf der E 18 zwischen Sandefjord und Tønsberg zugegangen sein.

Der Rest war ein Kinderspiel. Einige Telefonanrufe bestätigten meine Theorie. Ausrüstung und Fachwissen gab es mehr als genug, und der Testwagen der Firma war ein dunkel lackierter Van, randvoll mit Geräten. Alles stimmte.

Ich rief Wilhelm Mørk an, und ein paar Stunden später saßen wir uns in meiner Wohnung gegenüber. Auf dem Tisch stand eine Flasche des besten Cognacs, den der staatliche Alkoholimport zu bieten hatte. Ich trug meine Erklärung vor, und Mørk hörte mir interessiert zu.

»Wahrscheinlich hast du recht«, sagte er nachdenklich. »Aber was ist, wenn es nun wirklich ein Unfall war? Ich bezweifle, dass deine Schlussfolgerungen ausreichen, um jemanden zu verurteilen. Ein guter Anwalt zerpflückt das mühelos. Hast du darüber nachgedacht, welche Konsequenzen es für deine kleine Freundin hätte, wenn du damit an die Öffentlichkeit gingest?«

»Was soll ich deiner Meinung nach tun?«

»Keine Ahnung. Glücklicherweise ist das nicht mein Bier.« Mørk goss uns Cognac nach. »Aber bitte versuch nicht, den lieben Gott zu spielen!«

Es wurde eine lange Sommernacht, in der wir unzählige Probleme lösten. Aber als der Morgen graute, war ich mir immer noch nicht sicher, welchen Rat mir Wilhelm Mørk eigentlich erteilt hatte.

Am nächsten Tag fasste ich einen Entschluss. Ich rief den Geschäftsführer Per Steiner an und ließ mir einen Termin in seinem Büro geben. Er war sehr entgegenkommend, auch wenn er irgendwie verstanden zu haben schien, worum es ging.

Ich musste lange in seinem eleganten Vorzimmer warten, während er seine wichtigen Telefongespräche beendete. Die umwerfend hübsche Sekretärin betrachtete mich säuerlich. Um mich herum stank es nur so nach Hightech und Erfolg, leistungsstarke Computer brummten in den Ecken, und dynamische junge Männer, den Blick in die Zukunft gerichtet, liefen rastlos durch die Räume.

Per Steiner wirkte sympathisch. Er sah nicht mehr so mitgenommen aus. Höflich bot er mir eine Tasse Kaffee an, aber seine Ruhe war nur gespielt.

Ich entschied mich, direkt zur Sache zu kommen. Ich war es leid, meine Worte in Watte zu hüllen. »Ich weiß, was passiert ist, als Ihre Frau auf der E 18 zu Tode kam. Das war kein Unfall, sondern kaltblütiger Mord!« Ich wehrte seine Proteste ab.

»Setzen Sie sich wieder hin!« Er war aufgestanden und

wütend auf mich zugegangen, doch nun nahm er wieder Platz.

»Jetzt hören Sie mir mal gut zu!« Er erbleichte sichtbar und sank in seinem Chefsessel zusammen. »Sie besaßen das denkbar beste Motiv, sowohl in finanzieller als auch in persönlicher Hinsicht. Sie und Ihre Promifreundin. Als sie den Ausflug absagte, muss sie gewusst haben, was passieren würde. Das war mir schon lange klar. Aber jetzt weiß ich auch, wie Sie es angestellt haben.«

Schweißtropfen traten ihm auf die Stirn.

»Ihre Firma ist auf Lasertechnik spezialisiert, nicht wahr? Sie besitzen die nötige Ausrüstung, um perfekte Laserbilder in die Luft zu projizieren. Sie mussten also nur einen passenden Ort für den Testwagen der Firma finden und eine Laserkanone aufstellen.«

Ein Blick in sein Gesicht reichte aus, um den Wahrheitsgehalt meiner Aussage zu bestätigen.

»An jenem Abend saßen Sie im Wagen und warteten«, fuhr ich unerbittlich fort. »Sie wussten, wann der alte 2CV Ihrer Frau auftauchen würde. Sie wussten auch über den defekten Sicherheitsgurt Bescheid. Die alte Gespenstergeschichte passte gut zu Ihren Plänen. Sie platzierten ganz einfach einen kleinen weißen Engel vor dem Fahrzeug, gerade als es unter der Brücke auftauchte. Damit wurden Sie zum Mörder!«

Im Zimmer war es eigenartig still geworden. Als hätten wir die Umwelt ausgeblendet. Per Steiner versuchte, etwas zu sagen, aber ich winkte ab.

»Ich bin an Ihren Erklärungen nicht interessiert. Selbst wenn Ihre Ehe die Hölle war, spielt es für mich keine Rolle. Außerdem hätten Sie beinahe noch eine vollkommen unschuldige Beifahrerin umgebracht, haben Sie darüber mal nachgedacht?«

Ich wartete seine Antwort nicht ab, sondern fuhr fort: »Sie können ganz gelassen bleiben. Ich stelle keine Bedrohung dar, solange Sie tun, was ich sage. Es ist Ihre Sache, ob Sie mit dem leben können, was Sie getan haben. Was ich gerade gesagt habe, bleibt unter uns.«

Es bereitete mir keinerlei Mühe, meiner Stimme einen harten Klang zu verleihen.

»Aber ich stelle zwei Bedingungen. Zum einen müssen Sie dafür sorgen, dass Anne Fjell für das, was sie durchgemacht hat, großzügig entschädigt wird, zum anderen müssen Sie sich ordentlich um Ihre Tochter kümmern. Ich habe mir sagen lassen, dass Sie ein guter Vater sind. Bleiben Sie das. Wenn mir in dieser Hinsicht je etwas zu Ohren kommen sollte, sind Sie am Ende! Ich werde Sie im Auge behalten.«

Ich betrachtete ihn lange und gründlich. Wir schwiegen beide. Per Steiner ging es nicht sonderlich gut, aber das war nicht mein Problem.

Ich war erleichtert, als ich wieder in meinem Jaguar saß und an diesem warmen Sommerabend auf Tønsberg zufuhr. Ich dachte an die Worte Wilhelm Mørks, als ich mich über die vielen Verbrecher beklagt hatte, die ungestraft davonkamen. »Es ist nicht so, dass ich nicht wüsste, wie die Wirklichkeit aussieht. Ich lasse mich nur so verdammt ungern daran erinnern.«

Wie immer hatte er vollkommen recht.

GUNNAR STAALESEN

Der Schatten

1

Ich erkannte sie nicht sofort.

Als sie vor meinem Schreibtisch Platz genommen hatte, fragte ich vorsichtig nach: »Wie ist doch gleich Ihr Name?«

»Annebeth Larsson, aber ich habe mir inzwischen die Haare gefärbt.«

»Wir sind uns schon einmal begegnet, oder?«

Sie nickte. »Und ich hatte auch eine andere Brille.«

Ich betrachtete sie genauer. Ihr Haar war kohlrabenschwarz, ihre Brillenfassung grün und ihr Gesicht so schmal, dass sie fast magersüchtig wirkte. »Im Zusammenhang mit einer Ermittlung?«

Sie sah zu Boden. »Es ging um diesen Richter, der tot in dem Hotel gefunden wurde, in dem ich gearbeitet habe.«

»Ach ja! Sie waren eines von den Mädchen aus der ... Steinkjellergate, stimmt's?«

»Genau. Gro-Anita und ich, wir wohnen immer noch da. Aber wir denken darüber nach, ob wir nicht wegziehen sollten.«

»Sie wollen sich jeder eine eigene Wohnung suchen?«

»Ja. Ich hab jedenfalls einen Freund.« Sie wurde hübscher, wenn sie lächelte. »Ich glaube, wir werden heiraten.«

»Sie wollen es wagen?«

»Ja? Ist das so schlimm?«

»Tja.« Ich hob die Schultern. »Hören Sie nicht auf einen alten grauen Wolf, der einmal selbst in die Falle gegangen ist. – Was führt Sie denn hierher?«

Sie sah wieder zu Boden. »Ich habe im Telefonbuch nachgesehen, und da habe ich Ihren Namen wiedererkannt.«

»Im Telefonbuch, unter dem Stichwort Detekteien?«

»Mmm.«

»Und wozu braucht eine junge Dame, die bald heiraten will, einen Detektiv?«

»Es geht nicht um mich.«

»Ach nein?«

»Es geht um Gro-Anita. Aber sie weiß nicht, dass ich hier bin. Ich wollte zuerst hören, was Sie dazu sagen.«

Plötzlich spürte ich eine unangenehme Sehnsucht nach Aquavit. Um sie zu vertreiben, stand ich auf und ging zur Anrichte neben dem Waschbecken. »Eine Tasse Kaffee?«

Sie lächelte dankbar. »Ja, gern.«

Ich füllte Wasser in den Wasserkocher, steckte den Stecker in die Steckdose und schaltete ihn ein. Dann nahm ich eine Filtertüte aus der Packung, gab Kaffee hinein und setzte den Filter auf die Thermoskanne. »Arbeiten Sie immer noch in dem Hotel?«

»Ja.«

»Gro-Anita auch?«

»Nein, sie hat als Serviererin angefangen. Im Holberg. Waren Sie mal da?«

»Bestimmt. Aber ich kann mich nicht erinnern, sie da gesehen zu haben. Hat sie sich auch die Haare gefärbt?«

»Nein, Gro-Anita ist immer noch dieselbe. Jedenfalls war sie es bis vor Kurzem.«

Das Wasser kochte. Ich goss es in den Filter, und der frische

Kaffeeduft verbreitete sich in meinem kleinen, engen Büro. Wir konnten es gebrauchen. Draußen vor den Fenstern war graues, ungemütliches Februarwetter. Es war einer dieser Tage, wo die Stadt wie in verschmutztes Eis gehauen dalag, wie ein Haufen Fossilien aus einer längst untergegangenen Zivilisation.

Als ich uns Kaffee eingeschenkt hatte und am Schreibtisch saß, nahm ich den Faden wieder auf: »Sie *war* dieselbe, haben Sie gesagt?«

»Ja.«

»Und was ist passiert?«

Sie sah in ihre Kaffeetasse und drehte sie sorgfältig zwischen ihren dünnen Fingern. »Sie wurde überfallen.«

»Aha.«

»Bei uns zu Hause.«

»Überfallen ... Meinen Sie ...?«

»Ja, sie wurde vergewaltigt.«

Der Kaffee schmeckte plötzlich bitter. »Und wer hat das getan?«

»Ein Unbekannter ... sagt sie. Ein Schatten.«

»Ein Schatten?«

»Ja. Vor der Scheibe eben.«

»Aber sie ist doch sicher zur Polizei gegangen, oder?«

»Nein. Deshalb bin ich ja hier. Sie will nicht! Sie sagt, es wäre so peinlich. Sie sagt ... sie würde sowieso nur die Schuld dafür kriegen. ›Du weißt ja, wie das ist‹, hat sie gesagt, ›wenn man vor Gericht kommt. Das Einzige, was den Leuten dort einfällt, sind Dinge, die das Verhalten des Täters nachvollziehbar machen!‹«

»Aber sie hätte doch eine Anwältin dabei.«

»Verstehen Sie denn nicht? Sie will ja nicht einmal darüber sprechen!«

»Aber dann ...«

»Und dann fiel mir wieder ein ... Damals hatte ich das Gefühl, man könnte mit Ihnen reden. Und wenn jemand von außen käme, der mit ihr sprechen würde ... Vielleicht wäre es dann leichter für sie.«

»Das müsste dann aber eine Frau sein.«

»Kennen Sie jemanden?«

»Tja ...«

»Sie wollen es also nicht übernehmen?«

»Doch, doch, das ist es nicht. Aber ich brauche ja einen Auftraggeber, und wenn sie selbst nicht ...«

»Ich werde es schon schaffen, Sie zu bezahlen, wenn das das Problem ist. Wie viel kostet es?«

Ich lächelte schief. »Ich sage immer: Ich bin billiger als die meisten anderen, aber so ziemlich das Teuerste, was man nachgeworfen kriegen kann.«

»Also ...«

»Lassen Sie mich noch ein paar Fragen stellen. Sie wurde zu Hause vergewaltigt, sagen Sie. Also muss sie den Mann hereingelassen haben.«

Sie nickte. »Es gab jedenfalls keine Anzeichen dafür, dass jemand eingebrochen wäre.«

»Also war es wahrscheinlich jemand, den sie kannte. Das kann ja auch der Grund dafür sein, dass sie keine Anzeige erstatten will. Wann ist es passiert?«

»Vor vierzehn Tagen.«

»Und seitdem ...?«

»Seitdem hat sie die Wohnung nicht mehr verlassen. Ich musste alles machen. Einkaufen, Rechnungen bezahlen ...«

»Und die Krankschreibung?«

»Die hat sie übers Telefon gekriegt. Von einem Arzt, zu dem sie öfter geht.«

»Und sie traut sich, allein zu bleiben?«

»Ja, das schon. Ich habe vorgeschlagen, dass Asgeir da sein könnte, wenn ich zur Arbeit gehe, aber das wollte sie auch nicht.«

»Asgeir, ist das Ihr Freund?«

Wieder das schnelle Lächeln. »Ja. Er studiert und ist schon fast fertig. Deshalb hätte er seine Bücher mitbringen und bei uns arbeiten können.«

»Und sie? Hat sie einen Freund?«

Ein Schatten huschte über ihr Gesicht. »Sie hatte einen. Thomas. Aber es ist vorbei.«

»Seit wann?«

»Oh, das ist schon fast ein halbes Jahr her. Wenn nicht länger. Es war kurz vor den Sommerferien. Sie sind von der Südküste zurückgekommen, und dann hat sich herausgestellt ... Also, er hatte gesessen.«

»Sie meinen, er war vorbestraft?«

»Mmm.«

»Und weshalb?«

»Na ja ... Einbruch, Raub ... Was Gro-Anita so enttäuscht hat, war, dass er ihr nichts gesagt hat!«

»Aber er hatte die Strafe doch abgesessen, oder?«

»Ja.«

»Hatte er eine Arbeit?«

»Ja. Sein Bewährungshelfer hat ihn dabei unterstützt. Bei BMV, draußen in Laksevåg.«

»Aber das war doch gut, oder?«

»Schon, aber ... sie haben dort unten jemanden getroffen. Eigentlich wollten sie Gro-Anitas Eltern besuchen, östlich von Kristiansand. Unterwegs haben sie auf einem Campingplatz übernachtet, und dort haben sie jemanden getroffen, den Thomas kannte, und dann gab es plötzlich ... einen Einbruch.«

»Während sie auf dem Campingplatz waren?«

»Jemand hat den Safe im Büro gesprengt, und die beiden Typen, die Thomas kannte, waren auf einmal verschwunden. Aber als er ihr gesagt hat, dass sie gegenüber der Polizei nicht erwähnen sollte, dass er ... Na ja, da kam dann raus, dass er die Typen aus dem Gefängnis kannte und dass er selbst auch ... Sie sind nicht mal mehr zu ihren Eltern gefahren. Ich glaube, sie sind einfach wieder nach Hause gefahren. Als ich aus meinem Urlaub zurückkam, war es jedenfalls aus.«

»Verstehe. Wie heißt dieser Thomas weiter?«

»Nyland.«

Ich notierte es mir. »Und hat er danach noch mal versucht, sie zu treffen?«

»Am Anfang schon. Aber als er merkte, dass es keinen Sinn hatte, kam er irgendwann nicht mehr. Ich habe ihn jetzt lange nicht mehr gesehen.«

»Fallen Ihnen noch andere ein, die eventuell infrage kämen?«

Sie schien nachzudenken. »Das Einzige, was ich mir denken könnte ... Nein, der würde nie ...«

»Sie müssen es mir erzählen, wenn das Ganze einen Sinn haben soll. An wen Sie denken, meine ich.«

»Nedrevik. Das ist der Vermieter. Er wohnt auch im Haus, und er ist ein bisschen ... eklig. Besonders, wenn wir die Miete bezahlen wollen.«

»Ja, heißt das, Sie bezahlen in bar?«

Sie zuckte mit den Schultern. »Nur das, was noch dazukommt.«

»Ach so. Was dazukommt. Aber die offizielle Summe, die überweisen Sie ihm also?«

»Das ist heute überall so.«

»Klar, verstehe. Aber wenn Sie ›eklig‹ sagen, heißt das, dass er ... Hat er jemals angedeutet, dass Sie in natura bezahlen sollten, um es mal so auszudrücken?«

»Mir gegenüber nicht!«, sagte sie schnell.

»Und was meinten Sie dann mit eklig?«

Sie schauderte. »Einfach die Art, wie er uns manchmal angesehen hat. Und manches, was er gesagt hat. Ein altes Schwein.«

»Aber Sie sind dort wohnen geblieben?«

»Es liegt eben so zentral, wissen Sie? Und es ist auch nicht *so* teuer.«

Ich seufzte. Meine Kaffeetasse war leer. Ich griff nach der Kanne. »Noch Kaffee?«

»Nein, danke.« Sie sah mich an. »Und, was sagen Sie?«

»Tja. Es schadet wohl nicht, mal einen Besuch zu machen. Meinen Sie, dass wir es jetzt tun sollten, sofort?«

»Warum nicht?«

»Es wäre auf jeden Fall am besten, wenn sie zur Polizei ginge.«

»Vielleicht hört sie ja auf Sie, wenn Sie ihr das sagen.«

»Haha«, sagte ich trocken. »Da wäre sie jedenfalls die Erste.«

2

Als wir den Markt überquerten, war zwischen den Ständen der wenigen Markthändler gestreut worden, damit man auf dem glatten Boden nicht ausrutschte. Es waren nicht viele Kunden unterwegs, und sogar die wetterfestesten Fischverkäufer sahen steifgefroren und vereist aus. Der Himmel über uns war grauweiß und so straff gespannt wie eine Leinwand, die jederzeit reißen und Kaskaden unwillkommenen Schnees über uns ausschütten konnte.

Wir gingen die Lodin Leppsgate hinauf und dann ein Stück die Øvregate entlang. Nur wenige Straßenzüge hatten sich im Laufe der Geschichte ähnlich stark verändert: Der ehemalige Kirchberg war zum Hurenviertel geworden, dann zur bevorzugten Wohngegend für reiche Kaufleute und schließlich zur Antiquitätenmeile. Noch immer lag eine Kirche an jedem Ende, aber die Huren musste man woanders suchen, und die Kaufleute hatten schon lange nach Fjøsanger und Fana ausgeflaggt.

Als wir schließlich vor dem dreistöckigen Haus standen, bemerkte ich, dass die Haustür verschlossen war und man über eine Gegensprechanlage kommunizieren musste, wenn man hineinwollte. »War das vor zwei Wochen auch schon so?«

»Ja, sie haben die Anlage schon vor einigen Jahren eingebaut.«

»Wenn er von draußen gekommen ist, muss sie ihn also auch hier reingelassen haben?«

Sie nickte. »Das ist es ja gerade.«

Nachdem sie uns aufgeschlossen hatte, überprüfte ich schnell das Schloss. »Na ja.«

»Was meinen Sie?«

»Ach, nichts Besonderes.«

Wir gingen nach oben, und ich erkannte das Türschild wieder: »Hier wohnen Gro-Anita Vebjørnsen und Annebeth Larsson.« Links von der Tür war ein hohes, schmales Fenster mit einer Milchglasscheibe.

Annebeth Larsson schloss das normale Türschloss auf und probierte, ob die Tür schon aufging. Dann steckte sie einen Schlüssel in das zusätzliche Sicherheitsschloss.

»Schließt sie auch ab, wenn sie im Haus ist?«

»Seit dieser Sache schon.«

Als sie die Tür geöffnet hatte, rief sie fröhlich in die Wohnung hinein: »Hallo, Gro-Anita! Ich bin's nur. Und ... ich habe einen Gast mitgebracht. Ist das okay?«

Weiter hinten in der Wohnung wurde eine Tür geöffnet, allerdings nur einen Spalt, und eine ängstliche Stimme fragte: »Wen denn?«

»Veum. Varg Veum. Erinnerst du dich? Der damals hier war, als der Richter ermordet wurde.«

»Der gesagt hat, er sei von einer Versicherungsgesellschaft?«

»Ja, aber er hat doch auch gesagt, wer er wirklich ist – bevor er gegangen ist.«

»Und was will er jetzt? Versicherungen verkaufen?«

»Aber er ist doch gar kein ...«

»Nein, ich weiß.« Gro-Anita öffnete die Tür noch ein Stück. »Ich versuche nur, bei Laune zu bleiben, hast du das vergessen?« Einen Augenblick schien sie zu zögern, dann trat sie in den Flur.

Auf dem Weg dorthin hatte ich versucht, mich daran zu erinnern, wie sie damals, vor drei Jahren, ausgesehen hatte. Ich hatte mich richtig erinnert. Gro-Anita war ein hochgewachsenes, dunkelhaariges Mädchen von der Südküste, von frappierender Schönheit und mit einem offenen Wesen. So war sie noch immer, aber ihr Haar hing strähnig herab, ihre Körperhaltung war geduckt und kaschierte ihre Größe, und ihre Offenheit hatte sich in den beißenden Sarkasmus verwandelt, der schon in ihren ersten Kommentaren angeklungen war. Sie war noch immer schön, allerdings mit einem bitteren Zug um den Mund, der es vielleicht manchem erschwerte, sich mit ihr anzufreunden.

»Vielleicht kann ich Ihnen helfen«, sagte ich milde.

»War das etwa *deine* Idee?«, schnauzte sie ihre Freundin an.

»Können wir nicht wenigstens einen Tee trinken?«, fragte

Annebeth. »Und miteinander reden? Wir müssen über die Sache sprechen, Gro-Anita.«

»Aber da gibt es nichts rauszufinden!«

»Kommen Sie«, sagte Annebeth zu mir. »Hier hinein. Das ist unser Wohnzimmer. Ich werde in der Zwischenzeit Tee kochen.«

Ich sah Gro-Anita Vebjørnsen an. »Kommen Sie schon. Ich bin ganz inoffiziell hier, und es wird Ihnen auf jeden Fall helfen, darüber zu sprechen.«

Etwas widerwillig löste sie sich aus dem Türrahmen und schloss die Tür heftig hinter sich. Dann ging sie in einem Bogen an mir vorbei, während sie darauf achtete, dass wir uns auf keinen Fall auch nur annähernd berührten. Sie trug eine verschlissene Jeans und eine dunkelblaue Strickjacke mit weißem Muster an den Schultern, die sie bis zum Hals zugeknöpft hatte.

Der Raum war klein, aber gemütlich eingerichtet. Ein paar Stühle und ein Zweisitzer, alle mit geblümtem Siebzigerjahre-Stoff bezogen und mit einem bodenlangen Volant, als stammten sie aus einem Mädchenzimmer von vor zwanzig Jahren. Dazu ein kleiner Couchtisch, ein lackiertes Bücherregal im Stil der Vierzigerjahre, das zweifellos bei der Heilsarmee erstanden und mit einer Auswahl nicht ganz taufrischer Frauenliteratur bestückt war, und schließlich ein altmodischer Fernseher, möglicherweise noch schwarz-weiß.

Erst nachdem ich mich hingesetzt hatte, nahm auch Gro-Anita Platz – auf dem äußersten Rand des Stuhls und so nah wie möglich bei der Tür. Ihre forsche Art war verschwunden. Ihr Gesicht sah verkrampft und blass aus.

Ich versuchte, meine Stimme so sanft wie möglich klingen zu lassen. »Ich kann verstehen, dass es Ihnen wehtut – allein schon der Gedanke.«

Sie antwortete nicht.

»Und es war ein schlimmer Übergriff. Aber Sie wollen doch sicherlich auch, dass der Schuldige bestraft wird, oder?«

Sie schwieg weiter hartnäckig.

»Sie wissen sicher, dass viele Vergewaltiger niemals angezeigt werden – weil sie den Opfern zu nahestehen.«

Sie sah auf.

»Ehemänner. Ein Vater, der seine Tochter vergewaltigt, ein Bruder, der ... Oder einfach ein guter Freund. Man lässt einen Menschen etwas zu nah an sich heran, lädt ihn vielleicht nach Hause zu sich ein – und dann, ganz plötzlich, verändert sich die Situation, und jemand, den man zu kennen glaubte, zeigt sich plötzlich von einer ganz anderen Seite.«

Aus der Küche hörten wir, wie Annebeth Tee kochte. Gro-Anita schluckte. »So war es nicht!«

»Wollen Sie mir nicht einfach erzählen, was passiert ist?«

Sie riss die Augen weit auf, und ich sah die plötzliche Angst in ihrem Blick. Ihre Pupillen weiteten sich, und ihr ganzes Gesicht wurde zu einer starren, wächsernen Maske. »Es war ...«

»Ja?« Ich nickte ihr aufmunternd zu.

»Es war ... mitten am Tag ...«

Sie war allein gewesen. Plötzlich hatte es an der Tür geklingelt. Sie hatte gesehen, dass jemand draußen stand, ein Schatten vor der Milchglasscheibe. Ohne weiter nachzudenken, hatte sie die Tür geöffnet. Der Mann hatte Jeans getragen, eine braune Lederjacke, dunkle Handschuhe – und er hatte eine Mütze über das Gesicht gezogen.

»Eine Mütze?«

»Ja.«

»Sie haben also nicht gesehen, wie er aussah?«

»Nein, das ist es ja! Ich war geschockt, allein schon von seinem Anblick!«

Der Mann hatte sich durch die Tür gepresst, ihr eine Hand über den Mund gelegt und ihr mit der anderen den Arm auf dem Rücken verdreht. Sie hatte gehört, wie er die Tür hinter sich zutrat. Dann hatte er sie vornübergebeugt in ihr Zimmer geschoben – und auf das Bett gezwungen.

»Er ... er hat meinen Kopf auf das Kissen gedrückt, sodass ich ... ich konnte kaum atmen ... Und gleichzeitig hat er meine Hose runtergezogen und ... sich von hinten in mich reingedrängt. Es war so ... erniedrigend, so widerlich!«

Annebeth war in der Tür erschienen. Völlig unbeweglich stand sie da. In den Händen trug sie ein Tablett mit drei Bechern, einer Teekanne, einer Zuckerschale und einem Teller mit kleinen, runden Keksen.

»Hat er etwas gesagt?«

»Nicht ein Wort! Er war ... ein Ungeheuer ... eine Maschine! Er hat mich einfach nur genommen, mich benutzt, hat all seinen Dreck in mich reingespritzt, und dann ist er einfach gegangen.«

»Er hat Sie nicht bedroht?«

»Kein Wort, hab ich doch gesagt!«

»Und Sie ... Haben Sie versucht, ihm zu folgen? Ich meine, sind Sie zum Fenster gegangen, um nachzusehen, wohin er verschwunden ist?«

Sie sah mich mit tränennassen Augen an. »Nein! Ich war in einem Schockzustand! Völlig durcheinander! Erst bin ich nur rausgelaufen, um sicherzugehen, dass die Tür abgeschlossen ist. Dann habe ich mich ausgezogen und bin sofort unter die Dusche. Ich habe geduscht, bis nur noch kaltes Wasser da war! Dann habe ich mich ins Bett gelegt, so weit unter die Decke, wie ich konnte, und habe mich nicht gerührt, bis ...« Sie sah zu ihrer Freundin auf, die sie blass anlächelte. »... bis Annebeth nach Hause gekommen ist und mich so gefunden hat.«

Annebeth nickte. Dann setzte sie die Bewegung fort, in der sie erstarrt war, stellte das Tablett auf den zerkratzten kleinen Couchtisch, schenkte stumm Tee in die Becher, verteilte sie, schob die Zuckerschale in die Mitte des Tisches und sah mich an. »Zucker?«

»Nein, danke.«

Sie schob die Schale weiter zu Gro-Anita, die begierig danach griff und drei bis vier gehäufte Teelöffel in ihren Becher schüttete, bevor sie offenbar wieder zu sich kam und den Löffel so abrupt weglegte, als habe sie sich daran verbrannt.

»Und Sie wollen keine Anzeige erstatten?«, fragte ich, bevor ich vorsichtig an dem kochend heißen Tee nippte.

»Wen soll ich denn anzeigen?«, stieß sie heftig hervor. »Einen Schatten vor der Scheibe? Mit einer Mütze über dem Gesicht? Er hat kein Wort gesagt, was sollte ich denn sagen?«

»Sie können doch immerhin eine Art Personenbeschreibung abgeben. Ich denke zum Beispiel an seine Kleidung.«

Sie sah mich verächtlich an. »Mit der neun von zehn Norwegern herumlaufen? Na klasse!«

»Körperbau, Größe, solche Sachen.« Sie antwortete nicht.

»Hatte er irgendwelche besonderen Kennzeichen?«

»Es hätten genauso gut Sie sein können!«, sagte sie mit provozierender Miene.

Ich ließ mich nicht irritieren. »Der Goldene Schnitt, mit anderen Worten?«

Sie umschlang den Becher mit beiden Händen und verdrehte nur leicht die Augen. »Ganz gewöhnlich, ja. Weder dick noch dünn.«

»Aber mal anders betrachtet – könnte es jemand gewesen sein, den Sie kannten?«

Wieder bewölkte sich ihr Blick. »Hat Annebeth gepetzt?«

»Ich habe nur gesagt ...«, begann Annebeth, aber ich gab ihr zu verstehen, dass sie besser schweigen solle.

Plötzlich durchfuhr Gro-Anita ein Zittern. Sie stellte den Becher so heftig ab, dass der Tee überschwappte, und hielt sich die Hände vor das Gesicht, als wolle sie die unbeherrschten Zuckungen darin vor uns verbergen. Durch die Finger sagte sie heftig: »Es war nicht Thomas!« Sie schluchzte auf. »Aber er hat mir damit gedroht! Dass so was passieren könnte!«

»Gedroht!«, stieß Annebeth hervor und sah mich an.

Ich gab ihr wieder ein Zeichen, dass sie still sein solle. Ohne etwas zu sagen, wartete ich, bis Gro-Anita sich ausgeweint hatte.

Es dauerte eine ganze Weile. Ich nippte noch einmal an meinem Tee. Er war jetzt nicht mehr ganz so heiß und schmeckte nach irgendwelchen unidentifizierbaren Kräutern, und er war ganz sicher gegen irgendetwas gut: Fußpilz oder Depressionen.

Als sie sich endlich ausgeweint und ihre Tränen mit einem Taschentuch getrocknet hatte, sah sie uns beide betreten an und sagte: »Er hat mir damit gedroht, als ich Schluss gemacht habe. Ich sollte mich bloß nicht sicher fühlen, und er ... er würde vielleicht jemanden schicken, den er kennt, damit er sich um mich kümmert, hat er gesagt.«

Ich nickte mit einem kalten Kloß im Bauch. »Eine Art Auftragstäter?«

»Er würde so viele kennen, hat er gesagt. Die so was mehr als gerne machen würden. Richtig kranke Typen.«

Annebeth sah mich erschrocken und fragend an.

»Das klingt schon ziemlich merkwürdig«, sagte ich. »Ein Grund mehr, damit zur Polizei zu gehen.«

»Aber wie soll ich es denn beweisen? Der Fall wird zu den Akten gelegt, und dann kommt er vielleicht noch mal und noch mal und ...«

»Aber das müssen wir doch verhindern können!«, stieß Annebeth hervor.

»Und wie?«, fragte Gro-Anita. Sie nickte in meine Richtung. »Etwa indem wir den da als ständigen Leibwächter engagieren?«

»Nein, aber ...« Auch Annebeth sah jetzt mich an. »Aber vielleicht könnte Veum zu Thomas gehen. Mit ihm reden.«

Gro-Anita verlieh ihrer Stimme einen hohlen und dunklen Klang: »Ihn erschrecken? Buuuhuuu! Er kriegt bestimmt schreckliche Angst, wenn der da an die Tür kommt!«

»Aber was willst du denn dann machen?«

Plötzlich sah sie aus wie ein kleines Mädchen, das ganz allein auf der Welt ist. »Das Beste wird wohl sein, ganz einfach umzuziehen, in eine andere Stadt. Und hoffen, dass er mich nicht findet.«

Nach einer kleinen Pause sagte ich: »Hören Sie ... Sie haben gesagt, er habe Ihnen gedroht, dass so etwas passieren könne. Dann verstehe ich aber nicht, dass Sie dem Täter so einfach die Tür aufgemacht haben.«

Sie sah mich bitter an. »Nein, genau! Ganz genau! Und das wird auch die Polizei sagen und sein Anwalt und alle.« Sie verzog ihr Gesicht zu einer Grimasse. »›Warum haben Sie ihm denn so einfach die Tür aufgemacht, Fräulein Vebjørnsen? Warum haben Sie ihn überhaupt hereingelassen?‹ Ich kann Ihnen mindestens drei gute Gründe dafür sagen. Erstens war es ein halbes Jahr her, dass er diese Drohungen losgelassen hat, und es war nichts passiert. Am Anfang hatte ich Angst, aber dann wurde ich wieder ruhiger und dachte mir, dass es wohl doch nur leere Drohungen gewesen waren, mit denen er mich hatte umstimmen wollen. Zweitens war es am helllichten Tag, und wer kann schon so etwas ahnen ... Und drittens hat es eben nicht unten geklingelt, und ich hatte sozusagen damit gerechnet, dass es jemand aus dem Haus war.«

»Der Vermieter?«

»Zum Beispiel!«

»Könnte er es gewesen sein?«

Sie lachte höhnisch. »Nedrevik? Sie können ihm ja einen Besuch abstatten. Den hätte ich auf jeden Fall wiedererkannt! Der wiegt hundert Kilo, mindestens!«

»Und wenn es Thomas selbst gewesen wäre, hätten Sie ihn auch wiedererkannt?«

Sie sah mich einen Moment lang mit glasigen Augen an. Dann nickte sie. »Ja, ich ... Er war es nicht. Außerdem hatte er nie einen Schlüssel – für die Haustür unten, meine ich.«

»Aber wie ist er denn hereingekommen?«, fragte Annebeth.

Ich zuckte mit den Schultern. »So ein Türschloss ... Wenn es wirklich ein Profi war ...«

»Wenn es wirklich ein Profi war!«, sagte Gro-Anita. »Da hören Sie es. Sie tun es schon wieder, Veum! Immer wieder!«

»Es ist nun einmal so, dass ich mich, solange nichts bewiesen ist, eben hypothetisch ausdrücken muss.«

»Ja, und damit beweisen Sie mir immer wieder, dass ich das Richtige tue, wenn ich die Schnauze halte.«

»Nun ja ... Für solche Typen ist so ein Türschloss wie das da unten jedenfalls keine Herausforderung. Also ...« Ich hob die Schultern. »Könnte sein, könnte aber auch nicht sein.«

»Also was?«

»Ich könnte wirklich tun, was Sie vorgeschlagen haben, Annebeth. Ich könnte mit ihm reden.«

»Na, viel Glück«, sagte Gro-Anita. »Dann sehen wir Sie heute wohl zum letztenmal.«

»Aber ich brauche Ihre Erlaubnis«, fuhr ich fort und sah sie herausfordernd an.

Ihr Blick begann zu flackern. »Nein.«

»Ich kann mein Anliegen kaschieren. So was kann ich ziemlich gut.«

»Die alte Nummer mit der Versicherungsgesellschaft vielleicht?«

»Mm. Oder so was Ähnliches. Na, was sagen Sie?«

»Lass es ihn versuchen, Gro-Anita!«, insistierte ihre Freundin.

»Und warum hängst du dich da so rein? Du willst doch heiraten! Unsere gemeinsame Zeit ist ja sowieso vorbei!«

Annebeth sah verletzt aus. »Ja, aber wir haben so viele Jahre zusammengewohnt! Ich hab dich doch gern, verstehst du das nicht? Ich meine ... du hast mir immer geholfen, wenn ich ...«

»Na gut, okay!«, Gro-Anita wandte sich wieder an mich, und in ihrer Stimme schwang eine Andeutung von Wut mit.

»Aber sagen Sie ihm, wie es ist. Dass Annebeth darauf bestanden hat. Dass ich ihr von seinen Drohungen erzählt habe, lange bevor ... diese Sache passiert ist. Dass *ich* damit überhaupt nichts zu tun habe!«

Ich nickte. »Das geht klar. Haben Sie seine Adresse?«

Sie schüttelte heftig den Kopf. »Nein. Keine Ahnung. Die müssen Sie woanders herkriegen.«

3

Ich rief Helleve von der Bergener Polizeikammer an.

Eine halbe Stunde später rief er zurück. »So was wie das hier mache ich für kaum jemanden sonst, Veum.«

»Ich bin dir ewig dankbar.«

»Thomas Nyland wohnt in einer Sozialwohnung in Laksevåg.« Er gab mir die genaue Adresse. »Aber, Veum ... Nach Aussage des Bewährungshelfers hat er sich ordentlich benommen, seit er wieder draußen ist. Er hat eine volle Stelle bei BMV in Laksevåg, und du darfst ihn nicht dort besuchen.«

»Verstehe. Weswegen hat er eigentlich eingesessen?«

»Mehrere Einbrüche, ein Raubversuch – und eine Vergewaltigung.«

»Vergewaltigung?«

»Yes.«

»Hast du dazu nähere Einzelheiten?«

Ich hörte, wie er in seinen Papieren blätterte. »Du hast nicht vielleicht Lust herzukommen und meinen Job zu übernehmen? Wir haben wahnsinnig viel überflüssige Zeit. Es gibt auch gar keine anderen Fälle aufzuklären.«

Ich räusperte mich. »Tut mir leid, aber ...«

»Hier habe ich es. Eine siebzig Jahre alte Frau wurde vergewaltigt, als er ihr Feuerholz an die Tür brachte, das sie über einen Aushang bei ihrem Kaufmann bestellt hatte.«

»Und wie wurde er überführt?«

»Überführt? Er hatte doch seine Telefonnummer beim Kaufmann ausgehängt, zum Teufel, und die hatte sich nicht nur die alte Dame notiert. Der Typ muss ja einen IQ haben wie ein ... ein ... Bulle!«

»Gott sei Dank. Einen Augenblick dachte ich, du wolltest Privatdetektiv sagen.«

»Erinnere mich bloß nicht daran!«

»Dann ist es also nicht unmöglich, dass er im Bau Kontakt zu anderen Sexualverbrechern hatte?«

»Gleich und gleich – und so weiter? Klar. Du weißt, wie populär diese Jungs bei den anderen Gefangenen sind.«

»Stimmt. Okay, danke dir. Fährst du dieses Jahr zum Vossa-Jazz?«

»Ich werde wohl hinfahren, ja. Wenn ich frei kriege und nicht wieder irgendein Privatdetektiv anruft, wenn ich gerade loswill.«

»Ich werd's ihm sagen.«

»Tu das, Veum. Tu das.«

Der Herman Grans vei war nach einem Schiffbaumeister mit einer Werft in Sørevåg benannt. So gesehen war es also nicht abwegig, dass der Bewährungshelfer Thomas Nyland dort einquartiert hatte, nachdem sie ihm eine Stelle bei BMV besorgt hatten, dem allerletzten Überbleibsel der einst so wichtigen Schiffswerft am Ende des Puddefjords. Und die Lage war fantastisch, wenn man gern die Sonne im Rücken und Laksevåg vor seinen Füßen hatte.

Thomas Nyland war fünf Zentimeter größer als ich, hatte einen halben Meter breitere Schultern und sah aus, als habe er den größten Teil der Zeit im Gefängnis damit verbracht, Gewichte zu heben.

»Was willst du denn?«, begrüßte er mich freundlich. »Hab ich nicht schon genug mit den Sozialfuzzis von der Bewährungshilfe, musst du mir auch noch die Tür einrennen?«

Sein Haar war kurz geschoren, und er trug ein T-Shirt mit dem Aufdruck BST. Vermutlich ein Fußballfan vom Brann Supporter Team, und er sah tatsächlich so aus, als könne er jeden Hooligan von Apeberget bis Vålerenga schneller umlegen, als ich brauchte, um einen guten Grund zu erfinden, warum ich gekommen war.

»Also, wir sind gerade dabei, im Auftrag des Ministeriums den Familienstand einer Auswahl früherer Insassen zu dokumentieren«, erklärte ich.

»Ich werd gleich deinen Familienstand dokumentieren, aber so gründlich, dass nicht mal deine alte Mutter dich am helllichten Tag wiedererkennt.«

»Kann ich reinkommen?«

Er grinste. »Damit wir's hinter verschlossenen Türen machen können, meinst du? Na komm, keine Angst, ich tu dir nichts.« Ich grinste zurück. Wer so ein großes Maul hatte, wurde selten brutal, trotz der Schulterbreite. Er musste wohl nur ein bisschen Druck ablassen, nachdem er einen ganzen langen Arbeitstag so brav und gesetzestreu gewesen war.

Die Wohnung war nach dem Ein-für-alle-Mal-Prinzip möbliert, und das war Anfang der Achtzigerjahre gewesen, sogenanntes spätes Ikea oder Palme-Gotik, je nachdem, welcher Schule man angehörte.

»Setz dich«, sagte er und zeigte auf einen freien Stuhl am Küchentisch aus grauem Resopal mit Brandflecken von Zigaretten. »Tasse Kaffee?«

»Ja, bitte. Wenn du welchen hast.«

»Wenn ich keinen hätte, hätt ich nicht gefragt!« Er griff nach einer weißen Thermoskanne mit braunen Tropfstreifen, spülte im Waschbecken eine Tasse aus und schenkte ein. »Da!«

»Danke. Du wohnst allein, wie's aussieht.«

»Ich hab zurzeit niemanden, der mit mir den Küchentisch teilt, nee. Aber denk bloß nicht, ich würd keine kriegen! Ich krieg mehr, als du von träumen kannst.«

»So viele? Schaffst du das denn?«

»Und schwul bin ich auch nicht, obwohl ich im Bau bestimmt die Chance gehabt hätte.«

»Daran zweifle ich keine Sekunde. In unseren Notizen steht übrigens, du hattest eine Freundin.«

Er sah mich plötzlich misstrauisch an. »Was denn für Notizen?«

Ich blickte unschuldig zurück. »Na ja, die in der Akte liegen. Du erinnerst dich sicher, dass du einem der Sachbearbeiter davon erzählt hast, oder?«

Er sah nicht wirklich überzeugt aus. »Na ja, schon möglich, dass ich ... Um die zu überzeugen, wie gut ich klargekommen bin, draußen im Alltag.«

»Genau. Eine Gro-Anita Vebjørnsen, habe ich mir notiert.«
Sein Misstrauen war wieder erwacht. »Hör mal, was für Papiere hast du da eigentlich? Ich kann mich nicht erinnern, dass ich euch irgendeinen Namen gesagt hab.«

»Nicht?«

»Nein! Hat sie dich etwa hergeschickt, oder was?«

»Wieso das denn?«

»Will sie mich wiederhaben? Tut's ihr leid? Traut sich wohl nicht, mir das selber zu sagen, und dann schickt sie so einen Sozialfuzzi wie dich vor, was? Gib's ruhig zu!«

»Und würdest du? Sie zurücknehmen?«

»Du kannst mich mal am Arsch lecken! Und sie auch! Ich hab mich verliebt in sie, und ich hab mich ordentlich benommen. Ich war schon zwei Jahre wieder draußen, hatte eine feste Arbeit, wir waren über ein Jahr zusammen ... Aber als sie rausgekriegt hat, dass ich gesessen hab, da hieß es plötzlich ›goodbye forever‹. Aus und vorbei! Sie war sich zu fein, ganz einfach! Hat sich nicht mal getraut, mich mit zu ihren Eltern zu nehmen. Irgendwo unten an der Südküste. So richtige Spießer eben. Mit solchem Pack will ich nichts zu tun haben.

Ich hab eine Menge Ausländer kennengelernt, als ich gesessen hab, die waren echt okay. War nicht ihre Schuld, dass sie gesessen haben!«

»Jetzt haben wir wohl ein bisschen den Faden verloren. Es ging um ...«

»Was haben wir? Sie hat den Faden verloren! Bestell ihr einen schönen Gruß und sag, es ist zu spät. Den Triumph gönn ich ihr nicht. Ich krieg genug Weiber im Vereinsheim, kann mich kaum retten, das kannst du ihr ausrichten.«

»Du weißt, was ihr passiert ist?«

Er richtete sich halb auf. »Was ihr passiert ist? Wem? Gro-Anita?«

Ich hielt seinen Blick fest. »Sie wurde vergewaltigt. Zu Hause, am helllichten Tag.«

Er saß einen Moment lang stumm da und starrte mich an. Dann schwollen die Adern an seinen Schläfen, und sein Gesicht bekam einen düsteren, brutalen Ausdruck. Mit leiser, gepresster Stimme sagte er: »Vergewaltigt? Was willst du damit sagen?«

»Ich dachte, du weißt, was das Wort bedeutet.«

»Gro-Anita? Du lügst!«

»Nein, leider nicht.«

»Aber – von wem denn?«

Ich zuckte mit den Schultern. »Das wissen wir nicht.«

»Scheiße, ey! Das ist ja zum Kotzen. Und ich hätte vielleicht ...« Er starrte auf seine großen Pranken und sprach den Satz nicht zu Ende.

Nach einer Pause sagte ich vorsichtig: »Sie hat angedeutet, dass du, als ihr euch getrennt habt ... Dass du ihr damit gedroht hast ... jemanden vorbeizuschicken, der sie sich vornimmt.«

Er schüttelte langsam den Kopf. »So was sagt man doch

mal so, oder? In dem Milieu, wo ich herkomm, wird die ganze Zeit so was ausgespuckt. Das gehört zum Jargon.« Dann schien ihm plötzlich etwas zu dämmern. »Was hast du da gesagt? Ihr glaubt doch wohl nicht etwa, dass ich dahinterstecke? Hä?« Er streckte mir seine großen Pranken entgegen. »Dass ich sie mit diesen beiden ...«

»Nicht du«, sagte ich schnell. »Jemand, den du kennst.«

In meinen jungen Jahren war ich für meine guten Reflexe bekannt gewesen. Aber meine jungen Jahre waren vorbei, und vielleicht hätte er mich auch schon damals geschlagen. Bevor ich reagieren konnte, hatte er den leichten Küchentisch zur Seite geschubst, sich nach vorn geworfen, mich an der Brust gepackt und mit dem Rücken an den Küchenschrank gedrückt, sodass die Wände dröhnten und meine Kaffeetasse mit einem kleinen, scharfen Knall auf dem Boden zersprang.

Er schob mir die Fäuste unter das Kinn und presste meine Beine mit einem seiner festen, wohlgeformten Schenkel gegen die Wand, sodass ich wie in einer Schraubzwinge saß und spürte, wie es in meinen Rückenwirbeln knackte.

»Vorsichtig!«, stöhnte ich. »Es gibt keine Plätze mehr im Pflegeheim! Denk an den Staatshaushalt.«

»Ich würd dir am liebsten die ganze schmierige Fresse einhauen! Was bist du eigentlich für einer? Ein Bulle? Her mit deinem Ausweis!«

»Ich hab keinen.«

»Wie heißt du noch gleich? Veum?«

»Ganz ruhig! Die Mädchen haben mich hergeschickt, wegen deiner Drohungen von damals. Aber ich hab ja schon kapiert, dass sie sich geirrt haben.«

»Ja? Kapierst du das jetzt? Und weshalb jetzt plötzlich, hä?«

»Intuition.«

»Intuition? Haben das nicht eher die Weiber?«

»Doch«, murmelte ich. »Normalerweise eine Folgeerscheinung der Menstruation.«

Er entspannte sich ein klein wenig. In dieser Art von Humor schien er sich heimisch zu fühlen.

»Na okay!« Vorsichtig, aber mit hellwachem Blick setzte er mich wieder ab.

Ich zitterte wie nach einer schweren Schlägerei.

»Hab dich nicht so. Wenn ich dir was tun wollte, wärst du längst reif für den Müllschlucker.«

»Danke.«

»Bedank dich nicht zu früh. Und bestell Gro-Anita einen schönen Gruß und sag ihr, dass es mir leidtut, was ihr passiert ist, aber dass ich nichts damit zu tun hab – und auch keiner, den ich kenn! Und wenn sie auf andere Gedanken kommt, kannst du ihr meine Adresse geben und ihr erzählen, wie sie mich findet, wenn nicht grade Fußballspiel ist. Sag ihr, dass der Thomas sie immer noch liebt. Treu wie eine Eisenbahnschiene, lange nachdem der letzte Zug abgefahren ist.«

»Gar nicht dumm«, sagte ich leichthin mit einem schiefen Lächeln. »Das hätte ich nicht besser ausdrücken können, auch wenn ich lange im Vereinsheim trainiert hätte.«

Auf dem Weg nach draußen wiederholte er: »Versprichst du mir, es ihr zu sagen?«

»Ehrenwort.«

4

Ich hielt mein Versprechen. Um zwölf Uhr am nächsten Tag klingelte ich an ihrer Tür. Nach einer Weile ertönte ihre Stimme metallisch aus der Gegensprechanlage. »Hallo?«

»Hier ist Veum. Lassen Sie mich rein?«

»Worum geht's?«

»Um das, worüber wir gestern geredet haben.«

»Okay.«

Das Türschloss summte, und ich trat ins Haus. Als ich im zweiten Stock ankam, stand sie schon in der Tür.

»Nicht, dass ich Sie nicht reinlassen wollte«, sagte sie schnell.

»Ich musste nur ein bisschen Ihre Stimme hören, um sicher zu sein, wer es ist.«

Ich nickte verständnisvoll. »Natürlich.«

Dennoch schien sie irgendwie besser gelaunt zu sein als am Vortag. Sie hatte sich die Haare gewaschen, was ihnen einen neuen Glanz verlieh, und trug einen engen schwarzen Pullover mit V-Ausschnitt, der die weiße Haut über ihren Schlüsselbeinen zur Geltung brachte.

»Ich habe gerade Tee getrunken«, sagte sie. »Möchten Sie ein Knäckebrot?«

»Ja, gern. Ich brauche sowieso bald wieder ein paar neue Plomben.«

»Kommen Sie«, sagte sie und führte mich in die Küche. Dort schenkte sie mir Tee ein und holte noch ein paar Knäckebrote aus dem Schrank, die sie – nachdem sie sich mit mir darüber ausgetauscht hatte – nicht mit Butter bestrich, sondern dick mit Käse belegte.

Es war offensichtlich, dass sie mir keinen Augenblick den Rücken zukehrte. Sie wusste die ganze Zeit, wo ich war, und als sie sich schließlich mir gegenüber an den Küchentisch setzte, hatte sie vorher überprüft, ob die Tür zum Flur offen stand und sie auch nah genug saß. Es bestand nicht der leiseste Zweifel: Ihre Angst war echt.

Und dennoch ...

»Ich habe gestern mit Thomas Nyland gesprochen«, begann ich zögernd.

Sie sah mich wortlos an, aber ihre Nasenlöcher weiteten sich, und links und rechts davon bildeten sich weiße Flecken.

»Ich soll Sie grüßen.« Sie schnaubte leise.

»Es schien ihm richtig nahezugehen, als ich ihm erzählt habe, was passiert ist. Er hat beteuert, er hätte nicht das Geringste damit zu tun.«

Sie starrte mit zusammengepressten Lippen auf die Tischplatte.

»Und ich glaube, er sagt wirklich die Wahrheit.«

Ein oder zwei Sekunden lang sah sie auf. Dann senkte sie den Blick wieder.

»Und ich glaube, dass Sie das auch wissen, Gro-Anita.«

Sie schwieg, aber der Zug um ihren Mund wurde noch verkniffener, beinahe kleinmädchenhaft trotzig.

»Ich habe über etwas nachgedacht, was Sie gestern gesagt haben«, fuhr ich leise fort. »Als wir über Thomas gesprochen haben. ›Außerdem hatte er nie einen Schlüssel‹, haben Sie gesagt. Und dann haben Sie hinzugefügt: ›für die Haustür unten‹, wie um es zu überspielen.«

Jetzt hob sie den Kopf und starrte mir direkt in die Augen. Ihre Bitterkeit war Resignation und Mutlosigkeit gewichen, als bedauere sie, dass sie überhaupt eingewilligt hatte, mit mir zu sprechen.

»Ich glaube, dass das meiste, was Sie erzählt haben, stimmt, allerdings mit ein paar Ausnahmen. Der Mann, der Sie vergewaltigt hat, trug keine Mütze über dem Gesicht, und Sie wissen sehr gut, wer es war. Denn er hat selbst die Tür aufgeschlossen, sowohl unten als auch hier oben. Im Gegensatz zu Thomas hatte er nämlich einen Schlüssel. Aber ich kann gut verstehen, dass es Ihnen schwerfällt, ihn anzuzeigen – wo doch Annebeth und Sie so lange zusammengewohnt haben.«

Noch immer gab sie keinen Laut von sich, aber ich nahm ein kleines Zittern um ihren Mund wahr.

»Wie heißt Annebeths Freund noch mal?«

»Asgeir.«

»Er ist es gewesen, stimmt's?«

»Stimmt's?«, äffte sie mich nach. Dann nickte sie. »Ja. Er ... Ich hatte schon bemerkt, wie er mich angesehen hat, ein paarmal schon, aber ich bin nie auf die Idee gekommen, dass er ... Als er an dem Tag in die Wohnung kam, dachte ich zuerst, es sei Annebeth. Als ich sah, dass er es war, habe ich nur gesagt, dass Annebeth nicht da sei. Aber dann hat er gesagt, dass er nicht sie besuchen wolle, sondern mich. Mich?, habe ich gefragt, wie meinst du das? Und als er gesagt hat, was er wollte, wurde ich total sauer, doch dann hat er mich gepackt, so wie ... genauso, wie ich es erzählt habe!«

Ich nickte. »Und aus Rücksicht auf ...«

»Annebeth, ja! Die Arme! Es ist ihr immer schwergefallen, Männer zu finden, und jetzt, wo sie endlich ... Sie war so glücklich ... Ich konnte einfach nicht ... Sie wollen doch sogar heiraten!«

»Aber begreifen Sie denn nicht ... Meinen Sie denn wirklich, dass sie glücklich wird, wenn sie einen Mann heiratet, der zu so etwas fähig ist?«

Sie wandte sich ab, sah an mir vorbei zum Fenster, das zum Hinterhof hinausging. Draußen herrschte ein klares, weißes Februarlicht, ohne eine Spur von den Farbzusätzen des Frühlings, nur reines, klares Weiß wie frischer Schnee. »Nein, vielleicht ...«

»Es ist noch nicht zu spät, um Anzeige zu erstatten. Ich finde, solche Typen sollten nicht ungestraft herumlaufen.«

»Nein ... Ich werde darüber nachdenken.«

»Sie haben ihn seitdem nicht gesehen?«

»Nein, und es ist nicht mehr so lange hin, bis Annebeth und er ... Und dann sind sie raus aus meinem Leben, alle beide.«

»Aber Sie müssen dann mit einer Wunde in der Seele weiterleben.«

Sie sah mich mit einem steifen Lächeln an. »Ach, da hab ich schon so viele. Eine mehr oder weniger ...«

Etwas später, als ich unten durch die Haustür trat, stand ich plötzlich Annebeth Larsson gegenüber.

»Haben Sie etwas herausgefunden?«

»Ja, ich ...«

»Steckt Thomas dahinter?«

»Ich weiß jetzt, wer es war, ja.«

»Oh, aber dann ... Gehen Sie damit zur Polizei?«

»Das muss Gro-Anita entscheiden.«

»Aber wenn sie weiß, wer es war ... Will sie trotzdem nicht ...?«

»Vielleicht sollten Sie ...?«

»Ja, ich werde sie schon überreden«, unterbrach sie mich.

»Jetzt, wo wir wissen, wer es war. Wer war es denn, Veum?«

Ich sah an der Hausfassade empor, um ihrem Blick auszuweichen. »Ich möchte Gro-Anita die Entscheidung überlassen, ob sie darüber etwas sagen will.«

»Aber vergessen Sie nicht, dass ich Ihre Rechnung bezahle, Veum! Ich habe Sie schließlich engagiert.«

»Ach was«, sagte ich gezwungen munter. »Ich glaube, die Rechnung zerreißen wir besser, Annebeth. Das ist nicht der Rede wert ...«

»So war das aber nicht gemeint.« Sie sah mich fast ein wenig beschämt an. Dann lächelte sie steif und streckte mir ihre

Hand entgegen. »Ja, dann kann ich wohl nicht viel anderes sagen als danke, Veum.«

»Bedanken Sie sich nicht zu früh«, murmelte ich, schüttelte ihr höflich die Hand und sagte: »Machen Sie es gut, Annebeth. Ich wünsche Ihnen viel Glück.«

Ich studierte mehrere Monate lang die Zeitungsannoncen, doch eine Heiratsanzeige von Annebeth Larsson und einem Mann namens Asgeir fand ich nicht.

Das musste allerdings nicht bedeuten, dass sie nicht geheiratet hatten. Vielleicht hatten sie nur keine Anzeige aufgegeben. Oder ich hatte sie einfach übersehen – an einem hektischen Tag, wenn ich denn einen gehabt hatte.

JO NESBO

Serum

Irgendwo stieß ein Vogel einen hässlichen Schrei aus. Vielleicht war es auch ein anderes Tier. Ken wusste es nicht. Er hielt das Glasröhrchen gegen die weiße Sonne, stach die Nadel durch den Plastikverschluss und zog die Spritze mit der öligen, gelblichen Flüssigkeit auf. Ein Schweißtropfen lief zwischen seinen dichten Brauen herab, und er fluchte leise, weil das Salz in seinen Augen brannte.

Das Surren der Insekten, das die ganze Zeit ohrenbetäubend gewesen war, schien noch lauter zu werden. Er betrachtete seinen Vater, der gegen einen Baum gelehnt dasaß und dessen Haut fast so grau war wie der Stamm. Vereinzelte Lichtpunkte flackerten über sein Gesicht und sein Kakihemd, als befände er sich unter der Discokugel in einem von Kens Londoner Stammklubs. Doch er saß an einem Flussufer im östlichen Botswana und starrte ins Laubwerk. Das Sonnenlicht wurde durch die zitternden Blätter eines Baumes gefiltert, von dem Ken Abott nicht wusste, dass es eine Acacia xanthophloea war, ein Fieberbaum. Ken Abott wusste nicht viel über diese glühend heiße, grüne, albtraumhafte Welt, die ihn umgab. Er wusste nur, dass ihm sehr wenig Zeit blieb, um das Menschenleben zu retten, das ihm am meisten auf Erden bedeutete.

Stan Abott hatte für seinen Sohn keine großen Pläne im Sinn gehabt. Ihm waren nur zu viele tragische Beispiele dafür bekannt, was der Erwartungsdruck der Oberklasse beim Nachwuchs anrichten konnte. Er brauchte gar nicht weit zu schauen. Nicht einmal bis zu seinen Freunden der Internatszeit, die nicht den erhofften Erfolg gehabt und getrunken hatten, bis alle Flaschen der Welt leer gewesen waren, ehe sie den großen Sprung gewagt hatten, aus ihrem Penthouse in Kensington oder Hampstead fünf Stockwerke nach unten, wo der Asphalt ebenso hart war wie in Brixton.

Nicht einmal bis zu Archie musste er schauen, seinem Neffen, den er zuletzt zwischen Einwegspritzen auf einem blutfleckigen Laken in einem Amsterdamer Hotelzimmer gesehen hatte. Der Todesengel hatte ihn bereits auf die Lippen geküsst, und er hatte sich geweigert, mit nach Hause zu kommen, und nachlässig einen Revolver auf ihn gerichtet, aber so, dass Stan klar gewesen war, dass es für Archie keine Rolle mehr spielte, in welche Richtung der Lauf zeigte, wenn er abdrückte.

Nein, Stan brauchte nicht weiter zu schauen als in den Spiegel.

Fast dreißig Jahre lang war er ein unglücklicher Verleger gewesen, der Bücher von Idioten herausgegeben hatte, die von Idioten handelten und von Idioten gekauft wurden. Es hatte genug Idioten gegeben, um das bereits zuvor beträchtliche Familienvermögen mehr zur Freude seiner Frau Emma als zu seiner eigenen zu verdreifachen.

Er erinnerte sich gut an den warmen Sommertag, an dem sie in Cornwall geheiratet hatten, aber er hatte vergessen, warum eigentlich. Vielleicht war sie einfach nur zum richtigen Zeitpunkt am richtigen Ort gewesen und außerdem aus der richtigen Familie. Schon bald hatte er nicht mehr gewusst, was ihn am wenigsten interessierte: das Geld, die Bücher oder seine Frau.

Auch sie begann sich zu langweilen. Sie versuchte Abhilfe zu schaffen, indem sie reiche Schriftsteller, mehr oder minder bekannte Schauspieler und Möchtegern-Popstars auf Wohltätigkeitsveranstaltungen einlud. Wenn jemand aus dem Dienerstab einem der Gäste Wein über die Hose goss, warf sie ihn in hohem Bogen hinaus und verschaffte der Familie damit ein paar teure Prozesse.

Er drängte auf Scheidung, doch drei Wochen später erzählte sie ihm glückstrahlend, sie sei schwanger. Stan empfand eine tiefe innere Freude, die jedoch nur zehn Tage währte. Als er im Wartezimmer des Saint Mary's Hospital saß, war er schon wieder unglücklich. Es war ein Junge, den sie nach Stans Vater Ken tauften, der Obhut eines Kindermädchens anvertrauten und ins Internat schickten. Eines Tages hatte er plötzlich im Arbeitszimmer seines Vaters gestanden und gefragt, ob er ein Auto bekommen könne.

Überrascht hatte Stan aufgeschaut und den jungen Mann vor sich betrachtet. Er besaß die pferdeähnlichen Gesichtszüge seiner Mutter und ihre schmalen Lippen, doch der Rest stammte zweifelsohne von ihm: Die lange, schmale Nase, flankiert von zwei blassen Augen, bildete zusammen mit den dichten Brauen ein T. Sie hatten damit gerechnet, dass das blonde Haar allmählich so mausgrau werden würde wie das seiner Mutter, doch das war nicht geschehen. Ken hatte bereits den blasierten, gewissermaßen selbstironischen Humor entwickelt, der den Briten den Ruf eingetragen hat, charmant zu sein, und seine Augen hatten übermütig gefunkelt, als er die Verwirrung seines Vaters bemerkte.

Stan erkannte, dass er mit ehrgeizigen Plänen für seinen Sohn wahrscheinlich nicht sonderlich weit gekommen wäre.

Wie hatte sein Sohn nur heranwachsen können, ohne dass er es gemerkt hatte? War er zu sehr damit beschäftigt gewesen, unglücklich zu sein und in eine Rolle zu schlüpfen, von der er glaubte, dass alle sie von ihm erwarteten? Und warum schloss diese eigentlich nicht die Vaterrolle mit ein? Das schmerzte ihn. Oder? Er besann sich auf seine Gefühle. Doch, es schmerzte ihn wirklich. Machtlos hob er seine Hände.

Möglicherweise hatte Ken mit dem schlechten Gewissen seines Vaters gerechnet, vielleicht auch nicht. Jedenfalls bekam er das Auto.

Als Ken zwanzig wurde, besaß er das Auto nicht mehr. Er hatte es verloren, als er mit einem Kommilitonen gewettet hatte, wer von dem langweiligen Oxforder Pub am schnellsten zum Campus zurückfahren könne. Kirk fuhr zwar einen Jaguar, aber Ken war trotzdem der Ansicht gewesen, eine statistisch signifikante Chance zu haben.

Im Jahr darauf verlor er das ganze Jahresstipendium aus dem Studienfond seines Vaters bei einer feuchtfröhlichen nächtlichen Pokerpartie mit ein paar reichen Erben. Mit zwei Buben in der Hand hatte er geglaubt, eine statistisch signifikante Chance zu haben.

Mit vierundzwanzig hatte er sich, es grenzte an ein Wunder, ein Diplom in englischer Literatur und Geschichte beschafft und bekam ohne Probleme einen Traineejob bei einer englischen Bank des alten Schlags, das heißt einer Bank, deren Leitung einen Oxfordabsolventen zu schätzen wusste, der seinen Keats und seinen Wilde kannte. Die Bank ging davon aus, dass es Menschen mit seinem sozialen Hintergrund in die Wiege gelegt sei, Geschäftsberichte zu verstehen und die Kreditwürdigkeit eines Kunden zu beurteilen – oder diese Fähigkeiten zumindest rasch zu erwerben.

Ken landete in der Aktienabteilung und hatte schon bald unumstrittenen Erfolg. Er telefonierte täglich mit den wichtigsten Investoren, um sie über die rüden Witze aus der Branche auf dem Laufenden zu halten, lud die noch wichtigeren zum Abendessen und in Stripteaselokale ein und die allerwichtigsten auf den Landsitz seines Vaters, wo er sie abfüllte und, wenn sich die Gelegenheit ergab, ihre Frauen flachlegte. Es ließ sich also nicht vermeiden, dass Ken immer weiter die Karriereleiter nach oben purzelte, bis er allmählich in der Aktien-Tradingroom der Bank landete, wo er rasch ein starkes und ungesundes Interesse für Optionshandel und Warentermingeschäfte entwickelte.

Nach zwei Monaten stellte sich heraus, dass Ken der Bank durch unautorisierten Terminhandel mit Orangensaft Verluste von fast fünfzehn Millionen Pfund beschert hatte. Er wurde ins Zimmer der Geschäftsführung gerufen und erklärte dort, er sei davon ausgegangen, eine statistisch signifikante Chance zu haben. Man feuerte ihn sofort, und von da an blieben ihm die City und die Londoner Finanzwelt verschlossen.

Er begann zu trinken, aber auch das gelang ihm nicht richtig. Stattdessen ging er zu Hunderennen, obwohl er Hunde nie hatte leiden können. Von diesem Zeitpunkt an nahm seine Spielleidenschaft nennenswerte Dimensionen an. Nicht in Pfund und Pence, denn Ken besaß trotz seines Namens keine Kreditwürdigkeit mehr. Das Glücksspiel nahm jedoch seine gesamte Zeit und Kraft in Anspruch. Innerhalb kürzester Zeit befand er sich in einem Mahlstrom der Spielsucht und taumelte schwerelos einem schwarzen Boden entgegen. Genauer gesagt einem vermuteten Boden. Denn vorläufig stürzte er immer weiter ab, und das konnte schließlich, betrachtete man es optimistisch, bedeuten, dass es überhaupt keinen Boden gab.

Ken Abott finanzierte seine zunehmende Spielleidenschaft, indem er den einzigen Menschen in seinem Bekanntenkreis aufsuchte, der noch nicht begriffen hatte, was los war, nämlich seinen Vater. Dem Sohn war aufgefallen, dass Stan Abott über die wunderbare Fähigkeit des Vergessens verfügte. Jedes Mal, wenn er bei ihm anklopfte, sah ihn sein Vater an, als stünde er zum ersten Mal da und bäte um Geld.

Das einzig Positive an seinem Glücksspiel war wohl, dass es andere Dinge verdrängte, die Ken früher für unabdingbar in einem erfüllten Leben gehalten hatte, als er seinen Lebensweg mit gebrochenen Herzen, gescheiterten Träumen und entjungferten Frauen gesäumt hatte. So war es seiner Mutter erst in letzter Sekunde gelungen, die skandalöse Tatsache unter den Teppich zu kehren, dass eines Tages ein Mädchen aus der Unterschicht, wie sie sie nach wie vor zu nennen beliebte, vor ihrer Tür gestanden hatte. Ihr grauer Mantel, der schon fast aus den Nähten platzte, stellte einen unwiderlegbaren Beweis für Kens inzwischen erlangte Geschlechtsreife dar.

Seine Mutter brauchte keinen Vaterschaftstest, um zu wissen, dass das Mädchen die Wahrheit sagte. Nicht etwa weil sie sie gekannt hätte, sondern weil sie Ken kannte. Und man musste Emma Abott zugutehalten, dass sie, wenn es darauf ankam, keine Zeit auf Hysterie und Riechsalz verschwendete. Sie handelte rasch, und von der übrigen Familie erfuhr niemand von dem Vorfall.

Emma Abott sagte die Wahrheit, als sie kurz darauf bei einer Wohltätigkeitsgala verkündete, sämtliche Einnahmen würden alleinstehenden Müttern in schweren Lebenslagen zugutekommen. Das unglückliche Mädchen unterschrieb ihrerseits, dass sie keine weiteren Ansprüche erheben und von der Erdoberfläche, das heißt aus den akzeptableren Londoner Gegenden, verschwinden würde.

Ken zog die Plastikkappe von der Kanüle.

»Weißt du noch, wie man das macht?« Die Stimme seines Vaters war nur noch ein heiseres Flüstern.

Ken versuchte zu lächeln. Er hatte Spritzen noch nie leiden können, sonst hätte er es vermutlich auch nicht beim Schnupfen von Kokain bewenden lassen, sondern auch noch anderes ausprobiert. Aber jetzt blieb ihm keine Wahl, es ging um Leben und Tod.

»Soll ich versuchen, eine Vene zu finden?«, fragte er.

Sein Vater schüttelte den Kopf.

»Nicht nötig. Setz sie einfach in die Nähe des Bisses. Kleine Injektionen, drei oder vier Einstiche. Und dann noch einen Stich in den Oberschenkel, sodass er näher am Herzen ist als der Biss, verstanden?«

»Bist du dir sicher, dass es eine Ägyptische Kobra war, Vater? Könnte es nicht eine, eine ...«

»Eine was?«

»Ich weiß nicht ... eine Baumschlange oder so gewesen sein?«

Stan Abott versuchte zu lachen, was aber in Husten ausartete.

»Eine Baumschlange ist ein grünes Biest, das den ganzen Tag in einem Baum hängt, Ken. Diese hier war schwarz und kroch auf der Erde. Außerdem wirkt das Gift der Baumschlange hämotoxisch, mir würde also Blut aus dem Mund, aus den Ohren und aus dem Hintern laufen. Erinnerst du dich nicht, dass wir das alles besprochen haben?«

»Ich will mir nur ganz sicher sein, ehe ich diese Spritze setze.«

»Natürlich. Tut mir leid.« Er schloss die Augen. »Es tut mir überhaupt alles leid. So hatte ich es mir nicht vorgestellt.«

Ken antwortete nicht.

»Ich hoffe nur, dass du nicht findest, diese Wochen seien reine Zeitverschwendung gewesen, Ken.«

Ken schüttelte den Kopf und meinte es auch. Zugegeben, er hatte jede Sekunde der hier verbrachten vier Wochen gehasst. Er hatte die langen heißen Tage gehasst, an denen er hinter seinem Vater und dem ergrauten schwarzen Verwalter auf der Schlangenfarm hergetrottet war. Den Verwalter hatte sein Vater einmal, offenbar in einem Anfall von Galgenhumor, Adolf getauft. Die Belehrungen waren zum einen Ohr herein- und zum anderen hinausgegangen. Sie hatten sich um Grüne und Schwarze Mambas gedreht, um Giftzähne vorne und hinten im Maul, darum, welche Schlangen auch noch beißen konnten, wenn man sie hinten am Schwanz festhielt, und darum, welche mit Mäusen und welche mit Küken gefüttert wurden. Es war ihm komplett egal gewesen, ob die Kobras aus Ägypten oder Mosambik kamen, er wusste nur, dass es verdammt viele waren und dass sein Vater vollkommen übergeschnappt gewesen sein musste, als er diese Farm gekauft hatte.

Abends hatten sie auf der Veranda vor dem Haus gesessen, der Vater und der Verwalter pfeiferauchend, und hatten den Tieren in der Wildnis gelauscht, von denen Adolf viele Geschichten zu erzählen wusste. Wenn der Mond aufgegangen und das kalte Lachen der Hyänen zu hören gewesen war, lief es Ken immer kalt den Rücken hinunter. Dann hatte Adolf von den Zulus gesprochen, die glaubten, Schlangen seien die Geister der Toten, und sie deswegen in ihre Häuser kommen ließen, und von Stämmen in Simbabwe, die Pythonschlangen nicht töteten, weil das angeblich zu einer lang anhaltenden Trockenheit führte.

Wenn Ken über solchen Aberglauben lachte, erzählte sein Vater immer, dass in gewissen abgelegenen Gegenden Nordenglands immer noch ein altes Schlangenritual praktiziert werde: Sehe man eine Kreuzotter, erschlage man sie sofort, ziehe um sie einen Kreis, in den man ein Kreuz zeichne, und sage den 68. Psalm auf. Und Ken hatte mit Erstaunen mit angesehen, wie sein Vater sich erhob und in den nachtschwarzen Dschungel rief:

Gott steht auf; so werden seine Feinde zerstreut,
und die ihn hassen, fliehen vor ihm.
Wie Rauch verweht, so verwehen sie;
wie Wachs zerschmilzt vor dem Feuer,
so kommen die Gottlosen um vor Gott.

Der Vogel schrie von Neuem. Er saß oben in einem Baum, ein weißer Vogel mit einem langen Schnabel und einem roten Kamm, der an den eines Hahns erinnerte.

»Ist es nicht merkwürdig, wie wenig du und ich voneinander wissen?«

Ken zuckte zusammen. Es war, als hätte der Vater seine Gedanken gelesen.

»Wir hatten wohl nie Gelegenheit, einander kennenzulernen«, sagte der Vater seufzend. »Ich war immer abwesend, oder? Es ist schade, wenn die Väter immer abwesend sind.«

Der letzte Satz blieb in der Luft hängen und verlangte nach einer Antwort, aber Ken hatte keine.

»Hasst du mich, Ken?«

Das Summen der Insekten endete abrupt, als hielte alles eine Sekunde lang den Atem an.

»Nein.« Er hielt die Spritze hoch und drückte so lange, bis alle Luftbläschen entwichen waren und ein Tropfen die Kanüle herablief.

»Es geht nicht um Hass, Vater.«

Stan Abott war eines Morgens in aller Herrgottsfrühe aufgewacht und hatte seine schlafende Ehefrau angesehen, als müsse er sich in Erinnerung rufen, wer sie eigentlich sei. Er hatte sich erhoben, war ans offene Fenster getreten und hatte die Bäume im Park, die ihre Äste verzweifelt einem grauen Winterhimmel entgegenreckten, und den nass glänzenden Asphalt betrachtet, in dem sich das Licht der Laternen spiegelte.

Es waren schlechte Zeiten, und die Leute wollten sich von billigen Lügen und Träumen trösten lassen, und da er die billigsten im Angebot hatte, lief sein Verlag sehr gut. Ein amerikanisches Unternehmen hatte ihm ein Angebot gemacht. Der Verlag war seit drei Generationen in Familienbesitz.

Stan Abott lächelte. Er kletterte auf das Fensterbrett, eine Windbö wickelte ihm den Vorhang ums Bein, und fast wäre er gestürzt. Er packte die Regenrinne und richtete sich zitternd auf. Der Regen traf ihn von der Seite und stach wie Eisnadeln auf der Haut. Er öffnete den Mund und spürte den Geschmack von Asche auf der Zunge. Er wusste, dass die Zeit für den großen Absprung gekommen war. Dann schloss er die Augen.

Als er sie wieder öffnete, war er von Emma geschieden, die jetzt den Nachnamen Ives trug, nicht ihren Mädchennamen, sondern den Namen ihres neuen Mannes, der nun anstelle von Stan in dem Haus wohnte, das ihr beim Vergleich zugefallen war. Die Amerikaner hatten den Namen Abott vom Eingang des Verlags entfernt. Sie hatten beschlossen, ihren eigenen Namen zu verwenden, und Stan war im Grunde froh, dass sein Familienname nicht mehr von den Produkten besudelt wurde, die man dort herstellte. Mithilfe eines Freundes kaufte er eine Schlangenfarm im Osten Botswanas. Er hatte keine Ahnung von Schlangenzucht und wusste nur, dass solche Farmen Tiere an Zoos und Labors lieferten. Dort wurde das Serum hergestellt, das Menschen davor bewahrte, an einem Schlangenbiss zu sterben. Die Rendite war mäßig.

Drei Wochen nachdem er die Augen geöffnet hatte, versuchte er, so gut es ging, sie wieder zuzukneifen. Die Sonne hing wie eine zu große Zahnarztlampe über dem internationalen Flugplatz der nicht ganz so internationalen Hauptstadt Botswanas, einem Dorf, das laut Flugticket Gaborone hieß. Er nahm ein Taxi zu den Ministerien, und nach einem einwöchigen Kampf gegen die Bürokratie besaß er alle notwendigen Genehmigungen, Unterschriften und Stempel. Seither war er nicht mehr in Gaborone gewesen. Und da der einzige internationale Flugplatz des Landes in Gaborone lag, bedeutete das auch, dass er Botswana nicht mehr verlassen hatte.

Warum auch? Genauso heftig und instinktiv, wie er Gaborone hasste, hatte er sich in Tuli verliebt. Die Farm bestand aus drei alten, aber gut erhaltenen Ziegelgebäuden, in denen die vier Arbeiter zusammen mit achthundert mehr oder weniger tödlichen Giftschlangen wohnten. Das Anwesen lag auf einer von Hügeln umgebenen Hochebene inmitten von Büffelgras und Mongongabäumen. Nur selten kam Besuch, abgesehen von Elefanten, die den Weg zum Flussufer verfehlten, Schakalen auf der Suche nach Abfällen oder dem Jeep, der einmal in der Woche Schlangen und Schlangengift abholte und auf den fast unpassierbaren Wegen Lebensmittel heranschaffte. Auf den grünen Höhenrücken, die den Horizont bildeten, streckten abgestorbene Bäume schwarze Hexenfinger in den Himmel, doch sonst gab es nichts, was an London erinnert hätte.

Zu Beginn der Trockenzeit versammelten sich Herden von Impalas in der Ebene nahe dem Wasser, wie immer in Gesellschaft der Paviane. Es folgten die Zebras und Kudus. Die Löwen jagten Tag und Nacht, denn für alle Jäger der Savanne waren gute Zeiten angebrochen. In der kurzen Dämmerung sahen sie die Sonne im Westen aufflammen und verschwinden, später hörten sie das heisere Brüllen der Löwen in der Nacht, während die Nachtfalter vor den Laternen einem Schneesturm ähnelten.

Nur einmal hatte er daran gezweifelt, ob er wirklich hierher gehörte, als eine Naja nigricollis, eine Speikobra mit schwarzem Hals, ihre Eier ausgebrütet hatte. Er hatte zugesehen, wie der Vater eines nach dem anderen bei lebendigem Leib gefressen hatte, ehe es ihnen gelungen war, ihn aus dem Käfig zu entfernen. Adolf meinte zwar, dass Schlangenjungen durchaus auf dem Speiseplan einer Kobra stünden, aber die eigenen Jungen?

Das hatte in ihm einen solchen Abscheu geweckt, einen Widerwillen gegen die Natur dieser Tiere, dass er nicht gewusst hatte, ob er weitermachen konnte. Aber dann hatte ihm Adolf eines Abends eine Tigerschlange gezeigt, die von ihren eigenen Jungen totgebissen worden war. Er hatte ihm erklärt, dass in der Natur verwandtschaftliche Rücksichtnahmen unbekannt seien, denn überall ginge es ums Fressen oder Gefressenwerden.

Nach und nach hatte er eingesehen, dass es in Afrika genau darum ging, nicht um das Böse oder die Unmoral, sondern ums Überleben um jeden Preis. Er hatte sogar begonnen, diese gnadenlose Ordnung heimlich zu bewundern, die konsequente Logik, die für das Gleichgewicht in der Natur sorgt und für die Existenzberechtigung von Mensch und Tier. Und allmählich kehrte sie wieder, die so lange vermisste Angst vor dem Sterben. Oder richtiger: die Angst davor, nicht mehr zu leben.

Dann kam die Regenzeit. Das erste Mal sollte er nie vergessen. Er war abends beim ersten Regen eingeschlafen, und als er am nächsten Tag am Vormittag auf die Ebene schaute, hatte es den Anschein, als habe sich ein verrückter Maler auf einer graugelben Leinwand ausgetobt. Im Laufe von ein oder zwei Tagen verwandelte sich die Ebene in eine wogende Landschaft mit durchdringenden Düften, psychedelischer Farbenpracht und Insekten, die über die Blüten und den braunen, anschwellenden Fluss hinwegsurrten.

Und er dachte: Was hätte ich woanders verloren?

Sechs Monate nach seinem Eintreffen schickte er einen Brief an Ken und dann, nachdem er sechs Monate vergeblich auf eine Antwort gewartet hatte, einen weiteren. Seinen Monolog im Jahr darauf beendete er mit einem Weihnachtsgruß und, da er über Umwege erfahren hatte, dass Ken in London immer noch keine sinnvolle Beschäftigung gefunden hatte, mit dem Angebot, bei ihm auf der Farm zu arbeiten.

Mit einer Antwort rechnete er nicht und erhielt sie auch erst drei Jahre später.

Ken wusste am Kokain fast alles zu schätzen: die Wirkung, die es auf ihn hatte und die auch den Menschen in seiner Umgebung gefiel, sowie die Tatsache, dass er weder einen Kater bekam noch Anzeichen einer Abhängigkeit spürte. Das Einzige, was ihm missfiel, war der Preis.

Deswegen war er, nachdem zwei schlechte Wochen auf der Hunderennbahn zu einer kleinen finanziellen Krise geführt hatten, zur Armeleutedroge Amphetamin übergegangen. Doch dann hatte ihm eine flüchtige Bekannte, eine hässliche und erschütternd dumme Gesundheitsfanatikerin, mit der er ein paarmal geschlafen hatte, in der Hoffnung, sie würde ihm etwas vom Geld ihres Vaters leihen, erzählt, dass Amphetamin ein synthetischer Stoff sei, dessen Rückstände sich für immer im Körper ablagerten. Und da es zwei Wörter gab, die Ken nicht hören und an die er nicht denken wollte – nie und immer –, hörte er sofort auf. Er schwor sich, nie wieder etwas anderes als gesunde, organische Stoffe wie Kokain einzuwerfen, und sah ein, dass er Geld benötigte, und zwar schnell.

Die Gelegenheit bot sich, als er über Robert, einen früheren Freund, der immer noch im Finanzwesen arbeitete, von einer Wette auf ein Fußballweltmeisterschaftsfinale zwischen Frankreich und Brasilien hörte. Ken war eigentlich nur in dessen Büro bei Goldman Sachs gekommen, um die Bekanntschaft mit ihm zu erneuern und ihn das nächste Mal um ein paar hundert Pfund anpumpen zu können.

Robert erzählte von jungen Börsenmaklern, die es auf Adrenalinkicks abgesehen hatten und auf der Reuters-Homepage unter besonderen Codes Wetten abschlossen. Das sei der letzte Schrei, dabei ginge es um sehr viel Geld.

Ken hakte nach, und was er hörte, gefiel ihm. Ansprechend fand er zudem, dass er die Namen der Leute, die die Wetten ausrichteten, nicht kannte. Vermutlich waren sie also zu jung, um zu wissen, wer er war. Am allerbesten gefielen ihm die Wettchancen für den Sieg Frankreichs. Er sah Ronaldos Dinosaurierschenkel vor sich und wusste, dass sich der Markt irrte. Robert gab sein Passwort ein und zeigte ihm die Wette, die er abgeschlossen hatte. Kens Handflächen wurden feucht. Während Robert Tee holen ging, warf er sich über die Tastatur, wiederholte das Passwort, trug seinen eigenen Namen ein, klickte den Wettbetrag an, schloss die Augen, sah die goldgekleideten Helden Brasiliens den Pokal hochhalten und schrieb eine Million Pfund Sterling. Enter. Er meinte, eine statistisch signifikante Chance zu haben. Dann kam die Meldung zurück: »Confirmed«.

Hätte Ronaldo nicht in derselben Nacht wegen eines exzessiven Playstationspiels einen epileptischen Anfall erlitten, hätte sich Ken wahrscheinlich weder über die zukünftige Finanzierung von Kokain noch um seine Gesundheit Gedanken machen müssen. Doch zwei Tage später klingelte es frühmorgens, was in Kens Fall vor elf Uhr bedeutete, an seiner Tür. Auf der Schwelle stand ein Mann in schwarzem Anzug und mit Sonnenbrille. Er hielt einen Baseballschläger in der Hand und erklärte Ken die unangenehmen Folgen, wenn er nicht binnen vierzehn Tagen eine Million Pfund beschaffte.

Vier Tage später, Ende Juli, erhielt Stan Abott ein Telegramm, in dem sein Sohn die Weihnachtswünsche erwiderte, den Job annahm und ihn bat, ihn in fünf Tagen am Flugplatz von Gaborone abzuholen. Ganz unten stand die Nummer des Kontos, auf das er ihm das Geld für das Flugticket so schnell wie möglich überweisen sollte. Abgesehen davon, dass er wieder nach Gaborone fahren musste, war Stan hocherfreut.

Ken sah auf seine Armbanduhr, eine Wenger aus südafrikanischem Gold, die mit Schweizer Präzision dem Jüngsten Gericht entgegentickte.

Dieser Tag hatte genauso begonnen wie die sechsundzwanzig anderen seit seiner Ankunft. Ken war aufgewacht und hatte sich gefragt, wo zum Teufel er sich befand und weshalb. Als Erstes war ihm der Grund eingefallen: das Geld. Das hätte ihn an seine Gläubiger in London erinnern müssen, aber stattdessen dachte er an das weiße Pulver – eine Freundin, bei der er sich nicht mehr so sicher war, ob er zu ihr nur ein platonisches Verhältnis hatte. Die Symptome waren unverkennbar, aber die Reizbarkeit und die Schweißausbrüche schienen ihm ebenso gut von diesem gottverlassenen Ort mit seinen Giftschlangen, allgegenwärtigen Insekten und respektlosen Schwarzen herrühren zu können, die offenbar längst vergessen hatten, wer sie einmal kolonisiert und den Versuch unternommen hatte, dieses Land zu zivilisieren. Die Depressionen jedoch waren neu. Die unerwartet schwarzen Stunden, in denen ihm das Dasein gewissermaßen entglitt, wenn er in einen bodenlosen Abgrund stürzte und nur darauf warten konnte, bis es wieder vorbei war.

»Schlangenjagd«, sagte sein Vater beim Frühstück.

Ken versuchte, so interessiert zu wirken wie an den anderen sechsundzwanzig Tagen auch, als ihm sein Vater die Serumröhrchen mit Code und blauem Verschluss gezeigt hatte und die Giftröhrchen, die einen entsprechenden Code trugen, aber einen roten Verschluss hatten. Oder war es umgekehrt? Es war ihm schwergefallen, sich zu konzentrieren, und immer wenn seine Gedanken abschweiften und er nicht mehr mitschrieb, hatte ihn sein Vater finster und schweigend angesehen.

Sie fuhren eine halbe Stunde auf etwas Wegähnlichem durch dichtes grünes Gebüsch, halbmetertiefe Schlammlöcher und eine ausgetrocknete gelbe Mondlandschaft. An einem aus für Ken nicht nachvollziehbaren Gründen gewählten Ort hielt sein Vater an, sprang aus dem Wagen und nahm drei Stoffsäcke und eine lange Stange mit einer Drahtschlinge mit.

»Zieh die an.« Sein Vater warf ihm eine Schwimmbrille zu. Ken sah ihn ratlos an.

»Speikobras. Nervengift. Sie treffen einen noch aus acht Metern Entfernung ins Auge.«

Dann begannen sie ihre Suche. Nicht auf der Erde, sondern in den Bäumen.

»Du musst den Vögeln folgen«, sagte sein Vater. »Hörst du sie kreischen oder siehst sie von Ast zu Ast springen, dann kannst du dir ziemlich sicher sein, dass eine Baumschlange oder eine Grüne Mamba in der Nähe ist.«

»Ich glaube nicht ...«

»Pst! Hörst du dieses klackende Geräusch? Das sind Iltisse auf der Jagd. Komm!«

Sein Vater lief in die Richtung, aus der die Geräusche kamen, und Ken trottete widerwillig hinter ihm her. Plötzlich erstarrte sein Vater und bedeutete Ken, vorsichtig näher zu kommen. Und dort – auf einem großen, flachen Felsblock – lag ein zwei Meter langes schwarzes Monstrum und sonnte sich. Sein Vater schlich sich um den Felsblock herum, hob die Stange und legte die Schlinge vorsichtig um den schmalen Schlangenkopf. Dann zog er zu. Die Schlange zappelte und riss ihr Maul, dessen hellrosa Färbung bei Ken unter anderen Umständen erotische Assoziationen hervorgerufen hätte, lebensbedrohlich weit auf.

»Siehst du, die Giftzähne sitzen ganz vorne im Maul«, rief sein Vater begeistert.

»Ach ja?«

»Also, was haben wir hier?«

»Vater, lass uns das bitte schnell erledigen. Ich werde sonst ganz nervös.«

Sein Vater ließ die Schlange in den Sack fallen, den Ken ihm entgegenhielt.

»Eine Schwarze Mamba«, meinte sein Vater und blinzelte in die Bäume.

Egal, dachte Ken, und es schauderte ihn, als er spürte, wie sich die Schlange im Inneren des Sackes wand.

Nach einer halben Stunde in der sengenden Sonne genehmigte sich Ken eine Zigarettenpause. Er lehnte sich an einen der Bäume, deren Namen ihm sein Vater hatte beibringen wollen, und dachte an die Elefantenflinte, die im Wagen lag, falls ihnen ein Wasserbüffel zu nahe kommen sollte, das laut seinem Vater gefährlichste Tier der Savanne. Eigentlich war es eine gute Gelegenheit. Er konnte behaupten, ein Wasserbüffel sei durch die Büsche gebrochen, er habe rasch handeln müssen, und sein Vater sei ihm beim Abdrücken in die Quere gekommen. Eine schwarze Linie aus Ameisen schlängelte sich neben Ken die Rinde hoch. Er betrachtete die Glut seiner Zigarette.

Nein, es würde eine Ermittlung geben, und im schlimmsten Fall würde man ihm wegen fahrlässigen Totschlags den Prozess machen. Wahrscheinlich wäre es klüger, die Leiche etwas weiter wegzuschleifen, das Gewehr daneben zu legen und erst nach Einbruch der Dunkelheit zurückzufahren. Er könnte erzählen, sein Vater sei auf eigene Faust mit dem Gewehr losgezogen, um ein paar Löwen zu verjagen, die er gehört habe. Wenig später habe er einen Schuss gehört, und als sein Vater nicht zurückgekehrt sei, habe er vergeblich nach ihm gesucht. Adolf und die anderen würden bis zur ersten Morgendämmerung warten müssen, bis sie mit der Suche beginnen konnten. Bis dahin würde die Leiche entweder verschwunden sein oder so angekaut, dass von der Kugel keine Spur mehr zu sehen sein würde. Aber sie würden das Gewehr mit der leeren Patronenhülse finden, und das würde ihnen alles über den Vorfall verraten, was sie wissen mussten.

Nicht übel. Aber es gab ein Problem: den Weg zurück zur Farm zu finden. Das würde ihm wahrscheinlich nicht einmal bei Tageslicht gelingen. Ken grübelte gerade darüber nach, als er den Schrei seines Vaters hörte. Im Grunde war es kein richtiger Schrei, mehr ein kurzes Aufbellen, aber Ken begriff sofort, was geschehen war. Vielleicht, weil er es geträumt, gedacht oder im Unterbewusstsein gehofft hatte. Er hielt die

Glut seiner Zigarette vorsichtig an die Rinde, bis eine Ameise daran kleben blieb, dann drückte er sie fest aus. Wenn er Glück hatte, würde ihm das viel Mühe ersparen.

Er ging auf den Fluss zu und beschattete seine Augen mit der Hand. Am Ufer sah er den Rücken seines Vaters. Er saß vornübergebeugt in dem harten, hüfthohen Gras.

»Verdammt! Mich hat eine Schlange gebissen, Ken, aber ich habe nicht gesehen, was für eine es war! Kannst du mir nicht suchen helfen?«

»Ich komme.«

Sein Vater hielt einen Augenblick inne, vielleicht überraschte ihn der Ton der Antwort.

Ken erinnerte sich vage daran, dass sein Vater einmal erzählt hatte, man habe die Auswahl zwischen vierzig verschiedenen Seren, wenn man die Schlange nicht habe identifizieren können. Entscheide man sich für die augenscheinlich sichere Lösung, alle vierzig zu injizieren, sterbe man schneller am Serum als am Gift. Ihm fiel ein, dass man bei der Schlangenjagd leichtfüßig vorgehen musste, weil sich die Tiere aus dem Staub machten, sobald sie Vibrationen spürten. Ken trat besonders fest auf. Aber zu spät.

»Ich habe sie!«, rief sein Vater und ließ sich ins Gras fallen. Ken unterdrückte einen Fluch und erinnerte sich gleichzeitig an den zweiten Merksatz: Ein zweites Mal gebissen zu werden ist weniger gefährlich, als nicht zu wissen, was einen gebissen hat.

Armes Schwein, dachte Ken, als er seinem Vater dabei zusah, wie er den Sack immer wieder gegen einen Baumstamm schlug. Doch das arme Schwein war weder sein Vater noch die Schlange. Es war Ken Abott selbst. Der Bursche in Anzug mit Baseballschläger war wieder vor seinem inneren Auge aufgetaucht.

Sein Vater war neben dem Baumstamm zusammengesunken, als Ken ihn erreichte. Sein Atem ging rasselnd.

»Du musst nachschauen, was es für eine ist«, flüsterte er und schob ihm den schweren Sack zu. Bei dem Staub, der von der trockenen Erde aufwirbelte, musste Ken husten. Es schauderte ihn, doch es blieb ihm nichts anderes übrig, als es endlich hinter sich zu bringen. Er steckte die Hand in den Sack und spürte die raue, trockene Fischhaut auf der Handfläche und ein schwaches Zittern unter den Schuppen wie von einem Muskel, der sich zusammenzieht.

»Nicht!«, rief sein Vater noch.

Ken schrie auf, mehr vor Schreck als vor Schmerz, als sich die Schlangenzähne durch seine rosige englische Haut bohrten. Er zog den Arm an sich und starrte fassungslos auf die beiden kreisrunden schwarzen Löcher, aus denen Blut sickerte. Automatisch hob er den Unterarm an den Mund und begann eifrig zu saugen.

»Hör auf, Ken.« Die Stimme seines Vaters klang eher resigniert als verärgert. »Erstens hilft so was nur im Western.«

»Ja, aber ...«

»Und zweitens habe ich dir doch beigebracht, nie die Hand in einen Sack mit Schlangen zu stecken, egal ob du glaubst, sie sei tot oder nicht. Man dreht den Sack um und passt auf seine Waden auf. Und zwar immer.«

»Immer« und »nie« in ein und demselben Merksatz, kein Wunder, dass Ken ihn verdrängt hatte.

»Dreh den Sack um.«

Mit einem Klatschen fiel die Schlange auf die Erde und rollte sich geblendet vom grellen Sonnenlicht zusammen.

»Was sagst du, Ken? Eine Südafrikanische Kobra?«

Ken antwortete nicht, sondern starrte nur mit großen Augen auf die Schlange.

»Sandschlange? Gabunviper?«

Die hypersensitive Zunge glitt aus dem Schlangenmaul. Eine Sekunde später hatte das Tier sich mithilfe seines Geschmacks- und Geruchssinns orientiert.

»Lass sie nicht entkommen, Ken.«

Aber Ken ließ sie entkommen. Er hatte weder die Kraft noch die Nerven, jemals wieder eine Schlange anzufassen, ganz zu schweigen von einem Exemplar, das seine Lebenserwartung soeben auf sechsundzwanzig Jahre verkürzt hatte.

»Verdammt!«, sagte sein Vater.

»Verarsch mich nicht!«, rief Ken. »Du hast sie ebenso gut gesehen wie ich, und du kannst die ganzen verdammten Schlangen in Afrika auswendig hersagen. Erzähl mir also nicht, dass du nicht weißt ...«

»Natürlich weiß ich, was für eine Schlange das ist«, entgegnete sein Vater. »Deswegen habe ich ja auch ›verdammt‹ gesagt. Beeil dich und hol die braune Tasche aus dem Wagen.«

»Aber sollten wir nicht erst zur Farm zurück ...«

»Das war eine Ägyptische Kobra. Wir schaffen nicht mal die halbe Strecke, ehe unser Zentralnervensystem lahmgelegt ist. Also tu, was ich sage.«

Ken gehorchte und kam mit einer großen Arzttasche aus braunem Büffelleder zurück.

»Mach sie auf«, sagte sein Vater. »Schnell.« Er wand sich und hatte den Mund geöffnet, als würde er nicht genug Luft bekommen.

»Mir geht es sehr gut, Vater, warum ...«

»Weil die Schlangen beim ersten Biss fast ihre ganzen Giftdrüsen leeren. Mein Biss enthält mindestens fünfmal so viel Gift wie deiner, und das lässt mir gerade mal eine halbe Stunde, dann bin ich geliefert. Du bekommst erst in ein paar Stunden ernsthafte Probleme. Was siehst du?«

»Hier an der Seite sind eine Menge Röhrchen befestigt.«

»Wir haben immer Seren gegen all die Schlangengifte dabei, die so schnell wirken, dass wir es nicht rechtzeitig zurück zur Farm schaffen. Ägyptische Kobra, findest du das?«

Kens Augen überflogen die Etiketten der Röhrchen.

»Hier ist es, Vater.«

»Ich brauche es sofort.«

»Und was ist mit mir?«

Stan Abott bedachte Ken mit dem Blick, den dieser aus dem Arbeitszimmer seines Vaters kannte, als suche er im Gesicht eines Fremden nach etwas Vertrautem.

»Hoffentlich schaffe ich es noch, dir den Rückweg zu zeigen, bevor deine Probleme beginnen. Die Spritzen liegen ganz unten. Bist du bereit, Junge?«

Irgendwo stieß ein Vogel einen hässlichen Schrei aus. Vielleicht war es auch ein anderes Tier. Ken wusste es nicht. Er hielt das Glasröhrchen gegen die weiße Sonne, stach die Nadel durch den Plastikverschluss und zog die Spritze mit der öligen, gelblichen Flüssigkeit auf. Ein Schweißtropfen lief zwischen seinen dichten Brauen herab, und er fluchte leise, weil das Salz in seinen Augen brannte.

Das Surren der Insekten, das die ganze Zeit ohrenbetäubend gewesen war, schien noch lauter zu werden. Er betrachtete seinen Vater, der gegen einen Baum gelehnt dasaß und dessen Haut fast so grau war wie der Stamm. Vereinzelte Lichtpunkte flackerten über sein Gesicht und sein Kakihemd, als befände er sich unter der Discokugel in einem von Kens Londoner Stammklubs. Doch er saß an einem Flussufer im östlichen Botswana und starrte ins Laubwerk. Das Sonnenlicht wurde durch die zitternden Blätter eines Baumes gefiltert, von dem Ken Abott nicht wusste, dass es eine Acacia xanthophloea war, ein Fieberbaum. Ken Abott wusste nicht viel über diese glühend heiße, grüne, albtraumhafte Welt, die ihn umgab. Er wusste nur, dass ihm sehr wenig Zeit blieb, um das Menschenleben zu retten, das ihm am meisten auf Erden bedeutete: sein eigenes. Er stach die Kanüle etwas oberhalb der Bisswunde in seinen Unterarm, atmete tief durch die Nase und drückte den Kolben langsam nach unten. Er behielt die gelbe Flüssigkeit im Auge, bis noch etwa zwei Drittel übrig waren. Dann zog er den Kolben ein winziges Stück zurück, nahm die Kanüle heraus und wiederholte die Prozedur etwas weiter oben.

»Wie ist dir zumute?«, fragte Ken.

»Wie mir zumute ist?«, flüsterte sein Vater und sah Ken mit glänzenden Augen an. »Traurig.« Ihm sank das Kinn auf die Brust hinab.

»Tja. Nicht alle können ewig leben, Vater.«

Ken zog die Kanüle heraus und wischte das Blut am Ärmel seines Hemds ab.

»Falls es dir ein Trost sein sollte, es tat ziemlich weh.« Er schaute auf seine Weiler. »Ein Trost für die zwanzig Minuten, die dir noch bleiben.«

Mit einer Kraftanstrengung hob sein Vater den Kopf.

»Warum? Um Gottes willen, Ken, warum?«

Ken setzte sich neben seinen Vater und legte ihm den Arm um die Schultern. »Warum? Warum glaubst du wohl? Geld, Vater. Geld.«

»Mein Geld? Aber das hättest du doch früher oder später ohnehin geerbt.«

Ken strich seinem Vater mit seiner unverletzten Hand über den Rücken. Ein pulsierender, lähmender Schmerz breitete sich um die Bisswunde und die Einstiche aus.

»Ich habe im *Guardian* einen niederschmetternden Artikel

über die zunehmende Vergreisung gelesen, Vater. Weißt du, wie die Lebenserwartung von Männern der Mittelklasse zwischen fünfzig und fünfundfünfzig aussieht, die keinen Herzinfarkt hatten und nicht an Krebs leiden? Zweiundneunzig Jahre. Ich habe ein paar Gläubiger, die nicht so lange warten wollen, Vater. Aber es wird sie sichtlich beruhigen, wenn ich als Alleinerbe mit deiner Sterbeurkunde zurückkomme. Für mich geht es ganz einfach ums Überleben.«

»Ums Überleben ...« Stan schloss die Augen, und sein Kopf kippte wieder nach vorn. »Du hättest mich um das Geld bitten können.«

»Eine Million Pfund? Selbst *meine* Frechheit kennt Grenzen, Vater.«

Ken lachte laut, und sogleich wurde sein Lachen jenseits des Flusses von einem Rudel graubrauner Hyänen beantwortet, die sie neugierig beäugten. Unwillkürlich schauderte es Ken.

»Wo kommen die her?«

»Sie können es riechen«, meinte sein Vater.

»Riechen? Du riechst doch noch gar nicht.«

»Den Tod. Sie spüren, dass er in der Luft liegt. Ich habe das früher schon erlebt.«

»Sie sind hässlich, sie sind dumm, und sie befinden sich jenseits des Flusses. Ich hasse sie.«

»Das liegt daran, dass sie uns moralisch überlegen sind.«

Erstaunt sah Ken seinen Vater an, der die Augen geöffnet hatte und nachdenklich über den Fluss schaute.

»Ohne Wahlfreiheit gibt es keine Moral, denkst du vielleicht. Aber wenn Wahlfreiheit bedeutet, seine eigene Natur zu bezwingen, und Moral bedeutet, dies auch zu wollen, warum sind wir dann so unglücklich?«

»Wovon redest du eigentlich, alter Mann?«

Stan Abott hob seinen Hut von der Erde auf und lächelte traurig. »Wir sind unglücklich, weil wir uns einbilden, dass wir anders hätten handeln können. Wir glauben, dass wir die Fähigkeit besitzen, uns nicht nur eigennützig zu verhalten. Aber das trifft nicht zu. Der Beweis dafür ist, dass wir noch immer existieren. Wir fressen unsere Väter und unsere Söhne, wenn wir es müssen – nicht aus Hass, sondern aus Liebe zum Leben. Trotzdem glauben wir, dass wir dafür im Höllenfeuer schmoren müssen, was vielleicht auch zutrifft. Deswegen ist uns die Kobra moralisch überlegen, wenn sie ihre Jungen auffrisst. Sie hat keine Sekunde lang Schuldgefühle, denn es gibt keine Sünde, nur den Willen zum Überleben. Verstehst du? Dein einziger Erlöser bist du selbst, und du wirst nur dadurch erlöst, dass du ums Überleben kämpfst.«

Ken wollte gerade antworten, als ihm ein plötzlicher Schmerz in der Brust den Atem raubte.

»Irgendwas nicht in Ordnung, Ken?«, fragte sein Vater.

»Ich ...«

»Du hast Schmerzen in der Brust«, meinte sein Vater, klopfte sich die Hose ab und erhob sich. »So fängt es immer an.«

»Was fängt so an?«

»Ägyptische Kobra. Du erinnerst dich doch, dass wir das durchgenommen haben?«

»Aber ...«

»Nervengift. Erst ein brennender Schmerz an der Bissstelle, der sich allmählich im ganzen Körper ausbreitet. Um die Bissstelle herum verfärbt sich die Haut, Arme und Beine schwellen an, man wird schläfrig. Und dann, gegen Ende: erhöhte Herzfrequenz, Augen und Nase laufen, der Kehlkopf ist gelähmt, das Atmen und das Sprechen fallen immer schwerer. In der letzten Phase lähmt das Nervengift Herz und

Lunge, und du stirbst. Das kann Stunden dauern und ist extrem schmerzhaft.«

»Vater!«

»Deine Stimme klingt überrascht, Junge. Hast du im Unterricht nicht aufgepasst?«

»Aber dir ... dir scheint es doch ... besser zu gehen.«

»Nein, du hast wohl nicht gut aufgepasst«, sagte sein Vater und sah Ken nachdenklich an. »Sonst wäre dir der Unterschied zwischen Ägyptischer Kobra und Afrikanischer Steinpython aufgefallen.«

»Afrikanische Steinpython?«

»Aggressiv und unangenehm, aber nicht giftig.« Sein Vater drehte seinen Hals hin und her. »Du hast recht, mir geht es ausgezeichnet, aber wie geht es dir? Spürst du, wie es dir die Luft abdrückt, Junge? Bald beginnen die Krämpfe, das wird nicht lustig.«

»Aber uns ...«

»Uns beide hat eine Afrikanische Steinpython gebissen. Seltsam, nicht wahr? Vielleicht befinden sich in deinem Organismus ja andere Wirkstoffe als in meinem?«

Langsam dämmerte es Ken. Er betrachtete das leere Glasröhrchen auf der Erde und versuchte, sich aufzurichten, aber seine Beine gehorchten ihm nicht. Er verspürte rasende Schmerzen in den Achselhöhlen.

»Wärst du dem Unterricht aufmerksamer gefolgt, dann hättest du dir vor dem Spritzen den Verschluss des Glasröhrchens noch mal genau angesehen.«

Rot, dachte Ken. Der Verschluss war rot gewesen. Er hatte Gift gespritzt.

»Aber es gab keine anderen Röhrchen für Ägyptische Kobra, ich habe sie alle durchgeschaut, es gab keines mit blauem Verschluss, kein Serum ...«

Sein Vater zuckte mit den Achseln.

Ken rang nach Luft. Das Surren der Insekten hatte sich für ihn zu einem gleichmäßigen Druck aufs Trommelfell verwandelt.

»Du hast es die ganze Zeit gewusst. Du wusstest ... weshalb ... ich gekommen bin.«

»Ich wusste es nicht. Aber ich bin nicht dumm, also habe ich es auch nicht ausgeschlossen. Und ich hätte dich natürlich davon abgehalten, mir diese Spritze zu verabreichen.«

Aufgrund seiner Lähmung spürte Ken nicht die Tränen, die ihm über die Wangen liefen.

»Vater ... fahr mich zurück. Die Zeit ...«

Stan hatte ihm den Rücken zugewandt, beschattete seine Augen mit der Hand und sah auf die andere Seite des Flusses hinüber.

»Adolf sagt, die Hyänen seien gute Schwimmer, aber ich habe das selbst noch nie gesehen.«

Er schaute in den Himmel. Die Sonne hing immer noch ein gutes Stück über dem Bergrücken, aber er wusste, dass es um sieben binnen einer Viertelstunde stockdunkel wurde. Als würde jemand einen unsichtbaren Faden durchtrennen, stürzte die Sonne hinter dem Horizont ab.

»Es ist Zeit, nach Hause zu fahren. Adolf müsste bald mit dem Abendessen fertig sein.«

Ken lehnte sich zurück und spürte die Steine der ausgedörrten Erde im Rücken. Sein Flüstern kam wie ein Wüstenwind über die trockenen Lippen.

»Wie groß sind meine Überlebenschancen, Vater?«

Er starrte ins Laubwerk hinauf. Der weiße Vogel kreischte ein letztes Mal und flog davon.

UNNI LINDELL

Der Wolf und die Rotkäppchen

Hanna war in ihrem kleinen Garten gewesen und hatte mit der großen, altmodischen Kanne das Gemüse gegossen. Es war erst halb acht, ein schöner, heller Junimorgen, es war ein Montag. Die Sonne hatte schon seit einer Woche die Wirkung eines Brennglases gehabt. Das Gemüse musste am frühen Morgen gegossen werden, ehe die Sonne so stark wurde, dass die Tropfen Löcher in die Blätter brannten.

Nach dem Gießen setzte Hanna sich auf die Schwelle der geöffneten Küchentür, die auf den Hof hinausging, legte die Füße auf die von Moos überwucherten Steinplatten und trank eine Tasse Kaffee. Die Insekten summten bereits im Fliederbusch, der vor dem Zaun zum Nachbargrundstück stand.

Auf der alten Eiche hinter dem Haus saßen die Vögel. Ihr Gezwitscher hallte von den schmutzig braunen hohen Wänden wider. Außerhalb des tiefen Schachts, an den der Hinterhof oft erinnerte, vor allem im Herbst, liefen die Motoren im morgendlichen Stoßverkehr im Leerlauf.

Hanna ging in die Werkstatt und fing an, den Ton zu wässern. Und da passierte es. Während sie so energisch knetete, dass ihre Hände grüngrau wurden, klingelte das Telefon. Es war erst kurz nach acht. Hanna riss ein Stück Küchenpapier aus der Halterung über der Spüle, stieß gegen zwei Gläser mit Glasur und hätte fast den hohen dreiarmigen Leuchter umgeworfen, den ihre Mutter zum zweiundsiebzigsten Geburtstag bekommen sollte.

»Ja, hallo, hier ist Hanna«, sagte sie und trocknete ihre linke Hand ab.

Am anderen Ende der Telefonleitung herrschte Schweigen.

Sie konnte nicht einmal jemanden atmen hören.

»Hier ist Hanna, ist da jemand?«

Sie knallte den Hörer auf die Gabel, und fast im selben Moment klingelte das Telefon wieder. Diesmal hörte sie eine Stimme, die in den Hörer zischte: »Der Wolf, ich bin der böse Wolf. Und bald komme ich dich holen.«

Dann wurde der Hörer aufgelegt. Alles war so schnell gegangen, dass die Worte fast in den Sonnenstreifen an der Wand hängen blieben. Hanna wischte sich noch immer die Hände mit dem Küchentuch ab.

Zunächst dachte sie nicht weiter über den Anruf nach, sondern erst gegen ein Uhr, als Kristin anrief, um zu fragen, ob die Großmutter am Fünften oder am Sechsten Geburtstag habe. Sie warf immer alle Daten durcheinander.

»Es ist auch in diesem Jahr wieder der Sechste«, sagte Hanna lachend. »Aber ich hätte eigentlich nicht gedacht, dass du mitten im Examen Zeit für Geburtstagsfeiern hast. Es ist kein runder Geburtstag, weißt du?«

»Ich nehme mir eben die Zeit, Mama. Ich weiß, wie wichtig es für Oma ist.«

Hanna hatte das Gefühl, als schnüre ihr die Eifersucht die Kehle zu, und sie schluckte eilig. »Wie lieb von dir, Kristin«, sagte sie. »Übrigens hatte ich heute Morgen einen seltsamen Anruf. Besser gesagt zwei, beim ersten Mal meldete sich niemand, beim zweiten hat einer gefaucht, er sei der böse Wolf und wolle mich holen.«

»Jetzt hör auf, Mama«, lachte Kristin. »Das war sicher einer von deinen verrückten Liebhabern!«

Hanna wandte sich vom Fenster ab und setzte sich auf die Küchenbank, noch immer mit dem Hörer in der Hand. »Auf die Idee bin ich noch gar nicht gekommen«, sagte sie lächelnd.

»Vielleicht war das ja einer, der mich zum Essen einladen will.«

Danach blieb sie mit vor der Brust verschränkten Armen neben dem Küchentisch stehen. An der Pinnwand hingen alle Rechnungen dieses Monats in einem Bündel übereinander, befestigt mit einer Stecknadel. Daneben ein Foto von Kristin in weißem Pullover und Jeans. Sie war zwanzig, sah aber aus wie sechzehn.

Selma Davidsen zupfte welke Blätter von ihren Topfblumen. Die Sonne schien jetzt schon seit über einer Woche. Hinter einem Topf entdeckte sie eine tote Schmeißfliege. Sie nahm sie zwischen Zeigefinger und Daumen und drückte so fest zu, dass die durchsichtigen dünnen Flügel von dem schwarzen Rumpf gerissen wurden. Selma begrub die Fliege in einem Blumentopf. »Du wirst ein feiner Dünger«, murmelte sie.

Dann klingelte das Telefon, und Selma watschelte auf ihren dicken Beinen zu dem kleinen Telefontisch in der Diele.

»Hallo«, flüsterte jemand am anderen Ende der Leitung.

»Hallo, hier ist der böse Wolf. Bald komme ich dich holen ...«

Selma blieb stehen und starrte einen Moment lang wütend den Hörer an, dann knallte sie ihn auf die Gabel. Diese Vertreter, bestimmt war das einer, der per Telefon irgendwelche

Waren verkaufen wollte. Sicher ein Märchenbuch, als Lockangebot für einen Buchklub.

Sie wartete noch einen Moment, doch das Telefon schwieg. Vorläufig zumindest. Dafür registrierte sie ihre klebrigen Fingerabdrücke. Das Sekret aus dem Fliegenrumpf hatte Spuren auf dem glänzenden Hörer hinterlassen.

Hanna strich den dreiarmigen Leuchter türkis und schwarz an. Sie hatte ihm drei Gesichter gegeben – ein origineller Einfall, auf den sie stolz war. Das Gesicht ihrer Mutter, ihr eigenes und Kristins bildeten den Abschluss des Leuchters. Drei Generationen von Frauen. In jeden Kopf hatte sie eine Vertiefung für die Kerze gedrückt.

Sie malte die Gesichter und die Haare so naturgetreu wie möglich.

Es war schon fast vier. Die warme, träge Nachmittagssonne fiel geradewegs durchs Fenster. Sie färbte die Fensterbank gelb, die Scheibe war matt und übersät von getrockneten Regentropfen. Das Fenster zur Straße ließ sich nicht öffnen, die Vormieter hatten es zugenagelt.

Jetzt klingelte das Telefon noch einmal, und die heisere Stimme sagte langsam: »Ich freue mich schon darauf, dich holen zu kommen. Ich bin der Wolf, der große böse Wolf, und du bist das Rotkäppchen.«

»Aber ... hallo, hallo!« Hanna knallte wütend den Hörer auf die Gabel. Wenn hier jemand witzig sein wollte, dann ging er eindeutig zu weit.

Der Sommerabend war still und durchsichtig. Ein schwerer, süßer Duft stieg von den weißen Blüten im kleinen Park auf. Es war ein Duft, der bei vielen ein wehes Gefühl verursachen mochte, vielleicht, weil man an solch einem zarten Sommerabend das Gefühl hat, ewig leben zu wollen, während sich in den Menschen zugleich die Gewissheit festsetzt, sterben zu müssen.

Im Park stand ein Mensch und starrte Hanna an, die sich hinter der Fensterscheibe ihrer Töpferei bewegte.

Selma Davidsen verzierte die Sahnetorte. Es war nicht ganz leicht, bei dieser Hitze die Creme festzubekommen. Sie trug ihren Morgenrock, obwohl es schon ein Uhr war. Sie kleckerte immer so herum, wenn sie in der Küche beschäftigt war. Die beiden würden um fünf kommen, Kristin und Hanna. Selma hatte Lockenwickler in den Haaren und roch nach Schweiß. Sie hatte noch nicht geduscht, sondern nur den Kopf in eine Zinkwanne gehalten und die Lockenwickler befestigt. Barfuß ging sie über das mit Krümeln übersäte Linoleum. Ihre Füße waren schief und sahen fast missgestaltet aus, weil sie immer zu enge Schuhe getragen hatte. Ihre Fingernägel waren dick und lang.

Sie kratzte die restliche Creme aus dem Topf und leckte dann den Löffel ab. Dabei überlegte sie, was für ein blödsinniges Geschenk sie in diesem Jahr von Hanna erwarten könnte. Niemals würde sie ihren siebzigsten Geburtstag vergessen: Hanna hatte Champagnerkelche getöpfert, vier Stück, mit lila Glasur und schwarzen Punkten. Und der Mann erst, den sie damals mitgebracht hatte! Groß und kräftig war er gewesen, mit schwarzem Bart. Noch so ein Künstler. Auch Kristin hatte dieser Liebhaber der Mutter nicht gefallen.

An ihren siebzigsten Geburtstag dachte Selma nur mit Grausen zurück. Hanna war immer schon eine Egoistin gewesen.

Und nun klingelte das Telefon.

Hanna merkte nicht, dass hinter ihr jemand die Straße entlangging. Sie sah nicht die Augen, die seltsamen glasklaren Augen, die ihren Rücken anstarrten, die jede ihrer Bewegungen in sich aufsaugten. Sie sah nicht die Hände, die sich öffneten und schlossen. Sie wusste nicht, dass die Person hinter ihr von einem trüben, grauen Hass erfüllt war.

Hanna hatte den Kerzenhalter in blaues Seidenpapier gewickelt. Sie trug ihn in einem alten Netz, das ihre Mutter ihr einmal geschenkt hatte. Einem Nylonnetz mit Plastikgriffen. Ihr wurde warm, wenn sie an den dreiköpfigen Leuchter dachte. Der würde sicher auch Kristin gefallen.

Selma watschelte zur Wohnungstür, öffnete sie und starrte in Hannas blaue Augen. »Ach, du bist es.«

»Herzlichen Glückwunsch, Mutter.« Hanna machte sich an ihrem Kleid zu schaffen, strich den dünnen Stoff glatt, während sie vorsichtig das Netz auf den Boden stellte und das blaue Paket hervorzog. Währenddessen schlich draußen vor der geschlossenen Wohnungstür jemand die abgetretene Treppe hoch.

Es klingelte.

»Das ist Kristin«, murmelte Selma und öffnete. »Komm rein, mein Kind.«

»Herzlichen Glückwunsch zum Zweiundsiebzigsten, Oma.« Kristin bückte sich, umarmte die dicke Frau und drückte ihr ein längliches Paket in die Arme.

»Eine Flasche.« Selma zwinkerte listig und räusperte sich energisch. »Du weißt, was so ein altes Haus glücklich macht, Kind, aber du hättest nicht so viel Geld für mich ausgeben dürfen.«

Du Heuchlerin, dachte Hanna, die noch immer mit dem Kerzenhalter in der Hand dastand.

»Übrigens war eben jemand im Treppenhaus«, sagte Kristin. »Er stand vor deiner Tür, ist dann aber nach oben gelaufen, als ich raufkam.«

»Nicht doch.« Selma winkte ab. »Ich erwarte keine weiteren Gäste.«

»Vielleicht war es ja der Wolf«, rutschte es Hanna heraus.

Selma hatte nicht zugehört, Kristin dagegen drehte sich langsam zu ihr um. Ihr Gesicht war bleich. »Was hast du gesagt, Mama?«

»Nichts.« Hanna ging ins Wohnzimmer und setzte sich auf das moosgrüne Sofa aus den Fünfzigerjahren. Der Geruch dieses Zimmers, der Geruch der Mutter, legte sich über sie wie eine schwere Decke, die ihr den Atem nahm. Es roch nach altem Staub und altem Fett, vermischt mit einem süßlichen Duft von Sommerblumen und frisch aufgebrühtem Kaffee. Hanna saß kerzengerade da, während ihre Mutter und ihre Tochter in der Küche beschäftigt waren.

»Das Haus der Großmutter«, flüsterte sie. »Hierher kommt das Rotkäppchen mit Blumen und Whisky.«

»Hier ist der Kaffee«, sagte Selma keuchend. Die Zunge hing ihr beinahe aus dem Mund, als sie ihren umfangreichen Leib in den Sessel drückte.

Hanna erhob sich ein wenig und legte ihr das blaue Paket in den Schoß.

»Was hast du denn diesmal gemacht?«, fragte Kristin lachend und fing an, Kaffee einzuschenken.

Sie lachen über mich, dachte Hanna. Sie haben eine Art, sich hinter meinem Rücken über mich lustig zu machen, meine Mutter und meine Tochter. Warum komme ich mir immer so klein vor, wenn ich mit ihnen zusammen bin? Wohin verschwindet die selbstsichere, gelassene Hanna in solchen Momenten? Ich bin wieder vierzehn, dachte sie. Ich habe eine große Wunde auf dem Knie, weil ich beim Ballspielen mit den anderen Mädchen auf der Straße hingefallen bin. Und ich blute, das Blut durchtränkt die gehäkelte weiße Damenbinde, denn ich bin vierzehn und bin erwachsen geworden.

»Wie witzig«, sagte Kristin und zwinkerte Selma zu, die ihr Lachen nicht unterdrücken konnte.

»Meine Güte, was für eine Idee«, sagte sie kichernd.

»Du siehst doch sicher, dass wir das sind, oder«, meinte Hanna mit stolzem Lächeln. »Ich habe uns drei auf dem Leuchter abgebildet.«

Kristins spöttisches Grinsen teilte Hanna mit, dass der Leuchter wirklich gut gelungen war. Für einen Moment wirkte Selma unsicher.

Hanna sah die beiden an und fühlte sich einsam. Du liebst mich nur dann, Mutter, wenn ich versage, dachte sie. Wie damals, als er mich verlassen hat, der Psychopath, der mich geschlagen und alle meine Werke zerstört hat. Da habe ich an deiner Brust geweint, habe deinen harschen Geruch wahrgenommen. Da hast du meine Haare gestreichelt. Aber wenn mir etwas gelingt, wenn ich unabhängig bin, dann hasst du mich wie eine ...

»Nehmt euch doch ein wenig Kuchen.« Selma schob die große, unappetitliche Sahnetorte über den Tisch, leckte ihre Wurstfinger ab und räusperte sich, weil sie etwas sagen wollte.

»Ich habe einige ganz seltsame Anrufe bekommen, ihr werdet es nicht glauben. Irgendwer behauptet, er sei der böse Wolf und wolle mich holen kommen ...«

»Ich auch«, rief Hanna und sah Kristin an, die blass wurde und langsam nickte.

Der Kuchen stand unangerührt da, der Kaffee in den Tassen kühlte ab. Hannas Tasse hatte eine Kerbe am Rand.

»Ich glaube, wir sollten es der Polizei melden«, sagte Hanna.

Selma schüttelte sich. »Esst doch Kuchen, Mädels«, flüsterte sie.

»Ich finde, Mama hat recht«, sagte Kristin leise. »Wir sollten die Polizei informieren.«

Hanna ging langsam die Treppen hinunter. Draußen war es so dunkel, wie eine helle Sommernacht überhaupt nur sein kann. Unten auf der Straße, wo es still und noch immer warm war, ging sie schneller, während ihr Kopf pochte. Sie hatte eben drei große Schlucke aus der Whiskyflasche getrunken, Kristins Geburtstagsgeschenk an ihre Oma, Rotkäppchens Mitbringsel für die Großmutter.

Nachdem Kristin gegangen war, weil sie noch für ihr Examen büffeln musste, war alles aus dem Ruder gelaufen. Das Gespräch war auf die Themen Kindheit und Erziehung gekommen, und Hanna hatte das Gefühl gehabt, im nächsten Moment zusammenzubrechen.

»Du machst mein Leben kaputt«, hatte sie geschrien. »Du bist unzufrieden – was ich auch mache, nichts ist gut genug. Du hast immer behauptet, ich sei Kristin eine schlechte Mutter, aber hast du dir jemals überlegt, was für eine Mutter du bist oder früher warst?«

Hanna bekam eine Gänsehaut.

Plötzlich hörte sie Schritte. Jemand löste sich aus einem grauen Schatten. Jemand überquerte die Straße und schlich sich weiter wie eine große graue Katze oder ein Wolf. Jemand duckte sich hinter parkende Autos und starrte die ganze Zeit den Rücken der Frau an, die nur ein dünnes Sommerkleid trug und ein leeres Netz in der Hand hielt.

»Diese Stadt ist zu klein für uns drei!«, hatte Hanna gerufen.

»Dann musst du eben umziehen, Herzchen«, hatte Selma mit sarkastischem Lächeln erwidert. »Kristin und ich ...«

»Kristin und du!« Hanna hatte so laut geschrien, dass sich ihre Stimme fast überschlagen hätte. »Glaubst du etwa, ich weiß nicht, wie du dich verhalten wirst, weil ich mir erlaubt habe zu sagen, wie mir zumute ist, weil ich dir erzählt habe, wie schrecklich du in meiner Kindheit warst. Vater und ich ...«

»Halt deinen Vater aus der Sache raus.«

»Du bist eine Psychopathin«, hatte Hanna gefaucht. »Und jetzt bist du wütend, weil ich gesagt habe, was ich denke, und du kaufst mir kein Weihnachtsgeschenk, und du redest nicht mit mir. Das große Schweigen, nicht wahr? Da bist du doch Expertin!«

Hanna fror in der Nachtluft. Sie zog die Schuhe aus.

Die Person hinter ihr registrierte, dass das Klappern der Absätze auf dem Asphalt verstummt war.

Gerade als Hanna in den Torweg abbiegen wollte, blieb sie stehen. Sie hatte ein graues, schleichendes Gefühl, das ihr Herz zum Hämmern brachte. Sie lief in den Hinterhof, riss die Tür zum Treppenhaus auf und suchte im Netz nach ihrem Schlüsselbund. Doch sie fand es nicht, ihre Finger kratzten über das Nylongewebe, und sie ließ die Schuhe fallen, die sie in der anderen Hand getragen hatte.

Die Person, die ihr folgte, hatte registriert, dass Hanna etwas ahnte. Vielleicht hatte sie ein Geräusch gehört, vielleicht hatte sie unter einer Straßenlaterne ein Stück des glänzenden Wolfsfells gesehen. Denn glänzend war es wirklich, das Fell. Glänzend und stark. Und die Zähne waren weiß und messerscharf. Es tat gut, ein Wolf zu sein.

Zitternd steckte Hanna den endlich gefundenen Schlüssel ins Schloss und stürmte in die Wohnung. Wer hatte es bloß auf sie abgesehen? Sie ließ das Netz fallen und rannte durch die Küche in die Werkstatt. Sie griff zum Telefonhörer, blätterte fieberhaft im Telefonbuch. Die Polizei, schnell. Kristin hatte schon vorhin dort angerufen, vom Telefon der Mutter aus, und von dem Wolf erzählt, der sie alle drei seit drei Tagen per Telefon terrorisierte.

Sie fand die Nummer ganz vorn im Telefonbuch. Zitternd drückte sie auf die Tasten. Doch dann ging ihr etwas auf, was sie dazu zwang, im beleuchteten Fenster ihrem Spiegelbild mit den großen blauen Augen zu begegnen. Die Telefonschnur war durchtrennt worden.

Hanna hörte, wie ein Schlüssel ins Türschloss geschoben wurde, langsam, aber zielstrebig. Er wurde umgedreht. Die Tür glitt auf, und jemand betrat die Diele. Es war dunkel in der Wohnung. Nur im Arbeitszimmer brannte Licht, dort, wo das Fenster zur Straße zugenagelt war.

Hanna sackte in der Ecke unter dem Fenster zusammen, unter der Pinnwand. Ihr Herz hämmerte nicht mehr, ihr Gesicht war grau, abgesehen von einigen kleinen roten Flecken auf Wangen und Hals. Sie hörte, wie die Schritte sich näherten, langsam.

Kristin sah ihre Mutter an, die zusammengesunken in der Ecke unter dem Fenster kauerte. Kristin lächelte.

Hanna sah sie an, als habe sie sie noch nie gesehen. Sie wartete einige Sekunden, dann gackerte sie hysterisch los. Erhob sich auf wackligen Beinen und ging auf Kristin zu.

»Kristin, mein Mädchen, was hast du mich erschreckt! Irgendwer war hier und hat die Telefonleitung gekappt, irgendwer ist mir gefolgt …«

Die Messerklinge zerschnitt den dünnen Stoff ihres Kleides, zerschnitt die weiche Haut und glitt immer tiefer ins Fleisch hinein, während Hanna ihre Tochter weiter umarmte. Zuerst spürte sie es nicht, der Stich war wie eine Liebkosung. Sie schmiegte sich an Kristins Hals, hatte eine Haarsträhne von ihr im Mund. Die Haare waren so struppig wie das Fell eines Wolfes.

Später, als Hanna vor ihren Füßen zu Boden gesunken war, stand Kristin noch immer aufrecht da und musterte ihr Spiegelbild.

»Aber warum ...?« Hanna lag auf der Seite, und das Blut bildete eine kleine Lache auf dem Linoleum.

»Das weißt du doch ...«

»Ja«, flüsterte Hanna. »Ich weiß ...« Sie versuchte zu lächeln, aber sie dachte an ihre Mutter, der sie einen Stoß versetzt hatte, sodass der dicke Körper zu Boden gegangen war. Ihr Kopf war gegen die Kante des Fernsehers geprallt, und dabei war der dreiköpfige Leuchter hinuntergefallen und zerbrochen. Nur ein Keramikkopf war unversehrt geblieben, nämlich Kristins. Hanna hatte mit dem Nudelholz zugeschlagen, wieder und wieder, bis klar gewesen war, dass die Mutter nie wieder zu sich kommen würde. Dann hatte sie drei Schlucke aus der Flasche getrunken und war ruhig die Treppe hinuntergegangen, hinaus in die weiße Sommernacht.

Kristin schob das Messer unter ihren Pullover und ging hinaus auf die stille Straße. Alles hatte angefangen wie ein Spiel. Sie hatte ihrer Mutter ein wenig Angst einjagen wollen. Aber als Hanna das Gleiche dann bei der Großmutter gemacht hatte, als sie Kristins Idee gestohlen und sich bei Selma als Wolf ausgegeben hatte ...

Kristin seufzte. Sie hatte vom Telefon der Großmutter aus die Polizei angerufen und von dem Mann erzählt, der sie schikanierte, alle drei. Wenn Hanna erst gefunden wäre, würde die Polizei alles tun, um den Telefonterroristen zu finden, den Mörder.

Die Nachtluft war kalt. Aber am nächsten Morgen würde

Rotkäppchen zur Großmutter gehen. Und die Polizei würde nach dem Untier suchen, das ihre Mutter getötet hatte. Niemand aber würde verstehen, dass der Wolf in Wirklichkeit der vererbte Hass war.

Kristin setzte sich auf eine Parkbank. Was spielte es schon für eine Rolle, wenn sie im Park zwischen den Bäumen saß? Rotkäppchen gehörte schließlich in den Wald.

JAN KJAERSTAD

Wie man eine Anhöhe stürmt

1

Svein lief vorneweg. Das Moos am Hang war nass und glatt.

»Komm schon!«, rief er leise nach hinten.

Svein vernahm Rolfs angestrengte Atemzüge. Er wusste, wie erschöpft er sein musste. Es nieselte.

»Vorsicht, es ist verdammt glatt!«, brüllte er nach hinten.

»Ich kann nicht mehr! Ich muss mich ausruhen!«, stöhnte Rolf.

Svein warf einen raschen Blick zurück und sah das Gesicht seines Freundes. Die schwarze Tarncreme glänzte von Regen und Schweiß. Er blinzelte. Seine Nase lief. Das Gesicht wirkte klein unter dem mit Laub und Stroh bedeckten Helm.

»Mach nicht schlapp! Es ist gleich vorbei!«

»Ich bin fix und fertig! Die bringen uns um!«, jammerte Rolf.

Svein tat so, als hätte er nichts gehört, und rannte weiter, allerdings etwas langsamer. Eine Gestalt tauchte vor ihnen auf.

»Halt den Mund! Sie können uns hören«, sagte jemand drohend.

Die Bäume am Hang standen dicht, und große, glatte Felsblöcke gestalteten das Vorwärtskommen schwierig. In der Dunkelheit konnten sie nur mit Mühe die anderen zwischen den Baumstämmen erkennen.

Svein war in Gedanken weit weg, als vor ihnen ein Maschinengewehr aufbellte. Die Salve war ohrenbetäubend.

»Zum Angriff!«, hörte Svein weit vor ihnen jemanden rufen.

Auf dem ganzen Hügel knallte es jetzt.

»Ich habe Angst.«

Das war Rolf. Er war direkt hinter ihm. Den gesamten Bergkamm entlang blitzten ihnen Mündungsfeuer entgegen.

»Bringt sie alle um! Wir nehmen keine Gefangenen!«

Svein erkannte die Stimme seines Zugführers. Sie bewegten sich weiter nach oben. In einem fort zuckten orangefarbene Blitze vor ihnen auf.

»Wer ist da?«, keuchte Rolf hinter ihm.

»Die Russen natürlich. Geht es noch?«

Er erhielt keine Antwort. Der Unteroffizier tauchte wieder vor ihnen auf. Sie blieben stehen.

»Carlssen und Sunndal! Wir nehmen das Maschinengewehr oben links.«

»Welches Maschinengewehr?« Svein versagte fast die Stimme.

Rolf lehnte sich an den Stamm einer Birke. Er ließ sein Gewehr hängen. Die Mündung berührte den Boden.

»Da, zwischen den beiden Felsen. Habt ihr genug Patronen?«

»Drei Magazine«, antwortete Svein.

»Okay, Männer!«

Der Unteroffizier betrachtete Rolf und verzog das Gesicht.

»Sunndal, reiß dich zusammen, Mann! Du siehst aus, als müsstest du gleich kotzen.«

»Er ist etwas ...«

»Schnauze, Carlssen! Glaubst du etwa, ich würde Sunndal nach den letzten Monaten nicht kennen? Ich weiß, dass er ein verdammter Waschlappen ist, und deine Beschützerrolle habe ich inzwischen satt. Auch mit Abitur muss man nicht so eingebildet sein.«

Svein schaute weg.

»Sunndal! Reiß dich zusammen! Du bist jetzt im Krieg und nicht zu Hause bei Mama!«

Der Unteroffizier lachte. Svein sah ihn an.

»Okay. Kein Gewinsel. Kommt schon, Leute! Sunndal, reiß dich zusammen, verstanden?«

Er rannte los. Svein sah zu Rolf hinüber, nickte in Richtung des Unteroffiziers und begann zu laufen. Er hörte, dass Rolf ihm folgte.

»Immer bei den Baumstämmen bleiben«, hörten sie den Unteroffizier sagen.

Weiter oben am Hang wurde es noch glatter. Mehrmals rutschte Svein aus und fiel auf die Knie. Hinter sich hörte er Rolf fluchen.

Sie waren in Schussweite. Svein drückte ab. Das automatische Gewehr bäumte sich auf, und das Mündungsfeuer blitzte auf.

Er lädt durch, feuert erneut, läuft weiter. Durchladen, Augen schließen, abdrücken, laufen, durchladen, auf die Unterlippe beißen, abdrücken, laufen. Er drückt sich an die Stämme, hat den Pulverdampf in der Nase. Am Hang knallt es überall, aber er sieht keinen der anderen neben sich. Das Maschinengewehr zwischen den beiden Felsen spuckt unablässig orangefarbene Funken. Es wirkt uneinnehmbar.

Svein sah sich nach Rolf um. Dieser stand etwas hinter ihm an einen großen Fels gedrückt und schoss schräg in die Luft. Er grinste Svein an.

»Genau wie im Film«, sagte er.

»Wo bleibt ihr denn?« Der Unteroffizier wartete auf sie.

»Wenn ich das Zeichen gebe, stürmen wir das letzte Stück. Verstanden?«

»Das ist doch der reinste Selbstmord«, meinte Svein.

»Verstanden?«, fauchte der Unteroffizier.

»Verstanden«, murmelte Svein.

»Verstanden«, kam es wie ein Echo auch von Rolf. Er grinste Svein an.

»Jetzt ist es ernst, Jungs. Jetzt können wir es ihnen endlich zeigen.«

Der Unteroffizier lachte. Er wartete ein Weilchen. Das Bellen des Maschinengewehrs verstummte. Er hob den Arm. Sie stürmten alle drei vorwärts.

Svein rutschte auf dem Hang aus. Er war steil. Seine linke Hand grub sich ins Moos. Hin und wieder schoss er willkürlich nach oben. Er hörte einen Schrei und drehte sich um. Rolf lag auf dem Rücken. Svein rutschte zu ihm hinunter. Rolf schrie aus vollem Hals. Svein beugte sich nach unten und schüttelte ihn.

»Was ist los? Rolf, was ist los?«

»Mein Bein, mein Bein!«

Svein sah an der Felduniform seines Freundes herunter, und ihm fiel auf, wie verdreht er dalag. Sein Bein war irgendwie verschwunden. Er versuchte, ihn anzuheben.

»Aaaaah!«, brüllte Rolf.

Svein entdeckte, was nicht in Ordnung war. Das rechte Bein war fast bis zum Knie im Hang festgeklemmt. Er fühlte mit den Fingern. Rolf war durch eine Moosschicht getreten, die eine Felsspalte verdeckt hatte. Er griff ihm unter die Arme und drehte ihn auf den Bauch. Der Junge weinte und jammerte. Um sie herum wurde immer noch geschossen, aber nicht mehr so heftig. Das Maschinengewehr über ihnen war verstummt.

Svein beugte sich über Rolf und fasste ihm unter das Knie seines rechten Beins.

»Nein!«, brüllte Rolf.

Svein versuchte es behutsam. Das Bein saß fest.

»Ich sterbe!«, weinte Rolf.

Svein zog, so fest er konnte. Rolfs Heulen gellte ihm in den Ohren. Endlich bekam er das Bein los. Die Spitze des Stiefels zeigte neunzig Grad in die falsche Richtung.

»Verdammt, das sieht nicht gut aus«, murmelte er.

Jemand schlitterte den Hang hinunter. Svein packte sein Gewehr, sah dann aber, dass es der Unteroffizier war.

»Verdammt, wo bleibt ihr? Wolltet ihr mich etwa im Stich lassen? Wenn nicht ein Trupp von der anderen Seite gekommen wäre, hätte ich keine Chance gehabt. Aber jetzt machen wir sie fertig. Diese Anhöhe holen wir uns.«

Ihm war anzuhören, wie zufrieden er war.

»Wo zum Teufel bleibt ihr?« Da entdeckte er Rolf. »Was? Liegt er da und ruht sich aus? Was soll das? Carlssen!«

»Er ist schwer verletzt.«

»Verletzt?«

»Das Bein.«

»Das Bein? Jetzt übertreibst du!«

»Es sieht schlimm aus.«

»Verdammt, jetzt reicht's mir. Wir anderen riskieren unser Leben, und ihr beklagt euch über ein Bein! Was für Soldaten bilden wir heutzutage eigentlich aus?«

Rolf lag mit dem Gesicht im Moos und weinte. Svein setzte sich neben ihn. Er erinnerte sich daran, wie die Jungs in der Kaserne Rolf einmal in einen Spind gesperrt hatten. Da hatte er ihn zum ersten Mal weinen gehört.

»Versuch mal, aufzutreten«, sagte der Unteroffizier etwas milder.

Sie packten jeder einen Arm und zogen ihn hoch. Der Stiefel zeigte im rechten Winkel nach rechts. Rolf knickte ein, als er versuchte, den rechten Fuß zu belasten.

Svein hörte ein leises Brummen.

»Das müssen wir uns genauer anschauen«, meinte der Unteroffizier.

Er legte Rolf auf den Rücken, zog sein Bajonett aus dem Gürtel und schlitzte die Uniformhose vom Knie bis zum Knöchel auf. Das Geräusch wurde stärker. Der Unteroffizier zog eine Taschenlampe hervor und leuchtete auf das Bein. Svein und der Unteroffizier zuckten zusammen. Rolf lag auf dem Rücken, der Helm war ihm in die Augen gerutscht. Es nieselte immer noch. Sie schauten sich in ihre schwarzverschmierten Gesichter. Svein sah eine Goldkrone funkeln. Das Brummen kam näher.

»Das ist der übelste Bruch, den ich je gesehen habe«, flüsterte der Unteroffizier.

Aus einer blutigen Wunde ragten weiße Knochen hervor. Der Lärm des Hubschraubers schlug ihnen entgegen, als er über den Bergkamm kam. Durch den Lärm hindurch hörten sie ein seltsames, pfeifendes Geräusch.

»Gas!«, schrie jemand ein Stück von ihnen entfernt.

Svein begann zu zittern, während er die Knöpfe der Tasche aufriss, die er auf der linken Seite trug. Irgendwo schepperte Metall auf Metall. Acht Sekunden, dachte er. Ich habe acht Sekunden Zeit, bis es zu Boden sinkt. Er zerrte an der Tasche.

Ein Knopf hat sich verhakt. Er sieht Rolf apathisch im Nieselregen liegen und bekommt endlich den Knopf auf. Er zerrt die Maske heraus. Seine Hände zittern. Er denkt an Mona und entwirrt die Bänder. Er muss sie über den Kopf ziehen. Der Helm ist im Weg. Stroh und Laub zerkratzen ihm das Gesicht. Er erinnert sich daran, wie er einmal die Zweige von einem zu jungen Baum abgerissen hat. Rasch legt er die Maske auf die Erde, zieht den Helm ab und stülpt sich die Maske über den Kopf. In diesem Moment spürt er das Gas.

Automatisch hatte er tief eingeatmet und die Luft angehalten, bis die Maske saß. Er atmete aus, hustete, aber dann war alles in Ordnung. Er zog die Riemen hinter dem Kopf an. Das Gas lag wie ein dünner, weißer Schleier über dem Dunkel, das sie umgab. Der Unteroffizier hatte Schwierigkeiten. Er stand vornübergebeugt da und hielt die Hände über seiner Maske.

Svein sah nach unten. Rolf wälzte sich wie verrückt am Boden und hustete. Svein beugte sich vor, um seine Gasmaske auszupacken, die unter seinen Rücken geraten war. Es dauerte lange, bis er sie hervorgezerrt hatte. Rolf schlug auf ihn ein und versuchte ihm etwas zuzurufen, bekam aber einen Hustenanfall und übergab sich. Svein versuchte, ihm die Maske über den Kopf zu ziehen, musste aber aufgeben und hielt sie ihm stattdessen vor das Gesicht, was nichts nützte. Rolf hustete und erbrach sich erneut. Schließlich wurde er ohnmächtig und blieb ruhig liegen. Svein saß da, hielt ihm die Gasmaske vors Gesicht und starrte in die Dunkelheit. Der weiße Gasschleier begann sich aufzulösen. Er sah einen Felsen, der an ein Gesicht erinnerte.

Er zuckte zusammen, als ihm jemand nach einer Weile einen Arm auf die Schulter legte.

»Es ist vorbei. Du kannst die Maske abnehmen«, hörte er eine undeutliche Stimme an seinem Ohr.

Trotz der Dunkelheit sah Svein, dass der Unteroffizier ziemlich mitgenommen wirkte.

»Wie geht's ihm?«

Er nickte in Rolfs Richtung. Svein nahm die Maske ab. Es roch immer noch ein wenig seltsam. Er kratzte sich im Gesicht und spuckte ein paarmal aus. Rolf lag reglos da, Spucke und Erbrochenes in den Mundwinkeln.

»Er ist ohnmächtig. Oder tot.«

Svein saß da, starrte ins Leere und rieb sich die Stirn, während der Unteroffizier Rolf den Puls fühlte.

»Er ist noch am Leben. Das war nur CS-Gas. Vollkommen ungefährlich. Aber effektiv. Effektiv wie die Sau, wurde auch in Vietnam eingesetzt. Hast du Wasser in deiner Feldflasche?« Svein gab ihm seine Flasche. Der Unteroffizier goss Rolf Wasser in die Augen und spritzte ihm etwas ins Gesicht. Sie hörten einen Schluchzer. Er schlug die Augen auf und begann zu weinen. Dann hustete er einige Male und schluchzte.

Der Unteroffizier setzte sich auf einen Felsen und begann sich eine Zigarette zu drehen. Als er fertig war, hielt er Svein das Päckchen hin und zog eine Augenbraue hoch. Svein schüttelte den Kopf. Der Unteroffizier zündete sich seinen Glimmstängel an. Svein konnte sein Gesicht erkennen. Er saß mit geschlossenen Augen da und ließ den Rauch langsam durch die Nasenlöcher entweichen. Sie hörten den Regen auf die Blätter prasseln.

»Wir sollten sehen, dass wir zurückgehen«, sagte der Unteroffizier nach einer Weile. »Außer uns ist vermutlich niemand mehr hier.«

»Aber was machen wir mit Sunndal?«, fragte Svein.

»Wir müssen das Bein schienen, so gut es geht.«

Der Unteroffizier legte Tornister, Gasmaske, Gewehr und Gürtel ab und zog Uniformjacke und Wollpullover aus. Er wickelte Rolf den Pullover ums Bein.

»Sieh zu, dass du vier dünne Stöcke findest.«

Bald war Svein mit ein paar aufgelesenen Stöcken zurück.

»Okay, damit muss es gehen. Gib mir deinen Gürtel.«

Der Unteroffizier legte die vier Stöcke neben den Pullover.

Er wagte nicht, das Bein zurechtzudrehen. Rolf schrie, als er die Gürtel vorsichtig anzog. Noch lange hörten sie das Echo seines Schreis.

Sie packten je einen Arm und zogen ihn hoch.

»Das Gewehr, wir dürfen mein Gewehr nicht vergessen«, stöhnte Rolf plötzlich. »Ich kann es mir nicht leisten, es zu ersetzen.«

Der Unteroffizier fand es im Moos und hängte es sich zusammen mit seinem eigenen über die Schulter. Sie schleiften Rolf den Abhang hinunter. Erst als er wieder ohnmächtig wurde, hörte er auf zu jammern. Es regnete stärker. Svein fiel auf, dass Rolf und der Unteroffizier kaum noch etwas von ihrer Tarncreme im Gesicht hatten.

Es war früher Morgen, als sie am Brigadehauptquartier eintrafen. Svein bat darum, mit Rolf zusammen ins Krankenhaus fahren zu dürfen, aber der Zugführer schlug ihm die Bitte ab.

2

Die Kamera zoomte auf die Gesichter. Gesichter mit kräftigen Unterkiefern und zusammengebissenen Zähnen, griechische Götter in Uniform. Wir sahen sie von oben. Eine lange Reihe von Tropenhelmen und Tornistern verschwand in der Ferne. Das Gesicht des Leutnants. Schön, ruhig, wachsam. Dann ist die Kamera ein gutes Stück weiter. Zoomt auf die Schweine in japanischen Uniformen. Eine Ratte im Offiziersrang grinst mit braunen Zähnen und erteilt mit bellender Stimme Befehle. Wir sehen eine Reihe von Soldaten, die sich in den Dschungel schlängeln. Halbe Kinder. Schweigend. Das Rascheln von hohem, beiseitegeschobenem Gras. Wir sehen einen Ausschnitt des Zugs durch ein Netz von Lianen und Blättern, von der Seite, so, wie ihn ein unsichtbarer Feind beobachten würde. Durchdringende, leise Cellomusik. Kameraeinstellung auf die japanischen Ungeheuer, die nicht mehr so weit weg sind. Das Maschinengewehr ist in Stellung gebracht. Wir sind plötzlich in Amerika. Ein kleines Mädchen mit rosa Schleifen im Haar läuft auf eine schöne junge Frau zu, die gerade einen Brief schreibt. Sie nimmt das Kind auf den Schoß und zeigt ihm den Brief. Sie lachen. Erneut Cellomusik. Gelbe Schlangenvisagen lauern auf einer Anhöhe neben dem Pfad, im Gras verborgen. Der schweigende Zug direkt daneben. Das Blitzen stahlblauer Augen, danach die trüben japanischen Offiziersaugen, dann das ganze Gesicht, der Mund verzieht sich zu einem bösartigen Grinsen, gibt schnarrend einen Tötungsbefehl. Schüsse. Die Ersten aus der Reihe fallen. Nicht der Leutnant. Das Geschmeiß wimmelt heran. Wir sitzen auf der Stuhlkante. Rasche Befehle. Schüsse. Laufende amerikanische Jungs, die aus der Hüfte feuern, immer treffen und Magazine haben, die nie gewechselt werden müssen, die in der Kaserne nie wichsen und funkelnde Erkennungsmarken auf ihrer haarigen Brust tragen. Chaotische sinfonische Musik. Gelbe Affen greifen an, aber eine amerikanische Kugel erwischt sie in der Kehle, aus der gerade ein Jubelruf für den Kaiser ertönt. Gilgamesch gegen das Monster, Jupiter gegen die Titanen, immer wieder, so einfach, so richtig, das Licht siegt über die Finsternis, ein Hauch vom ewigen Kampf des Kosmos dringt in den norwegischen Alltag, gespielt von dekadenten Amerikanern mit Swimmingpool zu Hause in Beverly Hills. Wir fallen jedes Mal drauf rein, wir *wollen* drauf reinfallen. Die Helden blecken ihre weißen Zähne und stürmen voraus. Die Finger um die Armlehnen geklammert, hältst du den Atem an. Du bist für die NATO. Kommt schon, Jungs! Tretet ihnen in die Fresse! Gebt ihnen mit euren dreckigen amerikanischen Marschstiefeln einen Tritt in ihre animalische Visage, dass die Zähne nur so krachen und sich das Nasenbein ins Hirn bohrt, bis ihnen die graue Masse aus den Ohren quillt! Ja! Kommt schon, Jungs! Wie wir sie hassen! Haben wir etwa nicht gesehen, wie sie die Frauen in der vorigen Szene vergewaltigt haben? Grrr! Mehr Blut! Rammt ihnen die Bajonette in den Leib! Beißt sie in die Eier, zermalmt die Hoden zwischen den Zähnen, reißt ihnen die Eingeweide mit den Fingernägeln raus und werft sie den Hunden zum Fraß vor! Ja! Ja! Hebt mir einen auf, haltet ihn fest, während ich zuschlage. Ah, wunderbar! Wir kommen! Das Maschinengewehr verschwindet nach einem Treffer von einer Handgranate in einer Säule aus Erde und Feuer. Es wird still. Geigen erklingen. Die Kamera schwenkt über das Schlachtfeld. Der japanische Offizier mit dem obligatorischen Schwert im Bauch. Verkrüppelte Urmenschen um ihn herum. Ein hübscher Junge stirbt in den Armen des Leutnants. Sein Medaillon funkelt. Verdammt, er auch. Diese ... diese ... verfickten Japsen! In Amerika wirft ein Mädchen mit rosa Haarschleifen einen Brief ein. Im Dschungel werden die Gefallenen begraben. Keine Tränen, nur kräftige, unbewegliche Kinnpartien. Die Kamera fängt einen undeutlichen Pfad ein, der in einem scheinbar undurchdringlichen Urwald verschwindet. Wir hören Bibelworte und sehen gebeugte Köpfe neben den mit Helmen verzierten Holzkreuzen aus zwei zusammengezurrten Stöcken, wie wir es bei den Pfadfindern gelernt haben. Das ist schnell erledigt. Wenig später sind sie erneut auf ihrer unerbittlichen Wanderung. Winden sich immer tiefer hinein in den Dschungel, gefilmt von vorn, von oben, von der Seite, von hinten, immer weiter und weiter durch die unglaublichsten Entbehrungen, bis sie plötzlich draußen sind und der Film zu Ende ist. »The End« in weißen Lettern vor einem farbenfrohen Dschungel.

Stuhlsitze knallten nach oben, und Soldaten strömten ins Freie. Einige reckten sich, sahen sich an, lachten, machten Unsinn.

Auch Svein und Rolf kamen heraus und gingen auf die Kaserne zu.

»Superfilm«, sagte Rolf.

»Nicht übel«, meinte Svein.

»Was gibt es morgen?«

»Da sind wir doch nicht im Camp.«

»Stimmt! Wir ziehen in den Krieg.«

Er lächelte Svein an und schoss aus der Hüfte auf einen Laternenpfahl.

»Bist du dir sicher, dass du mitkommst?«, fragte Svein.

»Aber klar!«

»Es kann anstrengend werden.«

»Ich werde damit schon fertig.«

»Du kannst dir das sicher ersparen, warst du nicht bei ...«

»Ich habe doch gesagt, dass ich damit schon fertigwerde!«

Später, als sie sich auf der Stube auszogen, fragte Rolf: »Wieso kommst du eigentlich mit? Warst du nicht total dagegen?«

»Nein, habe ich das gesagt? Ich meine, da müssen schließlich alle durch, so ist die Welt nun mal. Wieso sollte gerade ich ...«

»Halt die Schnauze, wir wollen schlafen!«, kam es von einem der Stockbetten.

In der Nacht träumte Svein. Er lief auf eine Anhöhe zu. In Birma oder in der Nordmarka. Um ihn herum schlugen Kugeln ein, aber er sah niemanden vor sich. Er drehte sich um, entdeckte aber nur Freunde und Bekannte. Seine Mutter winkte. Die Kugeln jagten ihn weiter. Jemand schrie: »Nimm die Anhöhe, nimm die Anhöhe, die Welt geht unter, wenn du die Anhöhe nicht einnimmst!« Hinter der Anhöhe sah er am Horizont einen goldenen Schimmer. Der Abhang war glatt wie Glas, aber er wurde aufwärts getragen, während er aus der Hüfte schoss. Auf dem Gipfel stand jemand, der ihm zuwinkte. »Eine Falle, eine Falle!«, erschallte es hinter ihm. Mit den Zähnen zog er die Sicherung aus der Handgranate und warf sie in einem perfekten Bogen auf den Gipfel. »Well done, Judas«, hörte er den Basschor hinter sich, bevor er sich auf die Glaswand warf. Er hörte keine Explosion, aalte sich die letzten Meter nach oben und schaute in den Krater. Dort lagen sein Bruder und Mona mit abgerissenen Gliedern und sahen ihn weinend an. Ein Offizier in blendend weißer Uniform kam von der anderen Seite.

Abzeichen und Orden funkelten auf seiner Brust. Ohne sich rühren zu können, hörte Svein die polternde Stimme: »Du hast die falsche Anhöhe gestürmt, Carlssen!« »Aber das war doch die Aufgabe, Herr Lehrer«, erwiderte Svein. »Da alle anderen etwas anderes vorbereitet haben, muss dir auch klar sein, dass du derjenige bist, der sich irrt«, antwortete der andere. »Es wird dir nichts anderes übrig bleiben, als dich nach der Mehrheit zu richten. Natürlich muss die Klassenarbeit den Stoff umfassen, den alle anderen gelernt haben.« Schadenfroh grinsten ihn die anderen von ihren Pulten an. »Aber *ich* habe doch die richtige Hausaufgabe gelernt«, jammerte Svein. »Die falsche, die falsche!«, riefen die anderen im Chor. »Die falsche, die falsche, die falsche!« Das Echo hallte weiter und wurde immer lauter, bis er davon erwachte, dass ihn ein Offizier auf Inspektion wachrüttelte.

Zwei Stunden später saßen sie auf dem Lastwagen und verließen das Camp. Am Spätabend desselben Tages begannen sie den Angriff auf die Anhöhe.

3

Nachdem Rolf ins Krankenhaus gebracht worden war, versuchte Svein zu schlafen. Es dauerte noch lange, bis er Wache hatte. Stundenlang starrte er auf die grüne Zeltplane über sich. Um sich herum hörte er die gleichmäßigen Atemzüge der anderen. Die Regentropfen klatschten leise und regelmäßig auf das Zelttuch.

Schließlich kroch er aus seinem Schlafsack. Er hatte in voller Montur dagelegen. Draußen war Vormittag, und er ging durchs Camp.

In einem der großen Lastwagen fand er den Feldgeistlichen, der gerade Schach mit dem Militärarzt spielte. Beide trugen Felduniform und bekleideten den Rang eines Leutnants.

»Ich würde gerne mit Ihnen reden.«

»Worum geht es?«, fragte der Geistliche.

»Ich will nicht mehr mitmachen«, sagte Svein.

Er schaute auf die weißen und schwarzen Figuren. Der Arzt konzentrierte sich auf das Spielbrett, lächelte aber. Svein begann die Treppenstufen wieder hinabzugehen und hörte, dass sich der Geistliche entschuldigte. Er brachte Svein in ein Zelt neben dem Lkw, setzte sich und bat Svein, ihm alles zu erzählen. Auf dem Tisch lagen ein paar Exemplare des Neuen Testaments in Taschenformat. Svein hörte den Nieselregen auf dem Zeltdach. Es roch feucht.

»Ich will einfach nur raus aus dieser Sache. Das ist eigentlich auch schon alles.«

»Aber Sie müssen doch einen Grund haben?«

»Nein.«

Der Feldgeistliche sah ihn an.

»Ich will nicht sterben«, sagte Svein.

Der Feldgeistliche blickte durch die Zeltöffnung hinaus. In der Ferne hörten sie das Brummen eines Generators.

»Da ist zum Beispiel die Sache mit Sunndal«, fuhr Svein fort.

»Ja, davon habe ich gehört. Das war wirklich ein bedauerlicher Unfall. Der Psychologe hat mir mitgeteilt, dass er Sunndal demnächst aus dem Militärdienst entlassen wird. Ach, übrigens, waren Sie nicht beteiligt, als er in den Spind gesperrt wurde? Na gut, jedenfalls muss allen klar sein, dass er nicht dafür geeignet ist. Aber *Sie* ...«

»Bin ich dafür geeignet?«

»Sie sind doch gesund und stark, Carlssen!«

»Heute Nacht hatte ich aber nicht das Gefühl ...«

»Aber das Ganze war doch nur ein Manöver.«

»Vielleicht gerade deswegen? Was ... was hat das für einen Sinn?«

»Ich bin vermutlich nicht der Richtige, um diese Frage zu beantworten, aber ich könnte vielleicht sagen, dass es darum geht ... ein realistisches Verhältnis zur Wirklichkeit herzustellen. Wir können der Wirklichkeit nicht entrinnen, wissen Sie?«

»Der Wirklichkeit?«

»Ja, der Wirklichkeit. Wir müssen uns auf die Wirklichkeit einstellen. Die Welt ist böse. Wir müssen die Spielregeln befolgen. So ist es nun mal. So wird es immer sein.«

»So ist es *nicht*, aber so wird es vielleicht werden. Das stimmt. Wir üben nämlich die falsche Wirklichkeit ein. Die Menschen sind auch nicht böse, jedenfalls nicht *so* böse. Nehmen Sie zum Beispiel Unteroffizier Lund, alle halten ihn für ein Schwein, aber heute Nacht ...«

Svein sah durch die Zeltöffnung. Es hatte aufgehört zu regnen.

»Wenn die Wirklichkeit tatsächlich so wäre, würde ich mit ihr trotzdem nichts zu tun haben wollen«, meinte er.

»Sie können sich aber nicht Ihre eigene Wirklichkeit schaffen«, meinte der Geistliche.

»Doch!«

»Ach?«

»Nicht wir sind die Normalen, Rolf ist normal! Braucht man wirklich ein ärztliches Attest, um von hier wegzudürfen?«

»Immer mit der Ruhe, Carlssen. Ich weiß, dass Sie ein intelligenter Bursche sind. Deswegen versuche ich auch ... Sie verstehen schon ...«

»Ich verstehe überhaupt nichts! Ich verstehe nur noch, dass ich da nicht mehr mitmachen will!«

»Ruhig, ruhig, Sie können den Militärdienst auf die normale Art verweigern. Aber unter allen Umständen müssen Sie warten, bis wir morgen wieder zurück sind. Sie können morgen Nachmittag zu mir ins Büro kommen, dann setzen wir den Antrag auf. Aber das dauert ein paar Tage, denken Sie daran.«

»Ich will keine Sekunde länger hierbleiben!«

»Das ist gerade jetzt praktisch unmöglich. Das müssen Sie einfach einsehen. Wir sind kilometerweit von jeder Zivilisation entfernt direkt an der Grenze.«

Svein stand auf, verließ rasch das Zelt und begab sich in Richtung Ausfahrt. Ein Mann mit Sternen auf der Brusttasche kam an ihm vorbei.

»Hallo!«

Svein ging weiter. Hinter sich hörte er jemanden rennen.

»Hallo!«

Der Mann mit den Sternen auf der Brusttasche verstellte ihm den Weg. Svein zählte. Es war ein Hauptmann.

»Haben Sie nicht gelernt zu grüßen?«

Svein antwortete nicht und versuchte vorbeizukommen.

»Haben Sie nicht gelernt zu grüßen, habe ich gefragt!«

Der Hauptmann beugte sich vor, und sein Gesicht war nur wenige Zentimeter von Sveins entfernt. Er sprach sehr laut. Svein sah ihm in die Augen.

»Doch, ich habe gelernt zu grüßen.«

»Name und Nummer!«

»Neunzig Carlssen.«

»Lauter!«

»Neunzig Carlssen!«

»Haltung annehmen! Grüßen!«

Svein knallte die Absätze zusammen, drückte die Brust raus und hob die Rechte an seine Uniformmütze. Der Hauptmann tat es ihm gleich.

»Noch mal!«

Sie wiederholten die Prozedur. Der Hauptmann drehte sich auf dem Absatz um und ging mit den Armen auf dem Rücken weiter. Svein spürte einen Druck auf der Brust. Er setzte seinen Weg in Richtung Ausfahrt fort. Der dünne Stamm einer Birke lag wie ein Schlagbaum über dem Weg. Ein Militärpolizist hielt Wache. Svein ging einfach an ihm vorbei und um den Schlagbaum herum. Der Militärpolizist rief etwas hinter ihm her. Svein antwortete nicht.

Er hatte das Brigadehauptquartier verlassen und ging mit raschen Schritten den Weg entlang. Vor ihm lag eine lange Gerade. Der Weg war voller Pfützen und verschwand hinter einem Höhenrücken. Dahinter konnte er die Ausläufer des Hochgebirges ausmachen. Ein spitzer Gipfel verschwand in den niedrigen Wolken. Da hörte er ein Auto anspringen und beschleunigte seine Schritte. Als er sich umdrehte, sah er, wie ihm ein Auto folgte. Er begann zu laufen. Das Auto fuhr vorbei und blieb vor ihm stehen. Zwei Militärpolizisten stiegen mit ausdruckslosem Gesicht aus. Svein sah verstohlen zum Waldrand, aber noch ehe er über den Graben gesprungen war, hatten sie ihn schon hart an den Armen gepackt. Wortlos schoben sie ihn in den Wagen und fuhren zurück.

ROY JACOBSEN

Aller Wahrscheinlichkeit nach

Rolf presste seinen Bauch gegen den vereisten Steg und schaute hinunter in das brodelnde Wasser. Er musterte die Vertäuungen. So, wie sie aussahen, konnte er vielleicht hoffen, dass das Boot sich nicht losreißen würde. Aber es bestand das Risiko, dass Boot und Pontonbrücke an der Mole zu Kleinholz zersplitterten.

Er sprang wieder an Bord, lief an der Reling entlang und starrte aufs Meer hinaus. Ein neuer Windstoß schlug das Boot gegen den Steg, ein weiterer folgte. Hier durfte er nicht liegen bleiben, er musste die Vertäuung lösen.

Er ging zur Fischfabrik hoch und holte einen Arbeiter, stieg ins Steuerhaus und ließ den Motor an. Der Arbeiter ließ das Tau am Heck los und danach auch die eine Spring.

Rolf machte eine halbe Wendung um die vordere Vertäuung, sein Helfer lief über Deck und ließ auch die zweite Spring los. Rolf gab Vollgas und warf das Ruder herum. Mit einem Aufbrüllen ließen sie den Steg hinter sich und wurden wie ein Ball im aufgewühlten Hafenbecken umhergeworfen.

Rolf versuchte, voll auf den Wind zuzuhalten und dann einen Bogen nach Norden zu beschreiben, aber der Motor versagte auf halber Strecke. Der Fischereiarbeiter stand an Deck wie ein lebendes Fragezeichen. Ein weiterer Brecher schlug über das Boot, und sie hielten auf die Brandung zu.

»Die Ölpumpe?«

Der Fischereiarbeiter schob den Bootshaken hinter einen Pfosten an der Reling und lief über das schwankende Deck hinunter in den Maschinenraum. Das schwarze Pumpwasser umspülte den Motorblock, Werkzeug, Schmierkannen und Ölzeug dümpelten zwischen Schotten, von denen die Farbe abblätterte, ein Bausch Putzwolle klemmte unter dem Vergasergriff. Er riss ihn los, schob den Griff zurück, und der Motor sprang wieder an. Als er an Deck kam, legte das Boot sich auf die Seite, der Motor brüllte lauter, dann starb er mit einem heiseren Würgen ab.

Aber sie wurden nicht mehr weitergetrieben, die Vertäuung war in die Schiffsschraube geraten, das Boot hing mit dem Heck zum Sturm, und der Bug wippte vor der Brandung, die nur noch zwanzig Meter entfernt war, auf und ab.

Sie wechselten einen Blick.

»Was machen wir jetzt?«

Rolf starrte in die schäumende Brandung, das Tau wurde schlaff, sie kämpften sich noch einige Meter weiter.

»Können wir denn irgendwas machen? Wenn wir das Tau kappen, werden wir doch zu Brennholz zerschlagen.«

Er schloss das Fenster wieder und sah ein, dass er das Boot auch nicht hängen lassen durfte. Das Tau würde früher oder später an der scharfen Schraube zerschlissen werden, oder sie würden unter diesem Druck brechen, die Ebbe würde kommen, und was war mit der Verankerung des Taus?

Im Hafen hatte sich schon eine Menschenmenge versammelt. Ein Beiboot wurde gefiert, zwei Mann in Ölzeug kletterten an Bord, der kräftige Außenbordmotor trug das Fahrzeug in keuchenden Sprüngen durch die Bucht. Erst beim dritten Versuch konnten sie sich längsseits des Schiffes legen.

»Probleme?«, brüllte der eine mit einem Grinsen.

»Das ist doch wie verhext, verdammt noch mal!«

»Verschalk alle Luken und mach, dass du an Land kommst, hier kannst du nicht liegen bleiben.«

Rolf schloss die Tür zum Steuerhaus, überprüfte die Luken und schloss die Klappe, die zum Maschinenraum führte. Sie stiegen in ihr eigenes Beiboot und stießen sich ab. Mit Müh und Not erreichten sie die Pontonbrücke.

Er hatte sich das Geld für diesen Kutter gepumpt, der Kahn war bis über den Schornstein beliehen, außerdem war er unterversichert, und jetzt stand sein ältester Sohn mitten in der Menge und beobachtete ihn. Rolfs Stiefel hatten sich mit Wasser gefüllt, er fror, der Schweiß lief ihm nur so herunter. Man wagt, und man verliert, man baumelt an einem dünnen Faden, und manche hoffen wohl, dass auch der noch reißen wird ...

Die fröstelnde Versammlung begab sich wieder in die Fabrik. Rolf setzte sich auf einen Tisch und zog seinen Tabak heraus. Er hatte die Lage richtig eingeschätzt, als er die Pontonbrücke verlassen hatte. Es war wohl ziemlich tollkühn gewesen, mit nur einem Mann loszufahren, er hätte vielleicht nicht auf die Nordseite des Taus zuhalten sollen, aber auf der Südseite war kein Platz gewesen ...

Das Dorf hielt zusammen. Es lag am Meer. Alle dachten wie er, sie hatten dieselben Aussichten, dieselben Erfahrungen. Vielleicht hätte er nicht so viel Dreck im Maschinenraum herumschwimmen lassen sollen. Er atmete tief durch und sah die vielen vertrauten Gesichter, er leckte an seinem Zigarettenpapier, während sie darauf warteten, dass er etwas sagte. Dann ließ er seinen Blick zu seinem Sohn weiterwandern.

»Kannst du Petter holen? Und ihn bitten, seine Taucherausrüstung mitzubringen?«

Sein Sohn verschwand. Rolf sprang auf den Boden und ging ins Bootshaus, um sich umzuziehen. Als er wieder zum Vorschein kam, stand Petter schon draußen, mit dem Taucheranzug über der Schulter und einer Sauerstoffflasche in der Hand. Die Menschenmenge war noch größer geworden.

»Was soll ich denn tun?«

»Ich weiß nicht ... noch nicht.«

Rolf setzte sich wieder auf den Tisch. Er trug zwar jetzt trockene Kleidung, doch er schwitzte schon wieder, ließ seinen Blick skeptisch von dem verschlafenen, bartlosen Jungengesicht zu der spärlichen Ausrüstung wandern, bis er sich in den grausamen Windstößen verlor, die durch den Hafen tobten.

»Sobald du die Trosse kappst«, dachte er laut, »wird das Boot lostreiben. Du schaffst es nicht, die Schraube loszukriegen, ehe wir die Felsen erreicht haben ...«

Alles schwieg. Der Taucher meinte: »Kann das Boot denn nicht hängen bleiben, bis es ruhiger wird?«

»Wenn der Wasserstand sinkt, wird das Boot auch dort, wo es jetzt liegt, zerschlagen werden, falls das Tau überhaupt so lange durchhält«, sagte Rolf. Sie hatten eine Stunde, zwei aber wohl kaum.

»Und der Wetterbericht?«

»Beschissen. Starker Sturm, Orkanböen ...«

Eine Stimme behauptete, der Nordwind lasse rascher nach als der Südwest. Es war der Fabrikbesitzer. Rolf schüttelte den Kopf.

»Dieses Risiko kann ich nicht eingehen.«

»Ich könnte dir den Fischkutter geben«, sagte der Fabrikbesitzer. »Johannes kann einen Stropp in den Kahn schlagen und ihn festhalten, bis Petter alles sauber hat und du losfahren kannst.«

Der mächtige Mann stand jetzt, die Hände in den Taschen, vor dem Tisch. Rolf sah ihn an. Er schien seine Worte ernst gemeint zu haben. Der siebzig Fuß lange Kutter lag am einzigen ungefährdeten Liegeplatz. Wirklich ein Dorf, das zusammenhielt. Jetzt wandte er sich an den Kapitän.

»Was meinst du, Johannes?«

Johannes war in Rolfs Alter, sie waren zusammen zur Schule gegangen, hatten zusammen Fußball gespielt und gefischt, ehe jeder sein eigenes Boot bekommen hatte, Johannes den Kutter des Fabrikbesitzers, Rolf seinen eigenen. Zusammen bildeten sie das wirtschaftliche Rückgrat des Dorfes. Johannes überlegte.

»Ich weiß nicht.«

Rolf schwieg. Ein anderer meinte: »Das ist die einzige Möglichkeit.«

Der Fabrikbesitzer fragte: »Was würdest du machen, Rolf, wenn es dein Kutter wäre und wenn mein Boot da draußen dem blanken Hans im Rachen baumelte?«

Rolf gab keine Antwort.

»Das ist die einzige Möglichkeit«, wiederholte die Stimme in der Menge.

Johannes sagte: »Wir müssen zuerst mit dem Arsch nach vorn anlegen und einen Mann mit einer Trosse an Bord bringen. Dann muss Petter mit der Taucherausrüstung an Bord gehen. Das wird gefährlich für Petter und für die Boote.«

»Ich kann mit dem Beiboot rausfahren«, meinte Petter.

»Ja«, sagte Rolf. »Zusammen mit mir und Arne. Und ihr braucht dann nur noch die Trosse an Bord zu werfen?«

Johannes starrte den Fabrikbesitzer an. Der sagte nichts, sondern sah Rolf an, als warte er auf eine Antwort.

»Was meinst du, Hermann?«, fragte Johannes.

»Macht, was ihr wollt.«

»Aber es ist doch dein Boot?«

»Ist mir scheißegal. Was sein muss, muss sein.«

Johannes nickte. Sie gingen hinaus auf den verschneiten Kai. Die anderen kamen hinterher. Johannes und die Mannschaft kletterten die Leiter zum Fischkutter hinab. Der Mann, der beim ersten Mal mit Rolf draußen gewesen war, meldete sich wieder. Rolf, sein Sohn Arne, Petter und der Arbeiter trugen die Taucherausrüstung auf die Pontonbrücke und dann ins Beiboot.

Die beiden Fahrzeuge verließen den Anleger gleichzeitig, das Beiboot fuhr im Windschatten des Fischkutters. Der Wind war stärker geworden. Als der Fischkutter den Bug hob, fuhr Rolf um das Schiff herum und legte an der Stelle an, wo noch immer der Fender vorhanden war. Das Beiboot war inzwischen halb voll mit Wasser gelaufen. Sie nahmen den Außenbordmotor ab, warfen ihn aufs Schiff und zurrten ihn an der Luke fest. Für das Beiboot konnten sie nichts tun. Rolf fand zwei kleine Anker, befestigte sie am Tau und ließ sie über Bord.

Alle vier machten sich auf dem schmalen Heck bereit und starrten die Achterseite des Fischkutters an, der sich mit heftigen Stößen näherte. Rolf hob den Arm. Einer der Männer auf dem Kutter warf ihm die Leine zu. Das Lot traf den Schaum mitten zwischen den Booten und tanzte zurück. Der Fischkutter kam noch einige Meter näher.

Erst beim vierten Versuch konnten sie die Leine an Bord holen. Der Fischkutter machte einige brüllende Sprünge nach vorn. Sie holten die Trosse ein und vertäuten sie in der backbords gelegenen Belegklampe. Rolf hob abermals den Arm. Noch ein Brüllen. Die Trosse hob sich aus der schäumenden See und spannte sich zwischen den Booten. Sie glitten einige Meter von der Brandung fort. Wieder hob Rolf den Arm. Mittlerweile hatte Petter den Taucheranzug angelegt. Rolf schaute in den Schaum hinunter.

»Du kannst da nicht runter, das überlebst du nicht.«

Petter nickte. »Und wenn wir das Boot umdrehen und den Arsch nach Lee holen?«

»Davon wird es auch nicht weniger hin- und hergeworfen.«

»Sollen wir das Tau kappen und uns vom Kutter in ruhigeres Wasser ziehen lassen und die Schraube da säubern?«

»Und wo gibt es ruhigeres Wasser?«

»Gute Frage ...«

Rolf kletterte ins Steuerhaus, schaltete das Funkgerät ein und hörte im selben Moment Johannes' schnarrende und fast triumphierende Stimme: »Petter ist nicht runtergegangen, was?«

»Nein. Hier ist es einfach zu übel ...«

»Und wir können auch nicht liegen bleiben. Wir schütteln uns doch alle Geräte zu Bruch.«

»Wir können die Vertäuung kappen und weiter reingehen?«

»Aber wohin denn, du Möwenficker? Over.«

»Das ist es ja eben. Over.«

»Du weißt, was du getan hast, hoffe ich?« Rolf überlegte. »Was meinst du?«

»Wir müssen hier liegen bleiben. Wenn wir euch loslassen, knallt ihr gegen die Felsen. Zum Kai kommen wir nicht, und das Beiboot können wir ja wohl vergessen, wenn ich das richtig gesehen habe?«

»Ja, da war nichts mehr zu machen.«

Rolf drückte auf den Knopf und starrte in die Brandung. Er

dachte an seinen Sohn und an Petter und an den Arbeiter aus der Fischfabrik, der sich freiwillig zu diesem Wahnsinn gemeldet hatte. Keiner von ihnen war älter als zwanzig.

Er schaltete das Funkgerät aus und ging an Deck. Das Meer hatte sich in ein einziges Brüllen verwandelt. Petter und Arne hatten sich unter der Reling hinter dem Steuerhaus festgekrallt. Unten im weißgrünen Schaum ahnte er das flackernde Licht des Beibootes. Der Fischereiarbeiter hatte sich im Maschinenraum verschanzt.

»Wie geht's?«, rief er durch die Luke.

»Beschissen. Die können uns nicht halten, bis die Lage sich beruhigt.«

»Wenn wir die Vertäuung kappen, können sie uns doch sicher zum Kai schleppen?«

»Nicht bei diesem Wetter – daran hatte ich nicht gedacht. Daran hat keiner von uns gedacht.«

Rolf sah seinen Sohn an. Salz und Öl hatten schon Ringe um seine blutunterlaufenen Augen gezeichnet. Er lief zurück zum Steuerhaus und rief über Funk Johannes an.

»Wie viel Treibstoff hast du?«

»Treibstoff? Meinst du, wir sollen hier liegen bleiben?«

»Jetzt sag schon, wie viel du gebunkert hast, Mann!«

»Ich weiß nicht, genug für zwei Stunden vielleicht.«

Rolf wartete. Dann sagte er: »Na gut. Wir kappen die Vertäuung, und ihr schleppt uns aufs Meer hinaus, hinter die Schäre, eine halbe Stunde von hier entfernt. Und da säubern wir dann die Schraube, ja?«

Schweigen.

»Hast du denn völlig den Verstand verloren?«

»Hier hinter den Felsen ist alles viel unruhiger. Da draußen können wir vielleicht etwas ausrichten.«

»Du bist verrückt!«

»Wir haben keine Wahl.«

Es wurde wieder still. Dann sagte Johannes: »Verdammt, ich glaube, du hast recht.«

Rolf gab keine Antwort, sondern wartete, bis Johannes schließlich sagte: »Okay. Wenn wir mit heiler Haut hier durchkommen und raus hinter die Schäre ... Falls es da draußen zum Teufel geht, knallt ihr wenigstens nicht direkt gegen Land, und Petter hat mehr Zeit ...«

Mehr sagte er nicht. Rolf wartete. Er konnte durch die Fenster kaum noch etwas sehen.

»Na gut«, sagte er. »Los geht's.«

Er hängte ein und blieb noch eine Sekunde stehen. Dann lief er zum Heck, wo die beiden Jungen noch immer unter der Reling kauerten. Sie lachten gerade über irgendetwas.

»Wie geht's denn, Papa?«

»Ach, prima. Wir fahren aufs offene Meer hinaus.«

Er beugte sich mit dem Bootshaken über die Reling und fischte die schlaffe Vertäuung herauf, schnitt sie durch und ließ sie fallen und sah zu, wie die Schlepptrosse sich über die Schaumkronen hob. Dann zog er Arne mit zum Vorderdeck, holte ein weiteres Tau, dessen Ende er durch die Öse im Bug zog, ehe er es befestigte. Dann ging er mit der Taurolle nach hinten, an allen Stagen vorbei, und befestigte es am Schlepptau.

Arne starrte zuerst den Knoten an, dann seinen Vater, der wieder in die Brandung schaute, und nickte, als sie ungefähr hundert Meter vom Land entfernt waren. Petter hob den Arm.

Der Fischkutter hielt an, ein neues Brüllen ertönte, als er auf sie zukam. Arne und Petter spannten das Schlepptau an, Rolf befreite mit einem Tritt den Knoten aus der Belegklampe und ließ das Tau über die Reling fallen. Der Fischkutter vollzog eine jähe Wendung, lag nun quer zu den Brechern, wurde vom schäumenden Meer begraben, richtete sich aber wieder auf, als das Schlepptau sich spannte – und es ging weiter, mit dem Bug in der Luft.

Arne schüttelte sich das Wasser aus den Haaren, lief hin und her und fuchtelte wild mit den Armen. Langsam stampften sie aus der Brandung hinaus, aus dem Hafen, bis sie außer Sichtweite waren.

»Wohin wollen wir?«

»Aufs Meer, hab ich gesagt. Macht euch bereit.«

Das Schlepptau schwappte in den Wellen zwischen den beiden Booten. Nur mit voller Ruderkraft konnte Rolf sein Boot im Kielwasser des Fischkutters halten. Hinter den Schären war das Meer noch wütender, aber die Wellen waren nicht mehr so hoch. Der Fischkutter drehte wieder nach Norden und hob die Nase in die Luft, das Stampfen ging in ein schweres, tiefes Rollen über. Es war kurz nach eins, gegen drei war die Flut am höchsten. Rolf schaltete das Funkgerät ein: »Jetzt kannst du nachlassen.«

»Nachlassen? Wir fahren volle Maschine, Mann, und wir kommen trotzdem nicht vom Fleck.«

Rolf warf einen Blick auf die verschneite Landzunge und sah, dass Johannes recht hatte. Er schaltete das Funkgerät aus und ging wieder an Deck, wo Petter im Unterstand Zuflucht gesucht hatte.

»Sollen wir einen Versuch machen?«

Der Junge nickte. Rolf holte ein Tau und band es ihm um den Leib, dann befestigte er das andere Ende an der Reling. Es war völlig unmöglich, aufrecht stehen zu bleiben. Für einen Moment sah er die blauen Augen hinter dem Glas des Taucherhelms und dachte an einen Sommertag, an dem er zu Hause auf der Leiter gestanden und die Südwand angestrichen hatte. Die Kleine hatte im Garten gespielt, er konnte sie singen hören. Dann war der Gesang verstummt. Ohne nachzudenken, war er von der Leiter gestiegen, um das Haus gelaufen und hatte sie im Brunnen gefunden, in allerletzter Minute. Seither war der verstummende Gesang nie aus seinem Kopf verschwunden. Plötzlich spürte er eine Hand auf der Schulter.

»Das geht nicht, Papa«, sagte Arne. Sie wechselten einen Blick.

»Das muss Petter entscheiden«, meinte Rolf.

Petter nickte in Richtung Tau und zuckte mit den Schultern. Dann kletterte er über die Reling. Die Bewegungen des Bootes zogen ihn in den Schaum hinunter und hoben ihn dann vier Meter über die beiden anderen, ließen ihn wieder fallen, und dann blieb er unten. Sie fierten ihn zum Kiel hinunter. Petters Arm tauchte auf, Rolf legte sich über die Reling, als das Boot sich wieder senkte, und reichte ihm ein Messer. Als die Hand zum zweiten Mal auftauchte, hörten sie einen Ruf und fingen an einzuholen. Sie konnten ihn an Deck bringen.

»Die Schiffsschraube ist unversehrt«, keuchte Petter. »Und die Achse scheint nicht verbogen zu sein. Aber ich kann nichts sehen ... nur Schaum ...« Er setzte sich unter die Reling und stemmte die Füße gegen den Unterstand. »Hat die Schraube sich oft gedreht, bevor du stehen geblieben bist?«

Rolf dachte nach. »Zwei Umdrehungen vielleicht, es ist ja eine dicke Trosse.«

»Ja, und aus Nylon. Die sind teuflisch zäh. Kannst du den Motor laufen lassen und die Achse blockieren?«

»Du willst es noch mal probieren?«

»Sicher, wenn ich mich ans Ruder binde ... Hast du noch mehr Tau?«

Rolf ging hinunter in den Maschinenraum und sah, dass

das Wasser noch höher stand, die Pumpen arbeiteten nicht. Er ließ den Motor laufen, holte einige Holzkeile und lockerte das Brett über dem Kielschwein, schob beide Arme ins Pumpwasser, presste die Keile zwischen Achse und Bodenbrett und drückte sie fest.

Währenddessen hatte Arne eine weitere Taurolle bereitgemacht. Sie halfen Petter über die Reling und fierten ihn über das Heck hinab, hörten ihn rufen und gaben mehr Tau. Rolf richtete sich auf und schaute zu dem Fischkutter hinüber – sie hatten offenbar das Schlepptau eingeholt, denn sie waren jetzt nur noch dreißig Meter von ihnen entfernt.

Er lief ins Steuerhaus.

»Kannst du Petter sehen?«, rief er ins Funkgerät.

»Er taucht in jedem Wellental auf, ja, er ist noch am Leben.«

»Weißt du inzwischen, wie viel du gebunkert hast?«

Auch jetzt kam keine Antwort. Rolf wiederholte seine Frage. Noch immer keine Antwort. Er lief wieder hinaus. Der Fischereiarbeiter und Arne hingen mit je einem Tauende über dem Heck, mehr unter dem aufgewühlten Wasser als darüber. Rolf zwängte sich zwischen die beiden und erhaschte einen Blick auf Petters Taucheranzug. Dann schaute er zum Land hinüber und sah, dass die Landzunge verschwunden war, sie waren mindestens eine Meile nach Süden gedriftet.

»Diese Ärsche!«, schrie er. »Die fahren auf halber Maschine!«

Sein Sohn sah ihn an.

»Glaubst du, die machen das aus Jux?«

Rolf schwieg. Dann fragte er: »Frierst du? Du zitterst ja.«

»Du doch auch.«

»Geh jetzt in die Kajüte und wärm dich auf. Ich passe hier auf.«

Der Sohn kroch über das Deck, und Rolf legte sich wieder

über das Heck. Als das Schiff sich hob, sah er eine Hand, die an die Schiffsseite klopfte. Er gab dem Fischereiarbeiter ein Zeichen, und sie fingen an einzuholen. Die Hand kam wieder zum Vorschein und klopfte noch einmal. Sie ließen die Leine locker, und beim nächsten Wellenstoß holten sie Petter hoch. Rolf nahm ihm den Taucherhelm ab, es dauerte eine Weile, ehe er etwas sagen konnte.

»Ich muss mich einen Moment ausruhen.«

»Wie sieht es aus?«

»Na ja ... ich hab fast alles losgekriegt, aber natürlich ist auch einiges geschmolzen. Kannst du die Schaufeln ein bisschen bewegen?«

Rolf ging in den Maschinenraum, zog die Verkoppelung hin und her und ließ sie dann bei »vorwärts« stehen.

»Wir werden wie blöd abgetrieben«, hörte er den Fischereiarbeiter sagen, als er wieder zum Vorschein kam.

»Bist du so weit?«

Petter nickte und stand auf, stieg zum dritten Mal über die Reling und ließ sich an der Heckseite nach unten. Rolf bat den Arbeiter, Arne zu holen, und ließ die beiden die Taue überwachen. Im Führerhaus riss er wieder das Mikrofon an sich.

»Du hast meine Frage nicht beantwortet.«

»Nein«, kam die zögernde Antwort. »Tatsache ist, dass es schlecht aussieht. Wir können hier nicht mehr lange liegen bleiben ...«

»Wie ist das zu verstehen?«

»Dass ihr zehn Minuten habt oder eine Viertelstunde. Höchstens.«

Rolf stürzte wieder hinaus, beugte sich über die Reling und sah Petter, der gerade nach oben kam.

»Ist sie jetzt sauber?«

»Nein, aber mehr kann ich nicht tun, wir können den Motor nur starten und hoffen, dass die Schraube sich dreht.«

Der Taucher zog sich an Deck und legte sich zwischen Luke und Steuerhaus auf den Rücken. Rolf starrte zum Land hinüber und sah, dass die Berge bereits in der Dämmerung verschwanden. Sie würden noch eine Viertelstunde oder vielleicht auch eine halbe weitertreiben können, dann würden sie die Brandung bei Sørøya erreicht haben. Erst jetzt ging ihm auf, dass es zu spät war, den Seenotrettungsdienst anzurufen. Ein Hubschrauber würde bei diesen Windstößen nichts ausrichten können.

Das Funkgerät piepste. Er schickte seinen Sohn in den Maschinenraum, um die Keile zu entfernen, und hob das Mikrofon.

»Eine Minute!«, brüllte er und hängte wieder ein.

»Fertig!«, rief sein Sohn durch die Tür und verschwand in Richtung Bug, um das Schlepptau zu entfernen.

Rolf drehte den Zündschlüssel um, ließ den Motor an, schaltete die Pumpe ein. Er zählte ... sieben ... acht ... zwanzig ... dreißig ...

Sein Sohn kam zurück.

»Was machst du denn hier? Jetzt schalt schon die Kupplung ein!«

»Noch nicht.«

Rolf zählte weiter. Die Pumpe arbeitete, durch das Fenster sah er das schwarze Pumpwasser in den weißen Schaum stürzen. Arne starrte ihn wütend durch die Türöffnung an. Am Bug lag der Fischereiarbeiter unter der Reling und schüttelte den Kopf. Rolf schaltete, stellte den Motor auf »langsame Fahrt« und hörte ein Kreischen, dann stabiles Motorengeräusch, ein weiteres, kürzeres Kreischen – schließlich lief der Motor normal, sie hatten Steuertempo.

Er sah seinen Sohn lächeln und schaute hinter ihm her. Arne lief wie ein Zirkuskünstler über Deck und legte sich über den Bug, der sich wie ein Fels aus dem Meer erhob. Dann krallte er sich an einem Stag fest, nur um wie ein Fetzen losgerissen und zwischen Spill und Mantel geschleudert zu werden, mit dem Schlepptau in den Händen. Der Fischereiarbeiter robbte langsam zu ihm hin. Der Junge kniete schon wieder, sie holten das Tau ein, und erst jetzt ging Rolf auf, dass die Mannschaft des Kutters das Tau gekappt hatte, noch ehe er seinen Motor angelassen hatte.

Er gab mehr Gas, wich dem Kielwasser des Kutters aus und legte sich dann neben ihn. Wieder piepste das Funkgerät. Er ließ es piepsen. Durch die Wassermassen sah er, dass Johannes jetzt zurücksetzte, seine Mannschaft krallte sich steuerbords an der Reling fest und starrte zu ihnen herüber. Es ging auf drei Uhr zu, es war dunkel. Rolf sah auf dem Log, dass sie unter fünf Meilen lagen. Sie bewegten sich nicht vom Fleck.

Er riss die Tür auf und sah einen Mann auf dem Kutter die Hand ans Ohr heben und eine Drehbewegung machen. Er schaltete das Funkgerät wieder ein. Johannes sagte: »Wir haben keinen Treibstoff mehr. Mach alles bereit, was du an Leinen und Tauen hast.«

»Wie viele seid ihr?«

»Fünf.«

Rolf gab seinem Sohn und dem Fischereiarbeiter ein Zeichen und holte sie ins Steuerhaus.

»Wir müssen sie rübernehmen.«

»Das geht nicht.«

»Das geht. Macht euch bereit.«

Er legte sein Boot so dicht an den Fischkutter, wie überhaupt nur möglich, und nahm Blickkontakt mit Johannes auf.

Der Kutter trieb in wildem Tempo gen Süden. Sein Sohn und der Fischereiarbeiter starrten zu Rolf hoch. Der Arbeiter warf das Lot, das auf dem Kutterdeck aufprallte. Rolf konnte hören, wie die Mannschaft miteinander redete, dass sie einen Entschluss fasste. Ein Mann band sich die Leine um den Leib, stieg auf die Reling und warf sich ins Wasser, als die Boote sich wieder senkten. Rolf riss die Tür auf und stellte einen Fuß auf die oberste Stufe. Arne und der Fischereiarbeiter zogen aus Leibeskräften. Rolf schaltete auf Leerlauf und ließ das Boot treiben, bis sie den Mann unter der Bootsseite hatten. Dann schaltete er wieder und drehte sich um einige Grad vom Fischkutter fort. Sie konnten den Mann nicht an Bord holen.

Rolf stürzte an Deck und schüttelte Petter.

»Kannst du etwas sehen?«

»Was?«

Er zerrte ihn ins Steuerhaus und stellte ihn neben das Ruder.

»Kannst du hier stehen bleiben?« Der Junge nickte erschöpft.

»Immer gerade nach Norden halten.«

Rolf lief wieder nach draußen und schaute über die Reling. Der Fischer schlug gegen die Bootsseite. Als die Reling das nächste Mal unterging, konnten sie das Seil um seinen Leib packen und ihn schließlich an Bord zerren.

Rolf überzeugte sich davon, dass er noch atmete, schleppte ihn in die Kajüte, legte ihn zwischen den Kojen auf den Boden und stürzte zurück zum Steuerhaus. Der Fischereiarbeiter hatte das Ruder gepackt, um sich wieder neben den treibenden Fischkutter zu schieben. Petter war zwischen Funkgerät und Schott eingeklemmt.

»Was ist los mit dir, Petter?«

»Ach, geht schon ...«

»Jedenfalls können wir die nicht alle auf diese Weise an Bord holen«, meinte der Arbeiter.

»Wir haben keine andere Wahl.«

»Wir haben wohl nur die Wahl, dass alle untergehen oder nur die Hälfte.« Er nickte hinaus in die Dunkelheit, wo der weiße Schaum verriet, dass Sørøya und damit das Land sich näherten.

»Geh wieder an Deck«, sagte Rolf. »Arne und ich bereiten alles für den Nächsten vor. Petter – hörst du mich?«

»Ja, ja ...«

»Kannst du das Ruder nehmen?«

»Sicher.«

»Nein, das kannst du nicht.«

Rolf nahm wieder den Hörer vom Funkgerät.

»Dein Motor läuft noch?«, rief er.

»Ja, aber der pfeift auf dem letzten Loch. Wie ist es mit Hans gelaufen?«

»Der schafft das. Sind die anderen so weit?«

»Ja, wir nehmen jetzt unseren Benjamin.«

»Alles klar.«

Er brachte das Boot neben den Kutter, überließ das Ruder wieder dem Fischereiarbeiter und lief zusammen mit seinem Sohn an Deck. Sie wickelten die Leine aus. Arne warf. Wieder landete das Lot mitten auf dem Deck des Kutters. Wieder wurde einem Fischer die Leine um den Leib gebunden. Seine Kameraden halfen ihm, auf die Reling zu klettern, hielten ihn fest, bis das Boot sich senkte, und schoben ihn dann hinaus. Der Junge stieß sich von der Reling ab und kam in wildem Sprung auf sie zu. Rolf konnte noch seinen Blick einfangen, ehe er im Schaum verschwand. Er holte so viel Leine ein, wie er konnte, während der Fischereiarbeiter den Motor in den Leerlauf schaltete.

Dann hörten sie etwas gegen die Bootsseite schlagen. Rolf hob den Arm, der Motor wurde wieder eingeschaltet. Der Fischereiarbeiter kam an Deck, und beim nächsten Heben konnten sie den Jungen an Bord ziehen. Er blutete aus einer Platzwunde an der Stirn, war aber bei Bewusstsein. Arne und der Arbeiter zogen ihn in die Kajüte. Rolf kletterte wieder ins Steuerhaus.

»Ich glaube, du gehst jetzt besser in die Kajüte, Petter.«

»Ach, ich weiß nicht.«

»Was ist los mit dir?«

»Ich friere so schrecklich.«

»Lass sehen.«

Er öffnete den Verschluss des Taucheranzugs und sah, dass Petters Schulter blau war, und ihm fiel auf, dass der rechte Arm schlaff herunterhing. Er wartete, bis der Fischereiarbeiter zurückkam, gab ihm das Ruder und half Petter hinaus, schleppte ihn über das Deck und in die Kajüte. Die beiden Männer vom Kutter lagen bewusstlos in ihren Kojen. Arne lag in der dritten und sprang auf, als er seinen Vater sah. Sie halfen Petter in die Koje und stiegen wieder hinauf, um die Leine zum dritten Mal bereitzumachen.

Es war jetzt vollkommen dunkel, die Berge waren verschwunden. Rolf schaute auf die Uhr, es war fast vier, eine Stunde nach der vollen Flut, und der Sturm wütete ärger denn je. Er sah zum Kutter hinüber – zwei Mann an Deck. Johannes im Steuerhaus. Rolf warf. Erst als das Lot zwischen den Booten ins Meer fiel, merkte er, dass sein Arm lahm war. Sein Sohn holte die Leine wieder ein, rollte sie auf und warf. Das Lot landete auf dem Kutterdeck, der dritte Fischer band sich die Leine um den Bauch, stieg auf die Reling und ließ sich in ein Wellental fallen. Sie zogen ihn zu sich, der Motor wurde ausgeschaltet, aber sie konnten ihn nicht an Bord holen.

Rolf legte die Leine aufs Spill und gab dem Fischereiarbeiter ein Zeichen, den Motor wieder einzuschalten. Das Spill bewegte sich, sie hörten weit hinten an der Bootsseite einen Knall. Der Arbeiter schaltete den Motor aus – und sie versuchten, die Leine per Hand einzuholen. Rolf legte sie wieder aufs Spill, stürzte ins Steuerhaus und befahl den Fischereiarbeiter hinunter auf Deck. Sowie der an der Reling stand, setzte er volle Kraft zurück, schaltete den Motor wieder aus, lief hinaus. Jetzt konnten sie den Fischer bis dicht über die Reling holen, aber noch immer nicht an Bord.

Die Boote hatten arge Schlagseite. Eine weitere Sturzsee begrub sie vollständig. Rolf stemmte die Knie gegen die Pfosten der Reling, spürte den Arm seines Sohnes an seinem, ließ die Leine los und schloss die Faust um Arnes Handgelenk. Als das Boot sich wieder hob, lagen alle vier an Deck. Der Fischer wirkte völlig leblos.

Rolf kroch ins Steuerhaus, schaltete und konnte das Boot aufrichten. Durch die Fensterscheibe sah er, dass sein Sohn Blut im Gesicht hatte. Das Funkgerät blinkte, doch er ließ es blinken und stürzte wieder hinaus, untersuchte die Wunde, lief zurück zum Mikro.

»Wie sieht's aus?«, hörte er Johannes' Stimme.

Rolf öffnete den Mund, sagte aber nichts, sondern starrte nur auf den weißen Finger, der den Knopf festhielt. Sobald er losließ, würde die Stimme verschwinden. Er hielt den Knopf weiter gedrückt.

»Mach die Lampen an«, sagte er. »Ich seh dich nicht.« Gleich darauf leuchtete in der Dunkelheit ein Punkt auf.

»Es wird jetzt schlimmer«, meinte Johannes. »Wir haben nichts mehr zum Manövrieren. Und den Besan kriegen wir nicht hoch.«

»Wie viel Zeit haben wir noch?«

»Ich kann in dem vielen Licht nichts sehen. Zehn Minuten ... vielleicht.«

»Habt ihr keine Westen?«

»Doch.«

»Zieht sie an. Wir kriegen euch nicht schnell genug an Bord.«

Er legte auf und steuerte den leuchtenden Punkt an. Sein Sohn fing an zu röcheln. Er schlug ihm mit der flachen Hand ins Gesicht. Die Sturzseen trafen sie von der Seite, dann von hinten, und er konnte das Boot auf die Luvseite des Kutters legen, Johannes und der letzte Fischer standen an Deck.

»Wie geht's, Arne, kannst du das Steuer nehmen?«

»Sicher doch.«

Rolf und der Fischereiarbeiter gingen an Deck. Der Arbeiter warf. Wieder landete das Lot auf dem Kutterdeck, die Boote wären fast gegeneinander gestoßen. Rolf musste wieder ins Steuerhaus.

»Geh rückwärts vor den Wind und schalte aus, wenn ich dir ein Zeichen gebe.«

Sein Sohn nickte träge.

»Hast du gehört?«

»Ja, ja, ich hab gehört.«

Der letzte Fischer saß auf der Reling, nur zehn Meter von ihnen entfernt, und starrte fragend zu ihnen herüber. Rolf nickte, der Mann wartete kurz und sprang, jedoch zu zögerlich. Er landete weit entfernt vom Boot und lag gleich darauf hinten am Kutter. Rolf hob verzweifelt den Arm, hörte, wie sein Sohn den Motor ausschaltete, doch in derselben Sekunde spritzte im Lichtschein der Kutterlampen ein roter Strahl empor. Die Leine fiel schlaff ins Wasser. Er gab dem Sohn noch ein Zeichen, hörte, dass der Motor wieder eingeschaltet wurde, und merkte, wie das Boot sich aufrichtete.

Dann schnappte er sich einen Senkstein, gab dem Fischereiarbeiter ein Zeichen, ihn an der Leine zu befestigen, und rannte wieder ins Steuerhaus.

»Hat es nicht funktioniert?«, stöhnte sein Sohn.

»Was redest du da?«, brüllte der Vater. »Natürlich hat es funktioniert. Wenn wir uns wieder nähern und ich dir das Zeichen gebe, schaltest du aus. Beim nächsten Zeichen schaltest du wieder ein und hältst nach achtern. Hast du gehört – nach achtern?«

Er sah nur das Weiße in den Augen seines Sohnes.

»Ja, ja.« Arne nickte.

Rolf griff zum Mikrofon und musste einige Sekunden warten, ehe Johannes sich meldete.

»Jetzt kommt's drauf an!«, schrie Rolf. »Leg dich nicht so hin wie dieser Trottel!«

Er manövrierte sein Schiff neben den Kutter, wieder auf der Luvseite, steuerte das schlingernde Boot an, legte das Ruder nach Steuerbord um und drückte es seinem Sohn in die Hände. Der Fischereiarbeiter hatte bereits geworfen, und drüben war Johannes dabei, sich die Leine um den Bauch zu binden. Rolf konnte seine orangefarbene Weste sehen. Er gab das Zeichen, sein Sohn schaltete aus. Johannes stand bereits auf der Reling. Er machte einen gewaltigen Sprung und landete nur einen Meter von ihnen entfernt im Meer. Sie zogen die Leine straff und legten sie aufs Spill. Rolf gab wieder ein Zeichen, und das Schiff machte brüllend einen Sprung rückwärts. Johannes blieb vor dem Bug hängen. Rolf stürzte ins Steuerhaus und befahl seinem Sohn zu verlangsamen.

»Aber weiter rückwärts!«

»Den kriegen wir nie im Leben an Bord«, schrie der Fischereiarbeiter, als Rolf wieder herauskam.

»Dann muss er eben da hängen bleiben.«

Sie hielten an, schweres Dröhnen rollte über Deck, sie steckten in einem Tunnel aus Lärm und Wasser. Rolf richtete sich auf und sah, wie der Kutter in der Brandung zu Brennholz zermahlt wurde. Dann hörte er einen gewaltigen Krach und sah seinen Sohn hinter den trüben Fenstern des Steuerhauses wild mit den Armen fuchteln. Rolf winkte volle Kraft voraus, sie hoben sich wieder, und Johannes lag leblos und mit offenen Augen neben ihm. Rolf sah ihn lächeln und hob abermals den Arm, Marschtempo, doch dann entdeckte er die schwarzen Ringe um Johannes' Augen und das Blut, das ihm aus dem Hinterkopf hinablief. Sie wurden wieder nach unten gezogen, er verspürte eine gewaltige Hitze, dann verstummten die entsetzlichen Trompetenstöße, und gleich darauf war er nur noch ein Gedanke.

So stellte sie sich das vor, auf Grundlage des Berichts von Petter, dank dem Taucheranzug der einzige Überlebende, und auf Grundlage der Verklarung und der Analysen beider Wracks und der Verstorbenen, die vor ihrem Tod schon viele Stunden blaugefroren gewesen waren. So war es geschehen, entschied der Richter, aller Wahrscheinlichkeit nach, schrieb er, und so stellte sie es sich auch auf der Beerdigung vor, und während sie packte, nachts und tagsüber, ein Mann und ein Sohn, dachte sie auf der Fähre und im Flugzeug, sie stellte sich vor, dass sie einander näher gewesen waren, dass er es noch einmal geschafft hatte, das unmögliche Deck zu überqueren und ins Steuerhaus zu gelangen, wo sie den Sohn gefunden hatten. Irgendwann würde sie der Kleinen davon erzählen, sie musste sich *ausdenken*, wie es gewesen war, sie hatte dafür nur die Worte des Richters und des Psychologen, denn niemand kann das Leid erfassen, und der Gedanke ist mehr als genug. Sie stand in dem neuen Haus auf, zog sich an und brachte die Kleine zur Schule, sie ging in den Laden und dachte diesen Gedanken von Anfang bis Ende. Sie dachte daran, wie er dort auf dem Ponton gelegen und gesehen hatte, dass die Vertäuungen nicht halten würden. Er hatte recht behalten, die Pontonbrücke und die kleinen Boote waren vom Sturm zermalmt worden. Sie dachte an das Gespräch am Kai mit einem ganzen Dorf als Zeugen, einem Dorf, das zusammenhielt. Sie kaufte ein und dachte diesen Gedanken, von Anfang bis Ende, und eines Tages dachte sie, dass es so gewesen sein musste. Sie wäre verrückt geworden, wenn es anders gewesen wäre.

MARIANNE FASTVOLD

Es ist angerichtet

Nur unter gewissen Zweifeln hat sie sich einverstanden erklärt, dass auch weiterhin abwechselnd gekocht wird. Im Wohnheim sind jetzt nur noch sie beide, der Nordnorweger und sie. Alle anderen sind in den Ferien. Sie sitzt während der Osterfeiertage auf ihrem Zimmer und büffelt. Trotz der Bitten ihrer Mutter, doch für einige Tage nach Hause zu kommen.

Der Nordnorweger hat es vorgeschlagen, das mit dem Kochen. Es hat sie überrascht. Es ist eine freundliche Anfrage, die sie nicht gut ablehnen kann, auch wenn sie für das Examen lernen muss.

Sie unterbricht das Lesen um 15.25 Uhr und geht zum Supermarkt. Es ist still, die Sonne scheint, und der Schnee auf dem Bürgersteig schmilzt. Es gibt Nackenkoteletts aus dem Sonderangebot, Kartoffeln, Möhren, Kohl und Sauerrahm. Er ist mager, groß, sicher an die eins neunzig, vielleicht verzehrt er drei Koteletts? Und deuten seine strähnigen Haare womöglich auf Vitaminmangel hin?

Sie wird immer nervös, wenn sie für andere kocht, sie ist sich nie sicher, wie es eigentlich schmeckt. Die Koteletts brät sie zu lange, sie sind trocken. Lächelt er vieldeutig, oder ist sein Mund einfach so, ein bisschen schief? Er sitzt an seiner Examensarbeit über Hexenprozesse. Sie büffelt die Strafprozessordnung.

»Hexerei war ein Vergehen, das die Frauen in Konflikt mit dem Gesetz brachte«, sagt er, während er sich Fleischreste aus seinen spitzen, schiefen Zähnen pult. »Ansonsten wurden kriminelle Handlungen vor allem von Männern begangen.«

Den Salat rührt er fast nicht an. Sein grauer Teint stammt sicher von den vielen selbstgedrehten Zigaretten und dem hohen Verbrauch an Instantkaffee, denkt sie.

»Ist es vielleicht noch immer so?«, fragt er und fischt mit seinen knochigen Fingern eine Prise Tabak aus der Packung. Er sieht sie an, während er am Zigarettenpapier leckt. Sie möchte seinen grauen Augen nicht begegnen.

»Das ist eine Vorstellung, die für Männer sicher prickelnd ist«, meint sie mit plötzlich schroffer Stimme. »Frauen treten im Strafrecht vor allem als *Opfer* auf.«

Warum studiert er nur diese alten Hexenprozesse?

»Durch die Prozesse konnten Frauen, die Ärger machten, unter Kontrolle gebracht werden«, erzählt er. »Dorte Ribland aus Sokndal wurde wegen Mordes durch Hexenkunst angeklagt. Der Bauer Sivert Regdal behauptete vor Gericht, Dorte einmal begegnet zu sein, als er auf den Weiden nach einigen Pferden suchte. Zwischen ihnen kam es zum Streit. Und ein Wort gab das andere. Dorte fluchte und verwünschte ihn und verhieß ihm allerlei Ungemach. Kurz darauf wurde eins seiner Kinder krank und starb. Und Dorte wurde verurteilt.«

»Heute wäre es schwieriger, einen solchen Kausalzusammenhang nachzuweisen«, sagt sie. »Im modernen Strafrecht ist nur wenig Platz für Magie.«

Er mustert sie nachdenklich.

In der Küche schwirrt eine Wespe umher, die sich für die Kotelettknochen interessiert. Sie öffnet das Fenster, um die Wespe loszuwerden, schlägt mit der Tageszeitung nach dem Insekt und bedauert, nicht lieber Geflügelsalat serviert zu haben. Da kann man ja nichts falsch machen.

»Aber die Wurzeln sind interessant«, sagt er. »Vielleicht gibt es ja noch immer magische Kausalzusammenhänge? Die nur scheinbar logisch sind?« Er spült, und sie trocknet ab. Er hält die rosafarbene Spülbürste in seinen langen, nikotingelben Fingern.

Am nächsten Tag nimmt sie mitten in ihrer Lektüre von »Allgemeine Bemerkungen über Beweislast, Beweismittel und Beweisbeurteilung« wahr, dass bereits jetzt – um halb drei – Düfte aus der Gemeinschaftsküche dringen. Die wichtigste Frage, die sich Anklagebehörden und Gericht stellen müssen, ist, ob der oder die Angeklagte schuldig ist oder nicht. Und in der Lehre über die Beweisführung wird besonderes Gewicht auf Beweise gelegt, die in der Schuldfrage von Bedeutung sein können.

Was macht er eigentlich da draußen? Worauf hat sie sich eingelassen? Was ist, wenn sie diese Mahlzeit gar nicht erst hinunterbringen kann? Es riecht seltsam.

Es kann allerdings auch zu Beweisführungen kommen, die nur für das Strafmaß von Bedeutung sind.

Kann sie Nein sagen, wenn sie es einfach nicht über sich bringt? Kocht er häufig, oder macht er es nur, um sie kennenzulernen?

Es kann sich dabei beispielsweise um Beweisführungen handeln, die mit dem Lebenswandel und möglichen Vorstrafen des oder der Angeklagten zu tun haben, und um die Frage, ob die betreffende Person zu ihrer Tat provoziert wurde oder ob es sich um jemanden mit mangelhaft entwickelten oder dauerhaft geschädigten geistigen Fähigkeiten handelt.

Soll sie in die Küche gehen oder lieber warten? Und wie lange ist er da nun schon am Werk? Zwei Stunden bestimmt. Dann wird kurz an die Tür geklopft. »Es ist angerichtet!« Die Stimme dunkel, langsam, singend.

Der Küchentisch ist gedeckt. Vier runde grüne Blattgemüse liegen auf einer Platte, das Loch in ihrer Mitte ist mit weißer Soße übergossen.

»Artischocken in Rosmarinsoße«, verkündet er und zieht ein Baguette aus dem Backofen. Er trägt ein kurzärmliges, löchriges rotes T-Shirt, verschmutzte, abgewetzte Jeans, unter denen lange nackte Zehen hervorschauen. Die Luft ist knoblauchgeschwängert.

Beim Essen erklärt er auf seine langsame Weise, wie er die Mahlzeit zusammengestellt hat. Zuerst hat er das behaarte Mittelstück entfernt, dann die Soße entwickelt. Er nagt die Blätter sorgfältig ab. Sein Mund ist groß, und immer zeigt er ein Wolfslächeln, das sie zu ignorieren versucht.

Danach kocht er Kaffee, holt seinen eigenen Kessel. Der fahle Teint liegt also nicht am Instantkaffee, sondern am echten Kochkaffee, stellt sie fest. In seinem Zimmer wohnt ein kleiner grauer Kater, für den er einen Teller mit Fischresten in eine Ecke stellt, während er erzählt, dass das Tier eines Nachts im Spätherbst durch das Fenster gekommen ist und sich dann häuslich niedergelassen hat. Der Kater hat sich für ihn entschieden. Das ist der Vorteil eines Zimmers im Erdgeschoss.

Sie sieht das nicht so. Sie findet die Vorstellung unangenehm, dass jemand durch das Fenster einsteigen kann, um sich dann häuslich niederzulassen.

»Der Kater erinnert mich an eine Katze, die ich früher mal hatte«, erzählt er, »die gleichen gelben Augen und das runde Katzengesicht. Und so eine Katze ist eine gute Gesellschaft.«

»Das hat lecker geschmeckt«, sagt sie höflich und fragt sich, ob er wohl Single ist. »Wo hast du gelernt, so was zu kochen?«

»Das liegt in der Familie«, meint er nur.

Sie merkt, dass seine Bemühungen in der Küche auch sie beeinflussen. Am nächsten Tag geht sie morgens los und kauft die Zutaten für einen Fischcocktail in Aspik: Krabben, tiefgefrorenes Gemüse, Fisch und Gelatine. Es ist ein weißer Morgen, mit leichtem Schneegestöber in der Luft. Nach und nach bahnt die Sonne sich wie eine gelbe Kugel ihren Weg. Der Fischcocktail wird im Kühlschrank langsam steif, während sie sich auf die Aussage des oder der Angeklagten konzentriert.

Während sie den Fischcocktail verzehren, schweigt er. Der Cocktail ist kühl und köstlich. Aber geruchlos, Stadtessen irgendwie. Der Fischcocktail passt nicht zu ihm. Das hätte sie wissen müssen.

Sie versucht, ihm den Unterschied zwischen Anklageprozess und Inquisitionsprozess zu erklären. Das Gespräch gerät immer wieder ins Stocken. Er isst, hört zu, sagt aber nicht viel. Am Ende sagt sie auch nichts mehr. Sie ist unzufrieden mit dem Essen, obwohl sie sich solche Mühe gegeben hat. Er ist doch frischgefangenen Kabeljau gewohnt, eben erst aus dem Meer gezogen. Er setzt Kaffee auf.

»Bei vielen Hexenprozessen ging es um Liebeszauber«, sagt er plötzlich, während er sich eine Zigarette dreht. »Sigrid Andersdatter wurde deshalb verurteilt. Sie konnte die Liebe eines Mannes auf eine bestimmte Frau richten.«

»Ich finde, heute liegt die Gefahr in einer Romantisierung«, doziert sie, feucht unter den Armen nach ihrem Einsatz als Köchin. »Die Wirklichkeit in früheren Zeiten war knallhart: Krankheit, Tod, das Unwissen unaufgeklärter Menschen, die Verfolgung aller, die anders waren, von Ausgestoßenen und Schwachen und vor allem von Frauen. Jetzt können wir uns für Kräuter und Zauberkräfte begeistern, um einem langweiligen Leben Würze zu geben. Aber niemand glaubt heute doch noch wirklich an Magie.«

Er hebt die Augenbrauen und holt den Kaffee, der fertig gezogen hat. Warum immer dieses Lächeln, überlegt sie genervt. Rasch geht sie zurück auf ihr Zimmer, um sich zu waschen. Sie zieht sich ein sauberes Hemd an und vertieft sich in die Bücher, denn inzwischen hinkt sie ihrem Lernplan hinterher.

Am nächsten Tag kommen abermals starke Gerüche aus der Küche. Rauch füllt den Gang. Sie steht in der Telefonzelle und hat die Stimme ihrer Mutter im Ohr.

»Kannst du nicht wenigstens am Karsamstag nach Hause kommen?«, fragt die eindringliche Urstimme. »Tante Ida kommt auch, wir wollen das Konzert im Dom besuchen, den einen Tag kannst du dir ja wohl freinehmen?«

Sie holt tief Luft und erklärt den staunenden Ohren noch einmal voller Panik, dass sie in drei Wochen Examen machen muss, und zwar das Abschlussexamen!

Als sie in die Küche kommt, brät er irgendetwas in Öl. Eine Art Fleischklumpen. Sie kostet aus Höflichkeit, würgt es hinunter. Ihr Gaumen brennt, und sie versucht, mit Wasser zu löschen. Ist das etwa schadenfrohes Funkeln, was sie da in seinen grauen Augen sieht?

»Ungarische Fleischwurst, ist die nicht großartig?«, fragt er begeistert. »Aus dem Laden um die Ecke, den die Sikhs übernommen haben.«

Die Wurst strotzt nur so vor Gewürzen, sie wird noch übermorgen danach stinken. Und sie muss ihre Kleidung waschen, sogar die Unterwäsche.

Nachts fährt sie triefnass aus dem Schlaf auf, umgeben von unruhigen Geistern. Will er sie zu irgendetwas provozieren? Das wäre gemein, wo sie sich dermaßen abmüht und bald Examen machen muss. Oder ist sie überempfindlich? Vielleicht hat er sich gar nichts dabei gedacht. Vielleicht ist er einfach nur solche Kost gewohnt?

Am folgenden Tag weiß sie plötzlich ganz genau, was sie kochen wird. Sie verspürt den starken Drang nach Grütze, ganz einfach nach Sauerrahmgrütze mit geräuchertem Schinken, diesem Gericht, das ihre Mutter aus Valdres mitgebracht hat. Es tut gut, Grütze, Schinken und hauchdünnes Knäckebrot vor ihn hinzustellen, sie gewinnt dabei ein wenig von sich selbst zurück. Aber er isst gern Grütze.

»Grütze ist gut für Groß und Klein«, sagt er.

In dieser Nacht steht sie mit Faltenrock in der Anklagebank und muss alles zugeben. Die im Kreis sitzenden Dunkelgekleideten schauen auf sie herab, nicken.

Und jetzt die Erklärung der Angeklagten, warum sie kocht und isst?

Totenstille.

Wie steht es mit Lebenswandel, geistigen Fähigkeiten, durchschnittlichen Zensuren?

Sie steht da, mit dem Faltenrock über ihren knochigen bleichen Knien, ohne Stimme.

Am nächsten Tag schläft sie immer wieder über den Büchern ein, fährt voller Examenspanik hoch, arbeitet hektisch weiter, während sie sich an immer weniger erinnern kann. Sie kommt um vier Uhr in die Küche, setzt sich, und der Kater springt auf ihren Schoß. Die Krallen bohren sich durch ihre Cordhose.

Hoffentlich hat er sich an diesem Tag ein ganz normales Gericht ausgedacht! Er bringt eine Backform voller kleiner Tintenfische mit Fangarmen und Saugnäpfen. Um sie herum liegen grünliche gekochte Blätter. Sie fährt hoch, der Kater springt auf den Boden.

»Tut mir leid«, sagt sie, »das kann ich einfach nicht essen.« Er sieht überrascht aus, traurig, sagt: »Aber die sind wirklich toll. Und wo doch Gründonnerstag ist, da dachte ich ...«

»Tut mir leid«, sagt sie noch einmal. »Ich kann einfach nicht.« Sie will gehen. Das Ganze ist ihr peinlich.

»Ich mach dir eine Tiefkühlpizza warm!« Seine breiten Hände auf ihren Schultern schieben sie wieder auf den Stuhl, hinterlassen einen warmen Druck.

Sie sieht nicht hin, als er die Tintenfische in seinen schiefen Mund schiebt, während sie die Tiefkühlpizza verzehrt. Er holt zwei Mack-Bier, schwarze Etiketten mit goldener Schrift, und bietet ihr als Trostpflaster eins an. Er gibt sich wirklich alle Mühe, nett zu sein.

Was ihm auch gelingt.

Für diesen Tag kann sie das Büffeln auch aufgeben, es ist ja doch schon alles schiefgegangen. Sie holen sich noch zwei Flaschen. Am Ende probiert sie ein winziges Stückchen Tintenfisch.

»Es liegt eher am Aussehen, weißt du?«, sagt sie. »Die Saugnäpfe ... die Fangarme ...«

Sie sitzen auf dem schmalen, harten Sofa in seinem Zimmer. Sie hat in ihrem das gleiche, mit senfgelbem kratzendem Wollstoff bezogen. Er zeigt ihr Bücher über Hexenprozesse, mit alten Stichen von Teufeln und nackten fetten Weibern, die rittlings auf ihrem Besen zu schwarzen Messen fliegen. Den Besenstiel nach hinten, die Borsten nach vorn gerichtet.

»Ich träume nachts so viel«, sagt sie.

»Es ist bald Vollmond«, meint er.

Der Alkohol wogt sanft durch ihren Körper und schenkt ihr eine Pause von den Prozessen.

»Ich war angeklagt«, erzählt sie, »stand vor der Richterbank, mit einem riesigen Topf, der kochte und brodelte. Ich wusste, dass ich etwas Entsetzliches gekocht hatte. Der Richter wollte es herausfischen, es war grauenhaft, denn ich würde entlarvt werden. Ich war schweißnass, als ich aufgewacht bin.«

»Und was war in dem Kessel, was meinst du?« Seine Stimme klingt singend und warm.

»Ich weiß nicht«, sagt sie und schaudert auf dem Sofa. »Ich will nicht einmal daran denken.«

»Meine Großmutter hat überall Kräuter gezogen, draußen zwischen den Felsbrocken, in Töpfen im Haus. Im Sommer war ich nachts oft draußen, warst du schon mal in Nordnorwegen?«

»Einmal im Sommer. Am besten kann ich mich an das Licht erinnern, an das durchsichtige rosa Licht, in dem alles zu schweben schien. Und daran, dass es keinen Tau gab. Und ich habe mehrmals Seeadler gesehen.«

»Wenn ich krank wurde, bekam ich einen Kräutersud. Die Leute glaubten, meine Oma könne Krankheiten heilen, und kamen zu ihr.«

»Deshalb interessierst du dich also für Hexenprozesse?«,

stellt sie fest. »Zurück in die Kindheit, zur Oma, die eine Hexe war?«

»Ich kann es nicht leiden, wenn Frauen psychologisieren.«

»Das mögen Männer nie«, sagt sie und lacht. Jetzt versteht sie ihn schon besser. »Ich kann mir deine Oma vorstellen, mit Haufen von getrockneten Kräutern überall in der Küche, während die Herbststürme um die Hausecken toben und der wilde Wassermann in den Brechern heult. In deiner Verwandtschaft wimmelt es nur so von mageren und abergläubischen Onkeln und Tanten. Stimmt's?«

Er schweigt. Beugt sich vor und sieht sie an. Sie kann seine Augen nicht sehen, denn sie liegen im Schatten der Augenhöhlen.

»Warum studierst du Jura?«, fragt er.

»Ich will eine Ausbildung«, sagt sie kurz. »Etwas Festes, Konkretes, Nützliches. Ein Psychologe in meinem Bekanntenkreis hat fünf Jahre lang einen Patienten behandelt. Er schien große Fortschritte zu machen. Dann hat der Patient seine Lebensgefährtin umgebracht, er hat sie einfach niedergestochen. Diese grenzenlosen Wissenschaften. In der Juristerei kann man handfeste Ratschläge geben über das Abschließen von Verträgen, über Scheidung und Erbrecht. System und Ordnung. Praktische Ratschläge und Tipps, und damit endet die Verantwortung. Das ist mir lieber so.«

»Aber trotzdem psychologisierst du?«

»Ja«, sagt sie.

Dann schweigen sie. Aus dem Nachbarblock ist Barockmusik zu hören, der trockene Hall von Schritten über den Asphalt und das Gemurmel unsichtbarer Nachtwanderer. Sie spürt den Einfluss der Nacht, doch sie will sich der samtenen Dunkelheit nicht ergeben. Wenn sie das tut, wird sich sein Arm um ihre Schultern legen. Er hat sie schon mehrere Male gestreift. Die neue Nähe zwischen ihnen, verlockend, spannend, die Möglichkeit, Schleier beiseitezuschieben, seine Haut zu spüren, seine Bartstoppeln, seinen dünnen Haarsträhnen nahe zu kommen, die frisch gewaschen sind, die heute seinen Schädel ganz leicht umwogen, seinen breiten Wolfsmund zu spüren, seine Lippen, weich, fest.

Sie nimmt sich ein letztes Glas Mack-Bier. Trinkt es aus, stellt es energisch weg. Am nächsten Morgen wird sie früh aufstehen und weiterlernen, über Ermittlungen, über gerichtliche Voruntersuchungen. Sie steht auf, sagt Gute Nacht und Danke für den schönen Abend, geht hinüber zu sich. Aber sie kann nichts daran ändern, dass lange Fäden hinter ihr zurückbleiben.

In dieser Nacht dringt er in ihre Träume ein. Allein schon von diesem Gedanken ist sie peinlich berührt. Am nächsten Tag bohren sich seine grauen Augen durch die Zeilen, in denen es um das Anzeigen von strafbaren Taten geht. Sie empfindet eine wachsende Wut darüber, was passiert ist. Die Juristerei ist tot, die Buchstaben sind zu Leichen geworden.

Sie öffnet das Fenster, um die eiskalte Frühlingsluft einzulassen. Ein frischer Wind weht, die Äste bewegen sich, die lose Regenrinne schlägt scheppernd gegen die Wand, die Wolken jagen über den Himmel. Morgen wird er wohl Fledermaus servieren oder Ratten, denen er die Haut abgezogen hat, denkt sie verbittert. Probier mal diese köstliche Suppe, wird er sagen und sie *zwingen* mit seinen starken grauen Augen, seiner singenden nordnorwegischen Stimme. Aber sie will nicht mehr.

Am nächsten Tag zieht sie Jeans und einen dicken Isländerpullover an, dann geht sie hinunter zur gemeinsamen Tiefkühltruhe, nimmt gefrorenen Blutpudding mit Rosinen heraus, brät ihn und knallt ihn mit Preiselbeermarmelade und Himbeersaft auf den Tisch. Schlichte, schnell zubereitete Kost, ohne Schnickschnack. Sein Blick ist anders, als sie erwartet hatte, fast anerkennend.

»Woher hast du gewusst, dass das zu meinen Lieblingsessen gehört?«, fragt er zufrieden.

Ihr war es schnurzegal gewesen, ob ihm das schmeckt. Natürlich, denkt sie verärgert, während sie ihre Portion zerschneidet. Blutiges Essen ist doch genau das Richtige für ihn und seine Großmutter! Sie schneidet sich an dem scharfen Messer. Der Schnitt ist ziemlich tief, er nimmt ihre Hand und saugt das Blut weg.

»So«, sagt er, »jetzt blutet es nicht mehr.«

Kennt er denn keine Grenzen? Sie spürt seinen aufmerksamen Blick.

»Hast du heute Nacht wieder etwas geträumt?«, fragt er.

»Nein«, antwortet sie, und ihr Gesicht wird glühend heiß. Sie essen schweigend weiter. Dann holt sie tief Luft und wappnet sich mit aller Kraft, um ihm zu widerstehen.

»Weißt du, was du im Grunde bist?«, fragt sie ganz ruhig.

»Du bist ein Hexenromantiker!« Und dann wird der Blutpudding feucht und salzig durch ihre Tränen. Verdammt, wieso muss sie jetzt weinen?

Er sitzt schweigend da. Er isst nicht mehr. Er schaut sie ernst und forschend an.

»Warum bist du so traurig? Hab ich was falsch gemacht?«

Er will nicht über Hexenromantik sprechen. Er greift nicht zu einer intellektuellen, beleidigten und halsstarrigen Verteidigung. Er steht hinter seinen Worten. Er ist lebensgefährlich.

»Hast du ... mit mir experimentiert?«, fragt sie kleinlaut. Ihr Zwerchfell fühlt sich an wie Gelee, sie sieht ihn nicht an.

»Ich experimentiere die ganze Zeit«, sagt er und lächelt ein wenig. »Mit allem, mit uns. Ich bin auch in dieses Experiment verwickelt.«

»Aber du hast die Kontrolle«, stellt sie wütend fest.

»Nein«, antwortet er. Seine grauen Augen ruhen auf ihr. Sie muss seinen Blick erwidern. Sie glaubt, dass er die Wahrheit sagt. Und sie sieht etwas, was noch schlimmer ist. Er findet es gut, *nicht* die Kontrolle zu haben. Seine Augen glitzern ein wenig. Er sieht gern zu, was passiert. Er ist verrückt.

Sie kann nicht lernen. Sie muss dieser Sache ein Ende machen. Ihr Lernplan ist vollständig zusammengebrochen. Der Examenstag ragt vor ihr auf wie ein Galgen. Sie sitzt vor dem Fenster, umgeben von aufgeschlagenen Büchern, Notizen, der Strafprozessordnung, dem dicken roten Gesetzbuch, aufgeschlagen beim Allgemeinen Bürgerlichen Strafgesetz vom 22. Mai 1902, Nr. 10. Lass mich los, denkt sie, du machst alles kaputt, meine ganze Zukunft.

Strahlende Nachmittagssonne, Karsamstag, der Schnee glitzert, tropft von den Mauern. So ist es, das Licht, wird er sagen, auf seine singende, langsame Art, und hinzufügen: die ganze Nacht. Und nur selten so warm wie jetzt ... Und sie wird keine Wahl haben, sondern hinter ihm den Strand entlanggehen müssen. Der magere lange Körper, sehnig, nackte weiße Haut, aus dem Winter hervorgekrochen. Merkst du, dass man draußen sein kann, nachts, an den Stränden, dass die Luft weich über die Haut weht?

Sie sitzen auf dem von den Wellen polierten Felsen. Die schwarze Felswand fällt in der Nachtsonne steil ins Meer ab. Über ihnen in der Luft steht der Seeadler. Ihr Körper, der darauf brennt, ihn zu spüren, ganz nah, das heiße, feuchte

Feuer öffnet sich für ihn. Was hast du in dem Kessel gekocht?, fragt seine leise, warme Stimme. Sie lacht, er lacht, er fragt so gern.

Sie folgt mit ihren Blicken den drei schwarz gekleideten Prüfern, die mit steifen Beinen über die Steinbrocken am Strand steigen. Ihre seidenen Talare machen ihnen Probleme, ihre Gesichter sind rot, ihre Perücken hängen schief. Gleich hinter ihnen kommen Mutter und Tante Ida, ihre Mutter ruft: Jetzt geht bald das Konzert im Dom los! Sie rutscht dichter an ihn heran, eng umschlungen schauen sie zu dem schwebenden Adler hoch.

Leise wird an die Tür geklopft. Sie sagt nichts. Hinter ihr geht die Tür auf. Sie dreht sich nicht um. Seine Schritte kommen näher. Sie liest weiter in der Strafprozessordnung. Warum ist die auf Chinesisch geschrieben, wie können sie erwarten, dass sie etwas davon begreift?

Jetzt steht er hinter ihr. Sie ist ein einziger pochender Puls. Sie starrt die Zeichen auf dem weißen Papier an, auf dem die Examensaufgabe steht, vier maschinengeschriebene Zeilen ganz oben auf der Seite, vibrierend in der Ostersonne.

Erklären Sie die magischen Ursachen für Ihr Hexentum, weisen Sie nach, wie alle logischen Ursachen in die Hölle führen, fügen Sie einen in Versuchung führenden Schoß oder mehrere ins strafrechtliche System ein, und reichen Sie das endgültige Geständnis in doppelter Ausfertigung nach.

Er steht da, noch immer. Sein Atem, dicht hinter ihr. Die Wolken jagen über den Frühlingshimmel, es tropft von den Dächern, die Regenrinne schlägt, die Äste bewegen sich. Und dann seine singende Stimme. »Es ist angerichtet.«

ANNE B. RAGDE

Do not disturb

An diesem Abend.

An diesem Abend wollte sie der Sache ein Ende machen. Mit etwas abschließen, was ihr Selbstbild vergiftete und sie alles verachten ließ, was sie sagte und wofür sie stand. Das beenden, was alle Prinzipien untergrub, all das, was gesunde Moral hieß und was sich noch in den überraschendsten Situationen in ihr Bewusstsein bohrte.

Das alles war ihr einige Tage zuvor aufgegangen, als sie auf dem Bürgersteig gehockt und einen kleinen Hund gestreichelt hatte. Einen kräftigen Boxerwelpen, der sich in unvorstellbarem Glück und voller Lebensfreude an ihr gerieben hatte, ein sorgloses Hundebabygesicht mit funkelnden Augen und hellroter Zunge, die wild durch die Luft leckte, während die Pfoten auf den Asphalt trommelten.

Da war es ihr aufgegangen. Hier sitze ich und streichele und lächele süß und bilde mir ein, ich könnte so einfach an dieser Lebensfreude teilnehmen. An diesem Drang zu Leben und Glück, der nichts versteckt, in dem nichts verdeckt oder unter den Teppich gekehrt wird. Ich bin eine Betrügerin, ich tue so, als ob, ich täusche einfach etwas vor. Und sie hatte sich erhoben, dem Hund zugelächelt und der fremden Frau, die mit stolzer Besitzerinnenmiene die Leine hielt, hatte kehrtgemacht und war gegangen. Jetzt war die Zeit für ein Ultimatum gekommen. Sie war auf dem besten Wege, von Selbstverachtung zerstört zu werden, sie konnte nicht mehr richtig leben, sie konnte nicht einmal einen Hundewelpen streicheln, ohne sich schlecht zu fühlen.

Wenn sich ihre Verachtung wenigstens auf ihn gerichtet hätte. Dann wäre alles leicht gewesen. Und schon längst zu Ende.

Sie hatte das Gefühl, mitten in einem billigen Klischee zu stecken, einer uralten Geschichte, einer jämmerlichen, abgenutzten Rolle auf einer ebenso heruntergekommenen Bühne. Da hatte sie nun ein Verhältnis mit einem verheirateten Mann und Arbeitskollegen. Ein geheimes Verhältnis, so billig und simpel und klischeehaft, dass es zum Heulen war. Aber sie hatte es eben. Das war eine Tatsache.

Seit drei Jahren ging es schon so. Hinter geschlossenen Vorhängen, bei helllichtem Tag in Hotelzimmern, auf Parkplätzen. Natürlich war ihr der Gedanke schon früher gekommen, wenn sie irgendwo auf einem schmuddeligen Parkplatz in der Pampa gesessen und auf ihn gewartet hatte. Immer wieder war ihr aufgegangen, wie tragisch und billig das alles doch war.

Aber dann war er gekommen, hatte sich neben sie auf den Sitz fallen lassen, mit hochgeklapptem Mantelkragen und einem strahlenden »Endlich-bin-ich-hier«-Lächeln, und alle Gedanken daran, dass sie eine von Millionen Geliebten auf der ganzen Welt war, waren wie weggeblasen gewesen. Eine dumme Geliebte, die einfach nur herumsaß und wartete. Wartete und wartete und wartete, immer und immer wieder.

Bisher hatte sie noch nie mit ihm zusammen gefrühstückt. Aber noch schlimmer war, dass sie das Gefühl hatte, bei allem, was sie dachte und tat, auf der Stelle zu treten. Ihre mentale Entwicklung war erstarrt, und zwar in dem Augenblick, als die Beziehung ihren Anfang genommen hatte. Sie hatte ihre ganze Energie aufgewendet, um das nächste Treffen zu planen, sich zu überlegen, wie sie sich anziehen würde, worüber sie reden sollten, wie sie sich in sein Büro schleichen könnte, um eine Verabredung zu treffen. Sie ging ja eigentlich oft in sein Büro, aber wenn sie sich verabreden wollten, hatte sie immer das Gefühl, sich hinzuschleichen, sie schaute sich dabei über die Schulter und wand sich vor Schuldgefühlen und Geheimniskrämerei.

Nur einmal hatte sie ihn gefragt, ob er sich scheiden lassen wolle. Die Antwort war ein Nein gewesen. Er müsse an seine beiden Söhne denken. Die seien gerade im schlimmsten Alter. Eine Scheidung sei einfach unmöglich, das müsse sie doch begreifen. Und sicher, sie begriff es und überlegte sich schon, wo sie sich das nächste Mal treffen könnten. Das Wort Scheidung werde sie nie wieder in den Mund nehmen, sagte sie damals.

Er hatte schreckliche Angst vor ihren Nachbarn, die ihn sehen könnten. Er kannte viele Leute in diesem Stadtviertel, und seine Frau hatte ebenfalls viele Bekannte dort, weshalb sie sich nie bei ihr zu Hause trafen, sondern immer nur in unpersönlichen Hotelzimmern mit Roomservice und austauschbaren Bädern. Es war unvorstellbar, in wie vielen Hotels die Badezimmer weiß gefliest waren, hatten die Hotelbesitzer denn gar keine Fantasie?

Sie hatte kleine Seifen und Duschhauben und Flaschen mit Schaumbad gesammelt und zu Hause einen großen Korb damit gefüllt. Auf jeder Packung stand der Name eines Hotels.

Der Korb war viel zu groß. Anfangs hatte sie die Flaschen und Schachteln niedlich gefunden. Jetzt wurde ihr schlecht von dem Parfümgeruch, und sie warf alles in den Müllschlucker. Am selben Tag, an dem sie den kleinen Boxer gestreichelt hatte. Am selben Tag, an dem sie mit ihm verabredet war.

Er war eine Woche in den Vereinigten Staaten gewesen, offiziell würde er erst einen Tag später zurückkehren. Aber er kam natürlich schon an diesem Nachmittag und wartete im Hotel Barok auf sie.

Der Geschäftsmann mit wichtigen Gedanken und verantwortungsvollen Aufsichtsratsposten ging ab und zu in ein Hotel, um dort in aller Ruhe arbeiten zu können. Um sich dem Gequengel von Sekretärinnen und Produktionschefs zu entziehen. Der Direktor brauchte Arbeitsruhe. Und ein paar Stunden mit seiner kleinen Geliebten. Sie hatte das alles akzeptiert. Und jetzt hätte sie sich erbrechen mögen.

Vor dem Hotel verlief ein überdachter Fußweg, weil die Hotelfassade derzeit renoviert wurde. Sie musste sich ihren Weg durch Zementmischer und Männer in dunkelblauen Overalls bahnen, die gerade Feierabend machten. Sie luden ihr Werkzeug auf einen Anhänger und warfen nur einen kurzen Blick auf die vorübergehende Frau mit ihrer Sonnenbrille und dem Kopftuch. Ihre hohen Absätze klapperten auf dem Bretterweg, es roch nach frischem Mörtel und trockenem Putz.

Der Gang hatte einen tiefroten Teppich. Hurenrot. Überall Wandlampen aus Kristall, weiße Zimmertüren. Weiß, falsch. Die Sonnenbrille ließ den Gang noch dunkler wirken, das Tuch um ihren Kopf engte sie ein. Sie brauchte nur ein einziges Mal zu klopfen.

»Ah, da bist du endlich«, sagte er aufkeuchend. Noch ein Klischee. Widerlich.

Er zog sie ins Zimmer und hängte das Schild mit der Aufschrift »Do not disturb« an die Türklinke. Sie war hier, jetzt sollte es geschehen, jetzt würde er die Wahrheit hören, das Maskenspiel musste ein Ende nehmen.

»Ja, jetzt bin ich endlich hier. Hast du mich vermisst? Ja, das hast du bestimmt ... Aber ich bleibe nicht lange, ich wollte nur schnell sagen, dass du dich jetzt entscheiden musst ... Ich halte das nicht mehr aus ... Es ist zu billig und widerlich ... Die Selbstverachtung macht mich kaputt ... jetzt musst du dich entscheiden ...«

Die Sonnenbrille wollte nicht auf ihrem Nasenrücken bleiben, sondern rutschte wegen der Tränen hinunter. Sie schob die Finger unter die Brillengläser und versuchte sie wegzuwischen. Ein Deutsch sprechendes Ehepaar stand an der Rezeption, Koffer und Taschen umgaben sie in einem wahren Chaos, die Frau lachte laut über eine Bemerkung ihres Mannes. Er lachte auch. Ihre Absätze wären fast in dem tiefen Teppich hängen geblieben, stolpernd brachte sie das Foyer und dann die wenigen Treppenstufen hinter sich.

Sie holte tief Luft. Es stank nach Abgasen und nachmittäglicher Stoßzeit, und sie dachte an Woody Allen, der nur zu der Luft Zutrauen hatte, die er mit eigenen Augen sehen konnte. Blaugraue Luft, Autos, ein normaler Tag mitten in einer normalen Woche, weiter unten in der Straße nahm sie sich ein Taxi. Es gab keine Schulter, an der sie sich hätte ausweinen können, niemand hatte etwas gewusst, in den drei Jahren hatte es keine engen Freundinnen gegeben, sie hatte ihre Freundschaften und den Bekanntenkreis geopfert, einfach alles.

Und jetzt hatte sie ihn verlassen. Ihre Gedanken waren rund und glitschig und fanden nirgendwo Halt, das einzig Wichtige war, die nächsten Stunden zu überleben, den Tag, den Rest des Lebens. Um nicht von morgen zu reden, vom Büro.

Sie brauchte vier Cognacs, um einzuschlafen.

Als Erstes sah sie einen leeren Empfang, obwohl alle Bürotüren offen standen und der Garderobenständer unter den vertrauten Mänteln und Jacken zu ächzen schien. Aus dem Frühstücksraum hörte sie Stimmen, aufgeregte Stimmen, irgendwer weinte.

Sie öffnete die Tür, und sofort verstummten alle Geräusche. Sie starrten sie an. Zigarettenrauch schwebte im Raum, bläulich weiß wie Auspuffgase, wie ein vorweggenommener nachmittäglicher Stoßverkehr. Die Blicke, die sie trafen, waren weit offen, sie hätte sie mit Wörtern und Geständnissen füllen und sie zu missbilligenden schmalen Blicken verengen können.

»Lars ist tot«, sagte Hansen vom Archiv. »Er wurde gestern Abend vor dem Hotel Barok gefunden.«

Sie wurde ohnmächtig, fiel einfach zu Boden, mitten in der Türöffnung. Das war das Einzige, was sie tun konnte und wollte.

Eiskalt. Ein kühles Wohlbehagen ganz oben in ihrem Kopf, für das sie den Mund öffnete, von dem sie trinken, in dem sie ertrinken wollte. Sie öffnete die Augen. Stine Nørgård aus der Buchhaltung fuhr ihr mit angefeuchtetem Toilettenpapier über die Stirn. Sie lag noch an der Stelle, wo sie zu Boden gesunken war. Stine hatte ihr Gesicht abgewandt und sprach mit Hansen.

»Dass es sie so getroffen hat ... viel härter als uns andere ... Arme Venke ...«

Sie drehten sich zu ihr um und sahen, dass sie bei Bewusstsein war, musterten forschend ihr Gesicht, ihre Augen, ihre Hautfarbe.

»Wie fühlst du dich?«

»Ich weiß nicht, was mit mir los war. Entschuldigt ... Ich glaube, ich gehe nach Hause ...«

»Nimm ein Taxi, ich rufe dir eins. Dein Auto kann doch hier stehen bleiben, du kannst jetzt nicht fahren.«

Er sei auf dem Dach des überdachten Fußwegs vor dem Hotel gefunden worden, hieß es in den Nachrichten. Es hieß weiter, Direktor Lars Sybersen habe ein zur Straße gelegenes Zimmer im siebten Stock bewohnt und die Balkons an der Fassade würden gerade erneuert. Der Sicherheitschef des Hotels beteuerte, Schilder an allen Balkontüren machten auf diese Gefahr aufmerksam, die Türen ließen sich von innen jedoch nicht abschließen.

Die Polizei hielt das Ganze für einen tragischen Unfall, Direktor Sybersen sei nach einem längeren Aufenthalt in den Vereinigten Staaten und durch den Jetlag vermutlich sehr müde gewesen. Das Schild an der Balkontür habe er da wohl übersehen.

Aber sie wusste natürlich, dass davon keine Rede sein konnte. Die Stimme des Nachrichtensprechers drückte ihre Stimmung noch mehr, und sie griff nach der Cognacflasche. Dann zog sie die Vorhänge zu, sperrte das Licht aus, um zu trinken, nachzudenken, sich zu erinnern, sich vorzustellen, was er wohl empfunden hatte.

Am nächsten Tag rief Stine aus der Buchhaltung an.

»Wie geht es dir?«, fragte Stine.

»Ich lasse mich krankschreiben«, sagte sie.

»Ich schaue mal kurz vorbei, ist dir das recht? Nur um zu sehen, wie es dir geht.«

»Wir haben schon lange eine Gemeinsamkeit«, sagte Stine Nørgård zur Begrüßung. Sie stand in der Diele und sah sich um. »Und deshalb bin ich eigentlich gekommen ... Du hast dich gestern Abend mit ihm getroffen, nicht wahr?«

Das konnte nicht wahr sein. Sie wich rückwärts aus und schlug die Hand vor den Mund, wollte schreien, aber es kamen nur Tränen, neue Tränen.

»Ganz ruhig bleiben, Venke ... Ich habe alles über euch gewusst, verstehst du, ich buche doch alle Reisen und Hotelzimmer für ihn ... Aber mach dir keine Sorgen, ich will dir doch nur helfen. Ich würde gern wissen, was passiert ist ... warum es passiert ist ...«

»Es ist nichts passiert ... Ich war nicht dort ... Ich hatte kein Verhältnis mit ihm ... Du musst verrückt sein ...«

»Ich verstehe alles, Venke, und ich weiß auch, wie dir in den letzten Jahren zumute war. Ich hatte nämlich auch ein Verhältnis mit Lars ... seit zwei Jahren.«

Stine schaute sich im Zimmer um, sah die geschlossenen Vorhänge, durch die vereinzelte Sonnenstrahlen hereinfielen, sah die schmutzigen Gläser auf dem Tisch, die leere Flasche, die zerknüllte Wolldecke auf dem Boden und nahm den Geruch von Schweiß und Tränen und Suff wahr.

»Geh jetzt erst mal duschen, Venke«, sagte sie freundlich. »Ich räume ein wenig auf und koche uns einen Tee und mache was zu essen ... Und dann reden wir in Ruhe weiter.«

»Was ist passiert?« Stine reichte ihr eine Teetasse.

Die Dusche hatte ihre Gehirntätigkeit und ihre Gedanken aktiviert. Sie war an die Wand gedrängt worden. Jetzt lächelte sie Stine Nørgård an, mit einer im Voraus berechneten Müdigkeit in der Stimme, die sie vor dem Badezimmerspiegel geübt hatte, während sie sich abtrocknete.

»Es muss passiert sein, nachdem ich gegangen bin. Die Balkons waren abgerissen worden, die Türen waren nicht abgeschlossen ...«

»Ich weiß, das haben sie im Radio gesagt«, antwortete Stine.

»Ich habe Schluss gemacht ... Ich wollte nicht mehr ... Sicher hat er Selbstmord begangen.«

»Nein, nicht Selbstmord, nicht Lars ... Nie im Leben ... Es muss ein Unfall gewesen sein.«

»Ach, wie entsetzlich«, murmelte sie und hatte abermals Verwendung für das Lächeln. »Und dass auch ihr ...

»Ja. Auch wir ...«

»Ich finde das so schrecklich ... Ich muss an seine Frau denken und an die Söhne, es ist furchtbar.«

»Du musst der Polizei alles sagen.«

»Was? Nie im Leben! Die würden doch nur glauben, dass ... Außerdem haben sie doch im Radio gesagt, dass die Polizei ganz sicher von einem Unfall ausgeht.«

»Ja, das war gestern, aber heute haben sie sich im Büro erkundigt. Sie haben auch mit mir gesprochen, wollten wissen, wann er gelandet ist. Von seiner Frau haben sie erfahren, dass er erst heute kommen wollte. Also haben sie gewisse Zweifel und Fragen und wühlen herum ... Du musst ihnen sagen, dass du da warst, ehe sie es selbst herausfinden ... Und dann darfst du dir keine Vorwürfe machen. Er war ein egoistischer Arsch, wer weiß, wie viele Frauen er noch zur Hand hatte.«

»O Herrgott ...«

»Und was glaubst du wohl, wie es für mich war? Ich wusste doch die ganze Zeit, dass es noch andere gab. Aber mir war nicht klar, dass du eine davon warst ... bis gestern, als du in Ohnmacht gefallen bist ... Da habe ich es plötzlich kapiert.«

»Aber zur Polizei gehen ... Ich weiß nicht, ob ich das schaffe ...«

»Aber sicher, das schaffst du. Ich helfe dir, wir müssen zusammenhalten, wo wir doch so viel gemeinsam haben, und uns geht es jetzt besser, dir und auch mir.«

»Mir helfen? Aber wie denn?«

»Ich erzähle, dass du dich mir die ganze Zeit anvertraut hast, dass ich gewusst habe, dass du gestern Abend Schluss machen wolltest, dass du dir gewünscht hast, er würde sich scheiden lassen, damit ihr offen zusammenleben könnt, und dass er das nicht wollte. Ich sage, dass du mich angerufen hast, nachdem du im Hotel gewesen bist, und dass du erzählt hast, wie verzweifelt er war.«

»Aber was ist, wenn sie mir nicht glauben? Wenn sie herausfinden, dass auch ihr ...«

»Das tun sie nicht ... Wir waren nie zusammen in einem Hotel, wir waren immer bei mir zu Hause, ich wohne doch in einem einsamen Häuschen im Wald ... Er hatte nie Angst, mich dort zu besuchen ... Ich habe ihn abgeholt und ihn dann zu seinem eigenen Auto zurück in die Innenstadt gefahren, ins Parkhaus, du weißt schon, das unten am ...«

»Nein, mehr will ich gar nicht wissen, ich will nicht wissen, wie ihr ...«

»Na, das kann ich gut verstehen. Aber jedenfalls wird die Polizei mir glauben.«

»Aber warum tust du das ... für mich?«

»Weil ich der Polizei ja ohnehin von euch erzählen muss, wenn ich gefragt werde ... und weil ich weiß, was du durchgemacht hast ... und weil niemand leiden soll, nur weil dieser Arsch endlich aufgehört hat, andere zu verletzen ... Vermutlich hat er auch dir tausendmal versprochen, sich scheiden zu lassen, und die Sache dann immer wieder hinausgezögert?«

»Nein, darüber haben wir nie geredet.« Und wieder brach sie in Tränen aus.

Der Kommissar glaubte ihnen. Die Kollegin an der Schreibmaschine schien um ihr Leben zu schreiben. Danach mussten sie beide unterzeichnen. Stine drückte ihren Arm, als sie das Büro verließen.

»Das ist doch sehr gut gelaufen«, sagte sie. »Nur dumm, dass seine Frau es jetzt erfährt ... Ach, die Arme ... aber sie haben ja zum Glück versprochen, ihr deinen Namen nicht zu nennen, es hat doch keinen Zweck, wenn sie jetzt anruft, um dich anzupöbeln.«

Sie gab keine Antwort, sie schluckte nur und setzte einen Fuß vor den anderen, bis die Wache hinter ihnen lag.

Die Ermittlungen wurden eingestellt. Im Büro erfuhr niemand etwas. Ein neuer Direktor wurde eingestellt. Stine lud sie einige Male zu sich ein, doch sie lehnte immer ab. Sie wollte schließlich nicht der Versuchung erliegen, sich der anderen voll und ganz anzuvertrauen, auch wenn Stine jetzt nichts mehr ändern könnte. Dann würde Aussage gegen Aussage stehen, und die Ermittlungen würden weiterhin eingestellt bleiben, auch wenn Stine Nørgård so hysterisch schrie, dass die ganze Wache bebte.

»Die Selbstverachtung macht mich kaputt ... Jetzt musst du dich entscheiden ... entweder ich oder deine Frau ... Das ist mein Ernst.«

»Das ist mir nur recht so, was du da gerade sagst.« Seine

Augen waren müde, gezeichnet von zu vielen Drinks im Flugzeug und vom Jetlag, aber er lächelte, und sie begriff es nicht.

»Ich verstehe nicht, was du meinst.«

»Ich werde mich wirklich scheiden lassen, und ich werde wieder heiraten, aber eine andere ... eine, die du kennst. Ich brauche dir ja nicht zu sagen, wie sie heißt. Oder doch, du wirst es ja ohnehin erfahren ... Es ist Stine Nørgård. Vielleicht wäre es keine schlechte Idee, dich so langsam nach einem anderen Job umzusehen.«

Er drehte sich um und ging zur Balkontür, die sich langsam öffnete und Luft, Gerüche und Geräusche hereinließ, von einer Stadt in Bewegung und Aktivität. Er kehrte ihr den Rücken zu, fuhr sich mit der Hand durch die Haare, holte tief Luft und schaute zum Himmel hoch.

»Das kommt doch wie gerufen«, sagte er wie zu sich selbst,

»Dass du nicht mehr willst ... Das macht es doch irgendwie leichter, wenn wir jetzt einen Schlussstrich ...«

In Disney-Filmen hingen die Leute immer einen Moment in der Luft, ehe ihnen aufging, dass sie keinen festen Boden mehr unter den Füßen hatten. Bei ihm war es anders: Er verschwand ganz einfach, lautlos und vornübergebeugt durch ihren Tritt, der ihn im Kreuz getroffen hatte. Sie hatte das Schild an der Tür gelesen, während er geredet hatte, und sie wusste, dass die dunkelblauen Overalls schon Feierabend hatten, es war bereits halb fünf.

Dann hörte sie, wie er auf die Überdachung des Brettergangs prallte. Ein dumpfer Knall auf frischem Holz, das unter dem Gewicht des Körpers schwankte, ohne jedoch nachzugeben. Sonst war nichts zu hören.

Doch. Ein Schrei, ihr eigener.

Sie setzte sich im Bett auf, der Schweiß brannte in ihren

Augen. Noch jetzt, nach so langer Zeit, träumte sie diese Szene, immer und immer wieder.

Sie lauschte. Ein anderes Geräusch ... Von weit her, außer Reichweite, tief in ihr.

Etwas schien zu fiepen und zu jammern, einsam und verlassen.

Es klang wie ein Hundewelpe. Sie ließ sich auf die Kissen sinken und hielt sich die Ohren zu, aber das Fiepen und Jammern wurde immer lauter.

KARIN FOSSUM

Nancy

»Ich weiß was über Kåre«, sagte Helge träge. Es war spätabends, und er rutschte in seinem Sessel immer weiter nach unten. Seine langen blonden Haare hatte er nach hinten gestrichen, denn um diese Tageszeit vergaß er immer, seine Segelohren zu verstecken. Sein kleines, spitzes Gesicht mit den schwarzen Augen ließ ihn aussehen wie eine bleiche kleine Ratte. Aber wenn es um Frauen ging, war er ein echter Draufgänger. Philip hatte das nie begriffen.

»Über Kåre?«, fragte er neugierig.

»Ja. Ich weiß nicht, ob es stimmt, aber ...«

»Darüber hältst du die Fresse, Helge!« Rolf sprang aus dem Sessel auf.

»Was ist denn hier los?« Philips Blick irrte umher. Ihm wurde etwas vorenthalten. Das war unerträglich.

»Na ja, ich weiß wirklich nicht, ob es stimmt, aber ...«

»Halt die Fresse, Helge.« Rolf wollte wieder aufspringen.

»Schon gut, schon gut. Jetzt stell dich doch nicht so an!«

»Du bist besoffen, und jetzt hältst du die Fresse.« Rolf setzte sich wieder.

»Mensch, das ist gemein«, sagte Philip sauer. Aber keiner antwortete ihm.

Helge war von zu Hause ausgezogen. Das wollten sie feiern. Sie trafen sich am Imbiss, und alle kamen pünktlich, abgesehen von Kåre. Kåre kam immer zu spät.

Also warteten sie frierend. Bitten war auch gekommen, sie fror in ihrem neuen Afghanenmantel, den sie in Dänemark gekauft hatte. Der Mantel hatte sie verändert, sie ging sogar anders.

Die Luft war rau und die Sicht schlecht, es war Mitte November.

»Jetzt ist es schon elf nach«, sagte Philip. Er umklammerte eine schwarze Umhängetasche und trat nervös von einem Fuß auf den anderen.

»Keine Panik. Der kommt bald. Kåre ist eben ein bisschen langsam. Langsam, aber zuverlässig.«

»Wenn er nicht kommt, dann kommt er eben nicht«, sagte Solveig. »Und dann fangen wir ohne ihn an.«

Sie hatte den ganzen Nachmittag hinter dem Tresen im Imbiss gestanden und roch nach Zwiebeln und Schmalz.

»Natürlich kommt er«, sagte Rolf. »Jetzt regt euch doch nicht so auf.«

Philip trottete zum Bahnhof hinüber, um Tabak zu kaufen.

»Seht ihr ihn schon?«, piepste Anita. Sie war Helges neue Eroberung und kannte Kåre noch nicht. Helge behauptete, sie habe die tollsten Titten der ganzen Schule und statt eines Gehirns eine Qualle im Kopf.

»Nix. Und er ist ja wirklich unverwechselbar. Glotz bloß nicht sein blindes Auge an.«

Endlich kam er über den Bahnsteig auf sie zu. Er trug eine schwarze Fliegerjacke aus Kunstleder, die er sich bei einem Postversand bestellt hatte. Sie war in der Taille zu kurz, die Ärmel waren zu lang, und er hatte in dieser Jacke eine gewisse Ähnlichkeit mit einem Affen. Anita konzentrierte sich heftig auf sein gesundes Auge. Das andere hatte er 1964 eingebüßt, bei der großen Schlacht zwischen Apachen und Komantschen, an einem heißen Nachmittag hinter dem Supermarkt. Die ganze Bande hatte teilgenommen, mit selbst gebastelten Bögen aus zähen, geschmeidigen Weidenzweigen mit Angelschnüren und spitzen Pfeilen. Nur Philip hatte einen gekauften Bogen gehabt. An seinen Pfeilen hatten vorne Gummipfropfen gesessen, aber die hatte er heruntergenommen. Die Schlacht im Wäldchen hatte den ganzen Nachmittag gedauert, und am Ende hatten die meisten am Boden gelegen, nur Philip und Kåre hatten noch immer im Feld gestanden. Schließlich konnte Kåre einen richtigen Treffer landen. Philip musste sich brav ins Heidekraut legen, er gurgelte und stöhnte heftig, während sein Leben langsam erlosch. Kåre trottete zufrieden auf sein Opfer zu.

»Mausetot«, kommentierte er trocken. »Tod den Apachen.«

Aber da hob Philip den Kopf und spannte den Bogen.

»Letzte Zuckung«, rief er. Und ließ die Bogensehne los.

Kåre stand ein wenig gebeugt da, die anderen sahen, wie sein Kopf kurz ruckte – und dann steckte der Pfeil in seinem linken Auge. Das Schlimmste war, dass er nicht einmal zu Boden ging, obwohl er als Einziger wirklich getroffen war. Er blieb einfach stehen, trat von einem Fuß auf den anderen, jammerte leise und streckte seine Arme zur Seite wie eine Vogelscheuche.

Helge musste sich übergeben, mitten auf die Mokassins, die er sich heimlich von seiner Schwester geliehen hatte; Helge erbrach sich immer so schnell. Rolf lief zum Supermarkt hoch, wo die Mütter bei Kaffee und Kuchen saßen. Philip lag währenddessen auf dem Rücken im Heidekraut und starrte entsetzt auf den gelben Pfeil, der aus Kåres Auge ragte.

Kein Tropfen Blut war zu sehen, nicht ein einziger Tropfen.

Und gerade das war so unheimlich. So, als sei Kåre nicht aus demselben Stoff wie andere Menschen. Aber Kåre war immer schon anders gewesen.

Endlich kamen die Mütter durch den Wald gelaufen, und die Jungenbande begann zu schrumpfen. Sie schrumpften zu winzig kleinen Rosinen, während sie den Pfeil anstarrten, den niemand aus dem Auge zu ziehen wagte. Diese Feigheit rettete Kåre das Leben, aber das wussten sie damals noch nicht, als sie herumstanden und sein Jammern immer leiser wurde, während die Frauen ihn zum Supermarkt schleppten, wo sich das nächste Telefon befand.

In dieser Nacht konnte keiner von ihnen schlafen. Aber mit Kåre ging alles gut. Nur sein Auge ging flöten. Das Lid glitt halbwegs nach unten und verbarg den größten Teil des zerstörten Augapfels. Philip und er blieben Freunde. Das Ganze war einfach pures Pech gewesen, das war alles.

Anita nickte höflich und starrte das gesunde Auge an.

»Kåre hat keine Frau«, nuschelte Philip. »Wir müssen eine Frau für ihn besorgen.«

Er trank Bacardi und sah zutiefst besorgt aus.

Rolf leckte an seiner Zigarette und steckte sie sich zwischen die Lippen.

»Kåre kann ja wohl selber eine aufreißen«, sagte er. »Wenn er überhaupt eine will. Und daran hab ich so meine Zweifel. Der ist doch nie mit Frauen zusammen.« Er zündete seine Zigarette an, und ein Regen aus glühenden Tabakflocken rieselte auf seine Knie.

»Nein, eben«, sagte Philip. »Er ist so verdammt schüchtern. Aber wenn wir eine finden könnten, die zu ihm passt, und wenn er nur betrunken genug wäre, dann könnte er auch mal Spaß haben, ausnahmsweise.«

»Zu Kåre passt aber keine«, sagte Helge brutal. »Es reicht doch, den Typen anzusehen, dann wissen alle Bescheid, oder nicht?«

Rolf wieherte und war ganz seiner Meinung. »Warum machst du dir solche Sorgen um Kåre?«, fragte er. »Schlechtes Gewissen oder was? Der kommt doch allein zurecht, Mensch. Der große Junge, haha.«

»Nein«, sagte Philip. »Es ist einfach beschissen, jeden Samstag herumzusitzen und dreieinhalb Paare zu sein. Kåre hängt in der Ecke und pichelt und ist total allein. Er sagt ja nichts, das ist nicht das Problem. Aber besonders toll kann das doch nicht sein. Ich hätte dazu keinen Bock. Kåre ist eigentlich total in Ordnung, wir sollten ein Mädel für ihn auftun. Ihm zeigen, dass wir seine Kumpels sind.«

Schon beim bloßen Gedanken zitterte Philip vor Eifer.

Helge grinste noch immer. Sein kleiner, spitzer Adamsapfel hüpfte auf und nieder.

»Wir sollten nicht solchen Scheiß über Kåre reden, kaum dass er auf dem Klo ist«, sagte Rolf und rülpste. »Und warum versteckst du deine Tasche die ganze Zeit unterm Sofa, hast du Schiss, wir könnten dir die Getränke klauen, oder was?«

»Quatsch. Aber da steht sie keinem im Weg.« Aus irgendeinem Grund machte Philip ein schuldbewusstes Gesicht.

Plötzlich stand Kåre in der Tür. »Hast du mal ein Weinglas, Helge?«

Alle fuhren herum. Sie hatten fast vergessen, dass er wirklich da war.

Kåre war ein stiller Typ, und er saß nicht am Tisch wie die anderen, sondern am Rand.

»Verdammt, Rotwein, Kåre! Hast du den extra gekauft?«

Kåre schüttelte den Kopf und zog einen Korkenzieher aus der Tasche, den er vorsichtig in den Korken bohrte.

»Was ist mit den Würstchen?«, fragte Anita. »Ich hab seit dem Frühstück nichts mehr gegessen.«

»Später«, sagte Helge und hob sein Glas. »Prost!«

»Viel Glück in der neuen Wohnung!«

Sie stießen miteinander an und wurden immer amouröser. Anitas Titten waren nicht mehr zu sehen, denn die ganze Zeit lagen Helges Hände darauf. Bitten hatte endlich ihren Afghanenmantel fallen lassen und spielte eifrig mit Rolfs Nackenhaaren, und Solveig versuchte vergeblich, Philips Aufmerksamkeit zu erregen, aber der war seltsam abwesend und geheimnisvoll, ganz anders als sonst. Er sah aus, als brüte er ein riesengroßes Ei aus. Auf Kåre achtete wie üblich kaum jemand, abgesehen von Philip, der ihn nicht aus den Augen ließ. Kåre saß ziemlich friedlich auf seinem Stuhl, nippte am Rotwein und wechselte ab und zu die Platte auf Helges Garrard. Philip grübelte. Ab und zu schaute er auf die Uhr, trank immer mehr Bier und ließ Asche auf Solveigs Schoß fallen.

Aber Kåre sah eigentlich ziemlich zufrieden aus. Er trug weiterhin seine Fliegerjacke, und das linke Augenlid glitt immer tiefer. Wenn es erst spät genug wäre, würde es sich ganz schließen, das war immer so. In regelmäßigen Abständen schob er sich eine filterlose South State zwischen die Lippen, er beförderte die Asche gewissenhaft in den Aschenbecher und musste sich nie übergeben, wenn er betrunken war, anders als Philip. Aber er saß immer allein da.

Philip glotzte ihn an und hätte gern gewusst, warum er so zufrieden aussah. Er sagte nichts, niemand redete mit ihm, und er hatte keine Freundin. Aber er war der Einzige, der ein Moped hatte, eine Honda mit hundert Kubik, und das war irgendwie nicht auszuhalten. Dass einer wie Kåre auf so einer Mühle durch die Gegend düsen durfte! Philip hätte sich schwarz ärgern können!

Jetzt hielt Philip es nicht mehr aus.

»Muss pissen«, sagte er und verschwand auf dem Gang. Aus irgendeinem Grund nahm er seine Tasche mit, aber das fiel niemandem auf. Nur Rolf fand, dass er verdammt lange wegblieb. Und als er endlich zurückkam, brauchten sie einige Sekunden, um die Lage zu erfassen.

Helge sagte als Erster etwas: »Was zum Teufel ist denn das?«

Er sprang auf, um besser sehen zu können. Dass er seinen Augen nicht traute, stand ihm ins Gesicht geschrieben.

»O Mann, Philip. Das ist ja ein Ding!« Die Mädchen schnappten nach Luft. Philip hatte eine Frau mitgebracht. Sie war am ganzen Körper schokoladenbraun, abgesehen von den tiefrosa Lippen und Brustwarzen. Sie war aus Plastik und spreizte die Beine.

»Das ist Kåres Neue«, sagte Philip mit stolzem Grinsen. »Sie heißt Nancy.« Nancy machte einen Schmollmund und spreizte die Beine noch weiter. Philip schob sie vor sich her über den Boden und hielt sie galant fest, als sie über den Flickenteppich stolperte. Dann blieben sie vor Kåre stehen. Alle starrten ihn gespannt an. Kåre musterte die aufgeblasene Frau mit einer gewissen Neugier und stand automatisch von seinem Stuhl auf. Es war ziemlich trübes Licht, aber sie hatten den Eindruck, dass sein Gesicht ein wenig dunkler wurde.

»Jetzt hol doch endlich einen Stuhl für die Dame«, sagte Philip, dessen Kopf vor Eifer ganz heiß war. Kåre brachte einen freien Stuhl, aber da Nancys Hüftgelenke nicht sehr gut funktionierten, mussten sie ein wenig Luft aus dem Ventil im Nabel ablassen, damit sie sitzen konnte. Sie hatte auf der Stirn krause schwarze Haare, einen Hinterkopf hatte sie aber nicht.

»Der fehlt ja das halbe Gehirn«, murmelte Kåre. »Soll das wohl so sein?«

Rolf lachte schallend. »Gib ihr doch endlich was zu trinken, Mann! Warum machst du dir eigentlich Sorgen über ihre Gehirnkapazität, du willst doch schließlich nicht Schach mit ihr spielen, oder, Kåre?«

»Gib ihr lieber eine Decke«, sagte Solveig trocken.

Nancy starrte aus ihren schwarzen Pupillen einen Punkt hoch oben an der Wand an. Philip bewegte eine Hand vor ihrem Plastikgesicht hin und her.

»Sie ist hin und weg von dir, Kåre«, sagte er lachend. »Ja, per Versandhandel kriegt man wirklich allerlei. Sie war allerdings sauteuer. Und sie ist feuergefährlich, du darfst also nicht im Bett rauchen, Kåre.«

»Vermutlich brennt sich das Zeug in deine Haut ein und gibt giftige Gase ab und so«, sagte Helge voller Überzeugung. Er kam herübergeschlendert und kniff Nancy vorsichtig in den Oberschenkel. »Ein bisschen zu viel Luft, Philip. Es ist besser, wenn sie ein bisschen weicher sind.« Dann senkte er den Kopf und schaute aus zusammengekniffenen Augen zwischen ihre Beine. »Sag mal, gibt's hier eine richtige Öffnung, oder was?«

Anita kicherte hysterisch, und Solveig schnaubte.

»Hast du die Öffnung gecheckt, Kåre?«, fragte Helge unverdrossen und blickte auf. »Wenn die dicht ist, musst du nämlich reklamieren.«

Kåre drehte sich ein wenig um und füllte sein Glas bis an den Rand mit Rotwein. Er zwinkerte mit dem gesunden Auge.

»Im Sommer kann man sie bestimmt als Luftmatratze gebrauchen«, sagte er und trank.

»Sag mal, spinnst du? Mit der kannst du jede Menge Spaß haben. Darfst sie aber nicht als Badeente nehmen, das wär doch der totale Rassismus, Kåre! Warum hast du eigentlich eine Negerin genommen?«

»Eigentlich hatte ich Lolita aus Hawaii bestellt, aber die war ausverkauft. Und da haben sie die hier geschickt.«

»Wir könnten doch ein bisschen teilen, Kåre? Ich meine, wenn du erschöpft bist und alles gegeben hast und ...«

»Nie im Leben«, sagte Kåre. Er hatte einen leichten Schluckauf.

Nancy saß auf ihrem Stuhl wie ein Huhn auf der Stange und ließ sich nichts anmerken.

»Ja, ja, Anita. So glatte Waden hast ja nicht mal du.« Helge strich Nancy mit der Hand über die Beine. »Außerdem wirkt sie appetitanregend. Holen wir uns doch was zu essen, Mädels!« Bald darauf hörten sie, wie es im Kühlschrank klirrte.

»Wie ist das mit solchen Ausländerinnen?«, rief Helge aus dem Kühlschrankinneren. »Essen die Würstchen?«

»Nancy isst, was sie kriegt«, sagte Kåre. Er hatte ihr den Arm um die Schultern gelegt, und sie glitt auf dem Stuhl ein wenig nach unten. Er war schon beschwipst. Also ergab er sich lieber gleich – dem Rausch und Nancy und der Forderung nach Unterhaltung. Er gab ihnen, was sie haben wollten.

Der Topf mit den Würstchen wurde auf den Tisch gestellt. Die meisten waren im kochenden Wasser geplatzt, aber alle strichen Ketchup und Senf in den Riss und fanden das praktisch. Kåre öffnete eine neue Weinflasche, und Philip musste zum Kotzen aufs Klo stürzen, nachdem er Würstchen gegessen hatte.

Sie hatten die zweite Phase erreicht, es war lange nach Mitternacht, und an das, was jetzt passierte, würde sich später niemand mehr erinnern. Helge und Anita wirkten wie eine unter Hochdruck stehende Dampfmaschine. Die Fenster beschlugen. Philip schenkte neues Bier ein, um sich den Geschmack nach Kotze aus der Fresse zu spülen, wie er sich ausdrückte, und Solveig schnarchte laut. In Nancys Hand wippte ein Würstchen auf und ab, das Kåre mit einem Gummiband befestigt hatte. Träge glotzte er zu Helge und Anita hinüber, die eine feste Kugel im Sessel bildeten, mit vereinzelten Haarsträhnen und Fingern. Er starrte Philip an, auf dessen Stiefeln noch immer Kotze klebte, und den Kochtopf, der noch immer dampfend mitten auf dem Tisch stand. Die Kerze war ganz heruntergebrannt. Plötzlich erlosch sie, und ein Schatten fiel über den Tisch.

Kåre hob sein Glas und betrachtete Nancys Profil. Ihren flachen Hinterkopf, das Haarbüschel und die Schweißnähte an ihrer Seite.

»Bis dass der Tod uns scheidet«, sagte er und trank.

Später schliefen sie nebeneinander unter dem Resopaltisch, mit Kåres Fliegerjacke als Kissen. Im Laufe der Nacht entwich ein wenig Luft, weshalb Nancy morgens schlaff und müde aussah. Ihre schwarze Haut war runzlig wie bei den anderen auch. Philip war am schlimmsten dran, er zitterte und bebte und redete unzusammenhängendes Zeug. Der Suff steckte ihnen noch immer in den Knochen.

Selbst am Montagmorgen schienen sie Restalkohol im Blut zu haben. Aber als es zur ersten Stunde klingelte, machten sie wirklich große Augen. Denn nun kam Kåre auf den Schulhof getuckert wie immer, aber diesmal mit einem vielsagenden Grinsen. Hinter ihm saß Nancy. Sie trug einen blauen Overall und klammerte sich mithilfe von doppelseitigem Klebeband an ihn. Alles drängte sich um die beiden. Rolf stupste das Vorderrad an und legte den Kopf schräg.

»Traust du dich, die Frau ohne Helm fahren zu lassen, Kåre? Heute ist es doch wirklich höllisch glatt.«

»Helm geht nicht«, sagte Kåre und stellte das Moped ab. »War zu schwer. Da ist ihr bloß der Kopf nach hinten gekippt.«

»Willst du das mit ins Klassenzimmer nehmen?«, fragte ein kleiner Fettsack namens Robert.

»Sie heißt Nancy«, sagte Kåre kurz und band ihre Hände frei. In der ersten Stunde hatten sie Sport, das konnte ganz schön lustig werden.

Und so vergingen die Tage. Nancy und Kåre wurden zum festen Begriff. Kåre nahm sie überallhin mit, auf dem Moped, im Bus, ins Kino. Sie bekam immer einen eigenen Sitz, und Kåre musste auch für sie eine Eintrittskarte lösen, was er mit verlegenem Lächeln tat.

Eines Tages kam sogar die Lokalzeitung. Sie standen gerade vor dem Imbiss und leisteten Solveig Gesellschaft. Nancy saß daneben auf einer Bank, in blauer Daunenjacke, mit Ohrwärmern und karierter Stretchhose. Ihre Garderobe war inzwischen recht umfangreich, denn die Mädchen hatten ihr abgelegte Kleider vermacht. Die Daunenjacke stammte von Bitten, und Anita hatte ihr einen hellroten Büstenhalter geschenkt, der ihr zu klein geworden war. Auf Nancys Haut sah er toll aus. Im Handarbeitsunterricht strickten sie Schals und Handschuhe für sie. Der Journalist durfte ein Bild von dem berühmten Paar machen, und am folgenden Tag waren sie auf der letzten Seite zu sehen, Nancy und Kåre, eng umschlungen auf der Bank, unter der Rubrik »Bilder aus unserer Stadt«.

Aber Nancy war nicht besonders stabil, vielleicht bekam ihr auch das Klima nicht. Im Laufe der Zeit hatte sie immer wieder kleine Verletzungen, Risse oder Löcher, die geflickt werden mussten. Kåre reparierte sie sorgfältig und gewissenhaft, er benutzte sein Fahrradflickzeug, und auf dem braunen Körper störten die Flicken auch nicht weiter. Dann hatte sein Hund sich zweimal an ihr vergriffen, Teile ihres Schopfes waren verschwunden, und ihre Oberschenkel waren zerkratzt. Aber Bitten stutzte ihr die Haare mit einer Schere, und danach sah sie gar nicht schlecht aus. Nachts schlief sie in einem Sessel neben Kåres Bett, zugedeckt mit einem alten Flickenteppich. Sie schlief mit weit offenen Augen und wachte über ihn.

Der Vater schüttelte den Kopf, gewöhnte sich aber doch an dieses Frauenzimmer mit den gespreizten Beinen, das seinen Sohn überallhin begleitete, und die Mutter mischte sich in sein Liebesleben nicht ein. Nur der Hund knurrte wütend. Aber dann hob Kåre den Kopf und starrte das Tier mit seinem gesunden Auge in Grund und Boden.

Nach und nach stellten sich auch einzelne üble Elemente ein, die Nancy den Garaus machen wollten. Kåre ergriff seine Vorsichtsmaßregeln. Ohne Luft hatte sie Platz in der Innentasche seiner Jacke, die er niemals ablegte. Wenn sie sich Nancy holen wollten, dann nur über seine Leiche.

Der Dezember brachte beißende Kälte, und der Frost überzog die Felder. Alles fror. Kåre kaufte ihr von einem Teil seiner Ersparnisse eine rote Wollstrumpfhose, während er gleichzeitig anfing, seine Weihnachtseinkäufe zu planen. In regelmäßigen Abständen trafen sie sich beim Imbiss. Ab und zu steckte Solveig ihnen eine geplatzte Wurst oder zu hart frittierte Pommes zu. An diesem Abend war es so eisig kalt, dass aus ihren Mündern und aus Solveigs Imbissfenster der Dampf quoll.

»Was wirst du machen, wenn Nancy kaputt ist?«, fragte Rolf. Er trug eine Pudelmütze, und das allein sagte ja einiges darüber aus, wie kalt es war.

»Was?« Kåre starrte ihn an, als habe er etwas auf Russisch gesagt. »Sie ist im besten Alter. Da ist noch viel zu holen.« Er streichelte ihren Oberschenkel.

»Du kannst die Frau doch nicht bis in alle Ewigkeit flicken.«

»Doch, sicher, das kann ich. Das Einzige, was mir jetzt Sorgen macht, ist der Wehrdienst.«

»Wieso?« Sie verstanden alle nur Bahnhof.

»Ich kann sie da doch nicht einschmuggeln.«

»Aber verdammt, das dauert doch noch Jahre. Und du mit deinem Handicap ...«

»Ja, sicher. Aber die Zukunft kommt, versteht ihr?« Er nickte bedeutungsschwer. »Hat keinen Sinn, sie vor sich herzuschieben. Dann verknotet sie sich nur, und man kommt nicht durch.«

Helge tippte sich mit dem Zeigefinger an die Schläfe und stieß eine Menge Dampf aus.

»Bei der Armee haben sie alles Mögliche«, sagte Philip tröstend.

»Vielleicht trifft sie da Verwandte.«

Nancy hing über Kåres Schulter und starrte aus leeren Augen auf den Boden. Sie trug neue rote Fäustlinge und knisterte in der Kälte.

»Ich finde sie unheimlich«, sagte Solveig plötzlich.

»Was?« Kåres Auge starrte sie vorwurfsvoll an, aber Solveig wandte sich rasch ab und öffnete neue Gläser mit Thousand-Island-Dressing und gehackten Zwiebeln.

»Ich mache bei mir in der Wohnung eine Weihnachtsfete«, sagte Helge ablenkend. »Ich hab mir gedacht, wir könnten was richtig Gutes essen. Meine Mutter hat angeboten, Frikadellen zu braten.«

»Meine Fresse.«

»Und dann könnten wir uns doch ein bisschen fein machen. Ausnahmsweise mal.«

»Anzug?«, fragte Philip. Er dachte an seinen alten blauen Blazer, der ihm an den Ärmeln zu kurz war.

»Nein, Mann. Das doch nicht. Aber irgendwelche Sachen, die was hermachen. Übrigens sieht es einfach grauenhaft aus, wenn wir gesoffen haben. Ich finde, wir sollten unseren Stil ein bisschen ändern. Ich hab Kippen im Teppich und Kotze an den Klowänden einfach satt.«

»Ist doch scheißegal, ob wir Würstchen oder Frikadellen auskotzen«, sagte Rolf grinsend. »Aber ich verstehe natürlich, was du meinst.«

Die anderen nickten. Anita dachte an ihr blutrotes Kleid mit dem tiefen Ausschnitt, und in Gedanken bewegte sie sich schon vor dem Spiegel hin und her.

»Nancy hat eigentlich gar keine Kleider«, sagte Kåre plötzlich mit tief gerunzelter Stirn.

»Dann musst du dir eben was von deiner Mutter leihen«, schlug Anita vor.

»Wie wär's mit einem Baströckchen?«, sagte Rolf lachend.

»Nein, Mädels, darüber müssen wir mal nachdenken«, sagte Bitten eifrig. »Wir besorgen schon was für sie, Kåre, irgendwas richtig Scharfes. Wenn du uns die Dame vor dem Fest für eine Stunde oder so anvertraust ...«

»Nie im Leben!« Kåre sah entsetzt aus.

Solveig schüttelte den Kopf und spendierte eine Cola für alle. »Ich kann Senf und Ketchup und Soße und Zwiebeln mitbringen.«

»Meine Mutter hat eine alte Tracht aus Nordland im Schrank«, sagte Kåre nachdenklich. »So eine mit einer Haube. Was haltet ihr davon?«

Die anderen verdrehten die Augen.

Er dachte ein wenig nach und setzte seinen Helm auf.

»Lass die Karre hier stehen, Kåre. Du kannst doch auf dem Glatteis nicht fahren.«

»Nichts da. Ich verstell den Schalthebel und schieb sie auf

die Straße. Wollen doch mal sehen, ob wir nicht über die Glasur fahren können.«

Er gab vorsichtig Gas und drehte einen eleganten Bogen.

»Legt sie sich in die Kurven, Kåre?«

»Die legt sich, wann immer ich sie darum bitte«, sagte er grinsend. Dann waren sie in der Dunkelheit verschwunden.

Die anderen fröstelten noch immer. Solveig starrte in die Dunkelheit.

»Der ist total verrückt geworden«, flüsterte sie. »Wegen einer Puppe.«

»Der war immer schon verrückt«, sagte Helge und grinste. Philip sah, wie das rote Rücklicht immer kleiner wurde.

»Was wisst ihr schon über Kåre«, sagte er trotzig.

Die Mädchen spitzten die Ohren. Rolf starrte ihn kurz an, drehte ihm dann den Rücken zu, zuckte mit den Schultern und schaute verstohlen zu Helge hinüber.

»Das muss ja wohl was ganz Schlimmes sein, wo es so verdammt geheim ist«, sagte Philip sauer.

»Stimmt was nicht mit ihm?«, fragte Bitten kleinlaut.

Helge und Rolf wechselten noch einen Blick, und alles, was gesagt worden war, erstarrte zu Eis. Philip hätte weinen mögen.

»Es ist einfach so«, sagte Rolf leise, »dass manche Dinge geheim bleiben müssen.«

»Genau.« Philip zertrat ein Stück Eis. Seine Zehen waren abgestorben.

»Aber stimmt es denn, dass es was Schlimmes ist? Das könntest du doch wenigstens verraten?«

»Was heißt schon schlimm ...« Wieder verstummte Rolf. Vielleicht hat er Krebs, dachte Philip und seufzte.

Und dann knallte es. Weit weg. Das Geräusch von zersplitterndem Glas und Metall, ein schwacher Motor, der langsam erstarb. Sie wechselten einen raschen Blick und schauten unsicher die Straße entlang.

»Ein Unfall«, sagte Rolf und ging los. Mit tief in der Tasche vergrabenen Händen und raschen Schritten. Solveig riss am Knoten ihrer Schürze, musste aber aufgeben, warf sich ihre Daunenjacke über und rannte hinter ihm her.

Es war ein stiller Abend, fast kein Auto war unterwegs. Sie liefen immer schneller, zielstrebig und ängstlich zugleich, sie liefen und liefen, es konnte doch nicht so weit sein, sie hatten es so deutlich gehört, etwas, das die Stille sozusagen zerfetzt hatte. Ab und zu rutschten sie auf dem Eis aus, stolperten, griffen nach den anderen, um das Gleichgewicht halten zu können, keuchten, hielten immer wieder in der Dunkelheit Ausschau, näherten sich der ersten Kurve, als Rolf sich umdrehte und die bisher zurückgelegte Entfernung mit Blicken maß.

Eine Straßenlaterne war zerbrochen, und die Kurve lag im Dunkeln, nichts war zu sehen, weder auf der Straße noch im Straßengraben, aber es war ja auch verdammt dunkel. Zu seinem großen Erstaunen stellte Rolf fest, dass er nass unter den Armen war. Konnte es eine Art Explosion gewesen sein?

Vielleicht ist er schwul, dachte Philip plötzlich. Und dann sahen sie etwas in der Dunkelheit, ein kleines Stück von der Straße entfernt, etwas Dichteres, Schwarzes. Sie gingen langsam näher. Ein Rad drehte sich, ziemlich langsam, und ein an den Speichen befestigter dunkler Plastikstreifen wehte lustig, fast wie ein Wimpel. Ein Stückchen weiter weg lag unter einer kräftigen Tanne eine Art dunkle Masse. Es war Kåre, dessen Helm vollständig verdreht war.

Helge drehte sich um und kotzte, das passierte ihm ja so schnell. Rolf dagegen ging mit zögernden Schritten weiter und sah das schwarze Loch, wo das Gesicht gewesen war. Für einen Moment verlor er die Kontrolle über seinen Atem, und er spürte, wie Solveig neben ihn trat, es roch nach Zwiebeln und Schmalz, und sie betrachteten Nancy, entdeckten, dass die Luft aus ihr entwichen und das eine Bein am Knie abgerissen war.

Philip beugte sich vor und starrte. Nancy starrte zurück.

Das Weiße in ihren Augen leuchtete.

AUTOREN- UND QUELLENVERZEICHNIS

INGVAR AMBJØRNSEN, geboren 1956 in Tønsberg, lebt seit vielen Jahren in Hamburg. Er schreibt Romane für Kinder und Erwachsene, darunter die erfolgreichen Elling-Romane »Ausblick auf das Paradies«, »Elling – nicht ohne meine Mutter«, »Blutsbrüder« und »Lieb mich morgen«, die teilweise auch verfilmt wurden. Ambjørnsen erhielt 1996 den hoch dotierten Preis des norwegischen Buchhandels und 1999 den renommierten »Riksmålspris«. Weiteres zum Autor: www.ingvar-ambjoernsen.de

»Der Silberfjord« [Sølvfjorden]. Aus dem Norwegischen von Gabriele Haefs. In: Natt til mørk morgen. Noveller. © 1997 J. W. Cappelens Forlag, Oslo, S. 22–65.

LARS SAABYE CHRISTENSEN, geboren 1953 in Oslo, schrieb mehrere Gedichtsammlungen, ehe er mit seinem Roman »Yesterday« bekannt wurde. Dessen Fortsetzung »Waterloo« liegt auch auf Deutsch vor, ebenso wie die Erzählsammlung »Der eifersüchtige Friseur und andere Helden« und der Roman »Der Halbbruder«, für den der Autor 2002 mit dem Literaturpreis des Nordischen Rats ausgezeichnet wurde.

»Schlachtung« [Slakt]. Aus dem Norwegischen von Christel Hildebrandt. In: Per Kristian Olsen (Hg.): Å, eg veit meg eit land. 20 forfattere med tilknytning til Nord-Norge presenterer nyskrevne tekster. Tiden Norsk Forlag, Oslo 1991, S. 23–34. © Lars Saabye Christensen

KJELL OLA DAHL, geboren 1958 in Gjøvik, lebt mit seiner Familie in Askim bei Oslo. Im Jahre 2000 hängte er seinen Lehrerberuf an den Nagel und widmet sich seither ganz dem Schreiben. Auf Deutsch liegen mehrere Kriminalromane mit dem Ermittlerteam Gunnarstranda und Frølich vor, darunter der mit dem Riverton-Preis ausgezeichnete »Sommernachtstod« sowie »Schaufenstermord« und »Lügenmeer«.

»Der Tod geht ans Telefon« [Døden tar telefon]. Aus dem Norwegischen von Kerstin Hartmann-Butt. In: Nils Nordberg (Hg.): De nye krimheltene. 12 noveller og et intervju, Gyldendal Norsk Forlag, Oslo 2002, S. 145–164. © Kjell Ola Dahl

MARIANNE FASTVOLD, geboren 1951 in Oslo, ist Juristin und spezialisiert auf Familienrecht. Auf Deutsch ist neben Einzelerzählungen der Roman »Tot wie eine Dronte« erschienen.

»Es ist angerichtet« [Det er servert]. Aus dem Norwegischen von Gabriele Haefs. In: Dame i svev, Gyldendal Norsk Forlag, Oslo 1995, S. 32–45. © Marianne Fastvold

KARIN FOSSUM, geboren 1954 in Sandefjord, lebt in Sylling bei Oslo. Ihre international erfolgreichen Romane um Kommissar Konrad Sejer sind vielfach preisgekrönt und wurden fürs Kino und Fernsehen verfilmt. Ausgezeichnet wurde unter anderem ihr Bestseller »Fremde Blicke« mit dem Riverton-Preis, »Stumme Schreie« mit dem Los Angeles Times Book Award 2008 und »Schwarze Sekunden« als bester ausländischer Kriminalroman von der Schwedischen Akademie.

»Nancy« [Nancy]. Aus dem Norwegischen von Gabriele Haefs. In: Noveller i utvalg. © 2004 J.W. Cappelens Forlag, Oslo, S. 114–127 [aus »Søylen«, 1994].

JONNY HALBERG, geboren 1962 in Lillehammer, lebt in Moss am Oslofjord und hat bereits mehrere Romane, Erzählbände und Drehbücher verfasst. Für sein Werk wurde er mit zahlreichen Preisen ausgezeichnet, unter anderem mit dem Kritikerpreis für den Roman »Über alle Ufer«.

»Persona« [Persona]. Aus dem Norwegischen von Lotta Rüegger. In: Torleiv Grue (Hg.): Nye linjer. Årlig litterær antologi, Aventura Forlag, Oslo 1994, S. 109–126. © Jonny Halberg

LEVI HENRIKSEN, geboren 1964, ist Journalist, Musiker und Schriftsteller. Nach zwei Erzählbänden hatte er 2005 seinen großen Durchbruch mit dem Roman »Bleich wie der Schnee«.

»Julian Johnsen« [Julian Johnsen]. Aus dem Norwegischen von Holger Wolandt. In: Feber. Fortellinger, Gyldendal Norsk Forlag, Oslo 2002, S. 183–210. © Levi Henriksen

ROY JACOBSEN, geboren 1954 in Oslo, ist einer der renommiertesten norwegischen Gegenwartsautoren, der in seiner Heimat mit zahlreichen Literaturpreisen ausgezeichnet wurde. Mit Kurzgeschichten und über zwölf Romanen hat er sich auch über die Grenzen Norwegens hinaus einen Namen gemacht.

»Aller Wahrscheinlichkeit nach« [Etter all sannsynlighet]. Aus dem Norwegischen von Gabriele Haefs. In: Fugler og soldater. Noveller, J.W. Cappelens Forlag, Oslo 2001, S. 123–141. © Roy Jacobsen

JAN KJÆRSTAD, geboren 1953 in Oslo, studierte Theologie und gab gemeinsam mit Jon Fosse die Literaturzeitschrift »Bøk« heraus. Auf Deutsch liegen unter anderem seine Romane »Rand«, »Der Verführer«, »Der Eroberer«, »Der Entdecker« und »Der König von Europa« vor. 2000 wurde der Autor mit dem Literaturpreis des Nordischen Rats ausgezeichnet.

»Wie man eine Anhöhe stürmt« [Å storme en høyde]. Aus dem Norwegischen von Holger Wolandt. In: Kloden dreier stille rundt. © 1980 Aschehoug Forlag, Oslo, S. 41–54.

UNNI LINDELL, geboren 1957 in Oslo, studierte Romanistik und war später Journalistin. Ihre Kriminalromane mit dem chaotischen Kommissar Cato Isaksen wurden vielfach preisgekrönt. Von ihr erschienen auf Deutsch unter anderem »Das dreizehnte Sternbild«, »Der Trauermantel«, »Pass auf, was du träumst«, der mit dem begehrten Riverton-Preis ausgezeichnet wurde, sowie »Nachtschwester«. Großen Erfolg hat Unni Lindell auch als Kinder- und Jugendbuchautorin. Sie lebt mit ihrer Familie in der Nähe von Oslo.

»Der Wolf und die Rotkäppchen« [Ulven og Rødhettene]. Aus dem Norwegischen von Gabriele Haefs. In: Astrid de Vibe und Irene Engelstad (Hg.): Mistanken brer seg. Norske kriminalnoveller, Gyldendal Norsk Forlag, Oslo 1999, S. 51–59. © Unni Lindell

JAN MEHLUM, geboren 1945 in Tønsberg, hat unter anderem als Lehrer, Auslandsexperte und Dozent für Soziologie an der Universität Vestfold gearbeitet. Seine Krimis um den ermittelnden Anwalt Svend Foyn landen in Norwegen regelmäßig auf den Bestsellerlisten und wurden unter anderem mit dem Riverton-Preis ausgezeichnet.

»Engel – gibt es die?« [Engler – finnes de?]. Aus dem Norwegischen von Lotta Rüegger. In: Astrid de Vibe und Irene Engelstad (Hg.): Mistanken brer seg. Norske kriminalnoveller, Gyldendal Norsk Forlag, Oslo 1999, S. 76–78. © Jan Mehlum

JO NESBØ, geboren 1960 in Oslo, ist Ökonom, Schriftsteller und Musiker. Mit seiner Reihe um den Osloer Ermittler Harry Hole gehört er zu den erfolgreichsten Krimiautoren weltweit.

»Serum« [Serum]. Aus dem Norwegischen von Lotta Rüegger. In: Astrid de Vibe und Irene Engelstad (Hg.): Mistanken brer seg. Norske kriminalnoveller, Gyldendal Norsk Forlag, Oslo 1999, S. 120–139. © Jo Nesbø

ANNE B. RAGDE, geboren 1957 im westnorwegischen Hardanger, wuchs in Trondheim auf, wo sie auch heute noch lebt. Sie ist eine der beliebtesten und erfolgreichsten Autorinnen Norwegens und wurde mehrfach ausgezeichnet. Mit ihren Romanen »Das Lügenhaus«, »Einsiedlerkrebs« und »Hitzewelle« gelang ihr einer der größten norwegischen Bucherfolge aller Zeiten.

»Do not disturb« [Do not disturb]. Aus dem Norwegischen von Gabriele Haefs. In: Noen kommer, noen går, Tiden Norsk Forlag, Oslo 1992, S. 48–57. © Anne B. Ragde

KJERSTI SCHEEN, geboren 1943 in Oslo, wo sie auch heute noch lebt, ist gelernte Buchillustratorin. Neben Kinderbüchern liegen auf Deutsch mehrere ihrer Kriminalromane mit der Privatdetektivin Margaret Moss vor, darunter »Vorhang zum Tod«, »Kein Applaus für den Mörder«, »Die Spur der toten Engel« und »Die siebte Sünde«.

»Das Bjørkelangen Blut- und Bluegrass-Festival« [Bjørkelangen Blod & Blågrasfestival]. Aus dem Norwegischen von Annika Krummacher. In: Astrid de Vibe und Irene Engelstad

(Hg.): Mistanken brer seg. Norske kriminalnoveller, Gyldendal Norsk Forlag, Oslo 1999, S. 152–169. © Kjersti Scheen

KIM SMÅGE, geboren 1945 in Trondheim, arbeitete nicht nur als Journalistin und Schriftstellerin, sondern war auch die erste Tauchlehrerin Norwegens. Ihre Kriminalromane mit der Ermittlerin Anne-kin Halvorsen wurden mehrfach preisgekrönt. Auf Deutsch liegen unter anderem vor: »Die weißen Handschuhe«, »Nachttauchen«, »Tapetenwechsel« und »Mittsommer«.

»Elines Erbe« [Elines arv]. Aus dem Norwegischen von Gabriele Haefs. In: Kvinnens lange arm. © 1991 Aschehoug Forlag, Oslo, S. 39–51.

GUNNAR STAALESEN, geboren 1947 in Bergen, arbeitete als Dramaturg am Theater seiner Heimatstadt und hatte seinen Durchbruch als Schriftsteller mit den Kriminalromanen um den Privatdetektiv Varg Veum. Auf Deutsch sind unter anderem erschienen: »Im Dunkeln sind alle Wölfe grau«, »Dein bis in den Tod«, »Von Angesicht zu Angesicht«, »Die Toten haben's gut« und »Wie in einem Spiegel«.

»Der Schatten« [Skyggen]. Aus dem Norwegischen von Kerstin Hartmann-Butt. In: Astrid de Vibe und Irene Engelstad (Hg.): Mistanken brer seg. Norske kriminalnoveller, Gyldendal Norsk Forlag 1999, S. 152–169. © Gunnar Staalesen